LUCY BLUE

Gefangene der Dunkelheit

Buch

Auf den Schlachtfeldern des normannischen Englands hat Tristan DuMaine, Graf und Bruder des Königs Henry II., dem Tod zahllose Male ins Auge gesehen. Nun zieht er sich in sein Gutshaus im Grenzland zurück - doch die Ruhe währt nicht lange. Eine Räuberbande zwingt ihn in eine Scheinehe mit der schönen Siobhan Lebuin. In tiefem Hass stehen die beiden während der Hochzeitszeremonie nebeneinander und schwören jeder für sich, den anderen umzubringen. Als Siobhans Gefährten sich nach der Hochzeit auf Tristan stürzen und ihn verblutend im Wald zurücklassen, rettet ihn der Vampir Simon – mit einem Biss. Tristan schwört Rache. Doch seine unersättliche Blutlust entfacht eine dunkle Leidenschaft zwischen ihm und Siobhan. Immer tiefer verwickeln sich die beiden in ein tödliches Spiel voll heimlicher Begierde …

Autorin

Lucy Blue lebt in Chester, South Carolina. Neben ihrer Tätigkeit als Autorin arbeitet sie als Assistentin für einen Staatsanwalt in den Bereichen Drogen- und Jugendkriminalität. Wenn sie nicht gerade arbeitet, näht sie gerne, malt und kocht. Sie ist Single, ist aber davon überzeugt, ihre wahre Liebe noch zu treffen.

Außerdem von Lucy Blue bei Blanvalet lieferbar:
Gefährtin der Finsternis (37562)

Nat.

Lucy Blue

Gefangene der Dunkelheit

Roman

Aus dem Englischen
von Karin König

blanvalet

Die amerikanische Originalausgabe erschien unter dem Titel
»Bound in Darkness 02. The Devil's Knight« bei Pocket Books, New York.

MIX
Papier aus verantwortungsvollen Quellen
FSC
www.fsc.org
FSC® C014496

Verlagsgruppe Random House FSC-DEU-0100
Das für dieses Buch verwendete FSC®-zertifizierte Papier
Holmen Book Cream liefert Holmen Paper, Hallstavik, Schweden.

1. Auflage
Deutsche Erstausgabe Februar 2012 bei Blanvalet, einem
Unternehmen der Verlagsgruppe Random House GmbH, München.

Umschlaggestaltung: bürosüd°, München
Umschlagmotiv: bürosüd°, München
Redaktion: Bernd Stratthaus
ES · Herstellung: sam
Satz: Uhl + Massopust, Aalen
Druck und Einband: GGP Media GmbH, Pößneck
Printed in Germany
ISBN: 978-3-442-37604-9

www.blanvalet.de

Für Blue, der dieser Held besser gefällt

Prolog

Siobhan kletterte durch das Dornengestrüpp am Fuß des Hügels, während ihr der normannische Ritter dicht auf den Fersen war. »Du solltest hoffen, dass ich dich niemals erwische, Kleine«, rief er und hackte sich mit seinem Schwert den Weg durch Ranken und Gestrüpp frei. »Du wirst mich noch anflehen, dich zu töten.«

Siobhan wünschte, sie wäre bereits tot. Sie wünschte sich, dass ihr Kopf statt dem ihres Vaters beim ersten Angriffsstoß abgeschlagen worden wäre. Die Männer des normannischen Königs hatten sich dieses Mal nicht einmal die Mühe gemacht, eine königliche Proklamation vorzuschieben. Sie waren ohne jegliche Vorwarnung mitten in der Nacht in das Dorf ihres Vaters gestürmt und hatten die Holzhäuser in Brand gesetzt. Sie und ihre Mutter waren gerade noch rechtzeitig aus ihrem brennenden Gutshaus geflohen, um auf der engen Straße den Kopf ihres Vaters von den Schultern fallen und in den Rinnstein rollen zu sehen, wobei sich sein zorniges Gesicht noch immer bewegte. Auch wenn Siobhan diese Nacht irgendwie überleben und eine alte Frau von hundert Jahren werden sollte, würde sie diesen Anblick niemals vergessen – wie seine Augen geblinzelt hatten und sein Mund sich noch bewegt hatte, als wollte er sie alle verfluchen.

Aber sie durfte jetzt nicht innehalten und darüber nachdenken. Sie sank auf die Knie und kroch unter einen Busch, wobei die Dornen ihren Rücken blutig kratzten, während sie sich zur kahlen Vorderseite des Druidenhügels hindurchschlug. Sie hätte niemals gedacht, dass sie so weit laufen müsste. Sie hatte angenommen, der normannische Ritter würde die Verfolgung aufgeben, wenn sie das Dickicht der Wälder erreichte, wohin ihr sein Pferd nicht folgen konnte. Aber dieses Glück war ihr nicht beschieden gewesen.

»Ich werde dich erwischen, Kleine!«, rief er drohend hinter ihr her und war nun schon ein Stück näher gekommen. Sie kauerte im Gestrüpp und hoffte, er hätte ihre Spur verloren, aber seine Stimme kam immer noch näher. »Wohin willst du jetzt gehen?«

Sie richtete sich am Felsen auf, und ein langer Dorn ritzte ihre Wange. Der steile Hang war vollkommen überwachsen und bildete einen natürlichen Schutz für den uralten Turm auf dessen Spitze. Als der König seine erste Proklamation erließ, hatte ihre Mutter ihr behagliches Gutshaus gegen den engen Steinturm eintauschen wollen. »Den Druidenturm können wir ewig verteidigen«, sagte sie. Aber ihr Vater ließ sich nicht dazu bewegen. Der alte König hatte seinem Vater diese Ländereien im Vertrag mit den Sachsen überlassen und ihn somit zu einem adligen Lord gemacht, gleichrangig mit dem normannischen Bastard, durch den der neue König ihn ersetzen wollte. Er hatte eine formelle Protestschrift eingereicht, in der ihm eigenen wunderschönen Handschrift, und darauf insistiert, dass die Sache damit erledigt sei. Aber vielleicht konnte der junge König Heinrich nicht lesen.

»Komm hierher zurück«, rief der Ritter, der sie verfolgte. Er blieb beim dichtesten Dornengestrüpp stehen. »Komm zurück, und ich werde dir nichts tun.«

Siobhan blickte zurück und schnaubte – hielt er sie für

dumm? Sie hatte gesehen, was seine Kumpanen ihrer Mutter angetan hatten, bevor ihr Hauptmann ihr die Gnade erwiesen hatte, ihr die Kehle durchzuschneiden. Sie wusste, was dieser Mann für sie geplant hatte. Sie war vielleicht erst elf Jahre alt, aber sie war nicht töricht. Sie wandte sich wieder dem Hang zu und suchte nach einer Aufstiegsmöglichkeit.

»Kleines Miststück«, hörte sie ihn ächzen, während er sich durch das Dornengestrüpp kämpfte, und ihr Herz schlug in panischer Angst schneller. Was würde Sean jetzt tun?, dachte sie und kickte ihre Schuhe fort. Wäre ihr älterer Bruder da gewesen, dann wäre, davon war sie überzeugt, keines dieser schrecklichen Dinge geschehen. Er hätte ihren Vater dazu gebracht, entweder davonzulaufen oder eine Verteidigung aufzubauen, die aus mehr als nur adligem Recht und Stolz bestand. Aber Sean war weit fort und versuchte sich selbst als Ritter zu bewähren.

»Komm hier herunter, du kleines Äffchen«, sagte der Normanne hinter ihr mit hämischem Lachen. Er war jetzt sehr nahe. »Wo willst du hin?« Er hatte natürlich recht. Die Felswand vor ihr war zu hoch und zu steil. Sie würde niemals die Kraft haben, ganz bis nach oben zu gelangen. Selbst wenn sie es schaffte, hoch genug zu klettern, um sich ihm zu entziehen, würde er nur warten müssen, dass sie wieder herabkäme oder -fiele. Aber sie konnte nicht einfach aufgeben und sich von ihm erwischen lassen.

Sie sah im Fels einen oder zwei Fuß über sich rechts von ihrer Hand etwas glänzen, vielleicht ein Stück Quarz, und bewegte sich darauf zu, nur um ein Ziel zu haben. Als sie hinabblickte, sah sie den Ritter aus dem Gestrüpp hervorbrechen und die Felswand unmittelbar unter ihr berühren, während er die Dornensträucher verfluchte. Sie wandte den Blick ab, wollte sich nicht ablenken lassen.

Ihre Hand schloss sich um den Quarz im Fels, und die vermeintlich feste Klippe um den Stein herum gab nach wie Sand. Der Stein war überhaupt kein Stein. Es war Metall, ein Griff. Sie stützte sich mit ihrer anderen Hand und den Füßen ab, zerrte an ihm und zog ihn aus dem Fels. Es war ein im Mondlicht dumpf schimmerndes Schwert, kaum halb so lang wie das ihres Vaters, aber perfekt für sie.

»Ich habe dich!« Der Ritter ergriff ihren Knöchel und riss sie so abrupt von der Wand herab, dass sie hinfiel, sich beide Knie und die Nase zerschrammte und sich das Handgelenk verstauchte. Aber das Schwert ließ sie nicht los.

»Bist du nicht eine kleine Hübsche?« Er hatte irgendwo im Gestrüpp seinen kübelförmigen Helm abgenommen, sein Gesicht glänzte vor Schweiß und wirkte im Mondlicht wie ein runder, weißer Käse. »Das war eine Jagd.« Er ragte über ihr auf, als sie sich aufrichtete. Eine Faust an die Wand neben ihrem Kopf gestützt, machte er sich bereits an seiner Hose zu schaffen. »Du solltest besser lernen, wie man sich benimmt.«

Sie stieß das Schwert fest aufwärts in seinen Bauch und umklammerte das Heft mit beiden Händen. Hätte er ein Kettenhemd getragen, hätte sie ihm nur einen Kratzer zufügen können – sie war nicht sehr kräftig. Aber es war eine heiße Nacht, und der Kampf war nicht sehr heftig gewesen. Der Ritter hatte seine schwere Rüstung in seinem Zelt zurückgelassen. Die Klinge drang unmittelbar in seine Eingeweide.

Er umklammerte mit einer Hand ihre Kehle, und Siobhan war sich einen Moment lang sicher, dass sie gemeinsam sterben würden. Sie drehte das Schwert, während Farbpunkte vor ihren Augen tanzten, und sein Blick trübte sich. Seine Finger lösten sich, sie wand sich frei und trat beiseite, als er zu Boden stürzte.

»Mord«, flüsterte sie und umklammerte ihre Waffe noch immer. Sie hielt sie hoch und sah das Blut des Normannen auf der matt silbernen Klinge scharlachrot schimmern. »Ich habe einen Mord begangen.« Ein kaltes Zittern schüttelte sie, trotz der warmen Sommernacht, aber sie lächelte. Sie steckte die Klinge in ihren Gürtel und bückte sich dann, um ihre Schuhe zu suchen.

I

Tristan saß auf den Zinnen seines erst zur Hälfte fertiggestellten Schlosses und hielt seine Tochter im Arm. »Waren das böse Männer, Papa?«, fragte Clare und deutete auf die Trophäen, die auf dem Torhaus unmittelbar unter ihnen aufgespießt waren.

»Ja.« Er zog an einem ihrer Zöpfe und drehte ihren Kopf zu sich. »Sehr böse Männer.« Er umarmte sie und küsste sie auf die Stirn. »Darum mussten sie sterben.« Sie war mit ihren fünf Jahren viel zu jung, um die brutale Politik von Heinrichs England zu verstehen oder Zeugin ihrer Auswirkungen zu sein. In Wahrheit waren fünf Jahre ein zu junges Alter, um überhaupt in dieser Wildnis zu leben. Aber der Vater der Kleinen hatte in beiden Fällen keine Wahl.

»Gibt es noch mehr böse Männer in den Wäldern?«, fragte sie und legte eine Hand an seine Wange.

»Ja.« Das war das Problem. Gleichgültig wie viele dieser Briganten er erwischen und bestrafen konnte, schienen immer noch mehr aufzutauchen. Und nun hatte Heinrich bis auf fünf alle Ritter Tristans und mehr als die Hälfte seiner Soldaten abgezogen, um einen Streit in der Bretagne beizulegen – Tristan war der Verpflichtung, sein neues Heim zu verlassen und selbst zu kämpfen, nur durch Bitten und das Versprechen entronnen, im nächsten Krieg ein Heer zu führen. »Aber unser Schloss ist fast fertiggestellt.« Er blickte zu ihr hinab und lächelte. »Das wird die bösen Männer fernhalten.« Vorausgesetzt, er konnte es überhaupt fertigstellen, dachte er und blickte auf den dunkler werdenden Wald hinab. Er hatte bereits jeden Penny seines kargen Erbes ausgegeben. Wenn er nicht bald begänne, von den Dorfbewohnern Steuern zu erheben, würden er und sein Haushalt einschließlich der kleinen Clare verhungern. Aber unter den Bauern in diesem gottverlassenen Grenzland machten sich bereits erste Anzeichen eines Aufruhrs breit. Wenn ihm vor Erhebung einer Steuer nicht irgendwie der Beweis gelang, dass er sie beschützen konnte, würden sie sich alle auf die Seite der Briganten schlagen, und er würde wie seine Vorgänger scheitern, gleichgültig wie viele von ihnen er tötete. Und nun konnte er auch kein Heer mehr zu seiner Verteidigung aufbringen. Er unterdrückte ein Seufzen und presste seine Tochter fest an sich. Sein Cousin, der König, war entschlossen, hier an der Grenze zu Schottland eine der Befriedung dienende Festung zu errichten, und Tristan hatte gerne den Titel Lord DuMaine angenommen, um ihm zu helfen. Aber sie hatten beide nicht erwartet, dass es so schwer werden oder so lange dauern würde.

»Sind alle Menschen böse, Papa?«, fragte Clare und klang zum ersten Mal während ihrer Unterhaltung besorgt. Sie hatte viele Freunde unter den Kindern der Bauern, die hier ansässig waren, und sie mochte ihr Kindermädchen Emma sehr, die selbst ein einheimisches Bauernmädchen war.

»Natürlich nicht.« Auf dem Außenhof unter ihnen zahlte sein Baumeister Silas von Massum seinen Handwerkern gerade ihre Löhne aus. »Die meisten Menschen sind gut.« Drei Zimmerleute und zwei Steinmetzmeister waren ermordet worden, seit die Arbeit am Schloss begonnen hatte. Ihnen waren im Schlaf die Kehlen durchgeschnitten worden. »Aber sie haben Angst vor den bösen Männern in den Wäldern«, sagte er. »Besonders vor einem Mann, Sean Lebuin, ihrem Anführer.« Eine Frau würde gewiss sagen, er solle einem Kind nicht solche Dinge erzählen und dem Schwarzen Mann keinen Namen geben. Sicherlich hätte sie auch etwas dagegen, dem Kind zu erlauben, die Trophäen der gerechten Hinrichtungen anzuschauen. Aber er wollte, dass seine Clare die Wahrheit kannte, dass sie auf jedes Übel der Welt vorbereitet war, und wusste, dass er sie stets beschützen würde. »Alle guten Menschen haben Angst vor ihm«, erklärte er ihr und streichelte ihr Haar. »Jedes Mal, wenn König Heinrich zu ihrem Schutz einen Ritter schickt, versucht Sean Lebuin, ihn zu töten.«

»Oh, nein!« Sie sprang von seinem Schoß. »Wird er dich auch töten?«

»Nein.« Er legte ihr die Hand auf die Wange und lächelte. »Er wird mich nicht töten.« Niemanden in seinem Leben hatte es jemals so sehr gekümmert, ob er lebte oder starb. Vielleicht war das der einzige Grund, warum er dieses Kind so sehr liebte, die seltsame Zuneigung, die sie ihrerseits ihm entgegenbrachte. »Ich verspreche dir, dass er das nicht tun wird.«

Silas wandte sich einen Moment von seinem Gehilfen ab und sah die junge Emma, das Kindermädchen von Lord Tristans Tochter, offensichtlich besorgt hinter sich stehen. »Was ist los, meine Liebe?«, fragte er mit freundlichem Lächeln.

»Meister Silas … Ihr … ich danke Euch«, stotterte sie. »Ihr wart stets so freundlich.«

»Tatsächlich?«, fragte er verwirrt, während er seine Notizen beendete. Nach zwanzig Jahren als Steinmetzmeister und einem Dutzend nach seinen Anweisungen gebauten englischen Schlössern war er schließlich ein alter Mann geworden, zumindest in den Augen der anderen. Hübsche Mädchen missverstanden sein Schäkern nun als Freundlichkeit. Er rollte die Schriftrolle zusammen und steckte sie in den Geldschrank. »Was ist los?«

»Nichts, wirklich.« Sie klang ernsthaft verstört, und er sah sie überrascht an. Aber dann lächelte sie. »Ich habe nur … es ist an der Zeit, die Kleine zu Bett zu bringen.«

»Ah, ich verstehe«, sagte er und nickte. »Ihr habt Angst, Lord Tristan zu stören.« Er schaute zu den Zinnen hinauf, von wo aus der Lord dieses neuen Schlosses seinen Besitz überblicken konnte, und lächelte. Er hatte einigen der mächtigsten Männer Englands gedient, einschließlich König Heinrich selbst, aber Tristan DuMaine machte auch ihn ein wenig nervös. »Kommt, ich werde mit Euch gehen.«

Die kleine Clare lief zu ihrem Kindermädchen, sobald sie die beiden sah. »Emma!«, rief sie und umarmte sie, als das Mädchen sie hochhob.

»Mylord«, sagte Silas, nickte, als sich der Ritter erhob, und war wie immer von der schieren Größe des Mannes beeindruckt. Viele der französischstämmigen Adligen waren nach englischen Maßstäben groß, aber DuMaine war zudem breit und so muskelbepackt wie irgendeiner von Silas' Steinmetzen. Das dunkle Haar trug er etwas länger und von der Sonne ausgebleicht und, passend zu seiner unkultivierten Erscheinung, wesentlich weniger akkurat geschnitten, als es derzeit unter Adligen Mode war. Seine blaugrünen Augen hatten die beunruhigende Tendenz, unmittelbar die Seele jedes Menschen zu durchdringen, der das Pech hatte, seinem

Blick ausgesetzt zu sein. Kein Wunder, dass die arme, kleine Emma Angst vor ihm hatte. »Mistress Emma sorgt sich darum, dass Lady Clare ihre Schlafenszeit versäumen könnte«, erklärte er und zwinkerte dem Kindermädchen zu.

»Wir haben uns die bösen Menschen angesehen«, erklärte die Kleine und deutete zum Torhaus und dem grausigen Bild, das sich dem Betrachter dort bot.

»Tatsächlich«, sagte Silas und bemühte sich, einen Schauder zu unterdrücken. Er hegte keinesfalls eine Abneigung gegen seinen derzeitigen Herrn. Aber er fand, dass Lord Tristans Befähigung als Vater ein wenig zu wünschen übrig ließ.

»Dann nehmt sie mit«, sagte Tristan, sah den älteren Mann ungeduldig an und runzelte dabei die Stirn, während er sein Kind noch einmal einen kurzen Moment in die Arme nahm. Er mochte Silas sehr und bewunderte ihn für sein Wissen. Aber seine Empfindlichkeit konnte ziemlich lästig sein. »Geh gleich zu Bett«, sagte er zu Clare und gab ihr einen Kuss.

»Nein, Papa«, korrigierte sie. »Zuerst die Gebete.«

Er lächelte. »Ja, gut, wie du möchtest.« Er übergab sie Emma. »Zuerst die Gebete, dann schlafen.«

Das Mädchen schien sein Lächeln einen Moment erwidern zu wollen, konnte sich aber nicht recht dazu überwinden. »Ja, Mylord.«

Silas beobachtete Tristan, wie er ihnen nachsah, erkannte, dass er nicht der Einzige war, der Emmas hinreißenden Charme zu schätzen wusste, und lächelte. »Lady Clare ist recht hübsch, Mylord«, bemerkte er, als sie fort waren. »Kommt sie nach ihrer Mutter?«

Tristan belohnte diese Spöttelei mit einem Lächeln. »Das

muss sie wohl«, antwortete er. »Obwohl ich mich, ehrlich gesagt, nicht erinnere.«

»Wer war sie?«, fragte Silas fasziniert. Er hatte dieselbe Frage während der Monate, die sie bisher auf Schloss DuMaine verbracht hatten, schon vielen von Tristans Leuten gestellt, aber niemand von ihnen wollte auch nur ein Wort über die Privatangelegenheiten seines Herrn äußern.

Der junge Ritter schien von dieser Frage weder überrascht noch beleidigt, sondern einfach nur nicht sonderlich an ihr interessiert zu sein. »Ein Niemand«, antwortete er achselzuckend und lehnte sich gegen die Steinmauer. »Irgendeine Frau … die verwitwete Schwester eines unbedeutenden Barons.« Er runzelte die Stirn, als durchforste er seine Erinnerung. »Ich glaube, sie hieß Amelia. Oder Alice.« Er zuckte erneut die Achseln und tat das Problem damit ab. »Vielleicht war es auch Anne.«

»Mylord!«, schalt Silas ernsthaft betroffen. »Ihr erinnert Euch wirklich nicht?«

»Ich erinnere mich wirklich nicht.« Der alte Gelehrte sah so missbilligend drein, dass Tristan unwillkürlich lächeln musste. »Ich bin ihr auf meinem Weg zu einem Feldzug im Hause ihres Bruders begegnet«, erklärte er. »Als ich zurückkehrte, hieß es, sie sei bei der Geburt meines Kindes Clare gestorben, und der Baron schien die Unannehmlichkeit, ein weiteres Maul füttern zu müssen, nicht gut aufzunehmen. Also nahm ich sie mit mir.«

»Habt Ihr überhaupt um die Mutter getrauert?«, fragte Silas. »Habt Ihr ihren Verlust bedauert?«

»Sie hat mir nie so sehr gehört, dass ich sie hätte verlieren können«, antwortete Tristan. »Hätte sie überlebt, hätte ich sie wahrscheinlich zu meiner Frau gemacht, aber dem war nicht so.« Silas' Tadel ärgerte ihn allmählich. »Sie war nur eine Frau, Silas.«

»Ja, Mylord. Das war sie.« Der Baumeister konnte erkennen, dass sein adliger Auftraggeber bei diesem Thema rasch die Geduld verlor, aber er konnte nicht widerstehen, ihm einen weiteren Stich zu versetzen. »Eure Clare wird auch eine Frau werden. Ich hoffe, kein Mann wagt es jemals, ihren Namen zu vergessen.«

Tristan öffnete den Mund zu einer Erwiderung und hielt dann inne, als seine Aufmerksamkeit von einem jähen Feuerschein in den Wäldern abgelenkt wurde. »En garde!«, rief einer der Wächter von seinem Posten auf dem Torhaus, als ein brennender Pfeil über die Mauer sirrte.

»Silas, runter!« Tristan stieß den älteren Mann flach auf das Pflaster, als ein Hagel brennender Geschosse unmittelbar über ihre Köpfe hinwegsegelte. Die hölzerne Palisade, die noch immer den unfertigen Teil der Außenmauer schützte, stand im Handumdrehen in Flammen, ebenso wie das Strohdach des Stalles. Tristan sprang mit dem schlimmsten Fluch auf den Lippen, der ihm einfiel, auf und lief auf die Treppe zu.

»Schützt das Haus!«, rief er in das chaotische Gewimmel seiner Leute hinein. »Durchnässt das Dach – und bringt meine Tochter zum Turm auf den Turmhügel!«

»Ja, Mylord«, antwortete sein Hauptmann und gehorchte auf der Stelle.

»Mylord!«, rief sein Knappe Richard, der mit Tristans Pferd Daimon am Zügel auf ihn zulief. »Wollt Ihr hinausreiten?«

»Natürlich nicht«, antwortete Tristan ungeduldig und nahm dem Jungen die Zügel ab, als sich das Pferd vor Zorn und Angst aufbäumte. »Die Tore werden sie fernhalten, ob mit oder ohne Feuer.«

»Nein, Mylord«, erwiderte Richard, dessen Gesicht unter Rußflecken aschfahl wirkte. »Die Tore wurden durchbrochen.«

»Unmöglich.« Die vorderen Verteidigungen waren aus festem Stein, und die Tore bestanden aus Eiche mit dicken Eisenbändern. Selbst mit schwerem Gerät ausgerüstete Belagerer hätten nicht so schnell durchbrechen können, und noch viel weniger eine Horde von Briganten, die nur mit Speeren und Steinen bewaffnet waren.

»Wir wurden verraten«, sagte sein Knappe, und seine jugendliche Stimme überschlug sich vor Angst. »Die Bauern … beim ersten Pfeil griffen sie das Torhaus von innen an.«

»Die Bauern?«, fragte Tristan, und seine Verärgerung wurde zu jähem Zorn. Er versuchte, diese Menschen zu verteidigen, sie zu beschützen und ihr Leben leichter und sicherer zu machen. Warum sollten sie ihn verraten? »Lebuin«, murrte er und schwang sich in den Sattel. Er zog sein Schwert und galoppierte auf die Tore zu.

Der Kampf hätte rasch vorbei sein sollen. Die Normannen hatten niemals Verrat von innen erwartet, und Seans Briganten waren ihnen zahlenmäßig mindestens zwei zu eins überlegen. Aber DuMaines Ruf als Krieger war wohlbegründet. Es gelang ihm, seine noch verbliebenen Ritter aufsitzen zu lassen, bevor die Ställe einstürzten und die übrigen Pferde von den Briganten freigelassen wurden. Es war eine kleine, aber kämpferische berittene Streitmacht, die sich durch die Schurken hindurchschlug wie Schnitter durch Weizen, wobei ihr Dienstherr stets voranritt. Wenn sie die hölzerne Brücke zum Turmhügel des Schlosses überquerten und sie hinter sich verbrannten, bevor die Briganten sie erreichten, könnten sie die Festung noch immer halten, denn die Angreifer würden durch den tiefen Graben um den Turmhügel herum in Schach gehalten.

Siobhan nahm erneut die Haltung der Bogenschützin ein, zielte sorgfältig und schoss einem der Reiter unmittelbar durch die Kehle, als er sein Schwert gegen Evan, den engsten Freund ihres Bruders, erhob. Der normannische Ritter fiel rückwärts, und Blut spritzte von seinen Lippen. Evan wandte sich um und sah sie an.

»Danke!«, rief er grinsend und winkte. Dann zog er den sterbenden Ritter zu Boden und nahm sich dessen Pferd.

Tristan riss Daimon gerade rechtzeitig herum, um seinen Hauptmann stürzen zu sehen. Der Bogenschütze, der ihn getötet hatte, war noch ein Junge und noch dazu spindeldürr, aber er hatte anscheinend tödliche Absichten. Er trug das Grün und Schwarz, das ihn als einen von Lebuins Leuten, zweifellos jemandes Knappe, kennzeichnete. Ein weiterer Brigant, der nun auf dem Pferd des gefallenen Hauptmanns ritt, hielt auf Tristan zu, der sich ihm mit erhobenem Breitschwert in den Weg stellte, aber mit der anderen Hand den Dolch aus seinem Gürtel zog und ihn auf den Jungen schleuderte.

Siobhan spürte die Klinge durch ihre Schulter dringen, taumelte und keuchte vor Schreck. Blut quoll aus der Wunde, während ihr Arm kalt wurde und der Bogen ihrem Griff entglitt.

»Siobhan!« Sean lief auf sie zu und schlug auf dem Weg einem der normannischen Fußsoldaten mit seinem

Schwertheft den Schädel ein. Er fing Siobhan auf, als sie fiel, und ließ seine Waffen fallen, um sie festzuhalten.

»Es geht mir gut«, versicherte sie ihm und schloss eine Faust um das Dolchheft. Der Ritter des Teufels hatte ihr Herz verfehlt, aber ihr Arm war praktisch nutzlos geworden.

»Es geht dir gut«, stimmte Sean ihr mit zitterndem, leisem Lachen zu und drückte ihr einen Kuss auf die Stirn. Dann legte er seine Hand über ihre beiden, riss den Dolch aus ihrem Fleisch und hielt sie fest, als sie schrie.

Sie fühlte sich einen Moment benommen, und die Welt drehte sich, aber sie fiel nicht in Ohnmacht. »Geh, Sean, beeil dich«, befahl sie und schob ihren Bruder von sich. »Ich komme zurecht.«

Tristan erledigte den Briganten, der ihn zu einem Zweikampf hatte herausfordern wollen, so mühelos, dass es fast lachhaft war. Wer auch immer er war, er konnte jedenfalls gut genug reiten und zu Fuß vermutlich auch gut genug kämpfen. Aber es überstieg seine Fähigkeiten offensichtlich, beides gleichzeitig zu tun. Tristan brach ihm mit einem einzigen Streich den linken Arm, während er sich tief über Daimons Hals beugte, um der schweren Pike in der Rechten seines Gegners auszuweichen, die dieser unbeholfen schwang. Als der Schurke vor Schmerz fluchte und die Zügel fallen ließ, schwang sich Tristan herum und trat ihm unmittelbar gegen die Brust. Der Brigant rutschte im Sattel seitwärts und verlor auch die letzte Kontrolle über sein Pferd. Tristan traf ihn nun ernstlich und spaltete ihm mit dem Schwert den Schädel.

»Evan!«, hörte er eine Frau schreien, wandte sich um und sah den kleinen Bogenschützen, den er hatte töten wollen, auf seinen – nein, ihren – Füßen stehen. Sie starrte ihn offen entsetzt an, und der Mann neben ihr wandte sich um und sah ihn ebenfalls an. Sean Lebuin. Der Anführer der Schurken sah seinen Mann unter Tristans Schwert fallen, und sein blau bemaltes Gesicht verzog sich vor Zorn. Er trat zu seinem Pferd, einer reinweißen Stute mit struppiger Silbermähne, und sprang kampfbereit in den Sattel.

»Sean, warte!«, rief Siobhan, hob das Schwert ihres Bruders auf, lief los und reichte es ihm, wobei ihr eigener Schmerz vergessen war. DuMaine hatte Evan niedergemetzelt, als wäre der ein Kind, das auf einem Pony Ritter spielte. Sie hatten bei ihren Bestrebungen zur Befreiung ihres Volkes gegen viele adlige Ritter gekämpft, aber sie hatte noch niemals in ihrem Leben einen Mann gesehen, der sich so schnell bewegte oder sein Pferd so geschickt manövrierte. Nicht einmal Sean selbst. »Stell dich ihm nicht alleine«, rief sie über den Lärm hinweg, aber ihr Bruder hörte nicht zu. Er nahm das Schwert, trieb sein Pferd an und stürzte sich ins Getümmel. »Sean!« Sie sah, dass DuMaine lächelte – ein wahrer Teufel, hinter dem die Flammen der Palisaden aufloderten. Er hatte überhaupt keine Angst.

»Mylady!« Jemand ergriff ihren verletzten Arm und bemühte sich, ihre Aufmerksamkeit zu erringen, und sie wandte sich ungeduldig um. »Mylady, helft mir, bitte.« Die Frau war ungefähr in ihrem Alter, war wie eine Bäuerin gekleidet, und ihr Gesicht schien Siobhan vage vertraut. Sie hatte sie schon früher gesehen, wahrscheinlich in einem der Dörfer, in denen die Briganten Zuflucht gefunden hatten. Sie hielt ein Kind in den Armen, ein kleines, blondes Mädchen in einem rosafarbenen Seidengewand. »Lady Clare ist noch klein«, sagte die Frau. »Bitte, Ihr müsst mir helfen, sie zu beschützen.«

»Lady Clare?« Sie umfasste unsanft das Kinn der Kleinen und drehte ihr Gesicht dem Licht zu. Sie hatte grüne mandelförmige Augen, die Siobhan ernst und ängstlich beobachteten, aber sie gab keinen Laut von sich. »Dies ist Tristan DuMaines Kind?« Sie blickte zum Kampf zurück, und das Herz schlug ihr plötzlich bis zum Hals. Beide Pferde waren auf die Hinterbeine gestiegen und traten nun mit den Hufen aufeinander ein. Blut aus einer klaffenden Stirnwunde lief Sean bereits das Gesicht hinab.

»Ja, Mylady«, antwortete die Bäuerin. »Aber sie ist unschuldig.«

Siobhan wandte sich ihnen wieder panisch zu und sah, dass das Kind sie noch immer beobachtete. Tristan DuMaines einziges Kind. »Kommt«, sagte sie und streckte die Arme aus. »Gebt sie mir.«

Zum ersten Mal, seit Tristan erkannt hatte, dass seine Tore durchbrochen worden waren, empfand er wieder Hoffnung. Wenn er Lebuin im Einzelkampf töten könnte, würden sich seine Gefolgsleute gewiss ergeben. Und er stand sehr kurz davor, genau das zu schaffen. Der Rebellenführer hatte geschickter gekämpft, als Tristan es jemals von ihm erwartet hätte, aber der Tod seines Gefährten hatte ihn vor Zorn blind gemacht, noch bevor ihm durch einen Schlag von Tristans Schwert Blut über die Augen lief.

Tristan lenkte Daimon neben die Stute des Briganten und stach erneut auf ihn ein. Lebuin gelang es, sich zu drehen und dem schlimmsten Schlag auszuweichen, aber er verlor die Balance im Sattel. Wesentlich geschickter, als sein Mitstreiter gewesen war, verlagerte er sein Gewicht und rollte sich auf dem Boden ab, anstatt zu stürzen, wobei er das Pferd als Schutz zwischen sich und Tristan brachte. Aber nun war er erledigt. Daimon trat nach ihm und stieß ihn flach aufs Gesicht, und Tristan sprang aus dem Sattel und hielt ihn auf dem Boden fest.

»Törichter Bastard«, knurrte er, packte den Briganten an den Haaren und riss seinen Kopf zurück, um ihn vom Hals abzutrennen und seine eigenen Kümmernisse so für immer zu beenden.

»DuMaine!« Es war erneut die Stimme der Frau, dieses widernatürlichen Geschöpfs, das einen seiner fünf kostbaren Ritter mit einem einzigen Pfeil getötet hatte. Als er aufblickte, sah er sie auf sich zukommen, erstarrte und fühlte sein Blut in den Adern gefrieren. Sie hielt Clare in ihren Armen und drückte einen Dolch an die Kehle seiner Kleinen.

»Lasst ihn los!« Siobhans Herz hämmerte ebenso vor Scham wie vor Angst. Sie war vielleicht eine Brigantin, aber es lag nicht in ihrer Natur, ein unschuldiges Kind zu töten. »Lasst ihn los, oder sie stirbt!« Was ist, wenn es ihn nicht kümmert?, dachte sie, und ihre Gedanken rasten wild. Was ist, wenn sich das mangelnde Empfindungsvermögen, das er den Leuten gegenüber gezeigt hatte, die er gefangen genommen und versklavt hatte, sogar auf sein eigen Fleisch und Blut erstreckte? Sie wollte zu ihrer eigenen Beruhigung Sean ansehen, aber sie wagte es nicht, aus Angst, die Nerven zu verlieren. Sie zwang sich stattdessen, unmittelbar in DuMaines kalte, grüne Augen zu blicken.

»Teufelin«, sagte Tristan leise und empfand Übelkeit. Er konnte nun erkennen, dass die Frau, die über ihnen stand, auch unter der auffälligen blauen Farbe wunderschön war. Sie hatte große strahlend blaue Augen und pechschwarzes Haar, das im Feuerschein glänzte, obwohl es zerzaust war. Aber sie war eine Teufelin, eine Bestie in Frauengestalt. Welche wahre Frau mit sanftem Herzen konnte das Leben eines Kindes bedrohen?

»Lasst meinen Bruder los«, befahl sie, und ihre Stimme klang wie Eis. Sie presste ihren Dolch fester an Clares Kehle, und das kleine Mädchen keuchte und atmete mühsam durch die Nase ein. Ihre Augen waren vor Angst geweitet. »Ich werde Euch nicht noch einmal auffordern.«

Siobhan war sich einen langen, schrecklichen Moment sicher, dass er es darauf ankommen lassen würde. Dann erhob er sich langsam, ließ Sean los und ließ sein Breitschwert fallen.

Sean sprang auf und hielt seine Schwertspitze an die Kehle des Normannen. »Sagt Euren Männern, dass sie sich ergeben sollen«, befahl er.

»Lasst zuerst mein Kind los«, antwortete DuMaine, der Siobhan noch immer ansah. Sie war erst ein Mal einem solch unbändigen Zorn begegnet – als Sean das Herz des Mannes herausschnitt, der ihren Vater umgebracht hatte.

»Dem Kind wird nichts geschehen«, sagte Sean ungeduldig. »Das schwöre ich.«

»Nicht Ihr«, erwiderte DuMaine. »Sie.« Sein Kinn war so fest angespannt, dass ein Muskel an seiner Wange zuckte. Er sah gut aus, wie Siobhan jäh erkannte, auf eine Art, wie sie es noch nie bei einem Mann gesehen hatte. Aber der Hass in seinen Augen war unverkennbar. »Ich will, dass sie es schwört.«

»Ich schwöre es«, antwortete sie. Einer ihrer Leute trat vor, um DuMaine die Hände auf dem Rücken zu fesseln, und als er keinen Widerstand leistete, ließ sie den Dolch fallen. »Sie ist in Sicherheit.«

Tristan nickte, während er beobachtete, wie sie Clare wieder in Emmas Arme gab. War das Kindermädchen an dem Plan beteiligt gewesen? Hassten sie ihn alle so sehr? »Papa!«, schrie Clare, als sie erkannte, dass Emma sie fortbringen wollte. »Die bösen Männer!« Sie begann zum ersten Mal zu weinen. »Die bösen Männer!« Sie schluchzte noch immer, während sie sich entfernten.

»Genug!«, rief Tristan. Es war ein Aufschrei, der seinen Kummer bewältigen sollte, und jene wenigen Männer, die noch immer gegen die Briganten kämpften, um zu ihm zu gelangen, ließen ihre Schwerter fallen. Seine Ritter gehorchten. Adlige, die von Gesindel gefangen genommen, durch die Schwäche ihres Dienstherrn betrogen worden waren. Tristan wandte seinen Blick schließlich von der bösen Schönheit vor sich ab und sagte zu Lebuin: »Das Schloss gehört Euch.«

2

Siobhan stürmte über die hölzerne Brücke zum Turmhügel und drängte sich an den Soldaten vorbei, die sich vor der Tür des Turms herumdrückten. »Sean!«, rief sie und polterte die Stufen hinab.

Ihr Bruder stand mitten in der weiten Halle. »Sean«, wiederholte sie und lief in seine Arme.

»Da bist du ja«, sagte Sean halb lachend, während er sie an sich drückte. »Wie steht's mit der südlichen Mauer?«

»Eingestürzt«, antwortete sie. »Einige der Männer schneiden gerade Holz, um sie wieder aufzubauen.« Sie zog sich zurück und sah ihn an. Blut rann noch immer von seiner Stirn, aber er lächelte. »Geht es dir gut?«

»Natürlich.« Sie berührte die klaffende Wunde und zeigte ihm das Blut. »Es ist nichts«, versicherte er ihr. Er zog sanft an ihren Haaren. »Was ist mit deiner Schulter?«

»Weniger als nichts.« Ein dünner, bärtiger Mann mit einer Samtkappe saß zur einen Seite auf einem Stuhl. Er wurde von zweien ihrer Männer bewacht, als wäre er gefährlich. »Wer ist das?«, fragte sie.

»Silas von Massum«, antwortete Sean. Der Mann sah sie an, als wären ihr Hörner gewachsen, und sie erwiderte seinen Blick stirnrunzelnd. »Er ist derjenige, der dir dieses wunderschöne Schloss gebaut hat.«

»Nicht für mich«, murmelte sie. Die Augen des Fremden

weiteten sich einen Moment, und sie errötete und wandte sich ab.

»Du magst Lord Tristan nicht?«, neckte Sean.

»Nein«, antwortete sie und lächelte über seinen Tonfall. »Ich halte ihn für einen mordenden Bastard.«

Ein weiterer Trupp kam die Treppe herunter und führte das Kindermädchen, das Clare noch immer in den Armen hielt, vom Hof herein. »Der böse Mann!«, schrie das Kind und deutete auf Sean. »Es ist Sean Lebuin!«

Siobhan sah ihren Bruder erbleichen und sein Lächeln augenblicklich verschwinden. »Sei still«, befahl er der Kleinen schroff. »Du, Mädchen, sorg dafür, dass sie den Mund hält.«

»Verzeiht ihr, Mylady«, stotterte das Kindermädchen. »Sie ist noch ein Kind.«

Der Mann, den Sean Silas genannt hatte, erhob sich. »Bring sie zu mir«, befahl er und sah Siobhan missbilligend an. »Komm, Emma.«

Das Bauernmädchen blickte zu ihm hinüber und dann wieder zu Siobhan. »Geh nur«, sagte Siobhan zu ihr und fühlte sich töricht. Warum sollte dieses Mädchen sie fürchten? Waren sie nicht gekommen, um sie zu befreien, aus Mitleid?

»Meister Silas«, rief das Mädchen und eilte in die Arme des alten Mannes. »Es tut mir so leid … das hätte ich niemals gedacht.«

»Still jetzt«, tröstete er sie. »Alles wird gut.« Das Kind beobachtete Siobhan über ihre Schulter hinweg mit wilden, grünen Augen. »Ich verspreche es dir, Kleine.« Der alte Mann nahm das Kind an sich und umarmte es, und nach einem Moment schlang auch die Kleine ihre kleinen Arme um seinen Hals.

»Ja, um Gottes willen.« Sehr zu Siobhans Bestürzung war Gaston mit seiner letzten Patrouille hereingekommen. Der Untergebene des Barons von Callard war zum Schatten ihres Bruders geworden, ein dunkler Fleck, der ihm folgte, wo auch immer er hinging. Die Waffen und Pferde, die er für den Angriff von seinem Herrn mitgebracht hatte, waren, wie sie vermutete, nur allzu willkommen gewesen. Aber der Mann selbst hätte gerne den Blattern zum Opfer fallen dürfen, ohne dass sie um ihn getrauert hätte. »Soll der alte Mann das Gör behalten.« Er lachte und trat zu Emma, die zwischen Sean und den Gefangenen stand. »Dieses hübsche Ding hat etwas Besseres zu tun.« Er griff nach dem Kindermädchen und vergrub eine Hand in ihrem Haar.

Alle Anspannung der Nacht schien in Siobhan wie ein Zweig zu brechen. »Lasst sie in Ruhe«, befahl sie und schlug ihm mit einer Hand hart ins Gesicht, während sie mit der anderen ihren Dolch zog. Er wandte sich ihr zornig zu, und sie deutete mit der Klinge auf seine Leistengegend. »Vorsicht, Sir Bulle«, sagte sie und lächelte ihm mit tödlicher Drohung zu. »Sonst werde ich Euch auf der Stelle zu einem Ochsen machen.«

»Was erlaubt Ihr Euch?«, erwiderte er, die Augen vor Zorn zu Schlitzen verengt.

»Sie hat recht, Gaston.« Sean trat zwischen den verärgerten Höfling und Emma und legte eine Hand auf Siobhans Schulter. »Dieses Mädchen ist eine von uns, ein Kind dieses Landes. Sie darf nicht missbraucht werden.« Gaston wich langsam zurück. Siobhan und er blickten sich noch immer in die Augen. Sie zog eine Augenbraue hoch und steckte ihren Dolch wieder ein, während sich Emma hinter den alten Mann zurückzog. »Geht und findet den Ordensbruder«, befahl Sean Gaston. »Die Kapelle brennt noch immer. Er muss sich im Gutshaus versteckt halten.«

Gaston nahm nicht gerne Befehle entgegen, nicht einmal von Sean, wie Siobhan bemerkte, aber er wagte auch nicht, sich ihm zu widersetzen. »Wie Ihr wünscht«, antwortete er und zwang sich zu einem Lächeln. Er zwinkerte Emma noch einmal zu, bevor er sich umwandte und ging.

»Bastard«, knurrte Siobhan und hörte den alten Mann leise etwas Ähnliches murmeln.

»Das weißt du nicht«, scherzte Sean und zerzauste ihr Haar.

»Ich denke schon«, erwiderte sie. »Je eher wir ihn loswerden desto besser.«

Bevor Sean antworten konnte, kam Michael, ein weiterer seiner zuverlässigsten Männer, herein. Er hatte Evan nahegestanden, dem Mann, den DuMaine getötet hatte, und war wahrscheinlich vor Kummer tief betrübt. Aber ihm war nichts anzumerken. »Die Ritter werden im Hof festgehalten«, sagte er und blickte zu den Gefangenen. »Sie alle.« DuMaine eingeschlossen, schienen seine Augen zu sagen.

»Sehr gut«, erwiderte Sean und nickte. »Meister Silas, wir werden uns morgen früh weiter unterhalten.« Er wandte sich den wartenden Wachen zu. »Bringt sie nach oben, zur Rückseite des Turms.« Sein Blick begegnete dem des alten Mannes. »Und haltet das Kind von den Fenstern fern.«

Der alte Mann wurde blass, aber er nickte. »Ja … das werde ich.« Er ging auf die Treppe zu, das Kind hielt er noch immer in den Armen.

»Nein!«, forderte die Kleine und wehrte sich jäh. »Meister, wo ist mein Papa? Ich will meinen Papa sehen.«

Siobhan wollte plötzlich nichts mehr, als dass diese Nacht

vorüber wäre, damit sie wieder in den Wald zurückgehen und einen kühlen, sicheren Platz finden könnte, um sich dort unter den Sternen hinzulegen. Dabei hatten sie mit dem, was sie tun wollten, kaum begonnen. Das Kind begann zu weinen, und auch Siobhans Augen füllten sich trotz ihrer Entschlossenheit mit Tränen. Sie erinnerte sich deutlich an diesen Schmerz. Sie wusste einfach, wie sich die Kleine fühlte. Aber sie durfte sich nicht hinstellen und mit ihr weinen, sie konnte sich dieses Mitgefühl nicht leisten. Sie wandte sich um, als das Kind weggeführt wurde.

»Komm«, sagte Sean und legte einen Arm um ihre Schultern, während die Wachen die Gefangenen nach oben geleiteten. Das Kind beobachtete sie noch immer und hatte Tränen auf den Wangen. »Komm mit mir.«

Er führte sie aus dem Turm hinaus und über die Brücke in den Hof. Tristan DuMaine war in dessen Mitte an Händen und Füßen an ein hölzernes Gerüst gefesselt und hatte einen dicken Knebel im Mund. Aber er wirkte dennoch überwältigend und so kraftvoll, wie sie es noch nie bei einem Mann gesehen hatte. Er musste in aufrechter Haltung einen vollen Kopf größer sein als Sean, und seine Arme wirkten dick und unglaublich muskulös, während er an seinen Fesseln zerrte. Seine vier verbliebenen Ritter wurden vor ihren und Seans Augen aus einem Schuppen geführt und in einer Reihe angekettet. Ihnen folgte ein erst zwölf- oder dreizehnjähriger Junge. »Wer ist das?«, fragte sie ihren Bruder.

»DuMaines Knappe«, antwortete Sean mit grimmiger Miene. »Ich habe ihn praktisch angefleht, uns die Treue zu schwören, aber er weigerte sich.« Der Junge stolperte und prallte gegen den Ritter vor ihm, und DuMaine stieß durch seinen Knebel hindurch einen Schrei aus, der ihr das Blut in den Adern gefrieren ließ. Michael eilte vorwärts und half dem Jungen wieder auf.

»Was werdet ihr mit ihm tun?«, fragte Siobhan. DuMaine war wieder still, aber er beobachtete sie. Seine grünen Augen durchbohrten sie. »Sean?« Sie bemerkte plötzlich, dass ein großer Holzblock aufgestellt worden war, während ein weiterer von Seans Rebellen mit einer Axt in der Hand über den Hof kam. »Sean, nein … nicht der Junge.« Sie wandte sich wieder DuMaine zu und zog ihren Bruder mit sich. »Bitte …«

»Siobhan, wir haben keine andere Wahl.« Seans Griff um ihren Arm war fast schmerzhaft, und der Ausdruck auf seinem Gesicht zeigte, dass er sich ebenso entsetzlich fühlte wie sie, wenn nicht schlimmer. »Die einfachen Soldaten, die den Kampf überlebt haben, werden verschont – wir erkaufen uns ihre Ergebenheit durch Gnade. Aber diesen Rittern können wir nichts anbieten. Wenn wir sie am Leben lassen, werden sie zu ihrem König gehen …«

»Ich weiß«, unterbrach sie ihn. »Aber der Junge …«

»Der Junge ist schwer verwundet.« Er schaute über ihre Schulter zu den Gefangenen, und auch sie blickte zurück. Michael stützte den Jungen noch immer, hatte einen Arm um seine Schultern gelegt und sprach ihm eindringlich ins Ohr, aber der Junge schüttelte nur den Kopf. »Er würde die Nacht nicht überleben, selbst wenn wir ihn verschonten«, sagte Sean.

»Was würde es dann schaden?«, fragte sie. Sie legte eine Hand an seine Brust. »Sean, bitte. Er ist noch ein Kind.«

Er lächelte grimmig. »Wie du es warst, als unser Vater starb«, antwortete er. »Hat man dich verschont, meine Liebe?«

Sie erwiderte sein Lächeln. »Nicht wirklich«, räumte sie ein. »Aber lass uns besser sein als unsere Feinde.«

Er schloss resigniert die Augen, doch sein Lächeln wurde für einen Moment etwas breiter. »Wie Ihr wünscht, Mylady.« Er zog sie an sich und küsste ihre Stirn. »Du bist deines Vaters Tochter.« Er trat vor, wobei er noch immer ihre Hand festhielt. »Lasst den Jungen frei!«, befahl er. »Lady Siobhan wünscht ihn zu verschonen.«

Ein weiterer Mann trat zu Michael, um die Fesseln des Jungen zu lösen. »Nein«, protestierte der Knappe und wollte sich wehren, aber er hatte offensichtlich kaum noch Kraft. »Ich will nicht…« Er machte eine Bewegung, als wollte er Michael angreifen, und brach dann in seinen Armen zusammen.

»Möge der Herrgott Euch segnen, Mylady«, sagte einer der übrigen Ritter und sank auf die Knie. Aber Tristan DuMaine sah sie noch immer finster und zorniger denn je an. »Seid für Eure Gnade gesegnet.«

»Spart Euch Euren Segen, normannischer Hund«, antwortete sie mit kalter Stimme. »Ihr habt keine Gnade von mir zu erwarten.« Sean hatte recht. Ließe man diese Männer entkommen, so würden sie zu ihrem König laufen wie Kinder, die ein Sturm ängstigt. Alle ihre und Seans großen Pläne wären verwirkt. Alle ihre Freunde wären umsonst gestorben. Sie zwang sich, an ihre Cousins zu denken, deren Köpfe auf DuMaines Steinmauer aufgespießt waren, und an Evan, der durch DuMaines Schwert vor ihren Augen getötet worden war. »Ihr macht mich krank«, sagte sie zu dem auf Knien liegenden Mann, aber ihr Blick ruhte auf DuMaine. »Ich werde nicht zusehen, wie Ihr sterbt.« Sie wandte sich ab.

»Geh hinein und bereite dich vor«, sagte Sean so leise zu ihr, dass nur sie es hören konnte, während Michael und die Übrigen den Jungen zum Gutshaus trugen. »Wir kommen bald nach.«

»Heinrich wird dafür sorgen, dass eurem Herrn am Strang das Genick gebrochen wird und ihr Übrigen an seine Hunde verfüttert werdet!«, hörte sie einen der Ritter rufen, als sie den Hof verließ. Vielleicht war es derjenige, der sie für ihre Gnade gesegnet hatte, dachte sie lächelnd. Aber er war dennoch ein verlogener Normanne. Der Ordensbruder stand im Eingang, und sie atmete tief ein. Es wartete noch eine weitere Prüfung auf sie, bevor diese Nacht vorüber war.

Tristans Gedanken überschlugen sich, während er, noch immer gefesselt und geknebelt, in die große Halle gezerrt wurde. Lebuin hatte seine vier Ritter wegen »Verrats an England und dem Willen Gottes« mit der Axt töten lassen, als wäre er König, Bischof und Richter zugleich. Der erste Ritter hatte seinen letzten Atemzug dazu verwandt, die Gefangenenwärter zu verfluchen und die Rache der Krone zu beschwören, aber die Übrigen waren wie in Trance zu dem Block gestolpert, wobei sie die ganze Zeit Tristan anschauten. Sie waren ihm von Frankreich bis hierher gefolgt. Viele hatten vor ihm schon seinem Vater gedient. Und nun wurden sie für ihre Treue abgeschlachtet wie Vieh. Jetzt schaute er zu Lebuin, der auf dem Podest in der Halle stand, die noch vor wenigen Stunden ihm gehört hatte. Du wirst sterben, dachte er und stellte es sich im Geiste vor. Dein Kopf wird den Krähen zum Fraß vorgeworfen werden.

Es hatte sich eine recht umfangreiche Menge von Briganten und Bauern versammelt, und er hielt verzweifelt nach Clare Ausschau. Aber sein Kind war glücklicherweise nirgendwo zu sehen. Der Ordensbruder stand neben der offenen Feuerstelle und erweckte den Eindruck, als hätte er lieber an den Toren der Hölle gestanden. Als Tristan auf ihn zu gezerrt wurde, sah er ihm einen Moment lang mitfühlend in die Augen.

»Vertrau auf Gott, Sean.« Eine Frau hinter ihm lachte. »Er ist noch immer geknebelt?« Siobhan, das Rebellenmädchen, kam die Treppe herab. Sie trug nun ein offensichtlich teures, aber ziemlich zerknittertes Gewand aus dunkelblauer Seide, und ihr Haar hing ihr lose um die Schultern.

»Es schien das Beste zu sein, Mylady«, antwortete Lebuin und betrachtete sie mit sichtlichem Wohlgefallen von oben bis unten, als sie zu ihm herankam. Tristan begegnete dem Blick der Frau mit purer Verachtung, und sie zog ihre fein geschwungenen Augenbrauen hoch.

»Oh, ja?«, sagte sie noch immer belustigt. Die blaue Farbe und der Ruß waren von ihrem Gesicht entfernt, sodass makellose, porzellanartige Haut sichtbar wurde. »Was hat er gesagt?«

»Mylord, dies ist höchst unkorrekt«, protestierte der Ordensbruder an Lebuin gewandt. Der junge Priester hatte Tristan und seine Herrschaft nie besonders geschätzt. Als Tristan den Befehl gegeben hatte, dass die Bauern innerhalb der Schlossmauern bleiben sollten, hatte Bruder Thomas formell Beschwerde eingelegt und sogar gedroht, seinen Posten zu räumen. Aber er konnte gewiss nicht mit diesen Rebellen im Bunde stehen. »Ich will damit sagen, dass er nicht heiraten kann, wenn er nicht sprechen kann.«

»Natürlich kann er das«, antwortete Lebuin. »Aber nicht

das, was er sagt, zählt, Bruder Thomas, sondern nur das, was er seinem König schreibt.«

Tristan war einen Moment so schockiert, dass er nicht recht glauben konnte, was er da gehört hatte. Heiraten? Sie wollten ihn mit diesem Geschöpf verheiraten? Er begann sich zu wehren, schleuderte einen der Männer, die ihn festhielten, mit einem heftigen Stoß des Ellenbogens beiseite und stieß einem anderen mit dem Kopf gegen die Brust, sodass er in die Knie ging. Drei weitere eilten nach vorn, um ihn zu überwältigen, einschließlich Lebuin selbst, der ihm mit einer Faust aufs Kinn hieb, sodass er Sterne sah. Er taumelte, fiel fast hin und hörte ein leises, schnaubendes Lachen. Als sich seine Sicht langsam wieder klärte, sah er, dass Siobhan sie beobachtete, ihr hübscher Mund war zu einem bösen Lächeln verzogen. Sie hatte um Richards Leben gefleht, dachte er. Aber sie hatte Clare bedroht. Wo war Clare jetzt?

»Ja, aber … wie soll er schreiben, Mylord?«, wagte der Ordensbruder zu fragen.

»Er hat bereits geschrieben«, sagte Siobhan und nahm eine Schriftrolle aus der Tasche ihres geborgten Gewandes. Sie hatte diese Farce satt, bevor sie auch nur begonnen hatte – alles daran war lächerlich. Sie hatte kein richtiges Gewand mehr getragen, seit sie ein zwölfjähriges Mädchen war, und damals war es einfaches Leinen gewesen, nicht solcher Firlefanz, und die Schuhe, die dazugehörten, mussten für ein Kind oder eine Elfe gemacht worden sein, so klein waren sie. Ich hätte meine Stiefel tragen sollen, dachte sie, während sie die gerunzelte Stirn ihres widerwilligen Bräutigams betrachtete, als Sean und die Übrigen ihn neben sie zerrten.

Sie musste zugeben, dass Seans Plan einen gewissen Sinn machte. Wenn König Heinrich glaubte, sein Cousin habe durch eine Heirat Frieden mit den Rebellen geschlossen, würde er nicht sofort weitere Truppen senden, selbst wenn dieser Cousin kaum Tage nach seiner Hochzeit bei einem außergewöhnlichen Unfall stürbe. Wenn es nach ihr ginge, würden zu dem Zeitpunkt, an dem man die Wahrheit entdeckte, das Schloss ausgelöscht und die Bauern übergesiedelt sein, und die Rebellen selbst wären schon lange fort. Sie wünschte nur, sie hätte in dieser Geschichte eine andere Rolle spielen können.

»Wir brauchen nur sein Siegel«, sagte sie abschließend zu dem Ordensbruder, während sie die Schriftrolle übergab. Sie hatte DuMaines Handschrift nun schon seit Wochen geübt, hatte Briefe kopiert, welche die Rebellen auf dem Weg nach London abgefangen hatten. Sie wusste, dass die Ähnlichkeit vollkommen war.

»Gütiger Himmel«, murmelte der Ordensbruder und wischte sich über die Stirn. Er war als Sachse geboren, der einzige Sohn eines freien Bauern, der von den Normannen auf seinem ererbten Grund ausgehungert und so in den Kirchendienst getrieben worden war. Als Sean ihn um seine Hilfe dabei gebeten hatte, DuMaine und seine Ritter zu vertreiben, hatte er widerwillig zugestimmt. Aber sie bezweifelte, dass er hiermit gerechnet hatte.

»Denkt an die Leute, Bruder«, drängte Sean.

»Ja«, antwortete der Ordensbruder und nickte, aber sein Blick war zu Boden gerichtet.

»Es scheint mir dennoch hart, ihn weiterhin geknebelt zu lassen«, sagte Siobhan und wandte sich wieder dem normannischen Lord zu, dessen Größe sie aus dieser Nähe erneut in Schrecken versetzte – er ragte über ihr auf, als wäre sie ein Kind. Seine grünen Augen verengten sich, als er ihrem Blick begegnete, und sie verspürte ein Schaudern. Was musste er denken? »Es heißt, er sehe sehr gut aus.« Als ihr ihr Publikum wieder einfiel, strich sie ihm mit einer Geste spöttischer Zärtlichkeit mit einer Hand über die Wange. »Ich möchte sein Gesicht sehen.« Sie dachte an ihren Vater, der vor seinem Haus wie ein Hund getötet, und an ihre Mutter, die geschändet und niedergemetzelt worden war, als sie dem Blick dieses Normannen begegnete. Lass ihn reden, dachte sie. Lass ihn dem guten Ordensbruder erneut zeigen, was er ist.

Tristan zuckte vor ihrer Berührung zurück, während die Briganten lachten und johlten und einige von ihnen ermutigende Kommentare riefen. Er hörte vertraute Stimmen in der Menge, die Bauern, die zu beschützen sein Cousin ihm aufgetragen hatte. Wie konnten sie ihn so sehr gehasst haben, ohne dass er davon wusste? Er suchte erneut nach Clare und betete im Stillen, dass diese Wilden zumindest ihr diese Gräuel ersparen würden, während Lebuin ihn zurück zu seiner Braut zerrte.

»Was auch immer du wünschst, kleine Schwester«, sagte der Anführer der Briganten. Schwester?, dachte Tristan überrascht. Er hatte gedacht, das Mädchen wäre die Geliebte des Briganten, irgendein gewöhnliches Mädchen, das er auf seinen Reisen aufgelesen und für seine Zwecke zur Rebellin gemacht hatte. Aber sie war allem Anschein nach seine Schwester, eine Lady von zumindest etwas adligem Blut. Seine Betroffenheit musste sich in seinen Augen spiegeln, denn Lebuin lächelte und zwinkerte dem Mädchen zu. »Nimm ihm den Knebel ab, Gaston.«

Siobhan sah zu, wie der Knebel entfernt wurde, und wartete darauf, dass DuMaine Flüche ausstoßen würde, wie sein Ritter es getan hatte. Aber er tat es nicht. »Vielen Dank, Mylady«, sagte er leise und mit so bitterem Sarkasmus, dass sie ihn fast schmecken konnte. Ohne den Knebel sah er sogar noch besser aus, mit kräftigen, wohlgestalteten Zügen und einem sinnlich geschwungenen Mund. Aber er verhielt sich nicht wie ein Liebender, und seine Gefühle waren unmissverständlich, als er sie von oben bis unten musterte. »Wie geht es Eurer Schulter?«

»Gut genug«, antwortete sie süßlich lächelnd. »Ihr zielt nicht allzu gut.«

»Zu schade«, antwortete er und erwiderte ihr Lächeln.

»Wirklich?« Sie trat näher und betrachtete ihn mit derselben Anmaßung, die er ihr gegenüber gezeigt hatte. »Wolltet Ihr mich weinen sehen?«

Tristan wandte sich um, während sie um ihn herumging. »Ich hätte tatsächlich nichts dagegen gehabt.« Lebuin folgte dem Mädchen, wie Tristan bemerkte, mit eifersüchtigem Blick, wobei ihr seine Wachen Platz machten. »Ihr seid immerhin eine Frau«, sagte er über die Schulter hinweg und begegnete ihrem Blick, als sie ihm erneut gegenüberstand. »Ich sollte hoffen, dass Ihr auch das Herz einer Frau habt.«

»Das habe ich tatsächlich, Mylord.« Sie dachte an die auf den Toren zur Schau gestellten Trophäen dieses Bastards, an das Blutbad, das seine Vorgänger angerichtet hatten. »Ich habe vor langer Zeit um Eure Verbrechen geweint.« Sie blickte in sein hübsches Gesicht, das selbst in der Niederlage noch überheblich wirkte. »Ich habe um meine Cousins geweint, die Ihr getötet habt.« Sie hatte ihn nur verhöhnen wollen, aber als sie die Worte aussprach, stieg Zorn in ihr auf, so mächtig, dass sie vergaß, welche Farce sie mit diesem Zerrbild einer Hochzeit veranstalten sollte. »Und um meinen Vater, den rechtmäßigen Herrn dieser Ländereien, der von dem König, auf dessen Schutz er vertraute, wie ein Hund getötet wurde. Er ist des Kummers wert, meint Ihr nicht?« Er zuckte nicht einmal zurück, wie sie erkannte. Er empfand nichts für die Menschen dieses Landes, für ihr Volk. »Aber um Euch? Nein, Mylord.« Sie trat von ihm zurück, bevor sie so blindwütig werden und ihn selbst töten würde – ungeachtet Seans hübscher Pläne. »Um Euch werde ich niemals weinen.«

Tristans Blut gefror, als er die Inbrunst in den Augen der Rebellin sah. »Wenn Ihr meine Briefe und mein Siegel habt, solltet Ihr mich jetzt töten.« Er sah sie erneut von oben bis unten an und verzog höhnisch die Lippen. »Ich würde es als Gnade aufnehmen.«

Sie spürte zu ihrer Überraschung, wie sich ihre Wangen dunkel röteten. »Tatsächlich, Mylord?«, fragte sie. Sie nahm den Dolch aus ihrem Gürtel und führte dessen Spitze an seinem Kinn entlang. »Ich könnte Eurem Wunsch vermutlich entsprechen.« Er zeigte noch immer kein Zeichen von Angst. Wie konnte sie ihn einschüchtern? Wenn er dem Tod so tapfer gegenübertrat, was würde ihn dann zusammenzucken lassen? Was wäre in der Lage gewesen, sie zu brechen, wenn sie in seiner Situation wäre? »Aber habt Vertrauen, DuMaine, ich finde, Ihr seid ein guter Preis.« Sie führte die Klinge an seiner Unterlippe entlang, während sie sich an die Begierde erinnerte, die sie einst in den Augen eines normannischen Soldaten gesehen hatte. »Ich denke nicht, dass ich schon ganz mit Euch fertig bin.«

»Das reicht.« Der Ordensbruder unterbrach sie mit puterrotem Gesicht. »Steckt Eure Klinge weg, Mylady.« Er wandte sich zu Sean um. »Sonst werde ich nicht fortfahren.«

»Wie Ihr wünscht, Bruder Thomas.« Sie steckte den Dolch ein, wobei sie DuMaine noch immer nahe genug war, um seinen Atem zu spüren. »Wir sollten unbedingt zum Ende kommen.«

Tristan blickte auf sie hinab, stand so nahe, dass er ihre Wärme spüren konnte. »Lady Siobhan, wollt Ihr diesen Mann zu Eurem Ehemann nehmen?«, fragte der Ordensbruder und nestelte an seinem Buch herum.

»Oh, ja«, antwortete sie. Sie blickte mit so lieblichem Lächeln zu Tristan auf, dass das Verlangen, ihr mit bloßen Händen den Hals umzudrehen, seinen Geist wie ein Fieber überkam. Wo ist mein Kind?, wollte er sie fragen. Was habt Ihr mit ihr gemacht? »Bis dass der Tod uns scheidet.«

»Werdet Ihr ihn lieben?«, fuhr der Ordensbruder fort, während die Menge kicherte.

»Zumindest ein Mal, mit großem Elan«, antwortete sie und wiederholte damit die Drohung, die sie schon zuvor angedeutet hatte. Tristan lächelte kalt. Keine Chance, dachte er.

Der Ordensbruder räusperte sich. »Werdet Ihr ihn ehren?«, fragte er.

»Absolut, Bruder.« Sie legte ihre Hand auf Tristans Brust, und ihr Lächeln wich einem Stirnrunzeln. »Ich werde jeden Sonntag auf sein Grab pinkeln.«

Die Menge brüllte erneut vor Lachen, aber Siobhan zitterte innerlich. Sie täuschte zum zweiten Mal an diesem Abend etwas vor, spielte für diesen Mann eine Rolle, für diesen Normannen, den sie töten würden. Was er wohl dachte? Sie konnte sein Herz unter ihrer Handfläche schlagen spüren, das nicht vor Angst raste, sondern nur kraftvoll schlug – das Herz eines Löwen. »Gott wird Euch für Eure Unverfrorenheit gewiss nicht segnen, Mylady«, sagte der Ordensbruder gerade, und seine Stimme klang weit weg, während das Blut in ihren Ohren rauschte. »Antwortet wahrheitsgemäß, als fürchtetet Ihr Gott. Werdet Ihr Eurem Ehemann gehorchen?«

»Nicht ein Mal.« Nun lächelte sie nicht mehr, und auch niemand sonst lachte. Sie fürchtete Gott. Sie fürchtete seinen Zorn aufgrund dessen, was sie an diesem Abend tat. Aber nicht DuMaine. Sie wollte diesen Normannen nicht fürchten, wollte keinen Moment zulassen, dass er glaubte, sie hätte Angst vor ihm. Sie sah ihn an, und ihre Blicke trafen sich. »Aber Ihr könnt so tun, als hätte ich ja gesagt.«

Der Ordensbruder hielt inne und atmete tief ein. »Das werde ich auch.«

Er wandte sich an Tristan. »Und nun Ihr, Mylord.« Sein Gesicht wurde angesichts Tristans Miene blass. »Ihr … wollt Ihr … ah, nun.« Er schaute zu Sean Lebuin. »Vielleicht solltet Ihr die Schwüre für ihn leisten.«

»Nein.« Tristan sprach erneut ruhig, aber die Drohung in seinem Tonfall war bis in jeden Winkel des Raumes spürbar. »Ich werde meinen Schwur leisten. Nur einen.« Die Männer, die ihn hielten, festigten ihren Griff, aber er brauchte nicht näher heranzugehen. Seine Braut konnte ihn auch so gut hören. »Ihr sagt, dass Ihr mich töten werdet, Liebste, und die Chancen dafür stehen wohl recht gut.« Das Mädchen wich nicht vor ihm zurück, und auch ihre Miene blieb unverändert, aber er sah ihre Wangen erbleichen. »Aber Ihr sollt Folgendes wissen, Mylady: Ich werde Euch den gleichen Dienst erweisen.« Keuchen wurde rund um die Halle hörbar. »Ich werde nicht in diesem Grab sein, auf das Ihr pinkeln wollt. Ich werde aus der Hölle selbst zurückkehren, um Euch für all Eure geliebten Verfehlungen zu bestrafen.« Sie öffnete den Mund, als wollte sie etwas erwidern, aber er sprach weiter. »Ich werde Euch töten, Liebste«, schloss er. »Das ist mein Ehegelübde für Euch.«

Siobhan zitterte am ganzen Leib, immer stärker, während er fortfuhr, und selbst Sean wirkte blass. Närrin, schalt sie sich innerlich. Diese Drohung war nicht schlimmer, als sie hätte erwarten sollen, nicht überzeugender als die Flüche, die sie von seinesgleichen im Kampf Hunderte Male zuvor gehört hatte. Sie sollte lachen, erkannte sie. Aber die anderen Männer hatten verängstigt oder zornig geklungen. Sie hatten gewusst, dass sie den Wind verfluchten. Tristan DuMaine glaubte jedes Wort, das er sagte. »Narr«, zischte sie ihm laut zu, und ihr frischgebackener Ehemann lächelte ein wissendes, bitteres Lächeln, das sie für ihre Zweifel an seinem Versprechen verspottete.

»Kommt zum Ende, Bruder«, sagte Sean, der nicht mehr lachte. »Erklärt sie zu Mann und Frau.«

Tristan hörte ihn oder die Worte, die der Ordensbruder sprach, kaum. Die Worte der Kirche waren bedeutungslos, das Ritual eine Farce. Die Wahrheit bestand zwischen dieser Siobhan und ihm selbst. Es waren die Schwüre, die sie aus den schwarzen Tiefen ihrer Herzen geleistet hatten. Es war ihre Hochzeit, die Macht, die sie verbinden würde. Sie zitterte jetzt, eine angemessen furchtsame, kleine Braut, und eine neue Empfindung ergriff ihn. Sie hatte ihn ihren Preis genannt, hatte gesagt, sie wollte ihn ein Mal benutzen, bevor sie ihn tötete. Er stellte sich einen einzigen, wahnsinnigen Moment lang vor, dass er es zulassen würde, stellte sich vor, wie es sich anfühlen würde, diese niederträchtige, kleine Rebellin in seine Arme zu schließen. Er blickte lächelnd zu ihr hinab, mit dem trägen Lächeln, das Clares Mutter dazu veranlasst hatte, ihn in ihrem Bett aufzunehmen, obwohl er ihr gesagt hatte, dass sie nie mehr als ein Zeitvertreib für ihn sein würde. Wie wäre es, diese kleine Dämonin mit Küssen zu brechen und sie seinem Willen zu unterwerfen? »So erkläre ich euch zu Mann und Frau«, sagte der Ordensbruder gerade.

Siobhan sah, wie sich der Blick ihres Bräutigams beim Lächeln veränderte, und sie griff erneut nach ihrem Dolch, erwartete, dass er einen Fluchtversuch unternehmen würde. Aber das tat er nicht. »Ich danke Euch, Bruder«, sagte er und nickte trotz der Wachen, die ihn festhielten, so huldvoll wie ein König. »Darf ich meine Frau jetzt küssen?«

»Ihr wollt mich küssen?« Sie lachte. Er hasste sie. Er hatte ihr nur Verachtung bezeigt. Aber plötzlich sah sie etwas anderes in diesen kalten, grünen Augen, etwas Bösartiges, das sie niemals zuvor im Blick irgendeines anderen Mannes gesehen hatte.

»Oh, ja«, antwortete er, und sein geheimnisvolles Lächeln ließ sie erröten. »Das will ich.«

»Das glaube ich nicht«, sagte Sean mit einem Lachen, das gezwungen klang.

»Warte«, sagte sie und hielt ihren Bruder zurück. »Warum nicht?« Sie zog ihren Dolch und hielt ihn an Tristans Kehle. »Lasst ihn los.« Sie erkannte, dass dies eine weitere Provokation war. Der Normanne wollte sie beschämen, wollte beweisen, dass sie eine Heuchlerin war. Aber das würde ihm nicht gelingen. Sie hielt den Dolch noch immer zwischen sie, reckte sich und küsste ihn auf die Lippen.

Sie glaubte einen Moment, sie hätte ihn wirklich überrumpelt. Er schien bereit, sich zurückzuziehen. Doch dann hob er plötzlich die Hände, schloss sie um ihre Arme und küsste sie unnachgiebig. Hör auf!, wollte sie rufen, als seine Zunge, warm und süß, ihre Lippen neckte. Er war ihr Feind. Wie konnte er es wagen, sie so zu berühren? Kein Mann hatte es jemals gewagt, sie auf diese Art zu küssen, selbst wenn sie es gewollt hatte. Kein Mann hatte jemals bewirkt, dass ihre Knie weich wurden. Der Kuss wurde für einen Moment unterbrochen, während er sie näher an sich zog, sie hochhob und an sich drückte, während seine Lippen die ihren kaum noch berührten. Dann küsste er sie erneut heftig, fordernd, und ihr Wille schien zu schwinden. Die Hand, die keine Waffe hielt, krallte sich vorne in sein Hemd, und ihr Mund öffnete sich.

»Es reicht!«, hörte sie ihren Bruder rufen, seine Faust krachte auf Tristans Kopf und stieß ihn von ihr fort. Von allen Männern, die es hätten tun können, fing ausgerechnet Gaston sie auf, als sie aus den Armen ihres normannischen Ehemannes gerissen wurde.

»Geht es Euch gut, Mylady?«, fragte er schadenfroh lächelnd, während Sean Tristan erneut schlug und sein Kinn traf, sodass er rückwärtstaumelte.

»Natürlich«, sagte sie und stieß ihn fort. Tristan war den Schlägen begegnet, und ein halbes Dutzend der Leute ihres Bruders stürzten vorwärts, um ihn zu überwältigen.

»Schafft ihn mir aus den Augen«, befahl Sean zornig. »Bringt ihn nach draußen und tötet ihn.«

»Nein«, sagte Siobhan und trat vor. Tristan sah lächelnd, vielleicht sogar triumphierend zu ihr hoch, während die Männer ihn festhielten und Blut aus einem seiner Mundwinkel lief. Heißer Zorn ließ sie schwindeln. »Noch nicht.« Er hatte ihre Mordschwüre mit einem Kuss besiegelt, hatte sie vor ihrem Bruder und seinen Männern zu seiner Belohnung machen wollen, hatte beweisen wollen, dass sie letztendlich doch nur ein hilfloses Mädchen war. Aber sie würde ihm seinen Fehler deutlich machen. »Bringt ihn in sein Schlafzimmer und bindet ihn ans Bett.« Sie zwang sich zu einem tödlichen Lächeln. »Wie ich Euch bereits sagte ... ich bin noch nicht ganz fertig mit ihm.«

3

Sobald DuMaine hinausgebracht worden war, führte Sean Siobhan die Treppe hinauf und außer Sichtweite der Menge. »Geht es dir gut?«, fragte er.

»Natürlich«, antwortete sie und wünschte, dass es wahr wäre. »Warum sollte es nicht?«

Er lächelte. »Mein tapferes Mädchen.« Er drückte sie an sich, und sie spürte, wie ihr Herzschlag ruhiger wurde. »Du hast es gut gemacht.«

»Vielen Dank.« Sie wäre gerne noch ein wenig länger gehalten worden, aber er ließ sie schon wieder los. »DuMaine ist ein Bastard.«

»Ja, Liebes, das ist er«, stimmte Sean ihr zu. »Aber du hast nicht nachgegeben.« Er berührte ihre Wange. »Ich war stolz auf dich.«

»Das hoffe ich doch.« Sie konnte die Wachen, die ihren Anweisungen folgten, den Gang hinab mit ihrem Bräutigam ringen hören. »Normannen stinken nicht nur, weißt du. Sie schmecken auch entsetzlich.«

»Daran zweifle ich nicht.« Die Geräusche aus dem Schlafzimmer wurden lauter, und jemand schrie vor Schmerz, bevor er einen Fluch ausstieß. »Du willst also mit ihm schlafen?«

»Natürlich nicht.« Sie trat hinter eine Säule, wo sie noch immer verborgen war, aber dennoch den Gang hinabblicken konnte. »Aber ich werde ihn für den Moment in diesem Glauben lassen.« Gaston stand am Kamin und sprach mit einem seiner Soldaten, aber sie bemerkte, dass er mit einem widerlichen leichten Grinsen ständig zur Treppe schielte. »Soll dein Freund Gaston es ruhig auch glauben.«

Sean folgte ihr und legte eine Hand auf ihre Schulter. »Warum Gaston?«

»Damit er es seinem Herrn erzählen kann«, antwortete sie. »Unsere Leute kümmert weder DuMaines Adelsstand noch die Ehe. Diese Heirat war für sie nur eine Scharade, aber Gaston …« Sie hielt inne und wählte ihre Worte sorgfältig. Sie hasste Gaston und hasste auch Seans Bündnis mit seinem Herrn, dem Baron von Callard. Andererseits brauchten sie es, zumindest noch für eine Weile. »Gaston ist ein Normanne«, sagte sie schließlich. »Er ist heute Abend dein Freund, aber wenn andere Normannen kämen und einen Beweis für diese Ehe forderten – würde er dann für uns lügen?« Sie wandte sich wieder ihrem Bruder zu. »Ich bezweifle es.«

»Gaston hat ganz genauso viel Grund, DuMaine zu hassen, wie wir«, beharrte Sean und nahm damit die Diskussion wieder auf, die sie schon seit Wochen führten.

»Das stimmt nicht, Bruder. Zumindest glaube ich es nicht.« Sie glaubte, dass Gaston – oder eher der Baron von Callard – eines Tages ebenso erpicht darauf wäre, Sean aus dem Weg zu räumen wie jetzt DuMaine. Aber sie hatte bereits erkannt, dass dies eine Theorie war, von der ihr Bruder nichts hören wollte. »Wenn Gaston denkt, ich hätte mit diesem Normannen geschlafen, wenn der Ordensbruder es denkt, wenn wir blutbefleckte Laken vorweisen können …«

»Wird niemand behaupten, du und DuMaine wärt niemals wirklich verheiratet gewesen«, beendete er ihren Satz für sie. Zwei der Männer, die DuMaine heraufgebracht hatten, betraten wieder den Gang. Beide wirkten mitgenommen. Als sie Siobhan erblickten, grinste einer von ihnen, während er ein Tuch an seine blutende Lippe hielt.

»Er gehört Euch, Mylady«, rief er.

»Der Bastard hat Glück«, murmelte der Zweite, woraufhin sein Begleiter kicherte.

»Das reicht«, sagte Sean stirnrunzelnd. »Geht nach unten und sucht Bruce und Callum. Sagt ihnen, dass ich sie brauche.« Die Männer nickten beschämt und wichen Siobhans Blick aus, als sie auf dem Weg zur Treppe an ihr vorübergingen.

»Warum Bruce und Callum?«, fragte sie Sean neugierig. Die beiden Männer, die er erwähnt hatte, waren kaum seine erfahrensten Soldaten, noch waren sie eine angenehme Gesellschaft.

»Unwichtig«, sagte er und sah ihnen nach, bis sie fort waren. »Wie lang soll dieser Vollzug der Ehe deiner Meinung nach dauern?«

»Ich denke, nicht lange.« Ihr wurde bewusst, dass sie sich einen wahnsinnigen Augenblick lang an DuMaines Kuss zur Besiegelung seines Schwurs erinnerte, und sie stellte sich vor, wie es wohl wäre, wenn sie wirklich vorhätte, was sie versprochen hatte. Würde er sie begehren, wenn sich die Gelegenheit ergäbe?

»Gut«, sagte Sean und nickte. Der Klang seiner Stimme vertrieb diesen törichten Gedanken. »Du solltest dir ein unbeobachtetes Plätzchen suchen …«

»Nein«, unterbrach sie ihn. »Ich muss hineingehen.« Sie dachte erneut an Tristans triumphierendes Lächeln, nachdem er sie geküsst hatte, und ihr Gesicht wurde rot vor Zorn. Sie dachte an den normannischen Ritter, der sie in der Nacht verfolgt hatte, in der ihre Eltern ermordet wurden, der erste Mensch, den sie jemals getötet hatte. Sie konnte noch immer seinen Atem riechen, hatte noch immer Albträume darüber, was er getan hätte, wenn er sie erwischt hätte. Aber nun war sie eine erwachsene Frau. Nun würde sie Rache nehmen. Eines der Dienstmädchen, Cilla, kam mit einem Tablett die Treppe herauf, und Siobhan lächelte ihr zu. »Komm, Cilla«, sagte sie und eilte zur Tür. Sie hielt inne und berührte ihren Bruder am Arm. »Es wird nicht lange dauern.«

Sean ergriff sanft ihr Handgelenk. »Tu nichts Törichtes«, befahl er. »Jage ihm Angst ein, wenn du willst, aber lass dich nicht von ihm berühren.«

»Keine Sorge«, versprach sie. »Das werde ich nicht.«

Tristan wehrte sich wie ein Besessener gegen seine Gefangenenwärter, als sie ihn ans Bett fesselten, so heftig, dass sie, als seine Glieder jäh erschlafften, annahmen, er sei endlich überwältigt. Zwei von ihnen verließen den Raum, während zwei weitere seine Fesseln festzurrten. »Wo ist Euer Cousin jetzt, Mylord?«, fragte einer von ihnen, als er seine Aufgabe erfüllt hatte. »Wo ist Euer königliches Blut?«

»Lass ihn in Ruhe«, schalt der andere und trat zurück. »Siehst du nicht, dass er geschlagen ist?« Er lächelte. »Mylady wird jetzt keine Probleme mehr mit ihm haben.«

Tristan erwiderte das Lächeln, während er heimlich seine Fesseln prüfte. Ein geschickter, starker Ruck, und er könnte sich vielleicht befreien. »Eure Lady, wie ihr sie nennt, ist ein Luder.«

»Bastard!«, schrie der erste Brigant, während der zweite ihm seine Faust ins Gesicht schlug.

»Das war mutig«, sagte die Stimme einer Frau vom Eingang her. Beide Briganten wandten sich um, als Siobhan den Raum betrat, gefolgt von einer alten Frau, die Tristan aus der Küche wiedererkannte. »Einen Mann zu schlagen, der wie ein Schwein gefesselt ist, das zur Schlachtbank geführt werden soll.«

»Er ist ein Schwein«, erwiderte der Mann, der Tristan geschlagen hatte. »Er hat Euch …«

»Ich habe gehört, was er gesagt hat.« Ihre dunkelblauen Augen wirkten im trüben Licht des Schlafzimmers fast schwarz, und ihre Haut schimmerte wie Mondlicht. Die Schatten standen ihr – seiner Dämonin. »Und wir werden ihn abschlachten.« Ihr Blick begegnete dem Tristans einen Moment, und auf ihrem Mund erschien die Andeutung eines Lächelns. »Aber jetzt noch nicht.« Sie nickte der alten Frau zu, die daraufhin mit einem Tablett in den Händen ans Bett herantrat.

»Seht Ihr, alte Frau?«, fragte Tristan sie, als sie es absetzte. »Seht Ihr, was Eure Leute in Euer Heim gebracht haben?«

»Nicht mein Heim, Mylord.« Sie wischte ihm mit einem nassen Handtuch das Blut vom Gesicht.

»Und auch nicht Euer Lord, Mutter«, meldete sich einer der Briganten zu Wort.

»Lasst Cilla in Ruhe«, befahl Siobhan. »Ihr beide, geht und kümmert euch draußen um meinen Bruder.«

Beide Männer wirkten wenig erfreut, aber sie gehorchten ihr ohne zu murren. Siobhan lächelte Tristan zu und wandte sich dann ab, um sich im Spiegel zu betrachten.

»Sie werden euch nicht in Ruhe lassen«, sagte er leise zu der Frau, die sich um seine Wunden kümmerte. Nun, da die Soldaten fort waren, könnte er dieser Falle mit ihrer Hilfe noch immer entkommen. »Sie werden dieses Schloss bis auf die Grundmauern niederreißen, eure Ernten zerstören, eure Töchter verschleppen …«

»Und was wäre daran neu?«, unterbrach sie ihn. Er hörte Siobhan, die ihnen noch immer den Rücken zuwandte, leise lachen. »Wann hätten die Leute des Königs nicht genau das und Schlimmeres getan?«

Siobhan wartete auf der anderen Seite des Raumes gespannt auf seine Antwort. »Wann habe ich Schlimmeres getan?«, fragte er schließlich mit so trauriger und sanfter Stimme, dass sie kaum glauben konnte, dass er es war, der gesprochen hatte. Sie wandte sich um und sah, wie er in stummem Flehen zu Cilla aufblickte. Als ihr altes Kindermädchen bemerkte, dass sie sie beobachtete, wandte sie den Blick ab und füllte eilig einen Becher mit Wasser.

»Ich werde für Eure unsterbliche Seele beten, Lord Tristan«, sagte die alte Frau, während er trank. »Und ich werde um die Kleine trauern, die Ihr zurücklasst.« Sie blickte wieder zu Siobhan. »Aber um Euer Schloss werde ich nicht weinen.«

»Das solltest du auch nicht, Cilla«, antwortete Siobhan und lächelte ihr zu. »Spar dir deine Tränen für meinen edlen Vater, deinen rechtmäßigen Lord, der vor zwölf Jahren ermordet wurde.«

»Ja, Cilla, tut das«, sagte Tristan. Alle Sanftheit, die sie in seiner Stimme gehört hatte, war auf einmal verschwunden. »Hätte ich ihn gekannt, würde ich vielleicht selbst um ihn weinen.« Sein Blick begegnete dem Siobhans.

Für einen Moment zweifelte sie beinahe an sich selbst, zweifelte, ob der Tod dieses Mannes gerecht war. Er hatte ihren Vater nicht gekannt. Tatsächlich konnte er selbst kaum mehr als ein Kind gewesen sein, als ihr Heim angegriffen und zerstört worden war. Dann dachte sie an ihre Cousins, deren Köpfe den Krähen zum Fraß vorgeworfen worden waren – nicht von einem längst verstorbenen Fremden, sondern von diesem Mann hier. Er hatte, trotz all seiner schönen Worte an das Dienstmädchen, nichts anderes getan als die Männer, die auf Befehl ihres Königs ihren Vater ermordet hatten. »Lass uns allein, Cilla«, sagte sie, zog ihren Dolch und zwang sich zu einem Lächeln. »Mein Bräutigam ist nun bereit für mich.«

»Ja, Mylady.« Cilla blickte ein letztes Mal zu DuMaine, nahm ihr Tablett hoch und ging.

»Was jetzt, Mylady Metze?«, fragte er, und die träge, gedehnte Sprechweise des Normannen klang verführerisch und spöttisch zugleich. »Ihr hättet Eure Wachen mich ausziehen lassen sollen, meint Ihr nicht?«

»Nicht so, mein tapferer Lord«, antwortete sie. Er bezweifelte noch immer, dass sie tun wollte, was sie versprochen hatte, und er hatte tatsächlich recht. Aber sie war nicht bereit, ihm diese Gewissheit zu geben. »Ich denke, ich komme gut genug damit zurecht.« Sie durchschnitt mit ihrem Dolch die Schnürung seines Waffenrocks und öffnete ihn mit der Spitze.

»Das macht Ihr gut, Liebste«, sagte er, und sein Hohn ließ das Kosewort schlimmer klingen als seine Beleidigungen. »Ihr müsst viel Übung darin haben.«

Sie lächelte und weigerte sich, den Köder zu schlucken. »Nicht so viel, wie Ihr vielleicht glaubt.« Sie legte das Messer beiseite und öffnete mit der Hand seine Hose. »Ich bin schließlich noch immer Jungfrau.«

Sein Atem stockte, als müsste er ein Keuchen unterdrücken. »Den Teufel seid Ihr«, antwortete er stirnrunzelnd.

»Zweifelt Ihr etwa an meinen Worten?« Sie merkte, dass

seine Reaktion sie freute. Er klang fast ängstlich. »Ich bin zutiefst verletzt.« Sie ließ ihren Blick über ihn schweifen, wie sie die Blicke ihres Bruders und seiner Leute über Huren hatte schweifen sehen, und lächelte währenddessen, ohne darüber nachzudenken. Er war der bestaussehende Mann, den sie je erblickt hatte, die Statue eines Engels in Menschengestalt – diese grünen Augen hatten wahrscheinlich schon Tausende betört. Nun beobachteten sie sie, lodernd vor Zorn, und Scharfsinn brannte hinter seinen Augen. Seine Nase war groß und leicht gebogen, als wäre sie einmal gebrochen gewesen, und eine kleine Narbe zog sich einen seiner Mundwinkel hinab. Aber diese Makel verbesserten sein Aussehen nur noch.

»Was plagt Euch, Liebster?«, fragte sie ihn im Tonfall einer Verführerin. Sie öffnete sein Hemd und ließ die Handfläche über seinen Bauch gleiten, der schlank und muskulös war. »Ich dachte, ihr Normannen mögt solche Dinge.«

»Welche Dinge, Siobhan?«, fragte er, und seine Stimme klang fast wie ein Grollen.

»Gleichzeitig zu jammern und zu stoßen.« Der Klang seiner Stimme, die ihren Namen aussprach, verursachte ein seltsames, kleines Schaudern in ihrem Magen. Sie zog eine lange, weiße Narbe an seiner Seite nach, das Überbleibsel einer Wunde, die fast tödlich gewesen sein musste. Ihr Feind war ein großer Krieger, auch wenn er ein hündischer Bastard war. »Ich dachte, Schändung sei der große Zeitvertreib des Königs und seines Gefolges?«

»Ja, *Petite*, das stimmt«, antwortete Tristan verbittert und bemühte sich um einen ruhigen Tonfall. Wenn diese Verführerin noch Jungfrau war, dann war König Heinrich der Papst. »Aber wir ziehen es vor, obenauf zu sein.«

Sie lächelte. »Ich verstehe.« Sie hatte in ihrem ganzen Leben kaum je einen Mann geküsst, aber nun beugte sie sich hinab und küsste die deutliche Quetschung, die ihr Bruder an seiner Wange hinterlassen hatte. »Das tut mir leid für Euch.« Sie küsste eine weitere geschwollene Quetschung an seinem Kinn, während ihre Hände über seine Brust glitten, und er murmelte einen Fluch und riss den Kopf weg.

»Beantwortet mir eine Frage«, forderte er sie auf und rang um Kontrolle.

»Nur eine?« Sie hob den Kopf, sah ihn an, und die reine Teufelei leuchtete in ihren Augen. »Gern.«

Er zwang sich, ihr Lächeln zu erwidern, während er sich eine Beleidigung auszudenken versuchte, die sie verletzen würde. »Welche Widernatürlichkeit hat Euch dazu veranlasst, dieses Gewand zu tragen?«

Zu seiner Überraschung lachte sie. »Es gefällt Euch also nicht?«

»Ich mag das Kleidungsstück sehr.« Solch eine Schönheit musste gewiss von Eitelkeit vergiftet sein, dachte er. Er könnte sie bestimmt in ihrem Stolz verletzen. »Am richtigen Mädchen wäre es wunderschön. Seine rechtmäßige Besitzerin sah wahrscheinlich überaus bezaubernd darin aus.«

»Ganz im Vertrauen gesagt, das tat sie nicht.« Sie setzte sich neben ihm aufs Bett und zog den Rock über die Knie, eine anstößige, wenig damenhafte Geste, die durch ihre mangelnde Anmut noch verführerischer wirkte. »Sie hatte dünnes Haar und ein Gesicht wie ein Pferd.«

»Dennoch denke ich, dass es ihr gepasst haben muss.« Sie war wie ein wildes Geschöpf aus einer uralten Fabel, dachte er, eine Nymphe, die die Rechtschaffenen zugrunde richten sollte. »An Euch hängt es wie ein Lumpen.«

Sie runzelte die Stirn und blickte an sich hinab. »Ich habe keine sehr weibliche Figur, oder?«

»Irgendwie weiblich, nehme ich an.« Er sah sie von oben bis unten an und verzog höhnisch den Mund. »Beleidigt Euch meine Offenheit?«

»Euer Leben beleidigt mich, mein Gatte«, antwortete sie, während sie ihr Lächeln wiedererlangte. »Aber das wird sich bald ändern.« Sie beugte sich hinab, bis ihr Gesicht auf gleicher Höhe mit seinem war. »Das verspreche ich.« Sie küsste ihn sanft auf die Lippen und zog sich zurück, als er den Kuss gegen seinen Willen erwiderte.

»Teufelin«, stieß er rau hervor, als sie sich aufsetzte.

»Das sagtet Ihr bereits.« Ihre Stimme zitterte, aber ihr Herz war kalt. »Aber ich denke, dass Ihr der Teufel seid.« Sie küsste ihn erneut auf die Lippen, öffnete seinen Mund mit ihrer Zunge, wie er ihren geöffnet hatte, als sie verheiratet worden waren. Er glaubte wirklich, sie wollte ihn, der Narr glaubte, sie würde sich ihm, ihrem Feind, ergeben. Sie erwartete, dass er sich gegen ihren Kuss wehren, dass er versuchen würde, den Kopf abzuwenden, aber er tat nicht einmal das. Er erwiderte ihren Kuss und wurde zum Angreifer. Sie spürte, wie er unter ihr hart wurde. »Es ist verrückt, liebster Gatte«, sagte sie, als sie den Kuss unterbrach. »Ich denke, du willst mich letztendlich doch.«

Er lächelte, das hassenswerte Höhnen, das sie in den wenigen kurzen Stunden, seit sie ihn kannte, zu erwarten gelernt hatte. Hatte er ihre Cousins auch so verhöhnt, bevor er sie mit der Axt töten ließ? »Du vergisst, dass ich Soldat bin, Siobhan. Ich kann alles ficken, wenn ich muss.« Sie öffnete den Mund zu einer Antwort, doch er hob eine Hand und schloss sie fest um ihre Kehle, wobei das Seil, das die Hand gehalten hatte, wie ein Faden zerriss. »Leider habe ich nicht die Zeit dazu.«

Sie wollte Atem holen, aber es gelang ihr nicht, da ihr die Luft vollkommen abgeschnitten war, während sie mit beiden Händen an seiner Faust zerrte. Sie wollte den Dolch ergreifen, den sie auf den Tisch gelegt hatte, aber sie kam nicht an ihn heran. Helle Lichtpunkte tanzten wie verrückt vor ihren Augen. Nein!, brüllte sie im Geiste, eher zornig als furchtsam. Aber tatsächlich konnte sie keinen Laut hervorbringen.

»Die Zeit des Spielens ist vorbei, *Petite*«, sagte er leise und drückte fester zu, presste seinen Daumen auf den Puls an ihrer Kehle. »Nun ist es Zeit für Lektionen.« Er befreite auch sein anderes Handgelenk, dessen Haut aufgeschürft war und blutete. »Schade, dass du nicht mehr so lange leben wirst, um von ihnen zu profitieren.« Sie kämpfte gegen die Dunkelheit an und schlug mit den Fäusten blind auf ihn ein, aber sein Arm war weitaus länger als ihrer. Er ergriff mit seiner freien Hand mühelos den Dolch und hielt die Spitze unter ihre Nase. »Schhh …« Er hielt sie immer noch fest an der Kehle gepackt, während er die Fesseln an seinen Knöcheln durchschnitt, beugte sich dann näher zu ihr und zwang sie, rückwärtszustolpern, als er sich erhob. »Was soll ich jetzt nur mit dir tun?«

Sein Griff lockerte sich. Sie begann wieder zu atmen. »Fahr zur Hölle«, wollte sie ihn verfluchen, aber sie konnte die Worte nur flüstern. Er hatte ihr beinahe die Kehle zerquetscht. Ihre Stimme war fort.

»Mit dir in meinen Armen, kleine Ehefrau.« Er beugte sich herab, küsste sie auf die Stirn und atmete ihren Geruch ein. Er sollte sie töten, ihr den Hals umdrehen und verschwinden, solange er noch die Chance dazu hatte. Sie hatte die Wachen zu ihrem Bruder geschickt. Er konnte immer noch entkommen. Aber irgendwie konnte er sie nicht loslassen.

»Mein Bruder wird dich töten.« Bei jedem der geflüsterten Worte fühlte sie sich, als würde eine gezackte Glasscherbe ihre Kehle aufreißen, und ihre Stimme versagte noch immer. »Du kannst nicht entkommen.« Sie griff nach dem Dolch, und er presste seine Faust wieder zusammen, sodass die Welt wieder schwarz wurde, während er das Messer fortwarf.

»Ich brauche keine Klinge, kleine Teufelin.« Er klang betrunken, wie er bemerkte, seine Worte waren undeutlich. Sie hatte ihn irgendwie verhext und ihn seines Verstandes beraubt. Aber er könnte noch immer frei sein. »Ich werde dich mit den Händen zerreißen.«

Sie spürte, wie sich sein Griff lockerte und zu einer Liebkosung wurde. »Meine wunderschöne Siobhan.« Dieselbe seltsame Erregung, die sie schon zuvor empfunden hatte, durchschauderte sie erneut, als er mit beiden Händen durch ihr Haar strich und es sanft anhob und durch seine Finger gleiten ließ. »Wie Seide.«

»Hör auf!« Sie wollte seine Hände fortschlagen, aber er packte sie an den Handgelenken und drängte sie wieder gegen die Wand. »Lass mich los!«

»Dich loslassen?«, echote er. »Aber ich dachte, du wolltest spielen.« Er presste seinen Mund langsam auf ihren und hielt sie fest, als sie sich wehrte. Sie konnte nicht gegen ihn kämpfen. Sie konnte nicht entkommen. Er küsste sie, und ihre Knie wurden weich, und ihre Kraft schwand. Seine Zunge stieß zärtlich in ihren Mund, warm und lebendig, und sie ließ es zu. Sie hieß es willkommen. Sie erwiderte seinen Kuss, nährte sich an seinem Mund.

»Siobhan ...« Er sprach ihren Namen aus wie eine Liebkosung, als wären sie wirklich Liebende. Er war zu stark für sie, ihr Mörder. Ihr waren keine Waffen geblieben. Er ließ eines ihrer Handgelenke los, um ihre Wange zu berühren, und sie versuchte, ihn ins Gesicht zu schlagen. Aber er war zu schnell für sie. Er fing ihre Faust ab, bevor sie ihn traf. Sie passte vollständig in seine Handfläche. »Kleine Teufelin«, flüsterte er lächelnd. Er sollte einen Fluchtversuch unternehmen, dachte sie. Warum lief er nicht davon? Er hatte recht. Er könnte sie mühelos töten. Warum tat er es nicht?

»Nein«, flüsterte sie, als er näher herantrat, um sie erneut zu küssen. Seine Lippen streiften ihre kaum, dann wanderten sie zu ihrem Kinn. »Sean ...« Sie sammelte ihre Kraft und hielt den Atem an, um ihn in einem einzigen qualvollen Schrei auszustoßen, der sich anfühlte, als würde ihre Kehle aufgerissen. »Hilf mir, Sean!«

Tristans Augen weiteten sich einen Moment, und dann runzelte er die Stirn, packte sie fest an den Schultern und schleuderte sie hart gegen die Wand. Aber Sean und die Übrigen waren bereits da – die Tür öffnete sich krachend. Ihr Bruder schlug dem Mann, der sie festhielt, mit seinem Schwertheft fest auf den Schädel, sodass er bewusstlos zu Boden ging.

»Sean, es tut mir leid.« Sie sank neben ihrem gestürzten Ehemann auf den Boden, ihre Beine gaben unter ihr nach. »Es tut mir so leid ... Ich weiß nicht, wie er sich befreien konnte.«

»Still, Liebes«, antwortete Sean, der sie kaum ansah. »Bringt ihn hinaus in den Hof«, befahl er seinen Leuten. »Er ist außer Gefecht – und haltet Gaston von ihm fern.«

»Verzeih mir«, sagte sie leise und blickte zu Boden. Sie

hatte versagt. Sie war schwach, war letztlich doch nur eine Frau. »Ich habe ihn entkommen lassen.«

»Das hast du nicht.« Ihr Bruder legte ihr eine Decke um die Schultern, während Tristan hinausgetragen wurde. Sein Körper wirkte so leblos wie ein Leichnam. »Ist er entkommen?« Er zog sie sanft hoch und lächelte. »Du hast es gut gemacht.« Er nahm seinen mit Edelsteinen besetzten Dolch hervor, eine Trophäe, die er dem Mörder ihres Vaters abgenommen hatte. »Aber nun lass uns zum Ende kommen.« Er wollte in seinen Arm schneiden.

»Warte.« Sie griff nach dem Messer. »Lass mich das tun.« Sie zog die Klinge über ihre Handfläche und ließ ihr Blut auf die Laken tropfen.

Sie trat in der Dämmerung auf den Hof hinaus. Bruce und Callum waren bereits aufgesessen, und die beiden anderen Männer versuchten, DuMaines Pferd – ein wundervolles, weißes Schlachtross – zu bändigen. Tristan selbst, oder das, was von ihm übrig war, lag ausgestreckt auf dem Boden.

»Ein schöner Morgen, mein Gatte«, sagte sie, wobei noch jedes Wort schmerzte und kaum mehr als ein raues Flüstern war. Aber Tristan hatte viel Schlimmeres erlitten – tatsächlich hatten sie ihn so stark geschlagen, dass sie ihn beinahe nicht erkannt hätte und kaum glauben konnte, dass er noch lebte. Aber er regte sich beim Klang ihrer Stimme, als wollte er sich erheben. »Ich bin gekommen, um mich zu verabschieden.«

Er schaffte es, sich auf alle viere gestützt wie ein Hund auf die Knie zu drücken. Aber seine Augen waren, als er zu ihr aufblickte, die eines Menschen. Der stolze Teufel in ihm lebte weiter. Sie stählte sich für seine Worte und war entschlossen, die Qual, die sie empfand, nicht zu zeigen. Sie war eine Närrin. Er war ihr Feind, der mordende Unterdrücker ihres Volkes. Seine Qual sollte sie erfreuen. Aber sie blickte zu ihm hinab, dachte an seinen Kuss und an den Klang seiner Stimme, die ihren Namen flüsterte. Warum war er nicht davongelaufen? Er blickte nun zu ihr hoch, als würde ihn nichts mehr freuen als ihr Tod.

Aber als er sprach, fluchte er nicht, wie sie es verdient hätte. »Bitte«, flüsterte er rau, während er vor ihr kniete. »Mein Kind … meine Clare.« Sie trat entsetzt einen Schritt zurück, und er packte ihre Hand, aber sein fester Griff war nicht drohend, während er ihr in die Augen sah. »Versprich es mir, Siobhan.«

»Lasst sie los«, befahl Sean und hob eine Hand, um ihn zu schlagen.

»Nein!«, rief Siobhan und hielt ihren Bruder zurück.

»Versprich es mir«, wiederholte Tristan, der anscheinend niemanden außer ihr wahrnahm. »Schwöre, dass sie in Sicherheit ist.«

Hätte ihr Vater so um ihr Leben gefleht, wenn Heinrichs Männer ihm die Chance dazu gegeben hätten? Ja, dachte sie, das hätte er. Seien wir besser als unsere Feinde, hatte sie zu Sean gesagt, als er den jungen Knappen köpfen wollte. Die kleine Clare verdiente gewiss das Gleiche. »Ich schwöre es.« Sie erwiderte den Druck seiner Hand einen Moment lang. »Ich werde sie mit meinem Leben beschützen.«

»Das ist genug, kleine Schwester«, sagte Sean und legte eine Hand auf ihre Schulter.

»Ja«, antwortete sie. Sie entzog Tristan ihre Hand, und er ließ es zu und senkte ebenfalls den Blick. »Es ist mehr als genug.« Sie beugte sich herab und berührte Tristans gequetschte und blutige Wange. »Lebwohl, Gatte. Warte in der Hölle auf mich.« Sie trat zurück, und Sean und seine Leute hoben Tristan hoch und warfen ihn über den Rücken des Schlachtrosses. Das Pferd hörte sofort auf zu tänzeln, als erkannte es seinen Reiter selbst in diesem kläglichen Zustand noch. Siobhan biss sich so fest auf die Innenseite ihrer Wange, dass sie ihr eigenes Blut schmeckte. Sie sah zu, wie er auf dem Sattel festgebunden wurde. Dann führten Bruce und Callum das Pferd davon.

»So«, sagte Sean, als sie durch die zerbrochenen Tore kamen. »Es ist vollbracht.«

»Ja.« Ein seltsamer, scharfer Schmerz presste ihr das Herz zusammen, und ihre Wangen wurden tiefrot vor Scham. »Endlich ist es vorbei.« Sie schaute auf und sah, dass ihr Bruder sie beobachtete, ihr Gesicht prüfend betrachtete. »Also, was jetzt, Hauptmann?«, fragte sie und zwang sich zu einem Lächeln.

Sean erwiderte das Lächeln. »Der Sieg«, antwortete er. »Komm, Liebes. Ich werde es dir zeigen.«

4

Tristan fühlte keinen körperlichen Schmerz mehr. Er hatte so viel Blut verloren, dass er kaum überhaupt noch etwas spüren konnte. Aber er empfand Zorn. Er empfand Hass.

Siobhan hatte ihn verzaubert. Selbst als er ihre Kehle mit der Faust umklammert hielt, war es ihr irgendwie gelungen, ihn lange genug abzulenken, um ihn an der Flucht zu hindern. Sie hatte ihm mit ihrer Schönheit den Verstand geraubt, seinen Willen gebrochen und dann ihre Lakaien gerufen, damit sie ihm den Rest gaben. Und er hatte es zugelassen. Er hatte für einen Kuss nicht nur sein Leben, sondern auch seine Suche verwirkt. Durch die Augen der wunderschönen Teufelin bezaubert, hatte er alles andere vergessen – den Auftrag Heinrichs, sogar die Sicherheit seines Kindes. Er verdiente den Tod, der ihn erwartete, und die folgende ewige Verdammnis. Aber noch nicht. Er hatte Clare versprochen, dass die bösen Männer ihn nicht töten würden, und er würde dieses Versprechen halten. Er hatte Siobhan versprochen, dass kein Grab ihn an der Rache hindern würde.

Er würde auch dieses Versprechen halten.

Sie ritten scheinbar tagelang – er bemerkte vage, wie die Welt dunkel und dann wieder hell und schließlich wieder dunkel wurde, aber er hatte aufgegeben zu zählen, wie oft dies geschah. Er hörte die Briganten miteinander sprechen, aber er bemühte sich nicht, etwas zu verstehen. Er konzentrierte all seine Kraft und seinen Willen aufs Überleben. Zweimal kam der größte der Schurken, packte seine Haare und riss seinen Kopf hoch, damit er sein Gesicht sehen konnte. »Noch nicht tot? Nein? Wie Ihr wollt.« Aber ansonsten berührte oder beachtete ihn keiner von ihnen mehr, als sie einen Sack Getreide auf einem Packesel beachtet hätten.

Es war wieder dunkel, als der Große sagte: »Biegt von der Straße ab.« Daimon blieb stehen, und Tristan versuchte sich zu konzentrieren, um auszutesten, wie viel Kraft ihm noch geblieben war, und um einen Plan zu ersinnen. »Wir haben ihn weit genug fortgebracht.« Wenn sie erst anhielten, würden sie ihn töten, wie er wusste, es sei denn, er tötete sie zuerst. Aber wie sollte er das tun? Einer seiner Arme war zerschmettert und ausgerenkt, und mehrere seiner Rippen waren gebrochen – er schmeckte nun schon seit Stunden sein eigenes Blut.

»Wir sollten nachsehen, ob ein Haus in der Nähe ist«, sagte der zweite Brigant, als sie auf einer Lichtung in den Wäldern haltmachten. »Wir wollen nicht, dass er gefunden wird.«

»Warum nicht?« Der Große führte sein Pferd neben Daimon und zog dabei sein Messer. Tristan spannte sich an und wand sich in seinen Fesseln. »Wer soll ihn hier erkennen?« Anstatt ihm die Kehle durchzuschneiden, durchtrennte der Brigant den Riemen, der Tristan auf dem Sattel hielt, und trat ihm in die Seite, sodass er zu Boden fiel. »Lebt wohl, Lord Tristan DuMaine«, sagte er und spie ihn an. Konnten sie wirklich so dumm sein? Sie würden doch bestimmt sicherstellen, dass er wirklich tot war, bevor sie ihn zurückließen.

»Ja, Mylord, lebt wohl«, hörte er den zweiten Briganten lachend erwidern. »Wir werden es uns in Eurem Schloss bequem machen.«

Kommt näher, dachte Tristan und zwang seinen Körper willentlich, sich zu bewegen.

Plötzlich sprang eine große, schwarze Gestalt aus den Schatten – ein gewaltiger Wolf, der den größten Briganten angriff und aus dem Sattel stieß. »Verdammt, Herrgott!«, schrie der Brigant, als die Zähne der Bestie an seiner Kehle rissen, und Tristan hätte bei dem Klang, wenn er die Kraft dazu gehabt hätte, aus heller Freude gelacht. Es war, als hätte ein mitfühlender Dämon seinen Zorn körperlich heraufbeschworen und auf seine Gefangenenwärter gehetzt, so gerecht schien der Angriff des Wolfes. Er wandte mit letzter Kraft den Kopf, um beobachten zu können, was die Bestie als Nächstes tun würde. Sie schien sich an der Kehle des Briganten zu nähren, seiner Gegenwehr ungeachtet sein Blut zu trinken. Als der Mann nicht mehr zuckte, stieß das Tier einen Laut aus, der als Heulen begann, sich aber schnell veränderte, zu etwas Menschlichem wurde. Der Wolf erhob sich, und sein Umriss zerfloss, während Tristan ungläubig zusah, zur Gestalt eines Mannes.

Das Pferd des Briganten bäumte sich auf und wieherte, und der Mann zog sich zurück und knurrte, wobei er lange, weiße Zähne bleckte, die im Mondlicht weiß schimmerten. Er war jung, nicht älter als Tristan selbst, mit langem, schwarzem Haar und Augen, die einen Moment grün leuchteten, bevor sie braun wurden. Er war bis zur Taille nackt, aber er trug die Hose und die Stiefel eines adligen Ritters. Das Pferd wich vor ihm zurück, lief davon und zog den toten Briganten, dessen Fuß noch immer im Steigbügel steckte, mit sich.

»Wer, zum Teufel, seid Ihr?«, stotterte der zweite Brigant, der mit seiner Armbrust auf den Dämonenritter zielte. Der Dämon lächelte, während er sich mit einem Arm das Blut vom Mund wischte.

»Ihr habt es bereits geahnt«, antwortete er und packte den Briganten am Waffenrock. Der Mann schoss die Armbrust ab, sodass der Pfeil durch die Schulter des Dämons drang, aber dieser schien ihn nicht zu spüren. Er riss den Pfeil aus seiner Haut, während er den Mann vom Pferd zerrte, und benutzte ihn dann, um ihm die Kehle zu durchstechen. Schließlich beugte er sich erneut hinab, um aus der Blutquelle zu trinken. Tristan beobachtete fasziniert und erschüttert die Bewegung seiner Rückenmuskeln, während er sich nährte.

»Nein!«, rief der Dämonenritter plötzlich und schleuderte den Mann, den er festgehalten hatte, wie ein Spielzeug gegen einen Baum. Der Kopf des Briganten rollte auf seiner Schulter umher, als er offensichtlich tot zu Boden fiel, und der Dämonenritter sank auf die Knie. »Nein … das bin ich nicht«, murmelte er, und Tristan hörte einen irischen Akzent in seiner Stimme.

Was bist du?, dachte Tristan und versuchte, sich auf das Gesicht des Geschöpfs zu konzentrieren. Der Dämonenritter beugte sich näher zu ihm hin, wie um ihm einen Gefallen zu tun, und sah ihm fest in die Augen, während seine Nasenflügel leicht bebten, als wollte er Witterung aufnehmen. Er berührte Tristans Wange mit den Fingerspitzen, und Tristan wollte ausweichen. Aber seine Kraft war verbraucht. Er starb. Er wollte die Augen schließen, wollte den forschenden Blick des Dämons nicht mehr sehen, aber selbst dazu reichte seine Kraft nicht mehr. Der Dämonenritter legte eine Hand um seinen Nacken und hob ihn mit großer Zartheit zu sich hoch. Tristan sah Schmerz in den dunkelbraunen Augen. Dann entblößte er seine Zähne und versenkte sie in Tristans Kehle.

Nein!, dachte Tristan, ein Schrei in seinem Kopf, sein Körper bäumte sich auf, und er wehrte sich trotz seiner Schwäche, da der reine Zorn ihm Kraft verlieh. Er schlug mit seinem gesunden Arm auf den Dämon ein, ließ eine Faust immer wieder seitlich an seinen Kopf krachen. Aber der Dämon versenkte seine Zähne nur noch tiefer in ihn, hielt ihn fest.

Tristan wandte verzweifelt den Kopf und schlug seine Zähne in die bloße Schulter des Dämons, riss an seinem Fleisch wie ein Hund. Der Dämon heulte vor Schmerz auf, als Blut aus der Wunde drang, und Tristan biss, ohne nachzudenken, fester zu und sog das Blut auf.

Das Gefühl kehrte jäh in seinen Körper zurück, und der Schmerz, der ihn verlassen hatte, kam im Handumdrehen wieder und ließ ihn wie im Fieber erschaudern, verblasste aber dann augenblicklich. Wärme und Freude durchströmten ihn, eine Art trunkener Ekstase, und er saugte stärker, wollte verzweifelt mehr. Der Dämon rang in seinem Griff, seine Reißzähne noch immer in Tristans Kehle versenkt, aber der Schmerz war nichts. In diesem Moment war nur das Blut wichtig. Visionen einer goldenen Halle stiegen vor Tristans Augen auf, von einhundert Dämonen, die um ihn herum kämpften, von um seine Füße gestapelten Leichnamen, während er sie mit seinem Schwert abwehrte. Kraft strömte heiß in seine Adern, die Kraft des Mannes in seiner Vision, und er presste den Dämon an seine Brust, spürte, wie die Reißzähne in seinem Mund länger wurden.

»Nein!«, schrie der Dämon und schleuderte ihn von sich, wie er auch sein anderes Opfer von sich geschleudert hatte. Aber Tristan war nicht tot. Er bewegte seine Glieder, zappelte wie ein Fisch am Strand, und die Wärme breitete sich nach außen bis in seine Hände aus. Kraft und Gesundheit kehrten in seine Muskeln zurück – mehr, viel mehr, als er jemals zuvor gespürt hatte. All seine Angst und seine Schmerzen waren fort. Geblieben war nur die Wut, das heilende Feuer seines gerechten Zorns. Der Dämonenritter erhob sich mühsam, wich zurück und sagte: »Nein.«

Tristan setzte sich auf, und der Nachtwind fühlte sich auf seinem Gesicht kühl und sanft an. Er wandte sich dem Dämon zu, kauerte sich hin und griff nach einem Schwert, das einer der Briganten hatte fallen lassen. »Bleib zurück«, befahl er und richtete es auf den Dämon, wobei seine Stimme so stark war wie eh und je. Sein zerschmetterter Arm war geheilt. Er konnte spüren, wie es darin kribbelte, und auch seine Rippen schmerzten nicht mehr.

»Halt«, sagte der Dämonenritter und streckte eine Hand zu ihm aus. Die Wunde, die Tristans Zähne in seine Schulter gerissen hatten, heilte ebenfalls ab. Die Haut schloss sich wieder, während Tristan hinsah. »Ihr versteht nicht, was geschehen ist …«

»Ich lebe«, erwiderte Tristan. »Das genügt.«

»Aber das tut Ihr nicht«, sagte der Dämon und trat einen Schritt näher.

»Ihr habt sie getötet.« Er schaute zu dem toten Briganten zurück, der mit starrem Blick an dem Baum zusammengesunken war. Dieses Geschöpf hatte ihn mühelos getötet, hatte einen Pfeil aus einer Armbrust in die Schulter bekommen und kaum mit der Wimper gezuckt. »Ihr habt sie beide ohne Waffen getötet«, sagte er. »Ich habe es gesehen.« Er hob den Arm, der eigentlich zerschmettert sein sollte, aber heil war und ein Schwert hielt, zum Kampf bereit war. »Werde ich nun auch auf diese Art töten?« Mit solcher Macht könnte er Lebuin und seine Rebellen von der Erde tilgen wie Ungeziefer, das sie waren. Siobhans Macht wäre bedeutungslos. Er könnte sie im Handumdrehen töten, ohne nachzudenken.

»Das könnt Ihr«, räumte der Dämon ein. Nun, da er sich nicht mehr nährte, wirkte er, bis auf das Feuer in seinen Augen, wie jeder andere Mensch.

Tristan lächelte. Er würde sogar wie er selbst aussehen. »Mehr brauche ich nicht zu wissen.« Daimon stand noch immer hinter ihm, nervös aber vertrauensvoll. Tristan sprang schnell wie ein Dämon auf den Pferderücken, drängte Daimon voran und galoppierte in die Nacht. Er hörte den Dämonenritter hinter ihm einen Fluch ausstoßen, hörte ihn geräuschvoll durch den Wald stapfen und die Verfolgung aufnehmen. Er blickte ein Mal über die Schulter zurück und sah den Wolf, der voranpreschte. Aber er konnte mit Daimon nicht mithalten. Tristan beugte sich tief über den Hals des Pferdes, drängte es weiter voran und ließ den Wolfsritter hinter sich.

Als er sicher war, seinen Verfolger abgeschüttelt zu haben, verlangsamte er das Tempo seines Pferdes, sah sich um und versuchte sich zurechtzufinden. Er war im Gefolge König Heinrichs durch weite Landstriche Britanniens geritten, bevor er seine eigenen Ländereien erhalten hatte, aber hier war ihm nichts von dem, was er sah, vertraut. Als der Wald zu beiden Seiten einer Lichtung wich, sah Tristan, dass er eine große, flache Ebene überquerte – konnten sie so weit nach Süden geritten sein? Er versuchte sich zu erinnern und die Tage zu zählen, die vergangen waren, seit sie das Schloss verlassen hatten, aber es war unmöglich. Schlimmer noch, das magische Gefühl des Wohlbefindens, das er zunächst empfunden hatte, nachdem er den Dämonenritter gebissen hatte, wich rasch dem quälendsten Hunger, den er je verspürt hatte – ein gähnender, leerer Schmerz. Er würde bald jemanden finden müssen, der ihm sagte, wo er war, und ihm etwas zu essen gab.

Er wandte sich von der Hauptstraße ab auf einen schmalen Weg, als die freie Ebene wieder zu Wald wurde. Er war von dem verlassenen Fleck Erde, wo seine Entführer dem Dämon zum Opfer gefallen waren, viele Meilen entfernt. Er musste gewiss in der Nähe irgendeiner Siedlung sein. Allmählich wurde er sich eines seltsamen Klangs in seinen Ohren bewusst, einer Art von fernem, summenden Trommelschlag, der über das Klappern von Daimons Hufen auf der festgetretenen Erde kaum zu hören war. Ohne nachzudenken, trieb er das Pferd an. Der Hunger in seinem Bauch wurde stärker und ließ ihn zusammenzucken. Er hatte seine letzte Mahlzeit Stunden vor dem Angriff an seinem eigenen Tisch eingenommen. Daher war es kein Wunder, dass er hungrig war. Aber er hatte auf Märschen im Krieg schon oft gedarbt und niemals solchen Schmerz empfunden. Er wurde unkonzentriert. Er konnte sich kaum erinnern, warum er auf der Straße unterwegs war oder was er suchte. Eindeutig schien nur das brennende Bedürfnis, sich zu nähren.

An der Straße vor ihm stand eine gedrungene Holzhütte, und als er näher kam, wurde das Trommeln lauter. Ein Herzschlag, dachte er leicht erschrocken. Das ist ein Herzschlag. Welches monströse Wesen konnte solch ein Geräusch verursachen? Es kam anscheinend aus der Hütte, aber das war unmöglich – solch eine Bestie musste bestimmt zu groß sein, um in einen solchen Unterschlupf zu passen. Aber ein Instinkt, der stärker war als sein Verstand, führte ihn vorwärts und immer näher an das Geräusch heran. Er hielt sein Pferd wenige Fuß von der Hütte entfernt an und stolperte dann auf sie zu. Er fühlte sich trunken, und der Zorn, den er in den Händen Lebuins und seiner Männer empfunden hatte, kehrte plötzlich mit voller Macht zurück, als versteckten sich seine Feinde selbst in der Hütte.

»Wer ist da?«, wollte er wissen und hämmerte mit der Faust gegen die Tür. »Kommt heraus und kämpft!«

»Mylord?« Der Bauer, der die Tür öffnete, war recht groß, aber gewiss kein Unhold. »Mylord, welches Vergehen …«

Tristan stürzte sich genauso auf den Mann, wie sich der Dämonenritter auf seine Entführer gestürzt hatte, und seine neuen Zähne rissen an der bärtigen Kehle des Mannes. Ohne nachzudenken, drängte er ihn in die Hütte zurück und schleuderte ihn gegen die Wand, ungeachtet der Schmerzensschreie und des Entsetzens des Bauern sowie des Messers, das er ihm in Arme und Brust stieß. Er trank in tiefen Zügen, und das Blut, das ihm hätte Übelkeit verursachen sollen, schmeckte auf seiner Zunge süß. Nichts außer diesem Blut schien wichtig zu sein.

Die Vernunft kehrte nur langsam zu ihm zurück, und das Entsetzen über das, was er gerade getan hatte, schlich sich erst allmählich in sein Bewusstsein, als der Mann in seinem Griff erschlaffte. Der schreckliche Hunger war fort und wurde von gleichermaßen schrecklicher Reue ersetzt. Er hatte diesen Bauern eiskalt getötet, hatte ihn angegriffen wie eine ausgehungerte Bestie … Er ließ den Leichnam erschüttert los und beobachtete, wie er tot zu Boden fiel. Er war ein Tier, ein Dämon. Er blickte auf seine Hände hinab. Seine Ärmel waren an den Unterarmen vom Messer des Bauern aufgeschlitzt und zerrissen und die Ränder blutbefleckt. Aber seine Haut war heil.

Er berührte sein Gesicht, sein Kinn, das eigentlich hätte gebrochen sein müssen, seine Nase, die eigentlich hätte zerschmettert sein müssen. Alles fühlte sich heil und gesund an. Er empfand überhaupt keinen Schmerz. Der Dämon hatte ihn mit seinem Blut geheilt. Er hatte ihn wie sich selbst gestaltet. Ich lebe, hatte Tristan zu ihm gesagt. Nein, hatte ihm der andere geantwortet. Das tut Ihr nicht.

»Was bin ich?«, fragte er leise und sank auf dem schmutzigen Boden der Hütte auf die Knie. »Herr Jesus …« Seine Zunge brannte bei diesem Schwur, als wäre Feuer in seinem Mund ausgebrochen. Er führte eine Hand zu seinem Mund und erwartete, Blut zu sehen. Aber das Brennen hörte sofort auf, sobald er schwieg. Er blickte auf den toten Mann vor sich hinab und sah, dass an einem Band um seinen Hals ein hölzernes Kreuz hing, das Schutzzeichen eines Bauern gegen das Böse. Er griff langsam danach und hielt den Atem an. Er empfand noch einmal sengenden Schmerz, als seine Fingerspitzen es berührten, sah Rauch von seinem brennenden Fleisch aufsteigen, während er die Hand zurückriss.

»Verflucht«, murmelte er und sah zu, wie sich die Haut an seinen Fingern selbst von der Verbrennung heilte. »Ich bin verflucht.« Er hätte entsetzt sein, hätte bei dem Gedanken Übelkeit empfinden sollen. Aber ein anderer, mächtigerer Gedanke nahm von ihm Besitz. Er hob das Messer des Bauern auf, versenkte es in das Fleisch seines Arms und zuckte bei dem Schmerz zusammen. Aber sobald er die Klinge herauszog, schloss sich die Wunde wieder. »Ich kann nicht getötet werden.« Er dachte an Sean Lebuin, der Tristans Ritter wie Vieh abschlachtete, adlige Männer, deren einziges Verbrechen darin bestand, ihrem neuen Herrn den Gehorsam verweigert zu haben. Er dachte an Siobhan, seine wunderschöne, falsche Braut, die ihn durch ihre Verzauberung versehrt hatte. Er blickte auf die grobe Klinge in seiner Hand hinab und lächelte. Er würde sein Versprechen halten und würde dem Grab ein Schnippchen schlagen. Er würde, als dieser verdammte Dämon, der er jetzt war, einfach Rache nehmen.

Er schleifte den Leichnam hinaus und begrub ihn im weichen Lehm des Waldes, wobei er nur leichte Schuldgefühle empfand. Wenn der Bauer ein rechtschaffener Mensch gewesen war, erhielt er nun seine himmlische Belohnung. Und wenn er es nicht gewesen war, verdiente er nichts Besseres als einen Dämon auf seiner Schwelle. Als diese Aufgabe erledigt war, ging er in die Hütte zurück, durchsuchte die Habe des toten Mannes und fand Kleidung als Ersatz für seine eigene. Die Hose und das Hemd waren von grober Natur, aber sie waren sauber, und er merkte, dass er die Kälte kaum empfand.

Aber als die Nacht allmählich verblasste und die Sonne vor der geöffneten Tür aufstieg, erkannte er, dass er müde und so schläfrig wurde, dass er kaum noch die Augen offen halten konnte. Er würde ein Lager errichten müssen, sobald er den Ort seines Verbrechens hinter sich gelassen hatte. Auf der Suche nach Proviant für seine Reise öffnete er ein Tongefäß mit Käse, aber der Geruch verursachte ihm Übelkeit – alles in der Hütte stank nach Tod. Er schloss den Gürtel um seine Taille, steckte das Messer des Bauern in das Futteral, das einst einen Silberdolch enthalten hatte, schob das herabgefallene Schwert, das er einem seiner toten Entführer abgenommen hatte, in die Scheide und wollte die Hütte verlassen.

Helles Sonnenlicht traf ihn wie eine Feuerwand und ließ ihn vor Schmerz aufschreien. Er wich wieder in die Schatten der Hütte zurück, während das Blut in seinen Adern kochte und Rauch von seiner Haut aufstieg. Er hastete von dem Licht fort und schloss mit einem Fußtritt die Tür, aber sogar die schmalen Sonnenstrahlen, die durch die hölzernen Wände drangen, bedeuteten Qual und brannten sich durch seine verfluchte Haut wie Stangen geschmolzenen Eisens. Er riss eine Lederdecke von dem schmalen Bett des Bauern, kauerte sich darunter und rollte sich in einer schattigen Ecke wie eine Ratte zusammen. »Was zur Hölle ist das?«, murmelte er wütend und ängstlich zugleich. Aber die seltsame Müdigkeit wurde auch in seiner Angst und seinem Zorn stärker und ließ seinen Körper schwer und seinen Geist wie betäubt werden. Er schlief ein, fast bevor er die Worte gesprochen hatte, und wartete auf die Dunkelheit.

Gaston diente dem Baron von Callard schon, seit sie beide Kinder waren, und er hegte keinen Zweifel an dessen Bedeutung. Aber seiner Meinung nach wäre abergläubischer Unsinn sein Verderben. Er war die ganze Nacht von der Ruine des Schlosses DuMaine hierhergeritten, um Bericht zu erstatten, ohne Schlaf, ohne Essen und ohne eine Frau, die ihn für seine Mühen belohnt hätte. Und nun musste er sich die Beine in den Bauch stehen und warten, während sein Herr eine Hexe konsultierte.

»Ihr habt eine finstere Geschichte, Mylord«, murmelte

das alte Weib über ihren Knochen. Gaston unterdrückte ein schnaubendes Lachen. Jedes Kind von fünf Jahren hätte das innerhalb dieser Mauern sagen können, ohne dafür Magie zu benutzen. Der Baron sah seinen treuen Diener mit finsterem Blick an, sodass diesem das Blut in den Adern gefror, bevor er die Knochen selbst wieder betrachtete. Auf dem Boden neben dem Stuhl des Barons kauerte seine neueste Mätresse, ein Rotschopf im Gewand einer Adligen. Sie schaute auch zu Gaston hoch, und er sah das Mal eines Brenneisens auf ihrer Wange. Also der baldige Abschied, Hübsche?, dachte Gaston und zwinkerte ihr zu.

»Ich kenne meine Geschichte, altes Weib«, sagte der Baron. »Erzählt mir etwas über meine Zukunft.« Er warf Gaston einen freundlicheren Blick zu. »Sagt mir, ob meine Pläne scheitern werden.«

»Nein, Mylord«, versicherte ihm die Hexe eilig. Sie trug grobe Kleidung, und sie sprach Englisch mit dem schleppenden Akzent der Schotten. Wie weit hatte eine arme Patrouille reiten müssen, um sie zu finden?, dachte Gaston und seufzte innerlich. »Ihr werdet erfolgreich sein.« Sie warf die Knochen erneut aus und beugte sich dicht über den Tisch. »Ihr habt bereits gesiegt.«

Gaston nickte seinem Herrn zu, und das Lächeln des Barons wurde breiter. »Ihr habt großartige Kräfte, altes Weib«, sagte der Baron. »Nur erzählt mir etwas, das mir mein eigener Mann nicht sagen konnte.«

»Euer Vorhaben wird euch ungeahnte Kraft verleihen, Mylord«, antwortete die Hexe, eine gehorsame, unbrauchbare Antwort. Aber sie sprach nicht aus Gründen der Anbiederung. Ihre Stimme klang vor Ehrfurcht gedämpft, und ihre wässrigen Augen waren geweitet. »Ihr werdet sogar den

Tod täuschen … aber nein.« Sie schaute auf und begegnete dem Blick des Barons. »Ihr seid nichts.«

Gaston hielt den Atem an, als vertraute Röte das Gesicht seines Herrn überzog und das Mädchen auf dem Boden wimmerte und sich an das Bein ihres grausamen Geliebten klammerte, als suchte sie Schutz vor seinem Zorn. »Wie könnt Ihr es wagen«, flüsterte der Baron.

»Einer wird kommen und sich Eures Schicksals bemächtigen«, sagte die Hexe ohne ein Anzeichen dafür, dass sie ihn fürchtete oder seinen Zorn überhaupt bemerkte. »Seine Bosheit übersteigt Eure düstersten Träume.« Sie lächelte erneut. »Er ist wirklich ein Teufel.«

»Lügnerin.« Der Baron schlug sie mit der Faust, stieß sie seitlich weg und warf ihr dann den schweren Holztisch hinterher. »Schafft sie mir aus den Augen«, befahl er seinen Wachen. »Eine Woche im Stock wird ihre Visionen wahr werden lassen.«

»Aber … Mylord«, sagte einer der Wächter, während das alte Weib auf dem Boden in ihrer Sprache, dem Gälischen, das Gaston stets an eine in einem Dickicht gefangene Katze erinnerte, zu psalmodieren begann. »Sie ist eine sterbende Steinalte – sie wird keinen Tag mehr leben …«

»Vielleicht wird ihr Teufel sie retten.« Der Gedanke schien ihn zu beruhigen. Die Röte schwand wieder. »Lasst es mich wissen, wenn er kommen sollte.« Er erhob sich von seinem Stuhl und warf der jungen Frau, die sich noch immer an sein Bein klammerte, einen ungeduldigen Blick zu. Sie zog sich zurück, aber Gaston bemerkte, dass sie aufschaute und einen Blick mit dem mitleidigen Wächter wechselte.

»Ja, Mylord«, sagte der Wächter und machte sich mit seinen Leuten daran, dem Befehl Folge zu leisten. Das alte Weib lachte und psalmodierte noch immer, während sie davongetragen wurde.

»Gut, dass ich mich beeilt habe, Mylord«, sagte Gaston, als er Callard ans Fenster folgte. »Ich hätte die Vorstellung nur ungern verpasst.«

»Euer Scharfsinn wird Euch noch umbringen, Gaston«, antwortete der Baron, aber er lächelte. »Erzählt mir von DuMaine.«

»Tot wie Judas Ischariot, Mylord, zusammen mit allen seinen Rittern«, versicherte Gaston. »Oder meintet Ihr das Schloss?« Er beobachtete, wie sich die Geliebte des Barons in die Schatten zurückzog. Sollte er seinem Herrn erzählen, was er in Bezug auf sie und den Wächter vermutete? Nein, das sollte er sich besser für einen lohnenderen Moment aufsparen.

»Das Schloss ist vermutlich gefallen«, sagte der Baron und unterbrach damit seine Gedanken.

»Ja«, antwortete er rasch. Es war nicht klug, in der Gegenwart des Barons unkonzentriert zu werden, besonders dann nicht, wenn er bereits eine Enttäuschung erlebt hatte. »Aber es wurde kaum beschädigt. Und Silas von Massum hat überlebt.«

»Gut gemacht, Lebuin«, sagte Callard mit leichtem, nachdenklichen Lächeln. Draußen vor dem Fenster wurde die uralte Hexe, die noch immer ihren Singsang von sich gab, in den Stock gelegt. »Der Bauernprinz ist also so klug, wie Ihr sagtet.«

»Ja, Mylord«, antwortete Gaston. »Aber nicht klüger, als Ihr es wünscht.«

Der Baron schloss den Fensterladen. »Und das Mädchen?« Er wandte sich wieder den Schatten zu, wo sich seine Geliebte verbarg. »Erzählt mir von ihr. Sie ist wunderschön, oder?«

»Ausgesucht schön«, bestätigte Gaston. Er dachte daran, wie ihm das kleine Luder gedroht hatte, weil er es gewagt hatte, ein Bauernmädchen zu beleidigen, und eine Welle der Zuneigung zu seinem Herrn schwappte über ihn hinweg. »Das wunderschönste Mädchen, das ich je gesehen habe, und ohne nennenswerte Eitelkeiten. Aber sie ist … kühn, Mylord.« Callard zog eine Augenbraue hoch. »Sie ließ DuMaine an sein Bett fesseln und benutzte ihn wie eine Mätresse, bevor sie ihn töten lassen wollte.«

»Tatsächlich?«, fragte der Baron und lachte auf. »Schön für sie. Ich würde sagen, wir passen ausgezeichnet zusammen.« Zwei starke Männer waren gekommen, um den Tisch wieder aufzurichten, und zwei Frauen brachten nun das Frühstück herein. »Ich denke, es wird … amüsant werden, ihren Willen zu brechen.«

»Ja, Mylord«, stimmte Gaston ihm zu, dessen Magen knurrte und den die allgemeine gute Stimmung aufheiterte. »Das wird es sicher.«

5

Silas hatte die schwerste Nacht seines Lebens hinter sich. Irgendwann nach Mitternacht hatten die Wachen ihn, die kleine Clare und das Kindermädchen Emma in einen Raum im zweiten Stock des Gutshauses gebracht und sie dort zurückgelassen. Das Kind und ihr Kindermädchen hatten sich schließlich in den Schlaf geweint, aber Silas hatte die ganze Nacht aus dem Fenster geblickt und beobachtet, wie die Briganten ihren Sieg feierten und DuMaine aus Spaß quälten. Aber er hatte auch bemerkt, dass sie DuMaines Schloss nicht beschädigt hatten. Alle Feuer, die entfacht worden waren, wurden rasch gelöscht, und Wachen wurden entlang der Schlossmauern aufgestellt, so als würde dort wieder ein normannischer Lord residieren. Dies waren keine gewöhnlichen Diebe und Schurken, so viel erkannte er, und er war sich nicht sicher, ob er froh oder entsetzt darüber sein sollte. Diese Leute hatten einen Plan.

In der Dämmerung beobachtete er, wie das Mädchen Siobhan ihren Ehemann mit einer letzten Beleidigung verabschiedete, bevor das, was von ihm übrig war, auf sein Pferd geworfen und aus den Schlosstoren hinausgeführt wurde. Zumindest war sie nicht bei den Folterungen dabei gewesen, wie er bemerkt hatte. Auch schien sie nicht unbedingt glücklich zu sein, als Tristan davongeführt wurde. Aber sie trauerte auch nicht. Als sie und ihr Bruder sich wieder dem

Gutshaus zuwandten, blickte sie auf und sah den Gelehrten am Fenster. Sie blieb wie angewurzelt stehen und betrachtete ihn mit einem solchen Abscheu, dass ihm das Blut in den Adern zu gefrieren schien.

Wenige Augenblicke später öffnete sich die Tür zum oberen Raum. »Kommt«, sagte einer der Briganten und gab ihm ein Zeichen. Ein weiterer beugte sich über Emma und schüttelte sie sanft wach.

»Bring die Kleine, Mädchen«, sagte er, und Silas sah das Mädchen lächeln, als kenne sie den Mann. »Sean will sie beide sehen.«

Lebuin wartete unten in der großen Halle. Das Frühstück wurde wie üblich serviert. Verändert hatten sich nur die Gesichter an den aufgebockten Tischen. Siobhan schritt, wieder in ihrer Jungenkleidung und mit in einen Zopf zurückgebundenen Haaren, in der Nähe des offenen Kamins auf und ab. Silas sah den blau-schwarzen Abdruck von fünf Fingern an ihrer Kehle.

»Guten Morgen, Meister«, begrüßte Lebuin ihn und deutete auf einen Stuhl. »Habt Ihr gut geschlafen?«

»Nein«, antwortete Silas und blieb stehen, wo er war.

»Wer könnte schon gut schlafen?«, bemerkte Siobhan. Sie schaute zu Clare, die gähnte und hinter Silas Emmas Hand hielt, aber sie wandte ihren Blick rasch ab.

»Es war ein rechtes Chaos«, sagte Lebuin. Eine der Frauen stellte einen Holzteller vor den Brigantenführer und erwiderte sein freundliches Lächeln. »Aber ich erwarte, dass bald alles wieder normal verlaufen wird. Eure Arbeiter warten, Meister Silas.«

»Worauf warten sie denn?«, fragte er und verbarg sein Erschrecken.

»Sie warten darauf, dass Ihr ihnen zeigt, wie sie dieses verdammte Schloss fertigstellen müssen«, antwortete Siobhan, bevor ihr Bruder sprechen konnte. »Sean will, dass es sofort geschieht.«

»So wie Silas es bewerkstelligen kann«, korrigierte Lebuin sie. »Aber vor der Ernte, ja. Ist das mit den Euch zur Verfügung stehenden Arbeitern machbar?«

Als Silas sich umblickte, sah er seine Zimmermeister und Steinmetze gemeinsam an einem der Tische sitzen und ihn beobachten. Sie wirkten nervös und unglücklich, aber unverletzt. »Ihr wollt in DuMaine bleiben?«, fragte er.

»Ich beabsichtige in der Tat, hier auf den Ländereien meiner Vorfahren zu bleiben«, antwortete Lebuin, während kurzzeitig ein harter Ausdruck in seinen Augen aufflammte. »Das hier ist jetzt das Schloss meiner Schwester. Sie ist die Witwe DuMaines.« Silas hörte Clare hinter sich leise schluchzen. »Und was noch wichtiger ist, dieses Gutshaus gehörte schon unserem Vater, lange bevor DuMaine seine normannischen Stiefel auf englischen Boden gesetzt hat.«

»Nein«, äußerte Clare mit ihrer kleinen Stimme über das Murmeln ihres Kindermädchens hinweg vernehmlich. »Mein Vater ist nicht tot!«

»Armes Lämmchen«, sagte Lebuin seufzend.

»Hör auf, Sean«, erwiderte Siobhan und warf ihm einen ungeduldigen Blick zu. Sie kniete sich vor das kleine Mädchen, und Clare wich ängstlich vor ihr zurück. »Woher weißt du, dass er nicht tot ist?«, fragte die Briganten-Frau sie mit überraschend freundlicher Stimme.

»Weil er es versprochen hat«, antwortete Clare. »Er hat mir versprochen, dass die bösen Männer ihn nicht töten werden.«

»Die bösen Männer«, wiederholte Siobhan und schaute mit rätselhaftem Lächeln zu ihrem Bruder zurück. »Ja, Liebes, mir hat er dasselbe versprochen.« Das Kind war traurig, aber sie war nicht bemitleidenswert, wie Siobhan dachte, als sie in die aufgerissenen, grünen Augen blickte, die denen DuMaines so ähnlich waren. Sie war kein armes Lämmchen. »Vielleicht wird er sein Versprechen halten.« Sie würde irgendwie überleben müssen, diese Kleine. Sie würde irgendwie ohne ihren Papa weitermachen müssen, genauso wie Siobhan es selbst getan hatte, und sie hatte keinen Bruder, der ihr helfen und sie lehren konnte, wie man kämpft. »Gott sei mein Zeuge, Kind, dass dein Vater lebte, als ich ihn zuletzt sah.«

»Siobhan«, sagte Sean hinter ihr.

»Aber er ist fortgegangen«, schloss sie, ohne auf ihn zu achten. »Er musste fortgehen und dich bei Emma und Meister Silas zurücklassen, damit sie sich um dich kümmern.«

Clare blickte zu Silas hoch und bat lautlos um Bestätigung, und er lächelte. »Es stimmt, Mylady. Dies ist Lady Siobhan. Sie ist Eure Stiefmutter. Aber Emma und ich werden auch bleiben.«

»Ich bin froh, das zu hören, Meister«, sagte Lebuin. »Nun, was braucht Ihr von mir, um dieses Schloss rechtzeitig fertigzustellen?«

»Sean, hab Mitleid, lass ihn in Ruhe«, sagte Siobhan und erhob sich. »Er sagte dir bereits, dass er nicht geschlafen hat. Dein Schloss kann noch einen Tag warten.« Sie sah sich in der Versammlung um. »Wo ist Gaston?«

»Fort«, antwortete Lebuin, und seine gute Stimmung wankte, wie Silas bemerkte. »Er ist fortgegangen, um seinem Herrn zu berichten.«

»Seinem Herrn«, wiederholte Siobhan leise, und ihr bitteres Missfallen war unverkennbar. »Ich wünschte, er würde dort bleiben.« Sie schaute zu dem Gelehrten zurück. »Kommt, Meister«, sagte sie zu ihm. »Ich habe heute Nacht ebenfalls nicht geschlafen.« Sie streckte die Hand aus, um Clares Wange zu berühren. Als das Kind zurückwich, lächelte sie. »Sean, ich bitte dich um Geduld.«

»Schon gut«, antwortete ihr Bruder. Diese beiden Briganten zu beobachten, verwirrte Silas mehr denn je. Es bestand offensichtlich eine große Liebe zwischen ihnen, sogar Herzensgüte. Wie konnten sie dann so viel Böses getan haben? »Ich überlasse Lady Clare deinem Schutz – so soll es sein. Würdest du Meister Silas in sein Zimmer bringen?«

»Ja«, antwortete Siobhan lächelnd. »Kommt, Meister Silas.«

Der Gelehrte bewahrte Ruhe, bis Emma und das kleine Mädchen im Zimmer des Kindes untergebracht waren. Aber als Siobhan ihn an der Tür seines Raumes verlassen wollte, hielt er sie am Ärmel fest. »Verzeiht, Mylady«, sagte er verdrossen, als sie sich ihm zuwandte. »Aber was soll aus Lady Clare werden?«

»Warum sollte mich das kümmern?«, fragte sie. »Das hat mein Bruder zu entscheiden.«

»Warum das?«, konterte er. »Ist sie jetzt nicht Eure Tochter?« Als sie nicht antwortete, betrat er den Raum und bedeutete ihr, ihm zu folgen. »Bitte ...« Sie gab stirnrunzelnd nach und schloss die Tür hinter sich.

»Eure einzige Sorge ist das Schloss«, begann sie und wandte sich ihm erneut zu.

»Ihr habt dem Kind gesagt, Lord DuMaine würde noch leben«, unterbrach er sie. »War das die Wahrheit?«

Sie merkte, dass sich der alte Mann nicht davon würde abbringen lassen. Er mochte das kleine Mädchen offensichtlich, und das konnte sie ihm kaum vorwerfen. Aber sie hatte keine Zeit hierfür und auch keine Geduld. »Ich sagte ihr, DuMaine habe noch gelebt, als ich ihn zuletzt sah, und das stimmt«, antwortete sie. »Aber jetzt ist er tot, Meister Silas. Das, verspreche ich Euch, ist die Wahrheit.«

»Tatsächlich?«, antwortete er mit einem seltsamen Lächeln.

»Meine Worte an das Kind sollten ihm Hoffnung geben«, sagte sie und spürte, wie sie vollkommen unangemessen errötete. »Sie hat ihre Familie verloren, hat in einer einzigen Nacht alles verloren, was sie jemals gekannt hat.« Sie lächelte ebenso geheimnisvoll wie er. »Ich kann mich gut daran erinnern, wie sich das anfühlt.«

»Also stimmt es«, sagte er und wandte sich ab. Eine Seite des Raumes wurde von einem gewaltigen Eichentisch dominiert, der mit Schriftrollen und vielen seltsamen Instrumenten übersät war, deren Zweck sie nicht einmal erahnen konnte. Ein einzelner Sessel stand davor, und der Gelehrte ließ sich offensichtlich erschöpft hineinfallen. »Ihr und Euer Bruder habt einst auf diesen Ländereien gelebt.«

»Nicht einst, Meister. Immer.« Er entsprach überhaupt nicht ihrer Vorstellung von einem großen Baumeister. Er schien nicht hochmütig zu sein, hatte nichts von der Vornehmtuerei, die sie bei denen erwartete, die innerhalb des königlichen Kreises lebten. »Wir haben diesen Wald niemals verlassen, noch werden wir das jemals tun. Unser Vater war hier durch Geburt und Titel der Herr.«

»Und nun wird sein Sohn dieses Schloss halten«, antwortete er. »Oder eher seine Tochter.«

»Meinen Vater kümmerten Schlösser nicht«, erwiderte sie. »Ihn kümmerten nur seine Leute und deren Wohlergehen. Er wurde hier geboren. Seine Familiengeschichte reicht bis lange vor die Zeit zurück, als die Sachsen hierherkamen, bis in die Zeit Arthurs. Er war nicht irgendein Fremder, der gekommen war, um die Erde und die Menschen, die sie bearbeiten, vor der Rückkehr nach Frankreich um eines Vermögens willen auszubeuten.«

»Dennoch war es freundlich von DuMaine, für das Schloss zu bezahlen«, sagte Silas mit seinem seltsamen kleinen Lächeln.

»Er hat für nichts bezahlt«, erwiderte Siobhan. »Sein König …«

»Sein König kann kaum seine eigenen Truppen bezahlen«, unterbrach sie der Gelehrte lachend. »Nein, Mylady, ich versichere Euch. Tristan DuMaine hat aus seinen eigenen Truhen für diese Festung bezahlt. Er hat die Ländereien seiner Vorfahren in Frankreich verkauft, um das zu tun.« Ihre Augen verengten sich ungläubig. »Als Ihr und Euer Bruder die erste Anpflanzung verbranntet, benutzte er sein letztes Erbe, um weitere zu erwerben, damit seine Leute im darauffolgenden Winter nicht verhungern mussten.«

»Seine Leute«, höhnte sie. »Seine Sklaven, meint Ihr.«

»Seine Leute«, wiederholte er. »Diejenigen, zu deren Schutz er dieses Schloss gebaut hat.«

»Er hat es als ein Gefängnis gebaut!«, sagte sie in lautem Ton. »Erspart mir Eure Lügen, alter Mann. Ein normannisches Schloss dient nichts und niemand anderem als dem normannischen König.«

»Und doch wollt Ihr und Euer Bruder eines besitzen«, antwortete er. »Genug, um dafür zu morden.«

»Ich habe DuMaine nicht ermordet«, sagte sie und bemühte sich, seine Worte nicht an sich heranzulassen.

»Habt Ihr nicht?«, konterte er.

»Nein.« Sie sollte diese Unterhaltung jetzt beenden. Sie konnte sie nur verärgern. »Aber warum kümmert es Euch? Ihr habt Eure Vergütung bekommen, und wir haben Euch verschont. Warum kümmert es Euch, wer hier lebt, wenn Eure Aufgabe vollbracht ist?«

»Ich bin es nicht gewohnt, dass mein Überleben infrage gestellt wird«, antwortete er. »Und ich bin nicht gerne verwirrt. Ich dachte, Lebuin wollte, dass dieses Schloss fällt. Drei meiner Steinmetze wurden im Schlaf ermordet – ich dachte, das sei das Werk Eures Bruders gewesen.«

Sie lächelte und zog den Dolch aus ihrem Gürtel. »Nicht das meines Bruders, Meister.« Sie machte einen Schritt auf ihn zu und war befriedigt, als er zurückwich und sich seine sanften Augen vor Entsetzen weiteten. »Wenn ich die Wahl hätte, würde dieses Schloss dem Erdboden gleichgemacht, und kein anderes würde jemals an dessen Platz entstehen. Dies ist kein normannischer Besitz. Unsere Leute sind keine Sklaven.«

»Der König ist Normanne, Mylady, ob es Euch gefällt oder nicht«, sagte er in überraschend sanftem Tonfall, als wäre sie seine Schülerin. »Dieses Schloss befindet sich in England, und England wird von normannischen Adligen regiert. Alle, die hier leben, tun dies freiwillig.«

»Ich nicht«, erwiderte sie. »Und meine Leute auch nicht.« Sie hielt noch immer den Dolch in der Faust und hegte einen Moment den verwegenen Gedanken, ihn mit einem einzigen Streich töten und diesen Wahnsinn beenden zu können. Hätte Sean keinen Bauleiter mehr, um dieses Schloss fertigzustellen, müsste er sein idiotisches Bündnis mit dem Baron von Callard lösen, mit diesem Fremden, der sich in den Schatten verbarg, Waffen austeilte und Ratschläge gab. Sie trat mit vorgestrecktem Dolch sogar einen Schritt näher heran.

Aber sie konnte es nicht tun. Sie konnte im Kampf töten, aber dies hier wäre kaltblütiger Mord. Und außerdem würde Sean ihr das vielleicht niemals vergeben, und wo wäre sie dann? Wen hätte sie noch, wenn Sean sie fallen ließe? »Ich bin sehr müde, Meister Silas«, sagte sie und steckte den Dolch wieder ein. »Ich denke, ich sollte gehen.«

»Lady Clare braucht Euch, Mylady«, sagte er. »Sie braucht zu ihrem Schutz Eure Kraft, Eure weibliche Güte ...«

»Ich besitze keine weibliche Güte, Sir«, unterbrach sie ihn. »Die Kleine wird meinen Schutz bekommen, weil sie ein unschuldiges Kind ist. Aber fordert nicht von mir, gütig zu sein.« Sie blieb an der Tür stehen und schaute zu ihm zurück, zu diesem seltsamen Mann, der weder Ritter noch Bauer noch Priester war. »Ich weiß nicht, wie man das ist.« Sie ließ ihn zurück, bevor er antworten konnte, schlug die Tür hinter sich zu und entfernte sich eiligen Schrittes.

Sie warf sich auf ihr Bett, das einst Tristan gehört hatte, der einzige Ort, an dem sie sicher sein konnte, nicht gestört zu werden. Die blutbefleckten Laken waren entfernt worden, aber die zerrissenen Fesseln, die ihren Ehemann festgehalten hatten, hingen noch an den Bettpfosten. Sie hob das Ende der einen gerissenen Fessel an und wunderte sich über dessen Stärke. Der Riemen war aus Leder von der Breite eines Pferdezügels, und doch hatte Tristan ihn zerrissen. Sie dachte an seine Hand an ihrer Kehle, und ihre Finger wanderten unbewusst zu den blauen Flecken. Sie dachte daran, wie er sie hart gegen die Wand gepresst hatte, an seine Hand, die ihre Faust umschlossen hatte. Sie dachte an seine Küsse, besitzergreifend und zart, an die Kraft seiner Arme, mit denen er sie umschlossen und festgehalten hatte. Teufelin hatte er sie genannt und sie verflucht, aber ihren Namen hatte er wie ein Gebet ausgesprochen. Siobhan, hatte er geflüstert und seine Hände durch ihr Haar gleiten lassen.

»Nein«, sagte sie laut und vergrub ihr Gesicht in den Kissen. »Ich werde nicht mehr darüber nachdenken. Er ist tot.« Tränen brannten in ihren Augen, und sie ließ sie fließen, denn sie war zu müde, um noch zu kämpfen. »Tristan DuMaine ist tot.«

Als die Sonne unterging, erwachte Tristan in der Bauernhütte. Während die Dunkelheit niedersank, wagte er sich ins Mondlicht und erkannte, dass er es recht gut ertragen konnte. Die warme, wilde Freude, die er beim ersten Geschmack des Blutes empfunden hatte, war zurückgekehrt, zusammen mit einer schwächeren Nuance des Hungers, den er empfunden hatte. Er würde sich wieder nähren müssen, aber erst in einiger Zeit. Er konnte das Tageslicht nicht mehr ertragen, aber er konnte in der Nacht wandern.

Daimon graste auf der Wiese hinter der Hütte. »Komm«, sagte Tristan, und der Hengst gehorchte, vielleicht ein wenig langsamer, als er es getan hatte, als sein Herr noch lebte, aber doch rasch genug. Tristan konnte durch die geöffnete Hüttentür die blutigen Lumpen sehen, die er fortgeworfen hatte – das, was von seiner edlen, ritterlichen Kleidung noch übrig geblieben war. Nun war er wie ein Bauer gekleidet und trug das Schwert eines Adligen – wie einer von Lebuins Leuten. Er lächelte bei dem Gedanken und stieg in den Sattel. »Komm«, wiederholte er und lenkte sein Pferd auf den Waldweg. »Suchen wir Siobhan.«

Er hatte in seinem zerschlagenen, sterbenden Zustand erkannt, dass er einige Tage lang von seinem Heim fortgeführt worden war, aber anscheinend war das Schloss schon vor fast einer Woche gefallen. Lebuins Leute hatten ihn den ganzen Weg von der nördlichen Grenze zu den südlichen Ebenen gebracht, durch Ländereien, die er kaum kannte. Aber warum?, dachte er, während er aus dem Wald wieder auf die breite Straße gelangte. Warum hatten sie sich die Mühe gemacht, ihn zum Sterben so weit fortzubringen? Er erinnerte sich vage, dass einer der Briganten erwähnt hatte, sie wollten nicht, dass sein Leichnam gefunden würde, aber gewiss hätten die Wälder um Schloss DuMaine sein Grab ausreichend verborgen. Warum ihn nicht einfach gleich töten? Er merkte, dass seine Gedanken zu Siobhan wanderten, zu ihrem Gesicht, als sie ihren Bruder gebeten hatte, Richards Leben zu verschonen. Lebte Richard noch? Warum hatte es sie gekümmert? Waren ihre Gefühle der Grund dafür gewesen, dass Lebuin ihn zum Sterben hierhergeschickt hatte? Sie hatte ihn gequält, ihn verzaubert, ihn hintergangen. Aber sie hatte bei ihrem Leben geschworen, seiner Tochter Sicherheit zu gewähren.

»Teufelin«, murmelte er vor sich hin, und Daimon wandte die Ohren und lauschte. »Es ist nichts, mein Freund«, sagte er und streichelte den Hals des Pferdes. Die Frau war ihm ein Rätsel. Nichts an ihr ergab Sinn. Hätte er sie zuvor erwischt, als sein Schloss noch stand, hätte er vielleicht einige interessante Tage oder Monate damit verbracht, sie als Gefangene zu halten und alle ihre Geheimnisse kennenzulernen. Aber sie hatte stattdessen ihn gefangen genommen, sich seinen

Zorn zugezogen und ihm zu großes Unrecht zugefügt, als dass er ihr jemals würde vergeben können. Und außerdem hatte er keine Zeit.

Er hatte sich in der Nacht zuvor wie in Trance bewegt, wobei ihm die seltsamen Ereignisse, denen er sein Leben verdankte, eher wie ein Traum als wie die Wahrheit erschienen. Aber nun, als er allein im Mondlicht dahinritt, durchdachte er sie erneut – der Wolfsritter, dessen Blut anscheinend sowohl seine Wunden geheilt als ihn auch für das Licht verdorben hatte, seine Flucht durch den Wald und sein Mord an dem Bauern, die brennende Sonne und der Name des Herrgotts auf seinen Lippen. Er war weder ein Gelehrter noch bußfertig. Er hatte seine Zeit für nützlicheres Streben verwandt, als alte Texte zu studieren oder Geistlichen zuzuhören. Aber er erinnerte sich an einen Barden am Hof König Heinrichs in London, der Geschichten über uralte sächsische Krieger erzählte, die nach ihrem Tod auf dieser Insel umherwandelten und Rache an ihren Mördern nehmen wollten. Allein ihr Zorn ließ ihre Körper auf eine unbestimmte Art nicht zur Ruhe kommen, nachdem ihre Seelen in die Hölle entflohen waren. Vielleicht war er wie einer von ihnen. Er hatte gewiss Grund genug dazu. Der Barde hatte nie erwähnt, wie diese Wesen entstanden. Vielleicht erzeugten sie sich gegenseitig, wie er von dem Wolf erzeugt worden war. So ein Ungetüm wäre für die Dunkelheit gemacht, dachte er, und stünde außerhalb von Gottes Gnade. Einem gottgefälligen Menschen würde niemals so etwas zustoßen. Sein Leichnam würde ruhen und darauf warten, im Paradies wiedergeboren zu werden. Aber Tristan war kein gottgefälliger Mensch, noch war er es jemals gewesen. Er hatte weder die Zeit noch die Geduld dafür gehabt. Gottes Himmel war ein hübscher Gedanke, aber die hässliche Erde war hier und jetzt da und forderte seine Aufmerksamkeit. Was dem Himmel am nächsten von all dem kam, was er jemals berührt hatte, war sein Kind, seine Clare gewesen. Hätte er sein Schloss so fertiggestellt, wie er es sich erhofft hatte, und das Heim errichtet, das er gewollt hatte, wäre er wahrscheinlich sogar beizeiten auf Gott gestoßen – sein Vater, so hatte man ihm erzählt, hatte der Kirche auf seinem Sterbebett eine große Summe Geld gespendet und sich somit von seinen Sünden freigekauft. Aber Lebuin und seine Briganten hatten Tristan diese Chance verwehrt.

Innerhalb der nächsten Stunde sah er auch andere auf der Straße, überwiegend Bauern, die in unregelmäßiger Abfolge in die entgegengesetzte Richtung zogen. Die meisten von ihnen betrachteten ihn neugierig, den Mann, der wie sie gekleidet war, aber Pferd und Waffen eines Adligen besaß, und einige der Männer lächelten und nickten im Vorübergehen. Aber es dauerte Meilen, bis ihn tatsächlich jemand ansprach. »Gehört Ihr zu Sir Reeses Leuten?«, fragte ein alter Mann mit einer Heugabel.

»Richtig«, antwortete Tristan, als hätte er irgendeine Ahnung, wer Sir Reese war. »Wo wollt ihr Leute so spät noch hin?«

»Nach Hause«, antwortete der alte Mann. »Und dort wären wir auch besser von Anfang an geblieben.«

Tristan folgte ihnen ungefähr eine Meile weit und entdeckte, dass alle diese Menschen vom Besuch eines reisenden Ablasshändlers in dem Dorf Kitley an der Küste kamen, und er begriff, was der alte Mann gemeint hatte. Ein Ablasshändler stand an unterster Stelle der kirchlichen Hierarchie, war nicht einmal ein Priester. Die meisten waren Schreiber, die für die Reichen Dispense ausstellten und dem Bischof deren Buße übermittelten, wobei sie üblicherweise ein wenig für ihre eigenen Ausgaben abzweigten. Einige besserten dieses Einkommen durch verschiedene Ränke auf, nahmen das gemeine Volk aus, deren knappe Pennys die wahre Kirche nicht genug beeindrucken konnten, um ihnen einen Ablass zu gewähren. Dieser Ablasshändler hatte behauptet, er besitze ein heiliges Relikt, einen Schleier, der einst der Jungfrau Maria gehört hatte. Er hatte angeboten, das gemeine Volk dürfe den Schleier gegen eine Gebühr berühren, um die Seele von der Sünde und den Körper von Schmerz zu befreien. »Hat es funktioniert?«, fragte Tristan den alten Mann.

»Nein, Junge«, antwortete er über seinen Stock gebeugt. »Seht Ihr mich nicht?« Er lächelte ein zahnloses, verbittertes Lächeln. »Er sagte, ich sei nicht bußfertig genug.«

»Hochmut ist eine Todsünde«, stimmte Tristan ihm zu und erwiderte sein Lächeln.

»Ja«, antwortete der alte Mann. »Das ist er.« Er schaute über die Schulter zu einem Wagen zurück, der ihnen in einiger Entfernung folgte. »Für mich ist das keine so große Sache«, erklärte er seufzend. »Aber seht Ihr jene dort? Das ist die Familie einer Frau, die nach der Geburt ihres Kindes einen Blutsturz erlitt.« Sein runzeliges Gesicht verfinsterte sich. »Die falsche Schlange sagte, sie müsse ihrem Ehemann wohl untreu gewesen sein«, erzählte er und senkte seine Stimme, als wollte er nicht belauscht werden. »Sie starb im Hof des Gasthauses.«

Wäre Tristan noch ein adliger Lord gewesen, hätte er diesen Ablasshändler in den Stock legen lassen. Aber da er es nicht mehr war … Sein Dämonenhunger wurde stärker, wie er merkte, und Kitley lag nicht so weit abseits seines Weges.

Vielleicht würde er ein wenig eigenen Sündenerlass suchen. »Gute Reise, Gevatter«, sagte er und wendete sein Pferd.

Der Ablasshändler hatte bereits sein Nachtgewand angelegt, als Tristan an seine Tür klopfte. »Fort mit Euch«, zischte er durch den winzig kleinen Spalt, durch den er hinausspähen konnte. »Kommt am Morgen wieder.«

»Am Morgen wird es zu spät sein.« Tristan drang gewaltsam ein, während sich der spindeldürre Mann noch immer an den Türgriff klammerte. »Wie ich hörte, besitzt Ihr ein heiliges Relikt. Ich möchte es sehen.«

»Und wer seid Ihr, dass Ihr solche Forderungen stellt?« Der Mann wirkte wie ein frisch gerupftes Huhn, aber er benahm sich wie der wiedergeborene Cäsar. »Hinfort, sage ich.« Tristan trat mit finsterer Miene näher, und der Mann wich einen Schritt zurück. »Wer seid Ihr?«

»Ein Sünder.« Als Tristan den Mann beobachtete, konnte er sich dessen Verachtung für die Frau, die er zum Sterben fortgeschickt hatte, gut vorstellen, und der gerechte Zorn eines Dämons begann in ihm zu schwelen. »Wie ich hörte, könnt Ihr mir das Seelenheil verkaufen.«

»Das ist… das ist nicht so einfach.« Angst flackerte in den eng stehenden Augen auf, und Schweiß brach auf seiner Stirn aus. Er tat einen Schritt zur Seite auf die Tür zu, und Tristan packte ihn vorne an seinem Nachtgewand. »Ich müsste Euch erst die Beichte abnehmen!«

»Warum?« Tristan beugte sich herab, atmete den Geruch des Mannes ein und lauschte seinem Herzschlag, der schnell und schwach war wie der eines Kaninchens. »Seid Ihr ein Priester?« Dieses Mal konnte er spüren, wie die Zähne an seiner Zunge scharf wurden und der Hunger in seinem Bauch zunahm. »Zeigt mir dieses heilige Ding, das Ihr zu besitzen behauptet«, sagte er mit tiefer Stimme, die rau und belegt war, als hätte er zu viel Wein getrunken. »Vielleicht wird es Euch beschützen.«

Der Ablasshändler benutzte beide Hände, um sich aus Tristans Griff zu befreien, und taumelte mit vor Angst bleichem Gesicht rückwärts auf eine Kiste zu. »Es ist hier.« Er nahm ein vergilbtes Stück Leinen hervor. »Der Schleier der gesegneten Jungfrau Maria.«

»Wie beeindruckend.« In Wahrheit hätte die Mutter Jesu angesichts all der Kleidungsstücke, die ihr zugeschrieben wurden, jeden Tag drei oder vier Mal die Kleider wechseln müssen und dasselbe Kleidungsstück nie zwei Mal tragen dürfen. Tristan griff vorsichtig nach dem Schleier, während er sich daran erinnerte, wie das Kreuz des Bauern seine Fingerspitzen verbrannt hatte.

»Ist er nicht wunderschön?«, fragte der Ablasshändler offensichtlich ermutigt. »Ich habe viele Male einen Hauch ihres süßen Duftes wahrgenommen, der noch immer in den Falten haftet.«

Tristans Finger schlossen sich um das Tuch … nichts. Was auch immer es war, es war nicht gesegnet. Er begegnete dem Blick des Ablasshändlers, und ein sardonisches Lächeln verzog seine Mundwinkel.

Plötzlich blitzte eine Klinge durch das falsche Relikt hindurch auf, ein Dolch, den der spindeldürre Betrüger in den Falten verborgen hatte. Er stieß ihn Tristan hart in den Bauch. »Ich habe Euch gewarnt«, sagte er und zitterte am ganzen Leib, während sein Herzschlag in der Luft pochte. »Ich sagte Euch, Ihr solltet gehen.«

»In der Tat.« Tristan zog die Klinge aus seinem Fleisch und verspürte einen Moment lang Schmerz, bevor sich die

Wunde zischend selbst heilte. »Wie viele andere habt Ihr bereits fortgeschickt?« Er dachte an den Bauern, der um seine sterbende Frau geweint und ihre Ehre verteidigt hatte, und Zorn übermannte ihn. »Wie viele andere habt Ihr der Vergebung für nicht wert befunden?« Er packte den Mann bei seinen dürren Schultern und hob ihn hoch. »Ihr, der Ihr nicht einmal auf eine Made hinabblicken könntet – wie viele gute Leute habt Ihr in die Hölle verbannt?« Und dann riss er ihm die Kehle auf, ohne auf eine Antwort zu warten.

Später ging er in den Hof des Gasthauses hinaus, wo sich bereits eine Menge von Bauern versammelt hatte, die auf die Dämmerung und ihre Chance warteten, betrogen zu werden. Da er sich durch ihre reine Unschuld elend fühlte, öffnete er die Ledertasche, die er dem Leichnam des Ablasshändlers abgenommen hatte. »Bewahrt euch eure Beichten für einen wahren Priester«, riet er ihnen, wobei er kaum laut genug sprach, um gehört zu werden, bevor er Münzen in die Menge streute. »Hier gibt es keine Erlösung.« Er beobachtete einen Moment, wie sie sich balgten, wandte sich dann ab und verschwand in die Nacht.

Siobhan trat auf den Hof hinaus und atmete die kühle Nachtluft ein, wobei ihre Augen vor Tränen brannten. Über ihr befand sich der Turmhügel. Die Silhouette des Turms hob sich vor dem gelben Mond schwarz ab, und sie merkte, wie ihr Blick davon angezogen wurde, wie etwas an ihrer Erinnerung nagte. Er war offensichtlich brandneu, die neueste Entwicklung hässlicher normannischer Architektur. Aber etwas daran war vertraut.

»Wo warst du?«, fragte Sean, der über den Hof auf sie zukam. »Es ist nach Mitternacht.«

»Der Junge, Richard«, antwortete sie. Er runzelte die Stirn. »DuMaines junger Knappe.« Er nickte. »Er ist tot.«

»Ah.« Er legte einen Arm um ihre Schultern. »Armer Junge.« Er blickte ihr ins Gesicht. »Geht es dir gut?«

»Natürlich.« Ihr Bruder zeigte allmählich eine alarmierende Tendenz, sie wie eine Frau zu behandeln, und sie machte sich nicht das Geringste daraus. Der Junge war immerhin ein Soldat. Sein Tod war gerechtfertigt. Warum sollte sie um ihn weinen? »Er bedeutete mir nichts«, sagte sie und löste sich achselzuckend von ihm, bevor er mehr sagen konnte. »Sean, dieser Turm ... warum ist er mir so vertraut?«

Er lächelte. »Kannst du es nicht erraten?«, fragte er und war offensichtlich ebenso froh wie sie darüber, das vorherige Thema fallen zu lassen. »Er wurde auf dem alten Druidenhügel erbaut.«

Ihre Augen weiteten sich. »Du machst Witze.«

»Wirklich nicht.« Er fand dieses Sakrileg anscheinend belustigend. »Silas sagte, dass sie, als sie das Land anfänglich für das Schloss rodeten, recht erfreut waren, an genau der Stelle einen Hügel vorzufinden, an der DuMaine seinen Turm errichten wollte. Es war keine große Sache, die alte Ruine darauf niederzureißen – das gelang ihnen innerhalb einer Woche.«

»Sie haben den Druidenturm niedergerissen?« Zu Zeiten ihres Vaters hätte sich das gemeine Volk dem Turm nicht einmal genähert, aus Angst vor der Macht, die ihm innewohnte. Kein Wunder, dass sie DuMaine so eifrig besiegt sehen wollten.

»Bis auf den Grund«, bestätigte Sean. »Dann legten sie ein neues Fundament und errichteten den Turm darüber.«

»Herr Jesus!«, murmelte sie, ein eher unpassender Fluch für solch ein Verbrechen. »Sean, hier können wir nicht bleiben …«

»Mach dich nicht lächerlich«, unterbrach er sie. »Unsere Familie ist hier sicher, was auch immer DuMaine getan haben mag.«

»Nicht wenn wir die alten Orte schänden«, protestierte sie. »Du weißt, was Mutter immer gesagt hat …«

»Mutters Aberglaube hat ihren Mann nicht gerettet, oder?« In seinen Augen flammte einen Moment das zornige Gefühl auf, das ihren Bruder auf seiner Suche immer weiter trieb. Dann lächelte er. »Morgen möchte ich damit beginnen, deine Sachen in den Turm zu bringen.«

»Was? Sean, nein …«

»Das Schloss ist von Soldaten überlaufen«, sagte er und unterbrach sie damit erneut. »Dort ist es für deine kleine Lady Clare und ihr Kindermädchen nicht mehr sicher. Es könnte dort auch bald nicht einmal mehr für dich sicher sein.«

»Ich kann auf mich selbst aufpassen«, sagte sie.

»Ich weiß.« Er legte ihr eine Hand auf den Kopf, eine Geste, die sie einen Moment so sehr an ihren Vater erinnerte, dass sie fast weinen musste. »Aber du bedeutest mir alles auf der Welt, Siobhan. Ich muss dich in Sicherheit wissen. Und für das Kind gilt das auch.« Er ließ sie los und trat einen Schritt zurück, als ein weiterer Trupp aus dem Gutshaus kam. »Ich werde mein Quartier im Erdgeschoss einrichten, Silas' Dienstzimmer darüber, und die Frauen ganz oben einquartieren.«

»Ich muss mit dem Balg in einem Raum schlafen?«, protestierte sie.

»Nein, nein«, versprach er, lächelte und schüttelte den Kopf. »Es gibt im oberen Stockwerk zwei Räume. Ich denke, sie sind gut ausgestattet für eine Lady. DuMaine muss auch selbst vorgehabt haben, sich eine Ehefrau zu nehmen.«

Das Lächeln, das sie allmählich auf ihr Gesicht zu zaubern lernte, wann immer Tristans Name fiel, zeigte sich auch diesmal, ohne dass sie darüber nachdachte, ein bitteres, unbesonnenes Lächeln. »Und das hat er getan«, antwortete sie.

»Und das hat er getan«, stimmte Sean ihr zu. Er zog leicht an ihrem Zopf. »Bist du für heute mit dem Kriegshandwerk fertig? Wirst du jetzt hereinkommen und schlafen?«

»Gleich.« Sie war nicht müde, nur abgespannt, und der Gedanke an das überbelegte Gutshaus, an die verrauchte Halle, ließ sie die Abgespanntheit noch stärker empfinden. »Geh nur, Bruder. Ich komme nach.«

Er nickte und berührte ein letztes Mal leicht ihre Wange. »Du machst dir zu viele Sorgen, Siobhan.« Er war bereits hineingegangen, bevor ihr eine Antwort einfiel.

Sie schaute zu Tristans Wahnsinnstat zurück, die auf dem Hügel uralter Magie erbaute innere Festung, die, wie er geglaubt hatte, ihm und seinem kleinen Mädchen Sicherheit gewähren würde. Als sie selbst ein kleines Mädchen war, hatte ihre Mutter ihr Geschichten über die Druiden erzählt, wie sie zu den Leuten dieses Waldes gekommen waren und ihr Blut mit deren Blut vermischt hatten, womit sie ihnen Teilhabe an ihrer Macht gewährten. In der Zeit Arthurs hatte ihre Magie die Alten vor den Sachsen gerettet, die Magie von Merlin, dem Letzten ihrer Rasse. Sie und Sean waren die letzten Abkömmlinge dieser uralten Ahnenreihe. Ihr Blut war an den Hügel und den Turm gebunden, der darauf gestanden hatte.

Sie zog das Kurzschwert, das sie noch immer an ihrem Gürtel trug. Die Klinge, mit der sie zum ersten Mal getötet hatte. Sie hätte inzwischen eine viel längere Waffe handhaben können und hatte dies auch schon mehr als ein Mal getan. Aber dieses Schwert war ein Geschenk der Druiden, zumindest glaubte sie das, gleichgültig wie sehr Sean sie auch deswegen hänseln mochte.

»Was ist das?«, fragte eine zaghafte Stimme so dicht neben ihr, dass sie beinahe zusammengezuckt wäre. Als sie hinabblickte, sah sie die kleine Clare in ihrem Nachtgewand.

»Wie sieht es denn aus?«, fragte sie verärgert. Das Kind hatte ein Kindermädchen. Warum spazierte es mitten in der Nacht auf dem Hof umher?

»Wie ein Schwert«, antwortete Clare unbeirrt. »Aber es ist zu klein.«

»Es ist zu klein«, stimmte Siobhan ihr zu. Sie steckte das Schwert wieder in den Gürtel. »Warum schläfst du nicht?«

»Weil ich nicht müde bin.« Das Kind hätte eigentlich Angst vor ihr haben müssen, aber das schien nicht der Fall zu sein. Tatsächlich hatte sie nach ihrem anfänglichen Kummer vor niemandem von ihnen Angst gezeigt. Die Tochter ihres Vaters, dachte Siobhan unwillkürlich.

»Wo ist Emma?« Das Kind zuckte mit den Achseln und spreizte die Hände, aber ihr schuldbewusster Gesichtsausdruck ließ die Wahrheit erkennen. Emma hatte unter den Soldaten einen Geliebten. »Verstehe«, sagte Siobhan seufzend.

»Sie denkt, dass ich schlafe.« Clare blickte in Richtung des Turms, genau wie Siobhan es getan hatte. »Sean Lebuin sagte, wir würden in den Turm ziehen.«

»Ja.« Die Kleine nannte Sean bei seinen beiden Namen,

wie ein Priester vielleicht Jesus Christus sagen würde. Oder Luzifer der Verdammte. »Er denkt, du wärst dort sicherer.«

»Mein Papa sagte, ich sei im Turm sicher.« Siobhan zuckte unmerklich zusammen. Sie war sich nicht sicher, ob sie lügen könnte, wenn das Kind erneut nach ihrem Vater fragte. Sie hatte Tristan geschworen, seine Tochter zu beschützen, ein mühelos geleisteter Schwur. Sie wollte kein unschuldiges Kind verletzen oder zulassen, dass ein anderer es tat. Aber wie sollte sie die Kleine vor der Wahrheit schützen?

»Er hatte recht«, antwortete sie. Sie hockte sich neben das kleine Mädchen, sodass ihre Gesichter auf gleicher Höhe waren. »Siehst du die Zugbrücke?«, fragte sie und deutete darauf. »Wir können sie hochziehen, wenn jemand angreift, damit sie nicht die Klippen erklimmen können, um uns zu erreichen. Und wenn sie es versuchen, werden unsere Leute Pfeile auf sie hinabschießen und sie töten. Verstehst du?«

»Ich verstehe.« Die großen, grünen Augen blickten ernst und klar, während das Kind die Zugbrücke betrachtete.

»Niemand wird uns verletzen können«, versprach Siobhan.

Das Kind wandte ihr wieder den Blick zu. »Ihr habt es getan«, sagte sie. »Ihr und Sean Lebuin kamt in dieses Schloss.«

»Ja, aber wir haben den Turm nicht erreicht, nicht wahr?«, antwortete Siobhan. »Wären du und dein Papa im Turm gewesen, hätten wir niemals zu euch gelangen können.« Clare nickte, und ihre Augen umwölkten sich, während sie über diese Worte nachdachte. »Du hast dieses Schwert gesehen«, fuhr Siobhan fort und zog es erneut. »Weißt du, wo ich es gefunden habe?«

»Ihr wisst, dass ich das nicht weiß«, antwortete das Kind.

»Ich fand es in jenen Klippen«, sagte Siobhan lächelnd. »Als ich selbst noch ein kleines Mädchen war, nicht viel älter als du.« Sie hielt dem Kind das Heft hin. »Nur zu, berühre es.« Clare gehorchte, wobei ihre Finger kaum mit dem Lederüberzug des Hefts in Kontakt kamen. »Ich werde es dir schenken, wenn du alt genug bist.« Die Augen des Kindes weiteten sich erschrocken. »Ja, das werde ich«, versprach Siobhan. »Und ich werde dir beibringen, wie man es benutzt.« Sie erhob sich wieder.

Das kleine Mädchen blickte offensichtlich verwirrt zu ihr hoch. »Warum solltet Ihr das tun?«

»Weil du meine Stieftochter bist«, antwortete sie. »Ich habe geschworen, für deine Sicherheit zu sorgen.« Sie steckte das Schwert wieder in ihren Gürtel. »Ich werde dir beibringen, wie du dieses Schwert benutzen kannst, damit du deinen Feind das nächste Mal, wenn er kommt, bekämpfen kannst.« Sie dachte daran, wie Clare »Sean Lebuin« gesagt hatte, und dachte an ihren eigenen Hass auf die Normannen, die ihre Mutter und ihren Vater getötet hatten. »Wer auch immer es sein mag.«

Verstehen breitete sich auf Clares Gesicht aus wie jäher Sonnenschein. »Ihr seid verschworen«, rief sie. »Ihr seid Papa verschworen.«

Der seltsame, unwillkommene Schmerz, den Siobhan bekämpft hatte, regte sich wieder in ihrer Brust, und sie wollte etwas Hassenswertes und Selbstsüchtiges tun, um ihn zu verdrängen, etwas, das bewies, dass es sie nicht kümmerte. Aber Clare war unschuldig. Sie verdiente das Schicksal nicht, das ihr zugewiesen wurde, und Siobhan war alles, was sie noch hatte. »Ja«, antwortete sie und zwang sich zu einem Lächeln. »Ich bin deinem Papa verschworen.« Sie hielt dem

Kind eine Hand hin. »Komm. Gehen wir hinein und legen uns schlafen.«

Clare zögerte einen Moment und kaute auf ihrer Unterlippe. Dann legte sie eine Hand in Siobhans Hand. Siobhan, die von weiteren Schuldgefühlen erschüttert wurde, brachte sie ins Gutshaus zurück.

6

Tristan entdeckte während der nächsten paar Nächte, in denen er nach Norden zog, dass ein Dämon zu sein verdammt lästig sein konnte. Seine neue Aversion gegen Sonnenlicht ließ ihm nur die kurzen Mittsommernächte zum Reisen, und er musste sich zunächst nähren. Es war nicht so schwer, Beute zu finden, wie er es sich vielleicht vorgestellt hatte. Jede Ansiedlung, zu der er kam, hatte ihren Schurken, der zum Wohle der Rechtschaffenen zur Hölle geschickt werden musste, und die Wälder waren voller Schurken und Diebe. Aber wenn er aus einem bestimmten Grund kein passendes Opfer finden konnte, merkte er, dass er seinen Hunger auch für eine Nacht aufschieben konnte. Nur wenn es länger dauerte, sah er sich derselben schrecklichen Bedrängnis ausgesetzt, die ihn zu seiner ersten Tötung getrieben hatte, ein verzweifeltes Verlangen, das jeden anderen Gedanken auslöschte.

Er befand sich genau in diesem Zustand, als er entdeckte, dass er seine Gestalt verändern konnte. Er war, ohne sich zu nähren, die ganze Nacht geritten, um eine Ansammlung von Städten und Dörfern hinter sich zu lassen, in denen sein Gesicht vielleicht bekannt wäre, und hatte schließlich einen dichten Wald erreicht. Er pflockte sein Pferd auf einer kleinen Lichtung in der Nähe einer Höhle an, in der er den Tag schlafend verbringen konnte – eine weitere Notwendigkeit seiner neuen Welt, die er als höchst ärgerlich empfand. »Warte hier«, murmelte er Daimon sinnlos zu. Das war ein weiteres Problem, dachte er. Er war noch nie für seinen Charme bekannt gewesen, aber er war doch immer recht beständige Gesellschaft gewohnt gewesen. Nun war er während der vergangenen Woche häufiger allein gewesen als jemals zuvor in seinem Leben. Wenn es noch länger andauern würde, wäre er vielleicht nicht mehr nur verflucht, sondern würde auch verrückt werden.

Er verdrängte diesen Gedanken und ging zur Jagd in den Wald, bewegte sich auf der Suche nach einem einsamen Reisenden, der nicht vermisst würde, lautlos entlang schmaler Pfade. Er suchte stundenlang, sein Dämonengehör forschte angestrengt nach dem Trommeln eines menschlichen Herzschlags, aber er hörte nichts, und sein Körper spürte allmählich das Herannahen der Dämmerung. Wenn er sich in dieser Nacht nicht nährte, fürchtete er, beim nächsten Sonnenaufgang wirklich als Wahnsinniger aufzuwachen, so weit von der Vernunft entfernt, dass er jedes Wesen niedermetzeln könnte, das in seine Nähe gelangte, sogar sein eigenes Pferd. Wie würde er dann jemals nach Hause kommen?

Irgendein Geschöpf, dachte er, und seine Gedanken schweiften ab, während er loslief. Konnte das Blut irgendeines Tieres ihm Kraft geben? Wie als Antwort auf seine Gedanken erklang ein deutlicher Herzschlag, tief und kräftig wie ferner Donner. Er folgte dem Klang, lief schneller, und seine Sicht verschwamm und veränderte sich. Der Hirsch sprang aus einem Dickicht hervor, wandte den großen Kopf und blickte einen Moment zurück, bevor er floh. Das Tier war für Tristans Augen nur ein verschwommener Lichtfleck, ein flammender Umriss mit einem brennenden, scharlachroten Herzen. Er folgte ihm, während sein Verstand ihm zuwisperte, diese Jagd sei Torheit – kein Mensch konnte einen Hirsch zu Fuß erwischen. Aber er war kein Mensch. Seine Perspektive änderte sich in einem einzigen, fließenden Moment. Er lief dicht am Boden, schneller, als sich ein Mensch dies jemals hätte erträumen können, und jegliche Wahrnehmung von Gewicht und Beschränkung durch die Kleidung und die Waffen, die er trug, war fort.

Er holte den Hirsch ein, riss ihn zu Boden und packte die dicht mit Muskeln versehene Kehle des Tieres. Er hielt es mit wuchtigen Pranken unter sich fest und trank in tiefen Zügen das Blut, das weniger gehaltvoll, aber süßer war als das von Menschen – Met anstatt Wein. Das Tier erschauderte, und er spürte ein Vibrieren in seiner Brust, hörte sein tiefes, durchdringendes Knurren. Als sein Hunger nachließ, spürte er eine neue Empfindung, ein Gefühl von Mitleid, das er als Dämon bisher niemals empfunden hatte. Der Hirsch war unschuldig, war in der Wildnis sein Bruder. Warum musste er angstvoll sterben?

Er hob den Kopf von der Kehle des Tieres und leckte sich das Blut vom Mund. Er war ein Hund, wie er erkannte, Exemplar einer großen, wuchtigen Rasse wie einer Dogge, mit goldfarbenem Fell von der Farbe seines Haars. Der Hirsch wehrte sich, schwächer, aber immer noch kraftvoll. »Lauf«, befahl Tristan, und das Wort drang als Aufjaulen hervor. Das Tier wand sich, schaute mit noch immer vor Entsetzen geweiteten Augen zu ihm zurück und war im Blick des Dämons wie gelähmt.

Tristan nahm seinen Verstand zusammen und erhob sich, während sich sein Körper veränderte und wieder zur Gestalt eines Menschen wurde. Er trat von seiner Beute zurück und wandte den Kopf ab. »Lauf«, wiederholte er, noch immer heiser, aber mit der Stimme eines Menschen. Der Hirsch kam mühsam hoch, wobei sich sein Geweih in den lehmigen Boden grub. Dann war er im Handumdrehen fort, lief mit donnernden Hufen in den Wald.

Der Wind um Tristan herum nahm zu, offenbar der Anfang eines Sommersturms. Plötzlich hatte er das Gefühl, unmittelbar hinter sich eine Präsenz zu spüren, irgendein dunkler Geist, der seine Jagd beobachtet hatte. Er wandte sich mit einer Hand am Schwert rasch um. »Wer ist da?«, rief er in die Nacht. Aber er sah nichts außer dem leeren Wald. Er wandte sich erneut um und hörte eine Stimme, hörte hinter dem Rascheln der Blätter ein Flüstern. »Mein Sohn«, hauchte sie. Aber sein Vater war schon lange tot und im Staub verrottet, schon seit er ein Junge war.

Der andere Dämon, dachte er. Es musste gewiss der Dämon sein, der ihn erschaffen hatte. Er musste ihm heimlich gefolgt sein. Jetzt, wo er darüber nachdachte, ergab es Sinn. Er hatte ihn in jener Nacht aufzuhalten versucht. Aber warum zeigte er sich nicht? Er hatte zuvor nicht den Eindruck gemacht, besonders zurückhaltend zu sein. »Komm heraus!«, rief Tristan und schwang seine Waffe. Aber niemand kam, und die Stimme erstarb im Wind. Er stand noch mehrere Augenblicke da, bis der Sturm ausbrach und es zu regnen begann. Aber er sah noch immer niemanden.

Er spürte die Präsenz auch während der nächsten Nächte nach einer Tötung. Aber niemals kam jemand hervor.

Schließlich erreichte er den Rand der nördlichen Wälder, die sein Anwesen von dem des Barons von Callard trennten, ein unbedeutender Adliger, dessen Vater Heinrichs Vater irgendeinen düsteren Dienst erwiesen hatte. Tristan selbst war diesem Baron aber nie begegnet. Er hatte sich bei Sonnenuntergang an einem Dieb genährt, der ihn im Schlaf ausrauben wollte. Mit etwas Glück könnte er noch in der Nacht die Grenze seiner Besitzungen erreichen. Er pfiff leise vor sich hin, zufrieden bei dem Gedanken, dass seine Suche ein Ende haben würde, und beschloss, um der Schnelligkeit willen das Risiko einzugehen, gesehen zu werden, sodass er Daimon von einem schmalen Waldweg auf die breitere Straße führte.

Das war ein Fehler, wie sich herausstellte. Er war noch keine Stunde geritten, als er auf eine Kutsche traf, die sich gefährlich auf eine Seite neigte, weil eines der beiden Leitpferde keuchend auf der Seite im Schlamm lag. Als Tristan sein Pferd anhielt, traten ein Mann in Livree und zwei bewaffnete Soldaten um die Kutsche herum und versperrten ihm den Weg.

»Ihr da«, befahl der Kutscher. »Steigt ab und helft uns.«

»Ich bin kein Pferdeheiler«, antwortete Tristan. Tatsächlich bezweifelte er, dass er noch viel hätte helfen können, selbst wenn er ein Pferdeheiler gewesen wäre. Das Tier auf dem Boden hatte ein gebrochenes Bein. Der Knochen stak aus dem Fleisch hervor, und es hatte eine lange, gezackte Wunde an einer Seite. Der Dummkopf von Kutscher hatte anscheinend versucht, die Kutsche auf geradem Weg durch einen Haufen Laub und Gesträuch zu treiben, der die Straße blockierte.

»Habe ich Euch nach Eurem Beruf gefragt?«, fragte der Mann zornig. »Wer ist Euer Herr?« Er blickte hektisch von einer Seite zur anderen, während er sprach, wie eine in eine Ecke gedrängte Ratte.

Tristan hätte fast, ohne nachzudenken, »Heinrich von England« gesagt, aber dann erinnerte er sich an seine Kleidung. »Ich diene niemandem«, sagte er stattdessen.

»Ein Brigant«, sagte einer der Soldaten und zog sein Schwert. »Das hätten wir uns denken können.« Der Kutscher erbleichte und zog sich zurück, während die Soldaten vortraten. »Gib uns das Pferd, Schurke«, sagte der Soldat.

»Niemals, bei meinem Leben«, erwiderte Tristan und lächelte leicht über den Scherz. Er war sich ziemlich sicher, dass er alle drei erledigen konnte, wenn es denn sein musste, aber er sorgte sich um sein Pferd. Daimons Treue war durch seinen Zustand bereits innerhalb aller zumutbaren Grenzen auf die Probe gestellt worden. Ihn einem solchen Kampf auszusetzen, konnte ihn vielleicht für immer vertreiben. »Aber ich werde absteigen und mir Euer Pferd ansehen.«

Die Soldaten lächelten und wechselten Blicke. »Sehr gut«, sagte der erste Soldat und trat einen Schritt zurück.

Tristan begab sich rasch zu dem armen Tier auf dem Boden. »Dummkopf«, murrte er und sah den Kutscher finster an. »Ruhig, Lieber«, sprach er sanft zu dem gestürzten Pferd und streichelte seine mit Schaum bedeckte Nase. »Das Schlimmste ist jetzt vorbei.« Er schnitt dem leidenden Tier mit seinem Schwert rasch die Kehle durch.

»Dafür werdet Ihr bezahlen!«, drohte der zweite Soldat.

»Nein.« Tristan richtete sich mit noch immer gezogenem Schwert auf. »Ihr werdet bezahlen.«

Beide Soldaten griffen ihn an und erwarteten offensichtlich, dass er wie ein wilder Brigant kämpfen würde, aber das tat er natürlich nicht. Er kauerte sich nieder, wartete und schlug dann dem Ersten mit einem einzigen anmutigen, bogenförmigen Streich seines Schwertes den Kopf von den Schultern. Der Zweite griff ihn von hinten an, als er sich umwandte, und durchstieß sein Fleisch mit einem Streich, der einen Sterblichen gefällt hätte, bis auf die Knochen. Aber Tristan zuckte kaum zusammen. Er wirbelte wie das Ungetüm, das er war, herum, hob sein Schwert mit der Spitze voraus an und versenkte es im Bauch des Soldaten.

»Nein«, protestierte der Kutscher, atemlos vor Angst. »Ihr könnt nicht … wir sind die Leute des Barons von Callard, Ihr Narr!«

»Na und?«, erwiderte Tristan und ging auf ihn zu. Er war nicht hungrig, aber etwas an der entsetzten Miene des Kutschers brachte dennoch die tödliche Wut in ihm wieder zum Vorschein.

»Lebuin wird hiervon hören«, warnte der Kutscher und stolperte rückwärts. »Der Baron wird dafür sorgen, dass Ihr gehängt werdet.«

»Das bezweifle ich, ehrlich gesagt.« Der Wind wisperte leise durch die Bäume, und Tristan glaubte einen Moment ein Lachen zu hören. Er wandte rasch den Kopf, um hinzusehen, aber da war niemand.

»Zweifelt so viel Ihr wollt«, sagte der Kutscher, als sich Tristan wieder zu ihm umwandte. Er schluckte nervös, während seine Hand zu seinem eigenen Schwert wanderte, der Reflex eines an die Schlacht gewöhnten Mannes. »Aber Euer Hauptmann wird Euch nicht retten.«

»Ich habe keinen Hauptmann.« Er suchte die Wälder zu beiden Seiten erneut nach einem Zeichen einer anderen Person ab. Aber da war nichts, kein anderer Herzschlag flüsterte ihm aus dem Dunkeln zu. In dem Moment, in dem sein Blick abgelenkt wurde, griff der Kutscher an. Tristan fing ihn fast automatisch ab und ließ das Schwert fallen, als er nach der Kehle des Mannes griff.

Als er sich von der Tötung wieder aufrichtete, spürte er erneut die fremde Gegenwart, dasselbe vorahnungsvolle Kribbeln auf seiner Haut. Er wirbelte herum und nahm sein Schwert auf. »Zeigt Euch!« Aber da war niemand, genau wie zuvor.

Er blickte auf den toten Mann zu seinen Füßen hinab. Er wusste, dass er ihn und seine Gefährten begraben oder, noch besser, verbrennen sollte. Dies war eine Hauptstraße. Jemand würde sie finden. Aber er brachte es nicht übers Herz. Er wischte sich mit dem Ärmel über den Mund und wandte sich ab. Er befreite das zweite Pferd aus seinem Geschirr, gab ihm einen leichten Klaps und schickte es die Straße hinab. »Daimon, komm.« Sein Pferd trottete zu ihm, den Kopf wie zum Gruß gesenkt. Tristan steckte sein Schwert ein und schwang sich in den Sattel. Er verließ die breite Straße wieder und galoppierte auf Schloss DuMaine zu.

Für einen langen, stillen Moment war alles ruhig. Dann erschauderte der Leichnam des Kutschers, und sein Gesicht verzog sich wie vor einem neuen Entsetzen. Die Augen schlossen sich jäh und öffneten sich wieder, einmal, dann noch einmal. Der Mund verzog sich zu einem Lächeln. »Mein Sohn …« Die Stimme schien im Wind über der Lichtung widerzuhallen und wirbelte durch die Bäume, bis sie erneut erklang. »Mein Sohn.« Dieses Mal formte der Mund des toten Wesens die Worte, und die Stimme drang aus der zerstörten Kehle.

Er setzte sich unbeholfen wie eine Marionette auf. Er hob das Schwert hoch und führte es schwerfällig in einem so weiten Bogen herum, dass er sich fast die Kehle durchtrennt hätte, bevor er innehielt. Er ließ es fallen und hob es dann wieder hoch, dieses Mal langsamer und mit entspannten Schultern. Natürlicher. Lebendiger. Er lächelte erneut, ein schauerliches, fratzenhaftes, anzügliches Grinsen. Er stützte sich auf das Schwert und erhob sich taumelnd. Er benutzte das Schwert als Krücke und hinkte in den Wald davon.

Tristan fand im Wald Unterschlupf, eine von Menschen in einen Hang gegrabene Höhle. Wahrscheinlich war sie in der Zeit von Lebuin und seinen Briganten angelegt worden, als sie noch ein eher unbedeutendes Ärgernis und er noch ein Mensch war. Er verschlief den Tag, aber seine Ruhe wurde von Träumen von seiner Tochter und Siobhan, der wunderschönen Dämonin, die sich seine Frau nannte, gequält.

Irgendwann kurz vor Sonnenuntergang wurde der Traum düsterer und vertrauter. Er stand in einer goldenen Halle, benommen vom Fackellicht, das auf mit Edelsteinen besetzten Säulen tanzte. Der Boden war mit Leichen übersät, blasse Männer in englischer Rüstung, deren Kehlen aufgerissen waren. Er sah den Dämon, der ihn geschaffen hatte, den jungen Ritter mit dem langen, schwarzen Haar, mit seinem blutigen Schwert in Händen neben dem Podium in der Halle stehen. Eine dunkelhaarige Frau kniete mit erhobenen Händen vor ihm und flehte um den Tod. »Nein!«, rief ein kleiner Mann aus und trat eilig zwischen sie.

»Mein Sohn.« Er hörte die Stimme hinter sich erklingen, genauso wie im Wachzustand, ein Wispern im Wind. Er wandte sich so rasch wie möglich um, wobei sein Körper im Traum schwer und träge war, und dieses Mal sah er den Mann, der sprach. Er war groß und dünn, mit einem goldfarbenen, über und über in Scharlachrot bestickten Gewand bekleidet. Eigentümliche Symbole wie nichts, was Tristan jemals gesehen hatte, waren darauf zu erkennen. Sein hellrotes Haar hing lang und strähnig über seine Schultern, und sein Bart reichte ihm bis auf die Brust. »Mein Sohn«, wiederholte er und öffnete die Arme, als glaubte er, Tristan käme zu ihm. »Du bist großartig.«

»Wer seid Ihr?«, wollte Tristan wissen. Er konnte die anderen hinter sich reden hören, aber er konnte nicht verstehen, was sie sagten. Er griff nach seinem Schwert, erkannte aber, dass er keines hatte – keinerlei Waffen irgendeiner Art. »Was bin ich?«

Der große Mann in dem Gewand lächelte nur. »Ich werde zu dir kommen«, versprach er. Die Kontur seines Körpers veränderte sich allmählich und wurde kleiner und an den Schultern breiter. Das lange, fahle Haar wurde dunkler und kurz, das Gesicht glatt rasiert und jung. Etwas an dieser neuen Gestalt war vertraut, als hätte er ihn im Vorbeigehen in einer Menschenmenge gesehen. »Du wirst es verstehen.«

»Sagt es mir!« Tristan wollte einen Schritt auf die Männer zugehen, aber seine Füße wollten ihm nicht gehorchen. »Sagt es mir jetzt!« Aber der Traum verblasste und löste sich in nichts auf.

Er öffnete die Augen und sah den jungen Dämon, der ihn erschaffen hatte, mit einem Holzpfahl in der Hand auf sich hinabblicken. »Ihr!«, brüllte er und sprang auf, um ihn zu packen, woraufhin sie ineinander verschlungen über den Erdboden der Höhle rollten. Sein Schöpfer wollte ihm den Pfahl in die Brust rammen, aber Tristan ergriff dessen Handgelenk, drehte es und entwand ihm die Waffe. »Wer seid Ihr?« Er hob den Pfahl nun selbst an und sah ein angstvolles Flackern in den Augen des anderen Geschöpfs. »Was habt Ihr mir angetan?«

Der Dämon stieß den Pfahl schnell wie ein Blitz und kraftvoll beiseite, schlug ihn Tristan aus der Hand. »Was ich dir angetan habe?«, echote er lachend. »Dummkopf!« Tristan griff nach seiner Kehle, und der andere packte Tristans Arme und wollte ihn festhalten, woraufhin sie erneut über den Boden rollten. »Ich wollte dich befreien ...«

»Ihr meint, mich töten.« Tristan riss sich los und schlug ihn, sodass sein Kopf nach hinten ruckte. Aber der Dämon erholte sich wieder, bevor Tristan seinen Vorteil nutzen konnte, entblößte Reißzähne wie Tristans eigene und griff ihn erneut an.

»Du bist bereits tot«, sagte er, erhob sich und zog Tristan am Gewand mit sich. Er war im Stehen einen halben Kopf kleiner als Tristan und wesentlich schmaler gebaut, aber kräftemäßig war er ihm wohl ebenbürtig.

»Nicht ganz«, erwiderte Tristan. Er riss den Dolch aus seinem Gürtel und zog ihn dem anderen Dämon übers Gesicht.

»Bastard!«, fluchte der Dämon, und sein irischer Akzent war nun deutlicher erkennbar, während er sich schmerzerfüllt zurückzog. Die Wunde war tief, blutete aber kaum, bevor sie sich selbst zu heilen begann.

»Ebenso«, knurrte Tristan, packte seinen Gegner bei den Schultern und drängte ihn mit aller Kraft an die Wand zurück, wo er ihn festhielt. »Wer seid Ihr?«

»Dein Bruder, Dummkopf.« Der Ire unternahm einen halbherzigen Versuch, sich zu befreien, aber er schien nun eher belustigt als zornig zu sein. »Ob es uns beiden gefällt oder nicht.«

»Ich sagte es Euch«, erklang eine Stimme aus den Schatten. Der kleine, bärtige Mann, den Tristan in seinem Traum gesehen hatte, trat ins Mondlicht, das durch die schmale Tür hereinfiel. »Ich wusste, dass Ihr ihn nicht einfach würdet vernichten können.«

Tristan verlor rasch die Geduld. »Ich habe keine Brüder«, antwortete er, riss den anderen Dämon auf sich zu und schleuderte ihn dann wieder gegen die Wand. »Wer seid Ihr?«

Sein Gegner hieb Tristan die Stirn mit voller Kraft ins Gesicht, sodass er Sterne sah, obwohl er ein Dämon war. »Hurensohn«, murrte er und rieb sich die Stirn, und Tristan, der wieder auf dem Boden saß, war geneigt, ihm zuzustimmen. »Friede, Junge, Erbarmen …« Er streckte eine Hand aus. »Ich bin Simon, Herzog von Lyan.«

»Herzog von Lyan?« Tristan kannte den Namen eines höchst unnützen Rittergutes der Krone in Irland. Aber er hatte niemals davon erzählen hören, dass dessen Herr ein Monstrum war.

»Jedenfalls im Moment.« Als Tristan ihn zuerst gesehen hatte, war er ihm halbwegs ungezähmt erschienen, wie ein Geschöpf der Dunkelheit. Nun wirkte er wie jeder andere adlige Ritter, wenn er auch mit seinem langen, schwarzen Haar und dem verruchten Grinsen besser aussah als die meisten. »Und dies ist Orlando der Zauberer.«

»Zauberer?« Der Schmerz in Tristans Kopf ließ nach, aber er war noch immer verwirrt. Er blickte zwischen den beiden Männern hin und her, während er sich an seinen Traum erinnerte. »Wo ist das Mädchen?«

Die beiden anderen sahen sich an. »Welches Mädchen?«, fragte Simon zögerlich.

»Das Mädchen, das Euch anflehte, sie zu töten.« Er rappelte sich hoch. »Ich sah sie mit Euch in meinem Traum.« Sein Schwert lag noch immer neben seinem Schlafplatz, und er überlegte im Stillen, wie schnell er es wohl erreichen könnte.

»Ich sagte es Euch«, belehrte der Mann namens Orlando den Dämonenritter Simon erneut. »Er war ein Versehen, aber er soll nicht getötet werden.«

»Ein Versehen?«, echote Tristan.

»Ich wollte Euch nicht erschaffen«, erklärte Simon. »Ich wollte Euch töten.«

»Ah«, sagte Tristan und nickte verblüfft.

»Es war nichts Persönliches«, versprach Simon, und sein Mund verzog sich zu einem Grinsen.

»Wir brauchen ihn«, drängte Orlando, als hätte er sie nicht gehört. Der Graubart reichte seinem Gefährten kaum bis zur Taille und trug die kunterbunte Kleidung eines Narren. Aber er war es offensichtlich gewohnt, diesen Simon wie eine Mischung aus Riese und Imperator herumzukommandieren. »Er ist Teil Eurer Suche.«

»Ich danke Euch für Eure Freundlichkeit, mein Herr«, sagte Tristan sarkastisch. »Aber ich habe eine eigene Suche.«

»Eure Suche ist die Erlösung«, antwortete der kleine Zauberer und wandte sein vornehmes Gebaren nun auch bei Tristan an. »Die Vernichtung des Bösen …«

»Warum glaubt Ihr das, Zauberer?«, unterbrach Tristan ihn. »Warum sollte ich mich solchen Dingen widmen, wenn ich an nichts davon glaube?« Er wandte sich wieder Simon zu. »Sagt mir, wer ich bin.« Er nahm sein Schwert hoch. »Sagt mir, zu was Ihr mich gemacht habt, auch wenn es ein Versehen war.«

»Ein Vampir«, antwortete Simon. Tristan runzelte die Stirn, und er lächelte. »Das Wort hat für Euch keine Bedeutung, ich weiß – das galt für mich ebenso.«

»Was ist es also?« Er hatte keine Zeit für Rätsel. Sein Kind war der Gnade seiner Feinde ausgeliefert. Er hatte genügend eigene Probleme. »Was ist ein Vampir?«

»Ein Kind des Bösen«, sagte Orlando. »Ein Sterblicher, von einem Dämon besessen, der ihm die Kraft eines Dämons verleiht, ihm aber das Licht verweigert.«

»Das weiß ich bereits«, erwiderte Tristan. »Wie wird ein solches Geschöpf erschaffen?«

»Das wisst Ihr auch bereits«, antwortete Simon. »Ich bin ein Vampir. Ich trank Euer Blut. Und während des Kampfs trankt Ihr meines. Das hat Euch auch zu einem Vampir gemacht. Die Belange der Seele sind vielschichtiger, aber das ist die praktischste Erklärung.«

»Die Belange der Seele kümmern mich nicht«, höhnte Tristan.

»Seid vorsichtig, Junge«, sagte Simon, was Tristan aufbrachte. Tatsächlich wirkte Simon nicht einmal so alt wie er selbst. »Liebt Ihr dieses Dämonenleben so sehr, dass Ihr es ewig behalten wollt?«

»Warum nicht?«, erwiderte Tristan mit dem ihm eigenen sorglosen Lächeln. »Bin ich jetzt nicht unsterblich?«

»Nein.« Simon zog sein Schwert so schnell, dass Tristan die Bewegung nicht sah, bis das Schwert an seiner Kehle lag. »Nicht wirklich«, fuhr er fort. »Würde ich Euch den Kopf abschlagen oder einen Pfahl in Euer Herz rammen, würdet Ihr sterben und Eure Seele wäre verdammt.« Er senkte das Schwert wieder und steckte es ein.

»Das war also gerade Euer Plan, bevor ich erwachte?«,

fragte Tristan und wandte sich ihm zu. »Meine Seele in die Hölle zu schicken?«

Die Augen des gut aussehenden Dämons weiteten sich einen Moment. »Schon möglich«, gab er zu. »Tatsächlich hatte ich nicht wirklich darüber nachgedacht. Ich wusste, dass ich keinen anderen Vampir erschaffen sollte. Ich wollte meinen Fehler korrigieren …« Seine Miene schien aufrichtig reuevoll. »Es tut mir leid, Tristan.«

»Seid Ihr mir darum gefolgt?« Sosehr er auch die Wahrheit über das hören wollte, zu dem er geworden war, kümmerten ihn seine eigenen Angelegenheiten doch mehr. Diese beiden schienen vollkommen dem törichten Kreuzzug Gottes und der Seelen und Dämonen ergeben. Das war nichts, was ihm von Nutzen sein konnte.

»Wir haben Eure Spur vor ungefähr einer Woche aufgenommen«, sagte Simon. »Tatsächlich war es nicht schwer. Ihr seid bei Euren Tötungen nicht wirklich umsichtig vorgegangen.« Er grinste. »Der Schultheiß war eine interessante Wahl.«

»Er war ein Schwein«, sagte Tristan stirnrunzelnd, als er sich an den Mann erinnerte. »Ich sah, wie er innerhalb einer Nacht das Leben dreier Bauerntöchter zerstörte. Ich bezweifle, dass man ihn sehr vermissen wird.«

»Es gab ein recht großes Fest«, räumte Simon ein. »Aber sind alle Eure Opfer solche Schurken?«

»In letzter Zeit? Ja«, antwortete Tristan. Er dachte an den Briganten, den er in der Nacht zuvor ausgesaugt hatte, und lächelte. »Ihr sagt, ich sei Euer Bruder. Warum habt Ihr mich dann Euren Sohn genannt?«

»Das habe ich nicht«, erwiderte Simon stirnrunzelnd.

»Ich habe Euch gehört«, sagte Tristan. »Es ist noch keine

drei Nächte her, als ich einen Kutscher tötete.« Er dachte an den Mann, den er in seinem Traum gesehen hatte, und an die Art, wie er seine Erscheinung veränderte. Aber Simon war auch in dem Traum gewesen, genau wie er selbst. »Ich träumte vorhin von Euch«, sagte er. »Darum habe ich Euch nach dem Mädchen gefragt. Ich sah Euch und Orlando und eine Frau in einer goldenen Halle voller mit Edelsteinen besetzter Säulen.«

»Bei allen Heiligen«, murrte Simon, und der Zauberer stieß in einer Sprache, die Tristan nicht verstand, ebenfalls einen leisen Fluch aus.

»Da war noch ein Mann«, fuhr er fort und beobachtete ihre Gesichter. »Groß, mit langem rotem Haar. Er nannte mich seinen Sohn.«

»Kivar«, sagte Simon. »Der Vampir, der mich erschaffen hat. Sein Geist muss mein Blut noch immer jagen …«

»Nein«, unterbrach Orlando ihn. »Ihr wisst, dass das nicht wahr ist.« Sie blickten beide ernst. »Er lebt.«

»Er sagte, er würde zu mir kommen«, erklärte Tristan. »Er sagte, dass ich verstehen würde.« Die Details des Traums verblassten, während er darüber sprach. Das Gesicht des Mannes, den er beschrieb, wurde allmählich undeutlich. »Ihr sagt, er ist ebenfalls ein Vampir?«

»Er ist mehr als das«, erklärte Orlando.

»Ein Vampir kann getötet werden, genau wie ich es Euch gesagt habe«, erklärte Simon mit bitterem Lächeln. »Ich habe Lucan Kivar bereits zwei Mal getötet.«

»Seine Dämonenseele wurde aus seinem Körper befreit«, erklärte Orlando, als ergäbe das einen Sinn. »Er kann Tote in Besitz nehmen, kann jegliche Gestalt annehmen, die er will, bis seine Suche vollendet ist.«

»Als Ihr mein Blut trankt, wurdet Ihr wie ich, aber Ihr seid auch noch immer Ihr selbst«, sagte Simon. »Ihr wurdet im Moment des Todes zu etwas anderem verwandelt, wurdet von einem Sterblichen zu einem Vampir. Ich denke, Kivar war einst dasselbe – er hat mich genauso erschaffen, wie ich Euch erschaffen habe, nur dass er vorsätzlich handelte. Aber nun fällt er über Leichname her, Menschen, die bereits tot sind. Er nimmt ihre Körper in Besitz und stiehlt ihren Geist.« Seine Miene wurde noch düsterer, als quälte ihn eine schreckliche Erinnerung. »Er kann ihre Erinnerungen sehen. Er weiß, was sie wollten, was sie dachten. Aber der Geist, der den Körper kontrolliert, ist Kivar.«

Tristan bekam bei dem Gedanken an derlei Dinge eine Gänsehaut, aber er wollte es sich nicht anmerken lassen. »Also ist Lucan Kivar böse«, sagte er fast tonlos. »Aber Ihr seid es nicht.«

»Ich bin es auch«, antwortete Simon, »aber nicht aus freien Stücken.«

»Simon ist der Aufgabe verschworen, Kivar zu vernichten«, erklärte Orlando. »Nun müsst Ihr ihm helfen.«

»Ich muss?«, fragte Tristan mit hochgezogenen Augenbrauen.

»Orlando hat Kivar viele Jahre lang studiert«, sagte Simon. »Er glaubt, dass er mit einer heiligen Reliquie aus der Zeit seiner Erschaffung vernichtet werden kann, mit einem Kelch.« Tristans Zweifel mussten an seiner Miene zu erkennen sein, denn der andere Dämon lächelte. »Ich habe es auch nicht geglaubt«, gab er zu. »Ich war stets ein Kreuzritter. Ich habe genügend heilige Reliquien gesehen, um ihren Nutzen zu kennen. Wahres Böses zu vernichten gehört nicht dazu.«

»Aber Ihr glaubt trotzdem daran?«, fragte Tristan noch immer skeptisch.

»Ich habe ihn gesehen.« Seine Miene verfinsterte sich erneut, als erinnerte er sich an etwas Entsetzliches. »Und vor allem habe ich Kivars Reaktion darauf gesehen. Was auch immer der Kelch sein mag, Lucan Kivar will ihn besitzen, und ich weiß genug über ihn, um zu erkennen, dass ich nicht will, was auch immer er will.«

»Also wollt Ihr zuerst in seinen Besitz gelangen.« Tristan hatte schon mit Rittern zu tun gehabt, seit er zehn Jahre alt war. Er hatte jede hübsche Geschichte über den Gral gehört, die jemals ersonnen worden war, und hatte nicht eine einzige davon geglaubt. Aber als er das Gesicht seines sogenannten Bruders betrachtete, konnte er keinen Zweifel daran hegen, dass dieser an diesen Kelch glaubte und alles dafür tun würde, ihn in seinen Besitz zu bringen.

»Der Kelch bedeutet Erlösung«, sagte Orlando. »Für Simon und für Euch ebenfalls. Wenn ihr beide ihn findet, könnt ihr wieder Sterbliche werden.«

»Und warum, im Namen der Hölle, sollte ich das wollen?«, fragte Tristan lachend. Er brauchte Antworten, Anleitung für die Kräfte, die dieser Vampir ihm übertragen hatte, nicht irgendeinen Mythos über böse Geister und magische Kelche. »Ihr habt das Ende meines sterblichen Lebens bezeugt, Simon – schien es Euch so großartig, dass ich es erneut leben sollte?«

»Ich kenne Euch nicht«, räumte Simon ein. »Ich weiß, dass Euch übel mitgespielt wurde und dass die Männer, die bei Euch waren, Euch tot sehen wollten. Ich roch das Böse in ihrem Blut. Darum fühlte ich mich anfänglich von ihnen angezogen.«

»Ihr wisst nichts«, höhnte Tristan. »Die Männer, die Ihr getötet habt, waren nichts, nur Boten. Mein wahrer Feind lebt noch, ein gewöhnlicher Dieb, der mir mein Schloss, meinen Titel und sogar mein Kind gestohlen hat. Ihr sagt, Ihr wärt dieser Suche verschworen, und ich wünsche Euch, dass Ihr Erfolg habt, aber ich bin auch Dingen verschworen – meinem König, um diese Ländereien für die Krone zu erhalten, und meinem Kind, um sie vor Bösem zu beschützen.«

»Was ist Euer König, verglichen mit der Macht des Kelchs?«, fragte Orlando verächtlich. »Wie könnt Ihr Euer Kind beschützen, wenn Ihr selbst ein Geschöpf des Bösen seid?«

»Tristan, ich weiß, wie es ist, Rache zu suchen«, sagte Simon mit wesentlich mehr Mitgefühl in der Stimme. »Ich kenne die heilige Ehre eines Ritters, da ich dem Dienst an meinem Herrn verschworen war, und ich weiß, wie es ist zu lieben. Aber Orlando hat recht. Solange Ihr ein Vampir seid, könnt Ihr Eurem König nicht dienen und Euer Kind nicht retten. Ihr könnt ihnen nur Ungewissheit und Leid bringen.« Er trat einen Schritt näher. »Kivar ist in Euren Träumen zu Euch gekommen. Ihr habt seine Stimme gehört. Wenn Ihr ihn nicht bekämpft, wird er Euch und alle, die Ihr liebt, vernichten.«

»Kivar ist ein Traum, eine Fantasie«, antwortete Tristan. »Sean Lebuin ist real.«

»Oh, Kivar ist auch überaus real«, widersprach Orlando verbittert. »Ihr solltet dafür beten, dass Ihr nicht allzu bald erfahrt, wie real er ist.«

»Ich bete nicht«, erwiderte Tristan, »noch habe ich das jemals getan.« Er begegnete Simons Blick aus dunklen Augen.

»Ihr sprecht von heiligen Reliquien und von Erlösung. Ich habe selbst als Mensch keine Hoffnung in derlei Dinge gesetzt. Ihr sprecht über diesen Dämon, den wir in uns tragen, als wäre er ein Fluch, aber das gilt nicht für mich. Er ist ein Segen. Ich töte nicht gerne, aber ich habe es auch nie gefürchtet und niemals gezögert zu töten, um erreichen zu können, was ich wollte – oder zum Ruhm meines Königs. Diese Macht, von der Ihr Euch befreien wollt, ist alles, was ich mir wünschen kann, alles, was ich brauche, um mir Gerechtigkeit zu verschaffen.«

»Gerechtigkeit?«, sagte Simon mit einem schiefen Lächeln.

»Ja, mein Herr, Gerechtigkeit«, bestätigte Tristan. »Ihr sucht nach diesem Kelch, damit Ihr der Verdammnis für Eure Sünden entgehen könnt. Glaubt mir, wenn ich Euch sage, dass ich bereits verdammt bin.«

»Und was ist, wenn Ihr Euer Ziel erreicht?«, fragte Simon. »Wenn Ihr Eure Rache habt – Eure Gerechtigkeit, wie Ihr es nennt – was dann? Wollt Ihr Euer Kind in die Dunkelheit führen? Wollt Ihr als Dämon den Schlossherrn spielen?«

»Tut Ihr das nicht?«, konterte Tristan. »Euer Gnaden?«

»Nein, Sir, das tue ich nicht.« Schmerz umwölkte Simons Augen. »Ich weiß, welches Übel Kivar für mich und die Menschen, die ich liebe, bereithält – möget Ihr solches niemals erfahren. Ich werde nicht ruhen, bis ich weiß, dass er vernichtet ist.« Er begegnete Tristans Blick. »Und das solltet Ihr auch nicht.«

»Ich werde mich Euch nicht anschließen«, antwortete Tristan, wollte sich nicht dazu bewegen lassen. Er konnte es sich nicht leisten, abgelenkt zu werden. »Wenn mein Schloss sicher und meine Tochter geschützt ist und Ihr mich dann immer noch mit einbeziehen wollt, werde ich es mir überlegen. Aber im Moment müsst Ihr mir verzeihen.«

»Wahnsinn«, wütete Orlando. »Dumm, überheblich …«

»Das reicht«, unterbrach Simon ihn und legte ihm eine Hand auf die Schulter. »Ich verzeihe Euch, Tristan, und ich werde Euch nicht mehr behelligen, es sei denn, Ihr wollt es.« Er streckte eine Hand aus, und Tristan schlug ein und hielt es für das seltsamste Angebot eines Bündnisses, von dem er jemals in seinem Leben gehört hatte. »Ich hoffe nur, Ihr müsst nicht irgendwann feststellen, dass Ihr Euch selbst nicht vergeben könnt.«

»Das werde ich riskieren«, antwortete Tristan. Er blickte zu dem kleinen Zauberer hinab, der noch immer, wenn auch lautlos, wütete. »Aber ich danke Euch für Eure guten Wünsche.« Er nickte seinem seltsamen Blutsbruder noch einmal zu, verließ dann die Höhle im Hang und pfiff nach seinem Pferd.

Simon sah ihm nach, als er davonritt, und schüttelte den Kopf. »Das ist nicht fair«, murrte er. »Ich habe zehn Jahre gebraucht, um ein Pferd zu finden, das mich tragen wollte, aber er … Warum fürchtet sein Pferd ihn nicht?«

»Weil es weiß, dass er ein Dummkopf ist«, murmelte Orlando. »Was jetzt, Krieger? Ihr könnt ihn nicht töten.«

»Nein«, stimmte Simon zu. »Aber wir können ihm folgen.« Er blickte mit bitterem Lächeln zu seinem Freund hinab. »Kivar wird auch mitkommen.«

Sean löste während der nächsten Tage sein Versprechen ein und brachte sie alle in den Turm. Als Siobhan eines Nachmittags ungefähr eine Stunde vor Sonnenuntergang auf der Suche nach ihrem Bruder in das untere Gemach kam, fand sie rege Aktivität vor, da dieser Raum als die neue Haupthalle des Schlosses dienen sollte. Mehrere aufgebockte Tische aus dem Gutshaus waren bereits hereingetragen und an den Wänden aufgestellt worden, und ein großer Wandteppich, den Sean bei einem ihrer Waldraubzüge erbeutet hatte, wurde gerade an der Rückwand hinter einem neu errichteten Podest aufgehängt. »Recht annehmbar«, sagte sichtlich erfreut ein vorübergehender Dienstbote, der einst Tristan DuMaine gedient hatte. »Meint Ihr nicht, Mylady?«

Sie zwang sich zu einem Lächeln, als sie in seine Richtung blickte. »Sehr hübsch.« In Wahrheit fühlte sie sich elend, und das angstvolle Schaudern, das sie jedes Mal befiel, wenn sie die Schwelle dieses Turmes überschritt, wühlte sie innerlich auf. Sean konnte bezüglich DuMaines Sünde sagen, was er wollte – sie wusste es besser. Sie hatten kein Recht darauf, hier zu leben, nicht in diesem neuen Turm. Dieser Hügel gehörte den Uralten, und das würde für immer gelten. Wenn sie sie nicht ehren wollten, täten sie gut daran, den Turm zu verlassen. »Wo ist mein Bruder?«

Der Dienstbote runzelte die Stirn. »Ich weiß es nicht.« Zwei Männer, die sie kaum kannte – Soldaten von Tristans alter Garnison –, trugen einen Stuhl mit bizarren, überladenen Schnitzereien an der Rückenlehne und den Armlehnen herein. »Vor einer halben Stunde war er noch hier.«

Die Antwort erfolgte rasch. »Einer der Leute des Barons ist tot, Lebuin!«, wütete Gaston, der Sean die Treppe hinab folgte. »Das gilt wahrscheinlich auch noch für einen weiteren Mann, und der dritte Wächter wird diese Woche ebenfalls nicht überleben – nach allem, was der Bote sagte, könnte er bereits tot sein!«

»Ich fühle mit dem Baron, Gaston«, antwortete Sean und

klang müde und verdrossen. »Aber was habe ich damit zu tun?«

»Der Überlebende sagte, es sei Euer Mann gewesen«, erklärte Gaston.

»Dann hat er sich geirrt.« Er erblickte Siobhan. »Ich habe keine Leute mehr in den Wäldern.«

»Wo kam dieser Brigant dann her?« Gaston sah sie auch an und zögerte, bevor er fortfuhr. »Wer sonst würde die Kutsche des Barons angreifen?«

»Das weiß ich nicht«, erwiderte Sean, wobei Siobhan an seiner Miene erkannte, dass er mit seiner Geduld am Ende war. »Was sagt Euer Überlebender dazu?«

»Er fantasiert«, murmelte Gaston. »Er schwört, dass der Mann den Kutscher angriff und ihm die Kehle herausriss wie ein Hund, aber der Kutscher war fort, als wir die Kutsche fanden.«

»Vielleicht hat der Kutscher sie getötet«, gab Sean zu bedenken. Siobhan schloss sich ihnen an, und er lächelte. »Oder vielleicht war es ein Verrückter, der von seinen Leuten davongelaufen ist oder sich in den Wäldern verirrt hat.«

»Ein Verrückter, der die besten Soldaten des Barons mit einem Schwert niedermetzelt?« Gaston schwitzte, wie sie sah. »Der Baron ist wütend, Lebuin. Er wird Antworten verlangen …«

»Und ich werde antworten.« Ihr Bruder fixierte den Höfling mit dem finsteren Blick, der auch den rauflustigsten Schurken in seinen Stiefeln erzittern lassen konnte. »Komm, Siobhan.« Er streckte eine Hand aus, und sie ergriff sie.

»Der Baron kommt!«, beharrte Gaston. »Er kommt hierher …«

»Und wir werden ihn willkommen heißen.« Er wandte

Gaston den Rücken zu und führte Siobhan die Treppe hinauf.

Er brachte sie in den höchsten Raum des Turms. Ein Handwerker stellte auf einer Seite des Raumes gerade ein großes Bett auf. »Komm und sieh dir die Aussicht an«, sagte Sean und führte sie zum Fenster. »Du kannst bis zum Fluss blicken.«

»Wir sollten hier eine Wache aufstellen«, antwortete sie. Wandteppiche mit Darstellungen von Mädchen, die Einhörner streichelten, und ähnlichem Unsinn waren an den Wänden aufgehängt worden, und ein schwerer Eichenschrank stand offen, um die darin befindlichen Gewänder zu präsentieren. »Wovon hat er gesprochen, Sean?«

»Einige der Leute des Barons wurden im Wald angegriffen«, antwortete er. »Aber keine Sorge, das hat nichts mit uns zu tun.«

»Aber er sagte, der Baron komme hierher.« Ein kunstvoller Sichtschirm war in einer Ecke des Raums aufgestellt worden. »Was ist das?«, murmelte sie und spähte darum herum.

»Ein verborgener Abtritt, kleine Ungläubige«, antwortete er lachend. »Du hast es doch gewiss nicht vergessen.«

»Ich bin vollkommen imstande, meine Notdurft wie alle anderen auf der Mauer zu verrichten«, sagte sie ärgerlich.

»Du willst in finsterster Nacht den ganzen Weg die Treppen hinab, über den Hof und auf die Mauer laufen?«, neckte er sie. »Das ist ganz schön weit.«

»Besser das, als darauf zu warten, dass jemand anderer morgens meine Pisse hinausträgt«, erwiderte sie.

»Sag nicht Pisse.« Er betrachtete sie stirnrunzelnd. »Was hast du gerade gemacht?«

»Ich habe mit dem Bogen geübt«, sagte sie. »Und ich

werde Pisse sagen, wann immer ich mich verdammt noch mal danach fühle, danke. Hör auf, das Thema zu wechseln. Warum kommt der Baron hierher?«

»Du brauchst nicht mehr zu üben«, sagte er und runzelte noch immer die Stirn. »Du bist jetzt Lady DuMaine, erinnerst du dich?«

»Den Teufel bin ich das.« Sie bekam Kopfschmerzen, denn die beklemmende Luft des Turms schloss sich um sie. »Sean, es reicht. Warum kommt der Baron? Welche Art Wahnsinn planst du jetzt?«

»Es ist kein Wahnsinn.« Er wandte den Blick von ihr ab. »Gaston hätte nicht vor dir darüber reden sollen.«

»Nein, das hätte er nicht. Du hättest es mir selbst sagen sollen.« Er griff nach ihrem Arm, aber sie schüttelte ihn ab. »Seit wann ist dieser eingebildete Fatzke dein Vertrauter? Zähle ich jetzt nicht mehr?«

»Siobhan, du bist alles für mich.« Er umfasste ihre Schultern und hielt sie fest, als sie sich achselzuckend befreien wollte. »Alles, was geschehen ist, ist für dich geschehen, für unsere Familie. Wie kannst du daran zweifeln?«

»Weil unsere Familie jetzt nur noch aus dir und mir besteht«, antwortete sie. »Und die Hälfte von uns weiß nicht, was von einem Moment zum nächsten geplant ist.«

Seine Augen verengten sich, während er die Stirn runzelte. »Glaubst du, ich würde dir schaden?«, fragte er und ließ sie los.

»Nein, niemals«, antwortete sie sofort. »Du würdest mich mit deinem Leben beschützen, das weiß ich.« Nun streckte sie eine Hand nach ihm aus und legte sie auf seinen Arm. »Aber ich denke, dass du mich vielleicht zu sehr beschützen willst.«

Er lächelte, und ein Teil der Anspannung wich aus seinem Gesicht. »Vielleicht hast du recht«, räumte er ein.

»Bin ich nicht deine Soldatin?«, fragte sie ihn nachdrücklich. »Habe ich nicht immer wieder bewiesen, dass ich stark bin und dass ich tun kann, was nötig ist, um unsere Sache voranzutreiben?«

»Ja«, antwortete er. »Zu oft.« Ein seltsamer Schatten schien über seine Augen zu ziehen. »Ich habe zu viel verlangt.«

»Niemals«, entgegnete sie.

»Doch.« Er berührte eine Locke ihres Haars, die sich aus ihrem Zopf gelöst hatte, und zog sie an ihrem Kinn herab. »Ich hätte dich von hier fortbringen müssen, als du noch ein Kind warst, hätte Himmel und Hölle in Bewegung setzen müssen, um dir das Leben zu bereiten, das du verdienst.«

»Du hast mir alles gegeben, was ich wollte.« Sie nahm seine Hand und drückte sie fest. »Du hast uns beiden unsere Rache gegeben.«

»Aber zu welchem Preis?« Sie erkannte jäh, dass er Angst hatte, was eine erschreckende Erkenntnis war. Sie hatte Sean noch nie besorgt erlebt. Selbst in ihrer frühesten Zeit als Briganten im Wald, während ihnen einhundert normannische Soldaten dicht auf den Fersen waren, schien er stets absolut sicher zu sein, dass sie entkommen, dass sie irgendwie siegen würden. Aber nun wirkte er in die Enge getrieben, vielleicht sogar verzweifelt. Konnte es sein, dass er diesen Baron von Callard fürchtete? Aber warum? »Ich weiß, du hältst mich für einen Narren, weil ich dieses Schloss zu halten versuche«, sagte er.

»Nein«, versicherte sie. »Nicht für einen Narren …«

»Aber wenn wir es nicht tun, was dann?« Er blickte auf

ihre Hand hinab, die seine noch immer umfasste. »Ich würde freudig an einem Galgen hängen, um den Tod unseres Vaters zu rächen und sein Volk zu befreien, selbst wenn es nur für einen Moment wäre.« Er schaute mit Tränen in den Augen wieder auf, was ein schrecklicher, herzzerreißender Schock für sie war. »Aber nicht du.« Er umfasste mit beiden Händen ihr Gesicht, so wie ihr Vater es vielleicht getan hätte. »Ich kann dich nicht sterben lassen.«

»Sean, niemand wird an einem Galgen hängen«, beharrte sie. »Wir können diesen Ort verlassen und im Wald verschwinden ...«

»Dafür ist es zu spät, Siobhan.« Er ließ sie los. »Wir haben den Cousin des Königs getötet, oder hast du das vergessen?«

»Nein«, antwortete sie. »Ich habe es nicht vergessen.«

»Wenn wir zu fliehen versuchten, wäre das ein Schuldeingeständnis.« Er wandte sich von ihr ab und trat wieder ans Fenster. »Wir müssen hierbleiben und an dem Plan festhalten. Wir müssen sie glauben machen, DuMaine sei bei einem Unfall gestorben und du seist wahrhaft seine Frau gewesen.«

»So machen wir es auch«, versprach sie. »Wir haben die Laken, und die Leute werden alles sagen, worum wir sie bitten ...«

»Das Wort der Bauern wird die Krone nicht überzeugen«, unterbrach er sie. »Und wer weiß, was sie im kommenden Winter sagen werden, wenn Heinrich schließlich Zeit für seine Befragungen findet?«

»Sie sind unsere Leute«, protestierte sie. »Sie haben DuMaine gehasst.« Aber entsprach das der Wahrheit?, schien ihr rebellischer Geist zu flüstern. Sie hatte, seit sie auf dieses Schloss gekommen waren, niemanden sagen hören, er bedauere DuMaines Tod. Aber es hatte auch niemand gesagt, dass sie ihn gehasst hätten. Sie hatte keinen Beweis für seine Unterdrückung gefunden, keine Geschichten über Grausamkeit oder Folter gehört. In Wahrheit war er für einen normannischen Lord anscheinend recht tolerant gewesen. »Wir haben sie befreit«, schloss sie und verdrängte diese Gedanken.

»Und haben dabei ihre Ernten verdorben«, antwortete er. »Hast du die Speicher gesehen, kleine Schwester? Wir werden kommendes Weihnachten Hunger leiden. Angesichts dessen erschienen DuMaine und seine Herrschaft vielleicht nicht so hart.« Seine Mundwinkel verzogen sich zu einem bitteren Lächeln. »Ein Sklave kann mit einem gefüllten Magen zufriedengestellt werden.«

»Das glaubst du nicht wirklich«, erwiderte sie.

»Nein?« Er blickte auf den Hof hinunter. »Wir brauchen Hilfe, Siobhan. Jemanden mit einem Adelstitel, der deinen Anspruch an den König bezeugen kann, jemanden, der uns helfen kann, unsere Leute zu ernähren.«

»Der Baron von Callard.« Kalte Verzweiflung legte sich wie eine nasse Decke auf sie. Wenn Sean die Hoffnung verlor, welche Chance hatte sie dann noch, ihre zu bewahren?

»Gaston ist ein Schurke und außerdem eine schleimige Kröte«, sagte er und wandte sich ihr wieder zu. »Aber sein Herr nicht. Der Vater des Barons war ein Normanne, aber seine Mutter war Engländerin, ein Kind dieser Wälder wie auch unsere Mutter. Er wurde hier geboren und war niemals bei Hofe.«

»Wie kann er uns dann helfen?«, fragte sie und war bemüht, nicht missmutig zu klingen.

»Sein Vater war ein mächtiger Verbündeter von König

Heinrichs Vater«, erklärte er. »Der König hat dem Baron häufig seine Gunst erwiesen und ihm sogar Ländereien in Frankreich angeboten, aber der Baron wollte seine Heimat nicht verlassen. Er hasst die Normannen fast ebenso sehr wie wir, obwohl sein Vater einer von ihnen war. Er glaubt wie wir, dass die Menschen dieser Wälder nicht als Leibeigene, sondern als freie Menschen geboren wurden.«

»Er selbst hat keine Leibeigenen?« Sean klang so hoffnungsvoll, dass sie es hasste, ihm zu widersprechen. Aber die Schilderung seines Gönners klang ein wenig zu gut, um wahr zu sein. Besonders wenn sein eigener Mann, Gaston, entsetzliche Angst vor ihm zu haben schien.

»Ja, aber nicht so, wie DuMaine und seinesgleichen sie haben wollten, nicht als Sklaven, die ausgebeutet und fallen gelassen werden«, antwortete er. »Sie dienen ihm, weil er sie beschützt, und niemand ist gezwungen zu bleiben. Er behandelt sie gerecht, und sie sind ihm im Gegenzug treu, genauso wie die Menschen hier einst unserem Vater treu waren.« Ihre Miene musste ihren Zweifel offenbart haben. »Was glaubst du, was geschehen wäre, Siobhan, wenn wir DuMaine einfach beseitigt und diese Menschen fallen gelassen hätten, was glaubst du, was dann mit ihnen geschehen wäre?«

»Ich weiß es nicht«, gab sie zu. Genau das hatte sie sich schon häufig gefragt, aber sie hatte sich niemals erlaubt, bei dem Gedanken zu verweilen. Sie hatte einfach angenommen, dass Sean wusste, was er tat, dass er einen Plan hatte, mit dem er alle seine Versprechen einlösen könnte. War dieses Bündnis der Plan?, fragte sie sich nun. Sie hatte schon immer gewusst, dass der Baron Seans Verbündeter war, dass sie sich sogar ohne ihr Wissen getroffen hatten, aber sie hatte nie erkannt, für wie wichtig ihr Bruder diese Hilfe wirklich hielt.

»Der König hätte einen weiteren Höfling genau wie DuMaine geschickt, um seinen Platz einzunehmen, einen normannischen Lord, von dem sie wahrscheinlich für DuMaines Tod bestraft worden wären. Vermutlich hätte er unzählige Hütten niederbrennen und viele brave Männer aufhängen lassen«, fuhr er fort. »Ist es das, was unser Vater wollte?«

»Natürlich nicht.« Die Sonne ging unter und bemalte die Mauern von DuMaines weißem Schloss purpurfarben und rot. Unten im Hof konnte sie Meister Silas und seine Steinmetze ihre Werkzeuge zusammensuchen sehen, um sie für die Nacht fortzuräumen. Die hölzerne Palisade, die sie und die Übrigen mit ihren flammenden Pfeilen so mühelos niedergebrannt hatten, war inzwischen fast vollständig durch Stein ersetzt worden. Das Schloss würde beim ersten Schneefall fertiggestellt sein, genau wie Sean es wollte. »Wenn Tristans Schloss fertig ist, wenn der Gesandte des Königs kommt, ist die Wahrscheinlichkeit größer, dass er an Tristans zufälligen Tod glaubt«, sagte sie und begriff endlich.

»Genau.« Sie wandte sich um und sah Sean lächeln. »Erkennst du jetzt, dass ich nicht verrückt bin?«

Sie war sich noch immer nicht ganz sicher. »Wenn der Baron von Callard so ist, wie du ihn beschrieben hast, sind wir natürlich froh über seine Hilfe«, sagte sie. »Aber warum sollte er hierherkommen?«

»Ich hoffe, um hier zu sein, wenn der Gesandte des Königs ankommt«, antwortete Sean. Er schien zu zögern, als entschiede er gerade, wie viel er ihr erzählen sollte. »Aber selbst wenn er nicht hier ist …«

»Was dann?«, drängte sie.

»Der Baron ist nicht verheiratet.« Er streichelte ihre Wange mit seiner Hand. »Er ist ein junger Mann, und er sieht gut aus, und du bist wunderschön. Wenn du den Baron heiraten könntest, wenn du ihn dazu bringen könntest, dich zu lieben …«

»Du willst mich noch einmal verheiraten?«, wollte sie wissen und wich zurück.

»Nur aus Liebe«, beharrte er. »Würde er dich lieben, würde er all seine Macht, all seinen Einfluss benutzen, um unseren Leuten Sicherheit zu geben, und er könnte es tun, Siobhan. Ich bin ein Brigant, ein Verbrecher. Was kann ich tun? Aber er könnte es.«

»Sean, das ist Wahnsinn.« Er konnte diese Dinge nicht wirklich sagen. Sie träumte gewiss. Wollte er sie erneut als weibliche Schachfigur benutzen, als etwas, was man verschachern konnte?

»Er könnte dir Sicherheit geben, dir und unseren Leuten«, sagte er. »Wenn du seine Frau wärst, würde es niemand wagen, dich zu bedrohen, nicht einmal König Heinrich persönlich.«

»Das kannst du nicht ernst meinen«, höhnte sie. »Warum sollte der Baron mich heiraten wollen? Mein letzter Bräutigam war am Altar gefesselt und geknebelt, wie du dich erinnern wirst.«

»Dies wäre etwas vollkommen anderes.« Er zog sie zu einem Spiegel hinüber, der an der Wand lehnte. »Sieh dich an, Siobhan. Du bist sogar in der Kleidung einer Brigantin hübsch. Stell dir vor, wie wunderschön du sein könntest, wenn du dir von Emma oder einer der anderen Frauen helfen lassen würdest …«

»Soll ich auch mein Gesicht anmalen?«, wollte sie wissen und riss sich los. »Soll ich Schellen an den Füßen tragen und wie ein Affe herumhüpfen?« Sie hätte ihn am liebsten geschlagen. Es juckte ihr dementsprechend in den Fingern. »Wenn du eine Hure brauchst, Bruder, so ist das Lager außerhalb der Schlossmauern voll davon, und sie alle wären überaus bereit, deinen Wünschen Folge zu leisten. Ich bin eine Soldatin …«

»Du bist eine Frau«, erwiderte er. »Eine Lady adligen Blutes und hübsch anzusehen. Als Soldatin wirst du nie mehr als ausreichend sein, ein weiterer Bogen als Lückenbüßer und entbehrlich. Als Lady könntest du die Welt regieren.«

»Das ist eine Lüge!« Tränen brannten hinter ihren Lidern, aber sie wollte sie nicht zulassen. »Ich bin der beste Bogenschütze, den du hast, und das weißt du.«

»Ich brauche keine Bogenschützen mehr.« Nun sprach er sanfter. »Ja, kleine Schwester, du hast gut gekämpft, viel besser, als ich jemals hätte hoffen können. Aber ich hätte dich niemals in eine solche Lage bringen dürfen. Ich hätte niemals dein Leben riskieren dürfen. Was würde unser Vater sagen, wenn er davon wüsste?«

»Er wäre stolz«, beharrte sie. »Wir haben ihn und unsere Mutter gerächt. Wir haben ihre Leute gerettet.«

»Noch nicht, das haben wir noch nicht«, antwortete er. »Aber du kannst es.«

»Nein«, erwiderte sie und schüttelte den Kopf.

»Hör mir zu.« Die verzweifelte Angst, die sie hasste, war in seine Augen zurückgekehrt. »Ich bitte dich nicht, die Hure für Callard oder irgendeinen anderen Mann zu spielen. Wenn du ihn nicht magst, dann lassen wir es sein, und ich werde nicht mehr mit dir streiten. Aber was würde es schaden, über die Verbindung nachzudenken? Was wird es dich kosten, ein hübsches Kleid zu tragen und nur ein Mal in deinem Leben eine richtige Frau zu sein?«

»Du verstehst nicht«, antwortete sie. Welche Widernatürlichkeit hat Euch dazu veranlasst, dieses Gewand zu tragen?, hatte Tristan sie gefragt. Ans Bett gefesselt und wohl wissend, dass sie ihn tot sehen wollte, hatte ihr Feind sie durchschaut. Er hatte sie gewollt, nicht als Schachfigur, nicht kostümiert wie eine hübsche, angemalte Puppe, sondern als sie selbst. So sehr er sie auch verachtete, hatte es ihn dennoch danach verlangt, ihre Lippen zu küssen. »Du könntest niemals verstehen«, sagte sie zu ihrem Bruder, den sie von ganzem Herzen liebte. »Und ich könnte es dir niemals erklären.« Sie wandte sich um und lief davon, bevor er antworten konnte, und drängte sich auf der Treppe an einer Reihe von Dienern vorbei, um in den Turm zu entkommen.

7

Tristan stand am Waldrand, als sich die Dämmerung herabsenkte, und glaubte, seinen Augen nicht zu trauen. Er hatte erwartet, sein Schloss als zerstörte Ruine und die Dorfbewohner in alle Winde verstreut vorzufinden, so wie es war, als er ursprünglich hierherkam. Aber hätte er es nicht besser gewusst, hätte er geschworen, die Ereignisse von vor zwei Wochen wären niemals geschehen. Das Schloss war vollkommen unbeschädigt, und das einzige Zeichen eines ehemaligen Schadens war das frisch mit Stroh gedeckte Dach des Torhauses. Wachen patrouillierten auf den hohen Steinmauern – viele davon Leute, die ihm gedient hatten. Die Zugbrücke war hochgezogen, aber ein Junge watete am Rande des Burggrabens und fing mit einem kleinen Netz Fische oder Kaulquappen. Wo war Clare?, fragte er sich. War sie noch im Schloss?

Hinter ihm erklangen Hundegebell und donnernde Hufe – eine Jagdgesellschaft. Er verschmolz wieder mit den dichteren Schatten, während sie vorüberritten und der Anführer in sein Horn blies, um den Wachen auf den Mauern ein Zeichen zu geben. Die Hunde liefen schnüffelnd voran und nahmen vielleicht seinen Geruch auf. Er lächelte und beobachtete sie zähnefletschend. Nun hatte er einen Plan.

* * *

Die Sonne war untergegangen, als Silas das Gebäude für die Nacht gesichert hatte, und ihr letztes Licht verblasste über den Schlossmauern. Als er seine Pläne und die Geldschatulle aufnahm, hörte er, wie das Fallgitter geöffnet wurde. Er wandte sich um und sah eine Jagdgesellschaft über die Zugbrücke kommen, die aus einem halben Dutzend Männer bestand, die ihrem Erfolg lauthals Ausdruck verliehen. Nur zwei der Männer waren mit Sean Lebuin zum Schloss gekommen, wie er bemerkte. Die anderen waren vor einem Monat noch Soldaten Tristan DuMaines gewesen und hatten, zumindest in seinen Augen, einen zufriedenen Eindruck gemacht. Und nun gingen sie mit den Mördern ihres Herrn auf die Jagd. Er wandte sich seufzend ab und verdrängte den Gedanken. Er war ein Gelehrter, kein Adliger. Die Launen der Politik sollten ihn nicht kümmern.

Aber er merkte, dass sein Blick aus einem unbestimmten Grund von den Hunden angezogen wurde. Die meisten von ihnen trotteten mit von der Jagd des langen Tages heraushängenden Zungen hinter der Jagdgesellschaft her auf die Zwinger zu. Aber einer, eine große, goldfarbene Dogge, schien kaum erschöpft zu sein und folgte den anderen auch nicht. Während die Jäger abstiegen und die übrigen Hunde Aufmerksamkeit heischend um sie herumsprangen, ignorierte dieser sie, glitt furchtlos zwischen den Hufen hindurch und entschwand in die Schatten nahe der Mauer.

Ein Hund, dachte er und schüttelte erneut den Kopf. Jetzt mache ich mir schon Gedanken über einen Hund. Er klemmte sich die Schriftrollen unter einen Arm und folgte seinen Leuten in die Halle.

Als Silas den Hof verließ, erhob sich Tristan in der beschatteten Ecke der hohen Steinmauer zu seiner menschlichen Gestalt. Im Schloss käme er auf diese Weise leichter voran. Auf dem Hof herrschte vollkommen normale, emsige Geschäftigkeit, während sich der Haushalt auf die Nacht vorbereitete. Anscheinend hatte seine Abwesenheit nichts geändert, sodass er hier noch immer der Herr hätte sein können.

»Hallo!«, hörte er die Stimme einer Frau rufen und wich mit halb zur Faust geballter Hand an die Mauer zurück. Siobhan ging auf die Jagdgesellschaft zu. »Hattet Ihr Erfolg?«

»Ja, Mylady«, antwortete einer der Jäger – Donnell, sein Zwingermeister, wie Tristan mit schmerzlichem Zornesschauder erkannte. Hatten sie ihn alle verraten?

»Es ist erstaunlich, wie viel leichter man Wild finden kann, wenn man nicht selbst gejagt wird«, bestätigte ein anderer, einer von Lebuins Briganten, und lachte. Siobhan fiel in sein Lachen mit ein und reichte ihm zur Begrüßung die Hand. »Wo ist Sean?«, fragte der Brigant sie nun.

»In seinem geliebten Turm.« Sie war wieder wie ein zerlumpter Knappe gekleidet und hatte ihr glänzendes, schwarzes Haar auf dem Rücken zu einem Zopf zusammengenommen. Aber ihre Haut schimmerte im trüben Licht der Fackeln wie helles Gold, und ihre großen, blauen Augen wirkten schwarz. Tristan konnte sich selbst jetzt noch daran erinnern, wie sich ihre Haut unter seinen Händen angefühlt und wie ihre Zunge in seinem Mund geschmeckt hatte.

»Komm, Liebes«, sagte der Brigant zu ihr und legte ihr einen Arm um die Schultern. »Komm mit uns in die Halle.« Er führte sie auf das Gutshaus zu, und Tristan machte unbewusst einen Schritt nach vorn, bevor er innehielt. Nein, dachte er. Noch nicht. Er verschmolz erneut mit den Schatten und eilte zum Turm.

Er lief zwischen zwei Schutthaufen hindurch, die hinter der Schlosskapelle aufgeschichtet worden waren – heidnische Steinhaufen für die Verräter, die er hatte hinrichten lassen. Die Briganten hatten ihresgleichen geehrt, aber die Kapelle war noch immer eine halb verbrannte Ruine. Die Mauer des Schlosshofs war fertiggestellt, wie auch die zweite Zugbrücke, die zum Turmhügel führte – der fatale Makel, der ihm das Genick gebrochen hatte, war behoben. Sean wollte sich verteidigen. Aber was war mit Silas? Er hatte ihn kurz gesehen, als er mit den Hunden hereingekommen war, also lebte er noch, und der Fortschritt am Gebäude zeigte, dass er auch noch arbeitete. Aber unter welchem Zwang? Der Baumeister kannte die Wahrheit darüber, was hier geschehen war, und Tristan konnte nicht glauben, dass Lebuin seine Treue beeinflusst haben könnte. Silas war kein Krieger, aber er war ein Ehrenmann. Wenn Lebuin diese Ländereien wirklich als Herr führen wollte, könnte er Silas nicht lange am Leben lassen.

Glücklicherweise, dachte er, würde Lebuin bald selbst tot sein.

»Ihr da!« Ein Mann kam über die Brücke zum Turmhügel. »Wo wollt Ihr hin?«, wollte er wissen.

Tristan lächelte, denn er erkannte ihn. Es war der Hauptmann, der seinen Rittern die Köpfe abgeschlagen hatte. »Genau hierhin«, antwortete er und trat ins Licht.

In den Augen des Hauptmanns blitzte Wiedererkennen auf, und sein Gesicht wurde fahl. »Ihr …« Er wandte sich um, als wollte er fliehen, aber Tristan sprang vor und drückte ihn flach auf den Boden. »Hilfe!«, wollte der Brigant schreien, aber es war zu spät. Tristans Zähne rissen ihm sofort die Kehle auf und brachten ihn für immer zum Schweigen.

Tristan ließ die leere Hülle zu Boden fallen und richtete sich wieder auf. In den Turmfenstern über ihm flackerte Kerzenschein. Er leckte sich das letzte Blut von den Lippen, wartete und beobachtete die Wachen auf der anderen Seite der Zugbrücke. Sie waren entspannt und ließen einen Weinschlauch kreisen – ein bequemer Dienst. Die Posten auf der Schlossmauer mussten hingegen wachsam sein. Jeder Narr konnte erkennen, dass der Turm sicher war.

Tristan blickte in den felsigen Graben hinab, der zwischen ihm und dem Turmhügel lag. Ein Mensch hätte ihn ohne die Zugbrücke niemals überqueren können, nicht ohne durch Bogenschützen, die vom darüberliegenden Turm aus ihre Pfeile abschossen, zerfetzt zu werden. Aber ein Hund konnte es schaffen.

Er kauerte sich zusammen und veränderte seine Gestalt. Der steile Hang bröckelte unter seinen Pfoten, während er hinabkletterte, aber der Boden unten war fest, ebenso der Turmhügel. Es war eine natürliche Klippe, ein steiler Hang, der auf ihn und Silas unwirklich gewirkt hatte, als sie ihn gefunden hatten, so perfekt war er für ihre Zwecke geeignet. Er lief rasch um den Fuß der Klippe herum, tauchte ins Dornengestrüpp und kam an der anderen Seite wieder hervor. Jedermann, der ihn von oben beobachtete, würde denken, er jagte ein Kaninchen.

Aber als er die Rückseite des Turms erreichte, erhob er sich wieder in menschlicher Gestalt. Er blickte noch einmal aufwärts, um sicherzugehen, dass niemand ihn sah, und begann den Aufstieg.

* * *

Siobhan nahm den Weinschlauch, der an der Feuerstelle herumgereicht wurde, und trank einen großen Schluck, bevor sie ihn wieder weitergab. »Vorsicht, Mylady«, warnte Michael.

»Ja, meine Liebe, sei vorsichtig.« Sam, der Anführer der Jagdgesellschaft, lachte. Er war von Anfang an bei Sean gewesen und hatte vor Jahren auch schon ihrem Vater gedient. »Du willst doch nicht so betrunken werden, dass du dir den hübschen Hintern prellst.«

»Es wäre nicht das erste Mal«, erwiderte sie und stimmte in sein Lachen mit ein. Aber nur wenige in dem Kreis schienen gerne mit ihnen zusammen zu sein, wie sie bemerkte.

»Ja, aber nun liegen die Dinge anders«, protestierte ein anderer Mann und blickte zu den neueren Leuten, die einst DuMaine gedient hatten. »Du bist die Witwe DuMaines.« Das Mädchen auf seinem Schoß drückte einen Kuss auf seine Wange, und er wandte sich von der Diskussion ab und presste sie an sich.

»Und was ist das?«, höhnte Siobhan und errötete bei dieser Zurschaustellung wider Willen. In den Wäldern hätte es aus Angst, das Mädchen in Gefahr zu bringen, kein Mann gewagt, seine Mätresse mit an die Feuerstelle zu bringen. Aber jetzt waren sie vermutlich sicher.

»Lass meine Lady in Ruhe, du Milchgesicht«, befahl Sam und trank erneut. »Was geht es dich an, was sie tut? Nichts, richtig.«

»Genau«, sagte Siobhan und nahm den Schlauch wieder entgegen. Sie hatte Sam schon immer gemocht.

»Jetzt vielleicht nicht«, sagte Michael ruhig. »Aber wenn der Abgesandte des Königs kommt und hören will, was mit seinem Cousin geschehen ist, könnte es eine Menge bedeuten.« Sein Blick begegnete warnend ihrem Blick. »Für uns alle.«

»Allmächtiger!«, fluchte sie und sprang auf. »Kannst du mich nicht in Ruhe lassen?« Wussten sie alle mehr über die Pläne ihres Bruders als sie selbst?, fragte sie sich. Sie schaute zu dem Bauernmädchen, das in ihrem Kleid so hübsch aussah, und ihr Magen rebellierte entsetzt. Sollte sie dazu werden, zu irgendeinem hübschen Spielzeug eines Adligen, und keine Brigantin mehr sein? Sie dachte erneut an Tristan, an sein bitteres, aber wunderschönes Lächeln, als er sie »kleine Ehefrau« genannt hatte. Aber Tristan war tot. Er hatte sie als Brigantin von niedriger Geburt verachtet, aber er hatte sie gewollt. Wäre das bei dem Baron genauso? »Ich kann es nicht«, sagte sie laut. Sie begegnete kurz Michaels Blick, als sie sich umwandte und aus der Halle floh.

Tristan stieg die in einer Bruchkante des Turms verborgene Eisenleiter zu der schmalen Fluchttür hinauf. Mit etwas Glück hatten die Briganten sie noch nicht entdeckt.

Als er hineinschlüpfte, fand er sich auf der schmalen Galerie oberhalb der Halle im ersten Stock wieder – die unbewacht war, wie er mit einem innerlichen Seufzer der Erleichterung erkannte. Lebuin wollte hier offensichtlich seine große Halle einrichten. Der Raum, der zu Tristans Zeit aus kaum mehr als kahlen Wänden bestanden hatte, war nun vollständig, wenn auch willkürlich mit Wandteppichen und aufgebockten Tischen eingerichtet. Aber er wirkte dennoch fast leer. Lebuin stand in der Nähe des Podests, während ein anderer Mann vor ihm auf einem Stuhl saß. »Hinaus«, befahl er, offensichtlich verärgert. »Hinaus, Gaston.«

»Seid Ihr sicher?«, fragte der Fremde. »Wir müssen noch über vieles reden.«

»Wir müssen über nichts mehr reden«, erwiderte Lebuin grollend. »Hinaus.«

Der andere Mann zuckte mit den Achseln. »Wie Ihr wollt.« Er nahm einen Pokal vom Tisch und leerte ihn in einem Zug, bevor er die Halle verließ. Tristan lief an den Mauern entlang und wieder hinaus. Nun war seine Chance gekommen. Er öffnete das verborgene Paneel hinter sich, lief rasch die dahinterliegende, enge Wendeltreppe hinab und kam in einer hinter einem Wandbehang verborgenen Nische heraus. Silas und er hatten diesen Weg als Fluchtmöglichkeit für den Fall geplant, dass jemand im Turm gefangen wäre, aber er diente ebenso als Zugang zum Turm.

Lebuin saß mit dem Rücken zur Nische noch immer am Tisch. Er hielt den Kopf gesenkt, und seine Schultern bebten. »Gott, bitte vergib mir«, sagte er laut, gerade als Tristan hervortrat, wodurch dieser erstarrte. Aber der Brigant wandte sich nicht um. Er wollte anscheinend mit dem Allmächtigen sprechen, nicht mit dem Mann, den er kaltblütig ermordet hatte. »Ich bin ein Sünder«, fuhr er fort, während Tristan nähertrat, wobei seine weichen Stiefel auf dem kahlen Steinboden keinen Laut machten. »Nicht sie. Niemals sie. Mein Gott, du weißt, sie ist ein Kind.« Tristan hielt mit einer Hand auf seinem Schwertheft erneut inne. »Ich habe sie zu dem gemacht, was sie ist.« Die Stimme des Rebellenführers klang rau vor Tränen, denn er glaubte, er wäre allein. Dies konnte keine List sein. Aber warum sollte es Tristan kümmern, welche Gebete er sprach oder ob er überhaupt betete?

»Alles Böse, was sie getan hat, geschah auf meinen Befehl hin.« War er jetzt nicht ein Dämon?, dachte Tristan und

umklammerte das Schwertheft noch fester. Warum sollte er Mitleid mit diesem Mann empfinden, den er töten wollte?
»Lass sie nicht leiden, bitte, mein Gott«, flehte Sean und brach vollständig zusammen. »Bitte, Gott, lass mich ihr Sicherheit verschaffen.« Er senkte den Kopf auf die verschränkten Arme und weinte.

Tristan ließ das Schwert angewidert, aber schicksalsergeben los. Er konnte den betenden Mann nicht töten, nicht einmal aus Rache. Lebuin verdiente es nicht, mit einem Gebet auf den Lippen zu sterben. Er ragte kaum einen Schritt hinter ihm einen Moment lang über ihm auf. Falls er sich umwenden oder auch nur über die Schulter blicken sollte, würde er den Dämon sehen. Er würde aufschreien und zweifellos einen Fluch ausstoßen. Dann hätte Tristan ihn. Er würde ihn erschlagen.

Aber Sean blickte sich nicht um. Seine Tränen versiegten allmählich, als wäre er eingeschlafen. Tristan trat noch näher und streckte die Hand aus, um den mit Edelsteinen besetzten Dolch zu berühren, den Sean in einer Scheide an seinem Gürtel trug. Er zog ihn langsam heraus und wartete darauf, dass sich der Brigant regen würde, aber das tat er nicht. Er blickte auf das tödliche, aber wunderschöne Messer hinab, das vermutlich in Italien gefertigt worden war. Nur die reichsten und hochmütigsten Adligen würden eine solche Waffe tragen. Er fragte sich, wo Lebuin sie gestohlen hatte.

»Ich werde wieder zu dir kommen«, sagte er leise und steckte das Messer in seinen Gürtel. »Vielleicht noch vor der Dämmerung.« Der Brigant stöhnte, als träumte er schlecht, und Tristan lächelte. Das Verhängnis war nahe. Warum sollte er gut schlafen?

Er hörte vor der Tür Stimmen, die Stimmen der Männer,

die in die Halle zurückkehrten. Er lächelte erneut bei dem Gedanken an das, was kommen würde, wandte sich um und eilte zur Treppe.

Siobhan betrat den Turm einige Zeit nach Mitternacht. Sie war stundenlang die Schlossmauer entlanggewandert, bis sich ihr Kopf fast wieder klar anfühlte. Aber ihr Herz war noch immer in Aufruhr. Sie musste allein sein. Zumindest würde sie in ihrem neuen Zimmer im Turm niemand stören.

In der unteren Halle war es still. Die Männer, die dort übernachteten, schliefen bereits. Sean selbst schlief an einem der Tische, den Kopf auf die verschränkten Arme gelegt. Sie wäre beinahe zu ihm gegangen und hätte ihn geweckt, aber nachdem sie einen Schritt auf ihn zu gemacht hatte, blieb sie stehen. Was könnte sie sagen, um ihm begreiflich zu machen, wie sie sich fühlte? Sie verstand sich ja selbst nicht. Seit sie zwölf Jahre alt war, hatte sie geglaubt, sie wären bei ihrer Suche nach Freiheit für sich und ihre Leute Partner. Aber so war es nicht. Sean war der Ritter mit einer Aufgabe. Sie war nur eine Schachfigur.

Das Zimmer, das er für sie eingerichtet hatte, war bis auf das Mondlicht vor dem Fenster dunkel. Jemand hatte einen fleckigen Spiegel an die Wand gegenüber der Tür gelehnt, und sie betrachtete nun ihr trübes Spiegelbild. Dies war der Preis, der Seans Meinung nach das Herz des Barons gewinnen konnte? Sie hätte beinahe laut gelacht. Ihre Jacke war so abgetragen wie ein Lumpen, war am Hals ausgefranst und hatte einen eingerissenen Ärmel, und ihre Lederhose war so zerschlissen, dass sie weich wie Leinen war, so lange trug sie sie schon. Sie war selbst für einen Jungen eine Schande. Zwar war ihr Gesicht sauber, aber auf einer Wange war eine vertraute, blasse Quetschung vom Rückschnellen ihrer Bogensehne erkennbar.

Und sie hatte auch noch weitere Quetschungen. An ihrem Hals waren fünf deutliche, runde Abdrücke zu sehen, die durch den Griff ihres toten normannischen Ehemannes entstanden waren. Vier waren zu einem fahlen Gelbgrün verblasst, aber derjenige über ihrem Puls war noch immer fast schwarz. Er hätte mich töten können, dachte sie, während sie sie berührte, und erinnerte sich an den Zorn in seinen blaugrünen Augen. »Tristan DuMaine«, flüsterte sie, wobei kaum ein Laut hervordrang, als ihre Lippen seinen Namen formten. Der Ritter des Teufels, ihr Feind. Der Normanne, den sie ermordet hatten. Er hatte sie wunderschön genannt.

Sie löste ihren Zopf und ließ das Haar lose in Wogen um ihre Schultern wallen, sodass es im sanften Licht blauschwarz schimmerte. Wie Seide, hatte er gesagt, als er es berührte. Sie fuhr mit ihren Händen hindurch, genauso wie er es getan hatte, und ließ es durch ihre Finger gleiten. Er hatte verzweifelt entkommen wollen. Er hatte gewusst, dass sie ihn töten würden. Sie hatte ihn nie etwas anderes glauben lassen. Sie hatte ihn nur berührt, um ihn zu demütigen, um zu beweisen, dass sie eine Brigantin war wie die Übrigen.

Aber er war nicht geflohen, als er seine Fesseln gesprengt hatte. Er hatte sie festgehalten. Er hätte sie im Handumdrehen töten und entfliehen können, aber das hatte er nicht getan. Er hatte sie auf den Mund geküsst. Ihre Hand irrte nun zu ihren Lippen, während sie sich an seinen Geschmack und daran erinnerte, wie sich seine Zunge angefühlt hatte. Sie war unheimlich zornig gewesen und hatte solche Angst vor dem gehabt, was er vielleicht vorhatte. Aber sein Kuss war sanft gewesen, fast zärtlich, und er hatte sie an sich gezogen, als sie sich wehrte. Sie hatte niemals bezweifelt, dass er sie hasste, selbst als er sie in die Arme nahm. Er hatte nie etwas anderes behauptet, hatte nicht versucht, ihr zu schmeicheln oder sie dazu zu verlocken, ihm bei der Flucht zu helfen, sondern hatte sie an sich gepresst und geküsst. Er hatte sie wunderschön genannt und ihren Namen ausgesprochen wie ein Gebet. Sie ließ ihren wachen Geist zum ersten Mal seit jenem Moment in törichten Fantasien schwelgen, ließ etwas von dem Wahnsinn zu, der ihre Träume heimsuchte. Sie stellte sich vor, wie es sich vielleicht angefühlt hätte, wirklich seine Geliebte zu sein. Etwas durchströmte sie warm und süß und ließ sie sich wieder trunken fühlen. Sie dachte daran, welche Kraft, welche Stärke er gezeigt hatte, als er sie festhielt, sowie an seinen überheblichen Zorn. Wie wäre es, einen solchen Mann zu besitzen und zu wissen, dass er ihr gehörte?

Sie begegnete ihrem Blick im Spiegel und höhnte, war von ihrer Torheit angewidert. Sie war eine Kriegerin, keine Frau, was auch immer Sean denken mochte. Sie würde Tristan und seine Küsse vergessen. Sie würde nicht wieder heiraten. Sie war eine Soldatin, und Sean würde das akzeptieren müssen.

Eine jähe Bewegung im Spiegel ließ sie zusammenzucken, während ihre Hand instinktiv an ihr Schwert sank, obwohl sie wusste, dass es eine der Dienstbotinnen des Schlosses sein musste, die gekommen war, um sie zu Bett zu bringen, als wäre sie noch ein Kind. »Geht«, befahl sie und wandte sich der Tür zu. »Lasst mich in Frieden.«

»In Frieden?« Die Stimme erklang aus den Schatten am Fenster und ließ ihr Blut gefrieren. »Warum solltest du Frieden haben?« Eine Gestalt trat aus den Schatten hervor, ein

Mann wie ein Berg, und die Stimme sprach spöttisch und vertraut weiter. »Mörder gehören in die Hölle.«

»Tristan?« Ihre Zunge fühlte sich in ihrem Mund trocken an. Sie konnte den Namen kaum formen. Schließlich trat er ins Licht, und sie spürte, wie ihre Knie nachgaben. »Nein … du bist nicht hier.« Sie war noch immer trunken und sah Gespenster.

»Wo sollte ich sonst sein?« Sein Gesicht, das so zerschlagen und blutig gewesen war, als sie es zuletzt gesehen hatte, war wieder geheilt. Die Haut war blass, aber makellos. Die schmalen goldenen Strähnen in seinem dunkelbraunen Haar schimmerten im Mondlicht, und seine grünen Augen funkelten vor Groll. »Ist das hier nicht mein Schloss?« Sein Mund verzog sich zu einem Lächeln, das, grausam und süß zugleich, ihre Erinnerung aufstörte. »Bist du nicht meine Ehefrau?«

»Du bist tot.« Er hatte keine Waffe, wie sie erkennen konnte, aber dennoch zitterte sie. Er ragte über ihr auf, seine Schultern waren doppelt so breit wie ihre, und er konnte mit seiner Handfläche ihre Faust umfassen. Sie konnte sich selbst jetzt noch voller Entsetzen und Erschrecken an das seltsame Gefühl erinnern, das sie empfunden hatte, als sich seine Hand über ihrer schloss. »Sie haben dich fortgebracht, Bruce und Callum. Du warst dem Tode nah.«

»Bist du dir sicher?«, verspottete Tristan sie und trat näher heran. Dies war der Moment, von dem er im Fieber geträumt hatte, der Moment, in dem er Siobhan schließlich töten würde. Er hatte geplant, sie sein Gesicht sehen zu lassen und sie nur einen Moment zu ängstigen und zu quälen, bevor er ihr den Hals umdrehte oder sie ausbluten ließ. Auch wenn er ihren Bruder am Leben gelassen hatte, hatte es für ihn keinen Zweifel gegeben, dass er sie töten würde, sobald er sie sähe. Aber nun, wo er endlich hier war, genügte ein Moment einfach nicht. »Sind deine Freunde jemals zurückgekehrt?« Ihre großen, blauen Augen waren vor Angst geweitet, aber sie wandte den Blick nicht ab. Jede andere Frau, die mit dem Ehemann konfrontiert worden wäre, bei dessen Ermordung sie geholfen hatte, hätte den Anstand besessen zu schreien oder ohnmächtig zu werden, aber nicht dieses wunderschöne Ungetüm. Sie wurde vielleicht blass und zitterte, aber ihre Hand lag an ihrem Schwert. »Jene Männer, die du geschickt hast, um dein Verbrechen zu verschleiern – wo sind sie jetzt?« Sie zog mit scharfem, metallischem Laut und Trotz in den Augen ihr Schwert, und er lächelte. »Soll ich es dir sagen, Liebste?« Er trat einen weiteren Schritt näher. »Oder möchtest du es erraten?«

»Du hättest sie nicht töten können«, beharrte sie.

»Du würdest vielleicht staunen.« Sie wich zur Tür zurück. »Ich kann töten, wen auch immer ich will.« Sie würde jeden Moment davonlaufen, das wusste er. Seine kleine Kriegerin konnte spüren, dass sie unterlegen war.

»Du warst tot!«, schrie sie, und ihre plötzlich schrille Stimme verriet ihre Angst. »Ich habe dich gesehen.«

»Du hast gesehen, dass ich dem Tode nahe war.« Er sollte sie jetzt töten und es beenden. Aber irgendwie konnte er es nicht. »Du hättest dich versichern sollen, meine Liebe.« Er hob den Dolch an, den er aus dem Gürtel ihres Bruders gestohlen hatte. »Sean hätte sich versichern sollen.«

»Nein, ich habe ihn gerade gesehen«, sagte sie und schüttelte den Kopf. Aber das Messer gehörte Sean. Sie hatte ihn unten in der Halle gesehen, schlafend über dem Tisch zusammengesunken. Sie wäre fast zu ihm gegangen … eiskalte

Angst durchströmte sie. Er hatte gewiss nur geschlafen. Sie sah Tristan in die Augen. »Du kannst ihn nicht getötet haben …«

»Kann ich nicht?« Er wollte, dass sie ihm sagte, was sie getan hatte, wollte sie erneut schwören hören, wie sehr sie ihn verachtete. Dann könnte er es beenden. Dann könnte er seine Rache nehmen. »Ich habe ihn noch nicht getötet, Siobhan«, sagte er und trat noch näher. »Aber ich schwöre dir, ich werde es tun.«

»Nein!«, schrie sie, und ihr Entsetzen wurde von Zorn hinweggespült. Sie griff ihn mit dem Schwert an, ein Streich, der ihm den Arm hätte von der Schulter trennen sollen. Aber er zuckte kaum zusammen. Er packte ihr Handgelenk, entwand ihr das Schwert, und sie hörte ein leises Zischen, als träfe Wasser auf Glut. Als sie hinabblickte, sah sie, dass der Ärmel seines Hemdes aufgerissen und dessen Ränder blutbefleckt waren. Aber die Haut unter dem Riss war heil. »Herr Jesus«, flüsterte sie der Ohnmacht nahe.

»Sei vorsichtig, Liebste«, neckte er sie, als die Anspannung ihres Arms in seinem Griff erschlaffte. »Vielleicht solltest du ihn lieber nicht anrufen.« Er hielt den Dolch an ihre Kehle und ließ die Spitze ihre Haut hinabgleiten, wie sie es in der Nacht getan hatte, in der sie verheiratet worden waren. »Blasphemie ist eine Todsünde. Aber warum sollte dich das kümmern?« Ihr Herz schlug rascher. Er konnte es hören. Endlich hatte sie wirklich Angst. »Was bedeutet dir ein Schwur?« Er ritzte ihre Haut mit dem Dolch, quälte sich mit ihrem Blut, und sie keuchte, ein lieblich weiblicher Laut. Aber er sah in ihren Augen ebenso viel Zorn wie Angst. Wenn er es zuließe, würde sie ihn sogar jetzt töten. »Du hast vor Gottes Altar geschworen, mich zu lieben und mir zu gehorchen, erinnerst du dich?«, spottete er. »Und du hast gelacht, als du es aussprachst, wohl wissend, dass es eine Lüge war.« Er trat einen Schritt näher, und sie wehrte sich erneut gegen seinen Griff, zerrte an seiner Faust, die er um ihr Handgelenk geschlossen hatte. »Oder hast du das vergessen, liebe Ehefrau?«

»Nein«, antwortete sie und zwang sich, ruhig zu bleiben. Sie wusste nun, was er wollte. Er wollte, dass sie Angst hatte, wollte sie um Gnade betteln hören. Aber das würde sie nicht tun. »Ich habe es nicht vergessen.« Sie ließ ihren freien Arm sinken und atmete tief durch. Dann blickte sie in seine Augen. »Ich wollte, dass du fortgehst.«

»Du wolltest mich tot sehen«, sagte er und sah mit solchem Zorn finster auf sie hinab, dass sie fürchtete, sie könnte allein durch diesen Blick sterben. Wie kam es, dass er hier war? Das Grab wird mich nicht festhalten, hatte er bei ihrer Hochzeits-Scharade geschworen. Ich werde aus der Hölle zurückkehren. »Aber du bist ein Feigling, genau wie dein Bruder.«

»Warum bist du hergekommen?«, fragte sie, und ihre Stimme zitterte kaum vor Angst. »Warum konntest du nicht in Frankreich bleiben, wo du hingehörst, und unsere Leute in Ruhe lassen?«

»Eure Leute?«, lachte er höhnisch.

»Ja, Mylord«, erwiderte sie, und sein Hohn erleichterte es ihr, mutig zu sein. »Die Leute meines Vaters, ebenso in diesem Land geboren wie Sean und ich, in Freiheit geboren …«

»In Freiheit zu verhungern, meinst du«, erwiderte er und lachte erneut. Die kleine Närrin wollte ihre Sache selbst jetzt, wo sie dem Tod in die Augen sah, noch nicht aufgeben. »Wenn ich dich leben lasse, wenn ich dich in Ruhe lasse, wie du sagst, was dann? Was werden eure Leute diesen Winter sagen, nun da ihre Ernten vernichtet sind?«

»Du weißt nichts über dieses Land.« Er klingt wie Sean, dachte sie und musste vor überreiztem Wahnsinn fast lachen. Ein Sklave kann mit einem gefüllten Magen zufriedengestellt werden, hatte ihr Bruder gesagt, und sie hatte ihn dafür gehasst. »Du weißt nichts …«

»Und was weißt du, kleiner Unhold«, erwiderte er. »Wie man wie ein Mann kämpft und vögelt.« Sein Lächeln durchstieß sie wie ein Messer. »Was wird das euren Leuten nützen?«

»Genug«, fluchte sie und wurde zornesrot. »Ich werde dich vernichten.« Sie sprang auf ihn zu, griff nach der Hand, die Seans Dolch festhielt, und spürte, wie er die Klinge über ihre Wange zog. Aber er hatte ihren Angriff nicht erwartet. Sie hatte Schwung. Sie versenkte den Dolch unmittelbar über seinem Herzen wieder in seine Schulter. Seine Augen weiteten sich einen Moment, und dann lächelte er. »Gut gemacht.« Er riss den Dolch aus seinem Fleisch, während er sie noch immer am Handgelenk festhielt. Die Wunde, die sie ihm zugefügt hatte, schloss sich zischend, während sie entsetzt hinsah. »Dieses Mal hast du wenigstens selbst versucht, mich zu töten.« Er drückte das Dolchheft in ihre freie Hand. »Willst du es noch einmal versuchen?«

Dieses Mal fügte sie ihm eine Wunde quer über die Kehle und seine Brustmuskeln hinab zu und zerriss dabei sein Hemd. Die Wunde öffnete sich wieder, aber es trat kein Blut aus. Einige wenige Tropfen wallten an den Rändern der Wunde auf, und dann war das Fleisch geheilt.

»Was bekümmert dich, Liebste?«, höhnte er. »Du wirkst, als hättest du einen Geist gesehen.«

»Dämon«, flüsterte sie und sah ihm in die Augen. »Du bist wirklich ein Dämon.« Sie ließ den Dolch fallen.

»Ja.« Sie wollte einen Schritt zurückweichen, aber er packte sie an den Schultern, während sich seine Miene verfinsterte. Nun war der Moment der Rache gekommen, dachte er. Sie hatte entsetzliche Angst. Ihr Herzschlag dröhnte in seinen Ohren. Er ließ die Handflächen ihre Arme hinaufgleiten, und sie erschauderte und war nun zu verängstigt, um sich seiner Berührung zu entziehen. Seine Hände umschlossen ihre zarte Kehle, und sie keuchte und biss sich auf die Lippen. Keine Horde Briganten konnte sie jetzt noch retten. Niemand würde sie auch nur schreien hören. »Hatte ich dir nicht versprochen, dass ich zurückkehren würde?« Sie schloss die Augen, und ihre Wimpern lagen schwarz auf ihren totenbleichen Wangen. Er konnte sie nun nehmen, genau wie er es sich erträumt hatte. Eine letzte schnelle Bewegung seines Handgelenks, und ihr Leben wäre für immer ausgelöscht. »Ich bin dein Ehemann.« Eine Träne glitt ihre zarte Wange hinab und schimmerte im Mondlicht. »Ist das nicht so?«, fragte er grob, gierte nach ihrer Stimme, danach, sie noch einmal sprechen zu hören.

»Ja.« Seine Berührung war beinahe sanft, eher eine Liebkosung als eine Bedrohung. Sie hatte Nacht für Nacht von diesem Moment geträumt, von der grausamen Lieblichkeit seiner Berührung, falls er irgendwie zurückkommen sollte. Sie hatte sich gesagt, dass es ein Albtraum sei und er beizeiten verblassen werde, aber sie hatte es niemals wirklich geglaubt. Kein Mann hatte sie jemals auf die Art berührt, wie Tristan es getan hatte. Kein Mann hatte es jemals gewagt. Aber nun wollte er sie nicht berühren, sondern töten. Seine Hände und seine Stimme waren kalt. »Du bist mein Ehemann«, sagte sie.

»Dann küss mich.« Sie öffnete jäh die Augen, und er lächelte sein bitteres Teufelslächeln. »Küss mich zum Abschied.«

Er verspottete sie und quälte sie vor ihrem Tod, so wie sie ihn verspottet hatte. Sie ließ ihre Hände über seine Schultern gleiten und stellte sich auf die Zehenspitzen, um ihn zu erreichen. Er schien überrascht zu sein. Seine grünen Augen weiteten sich, und sie schloss die Augen und legte ihre Lippen auf seinen Mund. Erregung machte sich in ihrem Bauch breit, als seine Arme sie umschlossen, ein plötzliches, unsinniges Verlangen, das mächtiger war als die Angst. »Siobhan«, sagte er an ihrem Mund, die Stimme, die sie in ihren Träumen gehört hatte. Sie umklammerte wie benommen den rauen Stoff seines Gewandes, als er sie fester an sich presste und der Kuss heftiger wurde. Er lebt, dachte sie. Dies war kein Traum. Ihr Ehemann lebte. Sein Mund auf ihrem forderte unerbittliche Ergebenheit, und seine Zunge drängte nach vorn. Sie könnte sich gegen ihn wehren. Sie müsste sich gegen ihn wehren, aber sie wusste, dass er sie nicht loslassen würde. Sie entriss ihm ihren Mund, um ihm in die Augen zu sehen, und sah ein Aufblitzen von Dämonenfeuer im Grün brennen. Auch die Hölle selbst konnte ihn nicht fernhalten. Allein der Gedanke daran ließ sie schwach werden.

Er beugte sich herab und hob sie hoch, und die Trance war durchbrochen. »Nein!«, schrie sie auf, wand sich in seinem Griff und schlug wie eine Wahnsinnige um sich, um zu entkommen. »Hör auf damit!« Sie wollte ihn mit der Faust schlagen, und er warf sie sich über die Schulter wie einen Sack Getreide. »Lass mich los!«

»Willst du erneut nach Sean rufen?«, fragte er mit boshaftem Lachen. »Bitte, ruf ihn, damit er dich rettet.« Er warf sie auf die Bettstatt und drückte sie mit seinem ganzen Gewicht darauf nieder. »Schau ruhig zu, wie ich sein Herz herausreiße.« Sie schlug ihn hart und wand sich noch immer unter ihm, und er packte ihre Handgelenke und hielt sie fest. »Mein Brautgeschenk an meine Liebste.«

»Von wegen deine Liebste«, fluchte sie und bäumte sich auf. Er war zu stark, sie konnte ihm nicht entkommen. »Lass Sean in Ruhe!« Er bedeckte sie vollständig. Sie konnte sich kaum mehr regen. »Bitte, Tristan …« Das Bild, wie Sean in der Halle unten schlief, ließ ihr Tränen in die Augen steigen. Sie hatten gestritten. Er dachte wahrscheinlich, dass sie ihn hasste. Und nun würde sie ihn vielleicht nie wiedersehen. »Bitte, lass ihn in Ruhe.«

Tristan hatte sich herabgebeugt, um sie auf die Wange zu küssen, aber der plötzliche Wandel in ihrer Stimme ließ ihn erstarren. Sie flehte, sanft und süß, aber nicht für sich selbst. Lass ihn in Ruhe, bat sie. Selbst jetzt kümmerte sie niemand außer ihrem Bruder, dem Hurensohn, der ihn hatte ermorden lassen wollen. Eifersüchtiger Zorn durchströmte ihn wie nichts, was er jemals zuvor empfunden hatte.

»Ja, süße Liebste«, sagte er sanft, sein geöffneter Mund berührte ihre Haut. Sie drehte die Hüften, versuchte ihre Beine zu befreien, und sein bereits vor Verlangen pochender Penis drängte hart gegen ihren Oberschenkel. »Ich werde Sean in Ruhe lassen.« Er liebkoste ihre Kehle, und seine Zunge fand ihren Puls. »Alle Freunde, die er hat, werden sterben.« Er riss mit seinen Dämonenzähnen eine lange Wunde in ihr Fleisch, sodass sie vor Schmerz aufschrie.

»Nein«, flüsterte sie atemlos und hasste die Schwäche, die er, wie sie wusste, in ihrer Stimme hören würde, wenn sie die Worte laut ausspräche. »Tristan, halt …«

»Sag es ihm, Siobhan«, befahl er mit belegter, kehliger Stimme. »Sage ihm, dass ich ihm alles nehmen werde, was er liebt.« Sie konnte das Grollen in seiner Brust spüren, während er sprach, aber keinen Herzschlag. »Sage ihm, dass ich ihn holen werde, wenn alle seine Lieben verloren sind.« Seine Zunge fuhr über die Wunde, die er in ihre Kehle gerissen hatte, und ein seltsames Zittern durchströmte sie und ließ sie nach Atem ringen. »Sag Sean, dass du mir gehörst.«

Sie spürte, wie seine Zähne tiefer drangen, und sie schrie erneut vor Schmerz auf. Aber da war noch etwas, eher erschreckend als schmerzhaft. Sein Mund sog an ihrem Fleisch wie ein Säugling, sog ihr Blut seine Kehle hinab. Sie hörte ein Seufzen, das sie niemals hatte ausstoßen wollen, und ein süßes, hypnotisches Verlangen ergriff sie und ließ ihren Körper in der Umarmung des Dämons dahinschmelzen. Seine Hände strichen langsam ihre Arme hinab, die Handflächen fühlten sich hart und schwielig auf ihrer Haut an, aber sie konnte sich anscheinend nicht mehr gegen ihn wehren, konnte seine Liebkosung nur genießen.

»Tristan«, wiederholte sie, und sein Name drang wie ein weiteres flehendes Seufzen hervor. Er umfasste durch die Tunika hindurch ihre Brust. Es war die Berührung eines zärtlichen Geliebten, und sie biss die Zähne zusammen und wollte dem Verlangen, das sie empfand, verzweifelt widerstehen. Sie wollte seine Hand fortstoßen, aber es gelang ihr nicht. »Tristan …« Das bloße Wissen darum, dass sie es nicht konnte, ließ sie nachgeben und verleitete sie dazu, seine Hand stattdessen an sich zu drücken und ihre Finger mit seinen zu verschränken. Eines seiner Beine war nun zwischen ihren, als er über ihr kauerte, und sie wölbte sich dem harten Muskel seines Oberschenkels entgegen, bewegte sich instinktiv, und alle Vernunft war verschwunden. Er nährte sich noch immer an ihrer Kehle, ihr aus der Hölle zurückgekehrter Geliebter. Sie hörte ihn stöhnen, es war ein ebenso verzweifelter Laut wie ihr Seufzen, und er schlang einen Arm um ihre Hüfte und drückte sie an sich, während ihr Körper schwächer wurde. Die Muskeln versagten ihr den Dienst und wurden schlaff und schwer, und plötzlich fror sie. »Nein«, flüsterte sie und wand eine Hand in sein Haar, war aber zu schwach, um daran zu ziehen. Sie würde sterben. »Bitte … mein Liebster …«

Tristan spürte, wie sich ihr Herzschlag stark verlangsamte und sein Pochen zu einem sanften Flattern verblasste, das er durch ihr dünnes Gewand kaum noch spüren konnte. Er schmeckte Rache in ihrem Blut, süßer als seine Träume, aber da war noch mehr. Trunken vor Verlangen nach ihr, schmeckte er Sehnsucht in ihrem Blut, Sehnsucht nach ihm. Sie hatte um ihn geweint, wie er erkannte, als er aus ihrem Herzen trank. Sie hatte um ihn getrauert und von seinem Kuss geträumt. Er zog sich von ihrer Kehle zurück und blickte auf ihr Gesicht hinab, auf die Schönheit, die zu verachten er sich geschworen hatte, aber er konnte es nicht. Er war selbst jetzt von ihr verzaubert. Er beugte sich hinab und küsste ihre Lippen, eine ganz leichte Berührung, um ihren Atem genauso zu schmecken, wie er ihr Blut geschmeckt hatte. »Wer bist du?«, flüsterte er und zog mit seinem Handrücken die Wölbung ihrer Wange nach. »Was willst du, Siobhan?«

Dich, dachte sie und hätte es ihm auch gesagt, wenn sie die Kraft dazu gehabt hätte. Nur dich. Aber das war falsch. Sie hasste ihn und wollte ihn tot sehen. Er war ihr Feind, der der Aufgabe verschworen war, sie zu vernichten und ihre Leute zu versklaven. Er hatte geschworen, den Bruder zu töten, der sie liebte und der die einzige noch verbliebene Menschenseele war, die sie lieben konnte – und gerade eben hatte er auch sie töten wollen. Ihn zu begehren, war Verrat, gab all das preis, was ihr lieb war. Der Teufel hatte sie absichtlich verzaubert und ihr mit seinem grausamen Dämonenkuss den Verstand geraubt. Er würde ihr auch die Seele stehlen, bevor er ihr das Leben nahm. »Nein«, flüsterte sie erneut und zwang sich, die Augen zu öffnen. Sein Gesicht war wunderschön, als er sich über sie beugte, die List eines grausamen Teufels. Der Teufel sollte hässlich sein, dachte sie, sollte in Gestalt einer Bestie kommen und nicht als wunderschöner Ritter, den sie lieben konnte. »Lass mich los«, befahl sie mühsam. Er lächelte das Hohnlächeln des überheblichen Adligen. »Fort …« Er strich mit den Lippen über ihre Stirn. »Dämon … fort.«

»Schhh …« Der Tatsache, dass sie zu schwach war, um sich gegen ihn zu wehren, konnte sein Stolz nicht widerstehen. Er küsste ihre Kehle, die schreckliche Quetschung, die seine Zähne über der Ader hinterlassen hatten, die Male seines Griffes, wo er sie als Mensch festgehalten hatte. Sie gehörte ihm, und er würde sie nicht aufgeben, nicht einmal, um sie zu vernichten. Sie seufzte, als er ihr Kinn mit Küssen bedeckte, als ihr Körper sich ihm entgegenwölbte und die Entschlossenheit eines Eiferers verriet, und er lächelte. Aber in diesem Zustand würde er sie nicht nehmen, so sehr sie es auch verdiente. Er wollte sie stark spüren, sie sollte fähig sein, sich gegen ihn zu wehren, wenn er sie vollständig eroberte. »Ich werde zu dir zurückkommen, Liebste«, flüsterte er, sein Mund war nahe an ihrem Ohr. »Was sagtest du noch bei unserer Hochzeit in der Halle zu mir? Ich bin noch nicht fertig mit dir.« Sie wandte das Gesicht ab, als er ihren

Mund küssen wollte, und hielt ihm stattdessen eine zarte Wange hin. Er küsste sie mit der Ehrerbietung eines Büßers, der einen Heiligen küsst, und hielt sie erneut fest, als sie sich wehrte. Dann ließ er sie los.

Als er rasch den schmalen Gang durchquerte, der zur Treppe führte, hörte er eine Stimme aus dem zweiten Raum hervordringen, das Weinen eines Kindes. Clare …

Er erwog einen Moment weiterzugehen, ohne stehen zu bleiben. Es wäre das Klügste gewesen, was er tun konnte, wenn er das hier heute Nacht nicht beenden und sie mit sich nehmen wollte. Aber sie war sein geliebtes Kind, und sie weinte. Er konnte sie nicht einfach im Stich lassen, auch wenn er ein Dämon war.

Er schlüpfte in ihr Zimmer, wobei sich der Türknauf mühelos drehen ließ. Emma war nirgends zu sehen. »Clare«, sagte er sanft und näherte sich dem hohen Bett.

»Papa?« Sie wandte sich ihm zu, als er sie erreichte, ihre Augen waren vor Hoffnung und Schreck geweitet. »Papa!« Sie warf sich in seine Arme.

»Schhh«, machte er und drückte sie an sich. »Ruhig, Liebes.« Tränen liefen auch seine Wangen hinab. »Bitte weine nicht.« Er küsste ihr seidiges goldfarbenes Haar und zwang sich, sie nicht so fest an sich zu drücken, dass er sie verletzen konnte. »Ich verspreche dir, alles ist gut.« Aber das war eine törichte Lüge – er war ein von Gott verfluchter Dämon. Wie konnte er für ein Kind sorgen?

»Ich wusste, dass du zurückkommen würdest«, sagte sie.

Er lächelte und schob sie von sich, um ihr ins Gesicht zu sehen. »Woher wusstest du es?«

»Du hast es versprochen.« Sie runzelte die Stirn. »Papa, du blutest!«

Er berührte seine Wange an der Stelle, auf die sie zeigte. Es waren blutige Tränen, die er vergoss. »Es ist nichts, *Petite*«, versprach er. Er zog sie wieder an sich, und ihr Federgewicht in seinen Armen tröstete ihn selbst. »Geht es dir gut?«, fragte er sie. »Kümmert sich deine Emma gut um dich?«

»Ja«, antwortete sie, nickte und schmiegte sich an ihn. »Sie und Siobhan.«

»Siobhan?«, wiederholte er überrascht. Als er sein Kind das letzte Mal gesehen hatte, hatte Siobhan ein Messer an ihre Kehle gehalten. »Lady Siobhan kümmert sich um dich?«

»Ja.« Sie hielt seine Männerhand zwischen ihren beiden kleinen Händen. »Sie hat mir versprochen, dass sie mir das Kämpfen beibringen will. Sie lässt die Hunde aus der Halle bringen, damit sie mich nicht ängstigen können.« Sie sah zu ihm hoch. »Sie sagte, sie hätte es dir versprochen.« Sie runzelte erneut die Stirn. »Ist sie wirklich deine Frau?«

»Ja.« Er hätte fast den einen Menschen getötet, der fähig schien, sein Kind zu beschützen. Er konnte für einen Moment kaum sprechen, wenn er nur daran dachte. Er erinnerte sich kaum an Siobhans Versprechen im Hof, so nahe war er dem Tod gewesen. Aber Siobhan hatte sich erinnert. Sie hatte ihr Wort gehalten. »Sie ist meine Frau – deine Stiefmutter.« Er fühlte sich bei diesen Worten verwirrt, und alle seine Rachepläne wurden bis ins Mark erschüttert. »Sie wird dir Sicherheit geben.« Er hörte einen Bewegung auf der Treppe. Sein Dämonengehör konnte Stimmen selbst aus dieser Entfernung wahrnehmen. Emma kam zurück. »Siobhan wird dich beschützen, bis ich nach Hause komme.«

»Nein«, protestierte Clare und klammerte sich an ihn. »Ich will mit dir gehen.«

»Noch nicht.« Er nahm ihr geliebtes Gesicht in seine

Hände und lächelte. »Ich kann dich noch nicht mitnehmen, mein Liebes.« Tränen schimmerten erneut auf ihren Wangen und brachen ihm das Herz. »Aber ich bin bei dir. Das verspreche ich.« Er küsste sie auf die Stirn. »Ich werde wiederkommen.« Er drückte sie einen Moment an sich und wollte sie nicht mehr loslassen. Emma sprach mit einem Mann – sie wären bald zu nahe, um ihnen noch aus dem Weg zu gehen. Nur der Gedanke daran, dass Clare ihn bei einer Tötung beobachten könnte, bewegte ihn dazu, sie loszulassen. »Schlaf jetzt, Liebes.« Er deckte sie zu und verschwand in die Nacht.

Siobhan versuchte sich aufzusetzen. Ihr Körper war noch immer schwer und kalt. Sie drehte sich auf die Seite, sodass ein Bein über die Bettkante hing, und ihre Augen bemühten sich, die Dunkelheit zu durchdringen. Sie konnte auf der anderen Seite des Raumes ihr Spiegelbild sehen. Tristan war fort, ein ungebundener Dämon. »Steh auf«, murmelte sie und biss die Zähne zusammen. Die Wunde an ihrer Kehle brannte wie Feuer, und ihre Glieder schmerzten, als wäre es furchtbar kalt. »Steh auf, Siobhan.« Ihr Schwert lag dort auf dem Boden, wo sie es fallen gelassen hatte, und sie konzentrierte sich auf die Klinge, die im Mondlicht silbern schimmerte. Sie stürzte darauf zu, griff sich an die Kehle und fing sich gerade noch auf den Knien ab. Ihre Hand schloss sich fest um das Heft, und sie zog es auf sich zu. Sie fühlte sich schwindelig. Das Turmzimmer drehte sich um sie. Aber Tristan konnte überall sein. Sie musste ihn aufhalten, um Sean und die Übrigen zu retten. Sie stützte sich auf ihr Schwert und richtete sich taumelnd auf.

8

Lilith hatte als Mätresse des Barons von Callard fast sechs Monate überlebt, was vielleicht ein Privileg ihrer adligen Geburt war. Aber nun neigte sich ihre Zeit dem Ende zu. Sie legte die kleine Schachtel, die sie in den Händen hielt, für einen Moment beiseite und betrachtete ihr Gesicht im Spiegel, sah die Verbrennung, die er ihr an der Wange zugefügt hatte. Das Mal war schon vor zwei Wochen entstanden, Zeit genug, dass die Haut zu einer hässlichen, purpurfarbenen Narbe verheilen konnte. Wenn es stimmte, was die Dienstboten ihr gestanden hatten, würde sie höchstens noch eine oder zwei Nächte leben. Es sei denn, sie tötete ihn zuerst.

Sie schüttete die Prise pechschwarzen Pulvers in den Zinnkrug und stellte ihn gerade wieder auf das Tablett, als sie Schritte den Gang heraufkommen hörte. »Guten Abend, Mylord«, sagte sie und versank in einen Hofknicks, als er mit zwei Wachen im Gefolge hereinkam. Er sah kaum in ihre Richtung, während er zu seinem Stuhl ging.

»Bring mir meine Briefe«, befahl er einem seiner Diener schroff, während sich der andere vor ihn hinkniete, um seine Stiefel aufzubinden.

»Wollt Ihr etwas trinken, Mylord?«, fragte sie und goss den Wein ein. Einer der Wächter hieß John. Er hatte versprochen, ihr zu helfen, hatte die Mitteilung von ihrer Tante überbracht, die das Gift enthielt, und hatte versprochen, sie fortzubringen, sobald der Baron bewusstlos wäre – bevor sein Leichnam gefunden würde. Sieh ihn nicht an, befahl sie sich insgeheim, als sie dem Baron den Becher brachte. Schau nicht zu John. Sie zwang sich zu lächeln, während sie sich tief vor ihrem Liebhaber verneigte und ihm den Becher anbot.

»Was ist das?«, murrte Callard, während er ihn entgegennahm, aber sie antwortete nicht. Sie hatte einmal den Fehler begangen, ihn zu reizen, indem sie ihm auf eine solche Frage eine kecke Erwiderung gab. Als sie drei Tage später wieder zu sich gekommen war, hatte sie gelernt, den Mund zu halten. Er nahm einen Schluck, nickte und erlaubte ihr damit aufzustehen. Sie zitterte, da die Freiheit so nahe war, dass sie sie schmecken konnte. Er nahm einen weiteren großen Schluck, während er seine Aufmerksamkeit den Briefen zuwandte, und sie riskierte einen Blick zu John. Er sah totenbleich aus, aber in seinen Augen war der Triumph erkennbar.

»Möchtet Ihr, dass ich für Euch singe, Mylord?«, fragte sie.

»Ich möchte, dass du den Mund hältst«, antwortete Callard und klang bereits betrunken. Er runzelte die Stirn und schüttelte den Kopf, und sie musste sich so fest auf die Wange beißen, dass sie Blut schmeckte, um nicht zu lächeln. Das Gift tat seine Wirkung, genauso wie ihre Tante es versprochen hatte. »Lasst mich allein«, befahl er. »Ihr alle – hinaus!«

»Darf ich nicht bleiben?«, fragte sie. Sie wollte ihn sterben sehen. Sie musste sicher sein. »Ich werde still sein …«

»Geh!« Er erhob sich, leicht schwankend, aber kräftig genug, um sie mit dem Handrücken zu schlagen, sodass sie zu Boden fiel. Sie kauerte sich auf dem Boden zusammen und sah Sterne. »Haltet diese Kreatur von mir fern, bis ich sie rufe«, befahl er den Wachen und setzte sich wieder hin. Lilith wollte aufstehen, aber er trat sie erneut zu Boden. Sie kroch mit vor Scham geröteten Wangen zur Tür, und die Wachen folgten ihr. Das letzte Mal, versprach sie sich. Dies ist das letzte Mal.

Sobald die Tür sicher hinter ihnen geschlossen war, schickte John die anderen Wachen fort. »Ich kann hier aufpassen«, sagte er und deutete mit dem Kopf auf Lilith. »Er wird sie heute Abend nicht mehr zurückrufen.«

»Nein«, stimmte ihm der zweite Wachsoldat zu. »Ich bin nicht weit weg, falls du mich brauchst.«

Sie warteten über eine Stunde schweigend. John stand an der Tür Wache, während Lilith in der Ecke auf dem Boden saß und beide so taten, als wäre der andere nicht da. Sie durften sich nicht verraten, nicht bis sie sicher waren, dass er nicht mehr lebte. Einmal hörten sie einen leisen Aufschlag, als hätte Callard etwas fallen lassen, und beide spannten sich an, wobei sich Lilith halb von ihrem Platz erhob. Aber sie warteten immer noch.

»Geh«, sagte sie schließlich. »Geh und sieh nach.«

John riss die Augen weit auf, obwohl er ein tapferer Soldat war. »Ich?«

»Mich wird er töten«, erklärte Lilith.

Die äußere Tür öffnete sich, bevor er antworten konnte. »Wer ist da?«, fragte John und hob seine Pike an.

Anthony, der Kutscher, von dem vermutet worden war, dass er mit seinen Wachsoldaten im Wald ermordet worden war, trat ein. Seine Livree war zerrissen und von Blut und Schmutz befleckt. Ein dickes, zusammengerolltes Tuch, das aus seinem Umhang gemacht zu sein schien, lag durchtränkt um seinen Hals. »Ich muss den Baron sprechen«, sagte er.

»Um Gottes willen, Mann«, fluchte John erschreckt. »Was ist mit Euch geschehen?«

Der Kutscher lächelte, ein breites, fröhliches Lächeln, das ihm auf gespenstische Weise unähnlich war. »Das würdet Ihr niemals erraten.« Er wandte den Kopf und sah Lilith an, wobei er sich so ruckartig bewegte wie eine Marionette. »Der Baron?«, fragte er erneut und maß sie mit seinem Blick. »Wo ist er?«

»Dort drinnen«, sagte John. »Habt Ihr den Hauptmann der Wache gesehen? Wo wart Ihr?«

Der Kutscher trat, ohne ihm zu antworten, zur Tür.

»Wartet«, befahl John und ergriff seinen Arm. »Ihr …« Sein Gesicht wurde blass. »Gütiger Himmel, Ihr stinkt …«

»Lasst ihn los«, sagte Lilith. Etwas an Anthonys Miene verursachte ihr eine Gänsehaut. Er lächelte noch immer, aber seine Augen waren tot. »Mylord wird sich um ihn kümmern.«

»Ja«, antwortete John und ließ den Mann los. Er wischte sich die Hand an seinem Waffenrock ab, während der Kutscher den Raum betrat und die Tür hinter sich schloss.

Kurz darauf hörten sie jemanden lachen, ein schrilles Kichern, das nach keinem der beiden Männer klang, die sie in dem Raum wussten. Dann nichts mehr. »Er hat ihn gefunden«, sagte Lilith und erhob sich. »Callard ist tot.«

»Still«, befahl John, aber er bot ihr seine Hand an. »Komm.« Er führte sie mit einer Hand voran und zog mit der anderen sein Schwert, während er den Raum betrat.

Callard lag auf dem Bett, den Waffenrock halb ausgezogen, und ein Arm hing über die Bettkante. »Wo ist Anthony?«, fragte Lilith leise.

»Ich weiß es nicht.« Der Geruch eines geöffneten Grabes hing so stark im Raum, dass der Soldat würgen musste.

»Herr Jesus …« Die Kleidung des Kutschers lag auf einem Haufen vor dem Kamin und war von Maden und Fliegen übersät. Lilith schrie auf, und John drückte sie einen Moment an sich und bedeckte mit einer Hand ihren Mund.

»Was ist das?«, flüsterte sie, als er sie losließ.

»Woher soll ich das wissen?« John näherte sich dem schmutzigen Haufen und stocherte mit seinem Schwert darin herum. Eine Ratte trippelte aus den Lumpen und über die Klinge, sodass Lilith erneut keuchte, den Schrei aber dieses Mal unterdrückte. John hörte ein Geräusch hinter sich und wandte sich um, als die Knie der Frau neben ihm nachgaben.

Callard erhob sich vom Bett. »Nein«, wimmerte Lilith und griff nach Johns Bein, als könnte sie sich dahinter verbergen. »Das kann nicht sein.«

»Was für ein Schlamassel«, sagte Callard seufzend. Seine Stimme war noch immer dieselbe, aber sein Tonfall schien verändert, als hätte er einen fremden Akzent. Er legte seinen Waffenrock nun gänzlich ab, blickte an sich hinunter und berührte die harten Muskeln seines Oberkörpers, als hätte er sie noch nie zuvor bemerkt. »Oh, ja«, murmelte er und lächelte. »Das wird gehen.« Eine weitere Ratte huschte an Lilith vorbei, und sie schrie und sprang auf.

»Verzeiht, dass wir Euch stören, Mylord«, sagte John und schüttelte sie ab, als sie sich an ihn klammern wollte. »Anthony bestand darauf, Euch zu sprechen …« Er blickte zu dem Stapel verrottender Kleidung zurück und suchte in Gedanken nach einer einleuchtenden Erklärung.

»Kommt her.« Callard lächelte noch immer, das gütige Lächeln, das Fremde so charmant fanden. »Bringt mir Euer Schwert.«

»Nein«, sagte Lilith und packte den Arm des Wächters.

»Tu das nicht.« Aber der Wächter schüttelte sie erneut ab. »John, nein …« Er reichte Callard das Schwert, der es nahm, es noch immer lächelnd anhob und dem Wächter den Kopf vom Hals schlug.

»Nein!«, schrie Lilith. Sie wollte davonlaufen, aber ihre Beine gehorchten ihr nicht. Johns Körper sank auf dem Boden zusammen, während sein Kopf auf den Kamin zurollte, und Callard trat über ihn hinweg, als bemerkte er ihn kaum. »Lasst mich in Ruhe«, sagte sie schrill, und ihre Stimme wurde zu einem Schrei. »Ihr seid tot!«

Er hob das Schwert erneut an und blickte bewundernd auf seinen Arm hinab. »Nicht so sehr, meine Liebe.« Er ließ das Schwert fallen und wandte ihr seinen Blick zu. »Wofür ich dir danken muss.« Sie wollte sprechen, aber ihre Stimme versagte, als er näher trat. »In Wahrheit wünschte ich, Gnade walten lassen zu können.« Er packte sie am Hals, zog sie zu sich und küsste sie auf den Mund. Sie spürte, wie ihre Beine nachgaben, und der Geschmack seiner Zunge war widerlich, als er sie an ihren Zähnen vorbeidrängte. Sie wollte ihn beißen, aber allein der Gedanke daran verursachte ihr schon Übelkeit.

Er packte mit der Faust in ihr Haar und riss ihren Kopf zurück, eine Geste, die sie nur allzu gut von ihm kannte. »Lasst mich los«, flehte sie und wand sich in seinem Griff. Seine freie Hand bewegte sich über ihre Rippen zu ihrer Brust und umschloss deren Weichheit mit der Handfläche, eine weitaus weniger vertraute Liebkosung. Dann sank sein Kopf plötzlich zurück, und sie sah, dass sich seine Zähne verändert hatten, dass die Eckzähne nun so lang und gebogen waren wie die einer Giftschlange. »Nein«, hauchte sie und konnte nicht mehr schreien, als er sie in ihre Kehle versenkte.

Siobhan blieb unmittelbar hinter der Stalltür stehen und lehnte sich an einen Pfosten, um Atem zu schöpfen. Die Wunde an ihrer Kehle schmerzte ein wenig, aber sie war nicht schlimmer als irgendeine der anderen Wunden, die ihr in ihrer Zeit als Brigantin zugefügt worden waren. Aber keine andere Wunde hatte sie jemals so geschwächt. Sie schloss vor dem Licht der Fackeln einen Moment die Augen, da ihr Flackern sie benommen machte. Tristan war aus dem Schloss verschwunden. Sie würde irgendwie ihr Pferd satteln und hinausreiten müssen. Sie richtete sich wieder auf und fühlte sich nach dem Moment der Ruhe etwas kräftiger. Offensichtlich war keiner der Stallburschen in der Nähe, was ihr die Flucht nur erleichtern konnte. Ein Stallbursche hätte Fragen gestellt. Er hätte vielleicht sogar Sean aufgeweckt. Aber nun würde sie ihr Pferd selbst satteln müssen.

»Beeil dich«, trieb sie sich leise an. »Du hast das schon tausend Mal zuvor gemacht.« Ihre kleine Stute fraß bereits ihre Abendmahlzeit und reagierte nicht freundlich, als ihr Futtersack entfernt wurde. »Verzeih, Mamsell«, neckte Siobhan und kraulte sie als Wiedergutmachung hinter den Ohren. Die letzte Herrin der Stute war eine Normannin gewesen, die unterwegs gewesen war, um in einem Kloster Zuflucht zu suchen. Ihr verdankte Siobhan nicht nur das Pferd, sondern gleichzeitig auch einige ihrer besten Gewänder. Die Normannin hatte Sean mit einer Stimme wie eine auf einer Folterbank gestreckte Katze als fleischgewordenen Teufel verflucht und Siobhan zum widernatürlichen Monstrum erklärt. »Ah, nun«, sagte sie bei der Erinnerung. »Wahrscheinlich hatte sie recht.«

»Wer hatte recht, mein Herz?« Sie wandte sich beim Klang seiner Stimme um, und er hätte einen Moment schwören können, dass sie beinahe lächelte. »Wohin willst du, Siobhan?« Tristan war überhaupt nicht verschwunden. Er beobachtete sie aus den Schatten, und das überhebliche Lächeln lag wieder auf seinen Lippen.

»Dich suchen.« Sie zog ihr Schwert. »Ich muss dich töten.« Sie griff ihn an, und er fing sie mühelos ab und hielt das Handgelenk ihres Schwertarms mit einer Faust fest.

»Willst du mich umbringen?« Tristan empfand Belustigung, als er sah, wie sie ihn angriff, und auch ein düstereres Gefühl wie einen Hunger nach ihrem Blut. Als er nun zu ihr sprach, spürte er eine neue Kraft in seiner Stimme und ein hypnotisches Grollen in seiner Kehle, das wie das Schnurren eines Löwen vor seiner Beute war. »Sag mir die Wahrheit.«

»Nein«, räumte sie ein. Sie konnte nicht anders. Sie fühlte sich verzaubert. Nichts sonst auf der Welt schien wichtig zu sein, während sie in seine Augen blickte, als wäre er wirklich ihr Geliebter. Aber diese Macht war unnatürlich, der Trick eines Dämons, genau wie seine Macht zu heilen. Sie wollte ihm nicht gestehen, wie es wirklich um ihr Herz stand. Sie wollte ihm gar nichts sagen. Aber sie konnte nicht umhin. »Wir haben dir unrecht getan, Tristan.« Seine Augen weiteten sich, und sein sinnlicher Mund wurde hart und zum Hohn bereit. »Aber ich würde dasselbe wieder tun.«

»Warum?« Er nahm sie bei den Schultern und zwang sie, sich ihm zuzuwenden. Sie ließ das Schwert fallen. »Warum, Siobhan?«

»Weil du mein Feind bist.« Sie sah Schmerz in seinen Augen und Zorn über die schiere Ungerechtigkeit ihrer Worte. »Du denkst, Sean wäre das alles gewesen, aber ich schwöre dir, so war es nicht. Ich war es auch. Selbst wenn Sean bei der

Belagerung gestorben wäre, hätte ich dich eigenhändig getötet.« Sein Griff presste nun schmerzhaft, und seine Finger quetschten ihre Haut. »Warum willst du mich nicht töten?«

Sie nannte ihn selbst jetzt unter seinem selbst gestalteten Zauber noch ihren Feind und sah mit ihren großen blauen Augen zu ihm hoch, die ihn für immer verfolgen würden, auch wenn er unsterblich war. »Willst du, dass ich dich töte?«, wollte er wissen und fühlte sich versucht, sie wie eine Ratte zu schütteln.

»Nein.« Sie wollte nicht einmal mehr davonlaufen, wie sie erkannte. Sie wollte ihm nicht mehr entkommen. »Ich möchte nur wissen, warum du es nicht tun willst.«

Er küsste sie zur Antwort. Er hielt sie noch immer an den Schultern fest, beugte sich leicht vor und versenkte seinen Blick in ihren, und sie stellte sich ihm mit leicht geöffneten Lippen und weit geöffneten Augen. Er streifte ihren Mund kaum mit seinem, aber sie zitterte und schwankte in seinem Griff. »Ich werde dich töten, Liebling.« Er küsste sie fester, mit geöffnetem Mund, aber sanft. »Aber jetzt noch nicht.« Er küsste sie ernsthaft und hob sie hoch, damit er sie besser erreichen konnte. Er schmeckte ihre Zunge und hörte ihr Seufzen, als sie sich an ihn schmiegte und ihre Hände sich an seinem Hemd festkrallten. Er ließ sie auf der Stallbrüstung nieder, damit ihr Gesicht auf gleicher Höhe mit seinem war. »Du gehörst mir«, murmelte er, nahm ihr Gesicht in beide Hände und küsste sie auf die Wange.

»Nein.« Er küsste ihre Augenlider, zuerst das eine, dann das andere, so sanft, dass sie fast das Gefühl hatte, weinen zu müssen. Niemand hatte sie jemals in ihrem Leben so sanft behandelt wie dieser Normanne, der versprochen hatte, sie zu töten. »Ich gehöre mir selbst.« Seine Zunge zog in ihrer

Ohrmuschel kleine Kreise und ließ sie erzittern. »Bitte… ich will mir gehören.«

»Ja«, versprach er und lächelte, während er ihren Mundwinkel küsste. »Ich würde nichts anderes wollen, kleine Dämonin.« Er hatte geglaubt, er brauchte ihre Gegenwehr und ihren Zorn, um sie zu nehmen und zufrieden zu sein. Aber diese seltsame Preisgabe rührte ihn mehr. Er küsste sie erneut auf den Mund und biss auf ihre süßen Lippen, wobei sein Penis so hart wurde, dass es ihm wehtat. »Du sollst verdammt sein, so wie du bist.«

Sie hörte ihn kaum noch. Seine Worte bedeuteten nichts mehr. Wichtig war nur seine Berührung. Seine Arme umschlangen sie so stark, dass sie wusste, dass er sie ewig halten könnte. Sie presste ihre Wange an seine und liebkoste seine Haut, war von der Berührung seiner Bartstoppeln erregt. Er war ein Mann, so rau und stark wie jeder Brigant, den sie jemals gekannt hatte, und mit dem überheblichen Willen eines Königs ausgestattet. Er kannte keine Angst und keinen Zweifel an der Richtigkeit seines Handelns. Er wollte sie, genau wie sie war, vor allem anderen und trotz allem anderen.

»Tristan«, murmelte sie, flehte fast und vergrub ihre Finger in seinem weichen Haar. Er küsste ihre Kehle, berührte kaum die Wunde, die er dort hinterlassen hatte, und Erregung durchströmte sie flammend und unerwartet wie ein Blitz. Ihr Körper wölbte sich ihm wie aus eigenem Antrieb entgegen, als bäte sie ihn um die Tötung, aber er küsste sie nur und strich gemächlich ihre Kehle hinab zu ihrer Schulter. Seine Hände lösten ihr Gewand, während sein Blick ihrem begegnete, und sein boshaftes Lächeln ließ sie den Mut finden zu protestieren. »Dämon«, verfluchte sie ihn und erwiderte sein Lächeln, legte ihre Handfläche an seine Wange.

Sie sollte sich gegen ihn wehren und versuchen, ihm zu entkommen, ihn zu töten. Sie wusste, dass sie es tun musste. Aber in diesem Moment konnte sie es nicht.

»Brigantin«, antwortete er freundlich. Irgendwo draußen im warmen Dunkel des Stalls wartete die Rache, all das, was zu tun er verschworen war. Aber jetzt zählte nur sie, seine wunderschöne Feindin, Siobhan. Er hielt ihre Hand an seine Wange, drehte sie um und küsste ihr Handgelenk. Ihr Puls war von seinem Biss noch immer schwach, aber ihre Haut war lebendig und warm.

Er zog sie an sich, trat näher, und sie schlang ihre Beine um ihn. »Schamlos«, schalt er mit weit geöffneten Augen, und sie lachte.

»Das hast du gesagt.« Sie ließ ihre Hände über seine Schultern gleiten und umfasste die Wölbung seiner Armmuskeln. »So kalt«, murmelte sie, küsste ihn seitlich auf den Hals und liebkoste ihn unter seinem Hemd. »Warum bist du so kalt?«

»Weil du mich getötet hast.« Er nahm ihr Gesicht in seine Hände und zwang sie, ihn anzusehen. Er erinnerte sich an das Wort, das Simon benutzt hatte. »Weil ich ein Vampir bin.«

»Ein Vampir«, wiederholte sie. Das war der Name des Dämons, zu dem er geworden war. Er küsste sie und drängte voran, und sie hielt sich an seinen Schultern fest, um nicht hintüberzufallen. Seine Hände glitten unter ihr Gewand, um ihre Hose zu öffnen, und sie lächelte. »Ich bin eine kümmerliche Frau, erinnerst du dich?«

»Du bist eine Frau«, antwortete er, und seine Stimme wurde vor Grollen rau. Sein Kuss wanderte zu ihrer Brust, deren Weichheit er über ihrer geöffneten Bluse so sanft in seine Handfläche nahm, dass sich ihre Brustwarzen aufrichteten. Die kühle Nässe seines Mundes ließ sie erschaudern, und ihr Körper war von einer Gänsehaut überzogen, aber es war eine süße Erregung. Er saugte sanft, wobei seine Dämonenzähne ihre Haut kaum verletzten. Sie keuchte und drohte wieder zu fallen, als ihre Oberschenkel vor Wonne erschlafften. »Das ist eine Frau«, versprach er und küsste das Tal zwischen ihren Brüsten, während er sich zur anderen Brust bewegte.

Er legte erneut eine Hand zwischen ihre Beine. Sein anderer Arm lag um ihre Taille und hielt sie fest, als sie sich von der Brüstung nach oben streckte. Er riss ihr die Hose mit einer Geschwindigkeit und einem Geschick herab, die sie keuchen ließen. »Um Gottes willen, Mylord Normanne«, neckte sie ihn und wandte ihr Gesicht ab, als er sich aufrichtete, um sie zu küssen. »Ich habe den Eindruck, du hast schon früher Mädchen von ihren Hosen befreit.«

»Friede, Weib«, warnte er sie, unmittelbar bevor er seinen Mund auf ihren presste. Er stellte sich zwischen ihre Oberschenkel und legte die Hände auf ihre Hüften. Er zog sie an sich, und sein Geschlecht streifte einen Moment ihres. Sie glaubte, ihr würden angesichts dieses Schreckens die Sinne schwinden, als der harte Penis hinter grobem Stoff an ihre zarte Haut presste. Dann wich er zurück und beugte sich erneut zu ihrer Brust hinab. Seine Hand wanderte gemächlich zu ihrem Geschlecht und erkundete es langsam.

»Um Gottes willen, Mylady Brigantin«, verspottete er sie und wand sich ihre Locken um die Finger. »Lassen dich alle deine Geliebten so nass werden?«

»Nein, mein Herr«, antwortete sie mühsam, während sie erzitterte und schwach wurde. »Überhaupt nicht.« Seine Finger drängten sich sanft in die Spalte, um die empfindsame Ausbuchtung am oberen Ende zu berühren, und sie keuchte und klammerte sich an seinem Hemd fest. »Du musst recht stolze Bedürfnisse haben«, gelang es ihr zu murmeln, wobei sie den Kopf zu seiner Schulter beugte.

Er lächelte und wandte den Kopf, um sie auf die Wange zu küssen. »So ist es.« Er küsste sie auf den Mund und sog an ihrer Unterlippe, während seine Finger weiterdrängten und Widerstand fanden. »Aber du lügst.« Er hob den Kopf und sah sie an. »Du hast keine anderen Liebhaber.«

»Nein, das sagte ich dir.« Sie legte die Hände um seinen Hals, um ihn näher an sich zu ziehen, und streckte sich seiner Berührung entgegen. »Ist das wichtig, Dämon?«

Ob sie nun unschuldig war oder nicht, er hatte noch nie eine so vorzügliche kleine Dirne erlebt. »Nein, Brigantin.« Er führte die Spitze seines Penis zu ihrer Spalte und rieb sie aneinander. »Ist es nicht.« Ihre Lippen teilten sich, und sie keuchte, ein Seufzen, das ihn verrückt machte. Er konnte sich keinen Moment länger zurückhalten und drang in sie ein.

Sie schrie auf und klammerte sich wie Trost suchend an ihn, während sich ihr Körper seinem Stoß öffnete und scharfer Schmerz zu Wonne wurde, wie sie sie noch nie zuvor empfunden hatte. Sie hatte sich zuvor schon selbst berührt und Erlösung gefunden, aber sie hatte noch niemals anderes Fleisch in sich gespürt, das sie ausfüllte. Die schiere Seltsamkeit dessen erschütterte sie bis ins Mark. Er hielt einen Augenblick still, drückte sie an sich und küsste ihre Wange, während sie ihn so fest hielt, dass ihre Arme allmählich schmerzten. Dann bewegte er sich langsam wieder, zog sich zurück, stieß vorwärts und drang mit jedem Stoß tiefer.

Seine Hände waren auf die Brüstung gestützt, die Augen geschlossen und die Stirn konzentriert zusammengezogen, was ihr das Verlangen einflößte, ihn zu küssen. Sie schlang ihre Beine um seine Hüften, und ein Arm lag noch immer um seinen Hals. Mit der anderen Hand zog sie die Kontur seiner Armmuskeln nach, von der grausamen Kraft erregt, die sie unter seiner Haut spüren konnte. Er öffnete seine grünen Augen und begegnete ihrem Blick. Die sanften Wogen der Wonne, die sie durch sich hindurchströmen fühlte, schwollen zu einer einzigen, gigantischen Flut an.

»Tristan«, flüsterte sie, und er lächelte das überhebliche Lächeln, das sie zu verachten versucht hatte, das aber ihr Fleisch entflammte. Er beschleunigte seinen Rhythmus, und sie schmolz dahin und vertraute darauf, dass er sie festhielt, als ihr Kopf zurücksank. Die Woge in ihr explodierte, und Verzückung überschwemmte sie vollkommen. Er stieß immer noch zu und ließ die Woge weiterrollen. Erst als sie glaubte, sie müsste gewiss sterben, spürte sie, wie auch er kam, mit einem letzten, kraftvollen Stoß, der ihre Seele berührte.

Er nahm sie in seine Arme und hob sie von der Brüstung. Sie seufzte, so leise und anschmiegsam wie ein neugeborenes Lamm, und er küsste sie und fühlte sich trunken. »Süße Dämonin«, sagte er beruhigend und ließ sie auf ein weiches Nest aus Stroh hinab. Sie wollte ihn festhalten, als er Anstalten machte, sie loszulassen.

»Nein«, sagte sie. »Du sollst nicht …« Sie klang ebenso verloren, wie er sich fühlte, und ihr armer, kleiner Körper war erschöpft. Aber sie wollte sich dennoch gegen ihn wehren. Sie griff nach ihrem Schwert.

»Still, Mylady.« Er umfasste ihre Hand, küsste ihre Handfläche und presste sie einen Moment an seine Wange, bevor er sie losließ.

»Niemand«, sagte sie mühsam. »Niemand muss mehr sterben.«

Er lächelte und streichelte ihr Haar. »Wie du willst.« Er zog den Umriss ihres Mundes nach und war auch selbst verzückt. »Du brauchst mich nicht zu suchen, um mich zu töten, Liebste.« Sie blickte zu ihm hoch, und ihre blauen Augen waren von derselben seltsamen Qual erfüllt, die er empfand. »Ich werde wiederkommen.« Er beugte sich herab und küsste sie ein letztes Mal, bevor er sie losließ.

Der alte Stallbursche hatte seine junge Herrin und ihren Liebsten seufzen hören und hatte Abstand gehalten, um sie nicht zu stören. Solche Schönheit verdiente es, geliebt zu werden. Aber als er den Mann sah, der aus dem Stall kam, glaubte er zu träumen. »Nein«, murmelte er und verschmolz wieder mit den Schatten, um unentdeckt zu bleiben. »Das kann nicht sein.« Er bekreuzigte sich um des Erbarmens willen, während Tristan DuMaine in die Nacht verschwand.

Tristan ging um die Ecke des Stalls herum und nahm gerade die Gestalt eines Hundes an, als sich zwei Menschen von der nahen Wand lösten. Einer war ein Fremder, der auf die Tore zuschlich. Der andere war Gaston, der Höfling, den er mit Lebuin gesehen hatte und der nun offen auf den Turm zuging.

Als sie fort waren, lief Tristan zu der Stelle, wo sie sich getroffen hatten, und sah einen toten Mann auf dem Boden liegen. Seine Augen waren geöffnet und starr und seine Lippen zu einer Grimasse des Zorns und des Entsetzens verzerrt. Er war Tristans Feind, ein Angehöriger der Streitmacht, die dieses Schloss eingenommen und ihm das Leben genommen hatte. Aber der Vampir empfand seinen Tod nicht als Genugtuung, während er auf ihn hinabblickte. *Heute Nacht stirbt niemand mehr,* hatte Siobhan gesagt, und er hatte zugestimmt. Ich kann nur für mich selbst schwören, Liebste, dachte er und wandte sich ab. Deine Freunde sind eine andere Sache. Der Himmel war noch immer pechschwarz, aber er konnte die Dämmerung herannahen spüren – ein weiteres neues Talent seiner Dämonennatur. Wenn er seinen Unterschlupf im Wald erreichen wollte, musste er gehen. Eine seiner Jagdhündinnen kam um die Ecke, blieb stehen und schnupperte an dem Leichnam. Sie schaute mit fragenden, feuchten Augen zu Tristan hoch. Dann wandte sie sich ab und lief in den Schutz des Zwingers, ein wohliges, kleines Nest am Fuß des Turmes, das gut vor der Sonne geschützt war. Tristan trottete hinter ihr her, während er in seiner magischen Verkleidung lächelte.

9

Siobhan hörte Stimmen, Menschen, die aus weiter Ferne riefen. Sonnenlicht fiel in einzelnen Strahlen durch das Strohdach. Sie hatte die ganze Nacht durchgeschlafen.

»Siobhan!« Sie hörte Seans Stimme, und Erleichterung durchflutete sie. Er lebte.

»Hier«, rief sie und setzte sich auf. Ihre Kleider waren um sie verstreut – gütiger Himmel, sie war noch immer halb nackt. »Sean, ich bin hier!« Sie zog gerade ihre Hose an, als ihr Bruder hereinplatzte.

»Herr Jesus«, murmelte er und sank neben ihr auf die Knie. »Du lebst.« Er nahm sie in die Arme.

»Natürlich.« Sie war so müde und fror … und sie konnte nicht denken. Tristan war zurückgekehrt. »Sean …« Er drückte sie einen Moment in einer wohlig warmen Umarmung an sich.

Michael eilte herein und blieb stehen, als er sie sah. »Oh, nein …«

»Es ist alles in Ordnung«, sagte Sean. Er zog sich zurück und sah die Wunde an ihrer Kehle. »Wer hat dir das angetan?«, fragte er.

»Ich …«, begann sie und hielt inne. *Sag es ihm,* verlangte Tristan in ihrem Kopf. *Sag ihm, dass ich zurückgekehrt bin. Sag ihm, dass du mir gehörst.* »Ich erinnere mich nicht«, log sie. »Ich habe es nicht gesehen.«

»Wir haben einen zweiten Leichnam gefunden«, sagte Michael. »Angus, der Hauptmann, wurde in den Graben geworfen.«

Siobhan spürte, wie aller Atem aus ihrem Körper entwich, aber sie konnte keinen Laut hervorbringen.

»Wie Sam?«, fragte Sean und berührte sanft die Wunde an ihrer Kehle.

»Schlimmer«, antwortete Michael. »Seine Kehle ist so stark zerrissen, dass er fast geköpft wurde. Aber es ist kein Blut zu sehen.«

»Sam?« Sie fühlte sich elend. Der Stall schien sich um sie herum zu drehen. Sie hatte Angus nie besonders gemocht, aber er war einer ihrer Leute, ein Brigant, der vom Anfang ihrer Suche an bei ihnen gewesen war. Und Sam … »Sam ist tot?«

»Ja, Liebes«, sagte Sean und streichelte ihr Haar. »Sein Leichnam wurde heute Morgen in der Nähe der Schlossmauer gefunden. Als du nicht in deinem Zimmer warst …« Er zog sie erneut dicht an sich.

»Sean, hör mir zu.« Sie entzog sich ihm, so gern sie auch getröstet worden wäre. »Ich muss dir etwas sagen.«

»Michael, lass Silas in die Halle bringen«, sagte Sean, aber sein Blick blieb an ihren geheftet. »Und Gaston.« Er stand auf und hob sie mit leichtem Stöhnen hoch.

»Ich kann laufen«, beharrte sie, aber in Wahrheit war sie sich da nicht sicher. Sean hatte sie nicht mehr hochgehoben, seit sie ein Kind war. Aber Tristan hatte es getan, als wäre es gar nichts. War Sam bereits tot gewesen? Tristan hatte versprochen, dass niemand mehr sterben würde. Sie konnte glauben, dass er sie alle aus Rache getötet hätte, aber sie konnte sich nicht vorstellen, dass er gelogen hatte.

»Das werde ich«, sagte Michael gerade. »Und ich werde Cilla schicken, damit sie sich um dich kümmert, Liebes.« Er drückte ihre Hand, als er ging, und sie sank gegen Seans Schulter, die Arme kraftlos um seinen Hals gelegt, während er sie auf den Hof hinaustrug. Am anderen Ende des Hofes konnte sie einen Trupp Sams Leichnam vom Boden hochheben sehen, und Zorn und Angst durchströmten sie und verursachten ihr Übelkeit. Seine Kleidung war blutdurchtränkt, seine Augen starrten blind, und seine Lippen waren zu einer Grimasse verzerrt. »Herr Jesus«, murmelte sie und verbarg ihr Gesicht an Seans Brust.

»Still«, antwortete er und küsste sie erneut auf die Stirn. »Alles wird gut werden.« Siobhan konnte ihn zittern spüren und den kaum unterdrückten Zorn in seinem Tonfall hören. Sean wurde, trotz seines Rufes als Brigant, selten zornig, aber wenn sein Zorn entbrannte, konnte er mit der Hölle selbst konkurrieren. Aber für sie war seine Angst schlimmer. Und er hatte recht damit, Angst zu haben. *Sag Sean, dass ich ihm alles nehmen werde, was ihm lieb ist,* hatte Tristan ihr befohlen, als er sie auf dem Bett festhielt. Er hatte Bruce und Callum auf der Straße getötet und Angus und Sam innerhalb der Schlossmauern. Er wollte sie alle töten.

Sie schloss die Augen, als sie die Brücke überquerten, und versuchte, an nichts zu denken, bis sie allein wären. Sie hatte ihre Leute und ihr eigenes Blut für die Küsse eines Dämons verraten, der sie alle verachtete. Und nun war Sam, ein tapferer und wahrer Krieger, der sie sehr gemocht hatte, tot.

»Mylady!« Sie öffnete die Augen, als sie in die Halle gelangten, und sah Emma auf sich zulaufen. »Hauptmann, was ist geschehen?«

»Bringt Lady Clare her«, antwortete Sean ihr. »Sie muss mit Siobhan nach oben gehen.«

»Sean, nein«, protestierte Siobhan und wand sich in seinen Armen. »Ich muss mit dir allein sprechen.« Wie sollte sie ihm sagen, dass Tristan ein Dämon war, wenn Tristans Tochter neben ihr stand?

»Ich werde sie suchen«, sagte Emma und nickte. »Wir werden Euch folgen.«

»Alles wird gut werden«, murmelte Sean erneut und küsste Siobhan aufs Haar, während er die Treppe hinaufstieg.

Er trug sie in ihr Zimmer und schloss mit dem Fuß die Tür hinter ihnen. »Jetzt ist alles gut«, sagte er und legte sie aufs Bett. »Du bist in Sicherheit.«

»Nein«, sagte sie drängend und schüttelte den Kopf. »Das bin ich nicht – niemand von uns ist sicher.« Er setzte sich neben sie aufs Bett, und sie nahm seine Hand. »Sean, hör mir zu.« Es war keine Zeit. Emma könnte jeden Moment mit Clare hereinkommen. »Es ist Tristan. Tristan DuMaine ist zurückgekehrt.«

Seine Augen weiteten sich einen Moment, und sein Gesicht wurde bleich. »Liebes, das ist unmöglich«, sagte er und schüttelte den Kopf. »Tristan DuMaine ist tot.«

»Ja«, bestätigte sie nickend. »Das ist er ...« Sie erinnerte sich an das Geräusch, als sich sein Fleisch nach ihrem Angriff selbst geheilt hatte, ein Zischen wie Wasser auf heißen Kohlen, und an das Aufblitzen von Feuer, das sie in seinen Augen gesehen hatte, als er sie küsste. »Ich denke, er muss es sein«, schloss sie schaudernd. »Aber er war hier.«

»Siobhan ...«

»Er hat mich gebissen.« Es klang für sie selbst lächerlich, aber als es geschah, hatte es auf verdrehte Art Sinn gemacht.

»Es ist, als wäre er eine Art Dämon geworden. Sean, ich habe ihn mit meinem Schwert getroffen, ein Stoß, der ihn hätte töten sollen, und er zuckte kaum zusammen. Ich sah, wie sich die Wunde selbst heilte, sah sie sich im Handumdrehen schließen. Ich habe ihn mit meinem Dolch verletzt …« Sie hielt inne, als ihr ein anderer Gedanke kam. »Er hatte deinen Dolch.« Er sah sie offensichtlich erschüttert an. »Er hat ihn mir gezeigt. Ich dachte, du müsstest tot sein, aber er sagte, das sei nicht der Fall.«

Er griff nach der Scheide an seiner Seite. »Siobhan, ich schwöre«, begann er und hielt dann inne. Die Scheide war leer.

»Er hat ihn genommen.« Sie zwang sich, sich aufzusetzen. »Er sagte, er würde alle deine Leute töten. Er wollte, dass ich dir sage …« *Sag ihm, du gehörst mir,* flüsterte er in ihrer Erinnerung erneut.

»Siobhan, das ist Wahnsinn. Es reicht.« Er erhob sich, wich vor ihr zurück. »Tote kommen nicht zurück.«

»Er sagte, er würde es tun.« Tief im Herzen glaubte er ihr. Sie konnte es in seinen Augen erkennen. »Er versprach mir, dass er aus dem Grab zurückkehren würde, um mich zu bestrafen. Erinnerst du dich nicht?«

»Ich erinnere mich, wie er aussah, als er von hier fortgetragen wurde«, sagte er verärgert. »Ich erinnere mich an meine Anweisungen an Bruce und Callum, bevor sie ihn fortbrachten.«

»Und sind sie jemals zurückgekehrt?«, konterte sie. »Falls ja – ich habe sie nicht gesehen.«

»Siobhan, ich sagte, es reicht!« Seine Worte klangen zornig, aber sein Gesicht war schreckensbleich. »Tristan DuMaine war letzte Nacht nicht in diesem Schloss. Tristan

DuMaine ist tot und gegangen. Er kann nicht zurückkehren.« Seine Miene besänftigte sich. »Armes Kind…« Er trat wieder zum Bett und nahm ihre Hand. »Alles ist gut.« Er beugte sich hinab und küsste sie auf die Stirn. »Es war nur ein Traum.«

»Ein Traum, der mich fast umgebracht hätte?«, antwortete sie. Sie hätte ihn geschlagen, wenn sie kräftig genug dafür gewesen wäre. »Wenn ich eine Lügnerin oder ein Kind bin, das seine Träume nicht von der Wahrheit unterscheiden kann, was hat mich dann gebissen?«

»Nichts«, beharrte er. »Du wurdest im Schlaf mit einer Art Klinge angegriffen…«

»Wo ist dann das Blut?«, fragte sie. »Und wer hat Angus getötet? Wer hat Sam ermordet?« Sie drückte seine Hand. »Sean, du musst mir glauben. Wir müssen diesen Ort verlassen.« Er wird mich finden, dachte sie und konnte den Gedanken nicht unterdrücken. »Zu was auch immer Tristan geworden ist, wir können ihn nicht bekämpfen – ich konnte ihn letzte Nacht nicht einmal verletzen. Du glaubst nicht, wie stark er geworden ist…«

»Genau, mein Kind«, unterbrach er sie. »Ich glaube es nicht.« Er erhob sich, und sein Tonfall war ebenso kalt wie seine Miene. »Hör mir zu, Siobhan. Du bist eine Frau, mit dem Herzen einer Frau, und dein Schuldgefühl hat dich in den Wahnsinn getrieben.«

»Schuldgefühl?«, fragte sie atemlos. Sie hatte hierfür keine Kraft. Er war ihr Bruder, er sollte ihr glauben und sie nicht wie ein schwärmerisches, verrücktes Kind behandeln.

»Dein Schuldgefühl wegen DuMaine«, sagte er. »Ich hätte niemals zulassen dürfen, dass du Teil davon wirst, Liebes. Es tut mir leid.«

Ihr altes Kindermädchen Cilla kam herein, bevor sie antworten konnte, und wirkte außer sich vor Entsetzen. »Meine arme, liebe Lady«, rief sie und eilte zum Bett. Michael folgte ihr mit einem Korb voller Vorräte. Hinter ihm traten Emma und Clare ein. »Was ist mit Euch geschehen?«

»Jemand hat sie in der Nacht angegriffen«, sagte Sean, bevor Siobhan antworten konnte. »Ich denke, es war dieselbe Person, die auch die anderen getötet hat.«

»Wer war es, Mylady?«, fragte Emma, während Michael Cilla dabei half, ihre Verbände und kleinen Tiegel mit Kräutern und Salben auszupacken.

»Sie erinnert sich nicht«, antwortete Sean erneut für sie. Er legte eine Hand auf ihre Stirn, sah ihr ernst in die Augen und bat sie auf diese Weise zu schweigen. »Aber ich werde es herausfinden.« Er streichelte mit dem Handrücken einen Moment ihre Wange, wandte sich dann um und eilte zur Tür. »Komm, Michael.« Sie warfen einen letzten Blick zurück und gingen dann.

»Sean!«, wollte sie ihm noch hinterherrufen, aber Cilla drückte sie wieder aufs Bett.

»Still jetzt«, sagte sie sanft. »Ganz ruhig, Liebes, so ist es gut.«

»Mein Papa hat diese bösen Männer getötet.« Clare stand am Fußende des Bettes und beobachtete Siobhan mit Tristans Augen. »Mein Papa ist zurückgekehrt.« Sie lächelte. »Genau wie er es versprochen hatte.«

»Mylady, still«, schalt Emma. »Warum solltet Ihr solch eine Lüge erzählen?«

»Ich lüge nicht«, sagte das kleine Mädchen. »Oder, Siobhan?«

»Das reicht«, erwiderte Cilla. »Emma, bring dieses Kind fort.«

»Ich kann nicht«, sagte Emma, schaute zwischen Clare und Siobhan hin und her und erbleichte. »Der Hauptmann hat die Tür verriegelt und zu Myladys Schutz eine Wache aufgestellt.

»Das ist unwichtig«, sagte Clare. »Mein Papa wird dennoch kommen.«

Clare hat ihn auch gesehen, dachte Siobhan und fühlte sich benommen. »Ja«, antwortete sie, wandte ihr Gesicht dem Kissen zu und schloss die Augen. Sie war so müde. »Ja, das wird er.«

»Still jetzt, Ihr alle«, schalt Cilla. »Lady Siobhan ist krank. Sie braucht ihre Ruhe.« Sie tätschelte Siobhans Wange. »Ein guter, langer Schlaf und eine gute, starke Brühe, und es wird ihr bald wieder besser gehen.«

Nein, dachte Siobhan, das wird es nicht. Aber sie hatte keine Kraft mehr zu widersprechen.

Silas hatte in der halb zerstörten Kapelle gerade den jungen Bruder Thomas getröstet, als Lebuins Wachen ihn packten und in die Turmhalle führten. Gaston war bereits dort und hatte die Hände auf dem Rücken gefesselt. »Ihr seid verrückt, Lebuin«, sagte er und konnte seinen Zorn kaum beherrschen. Aber der Rebellenführer achtete nicht auf ihn.

»Versammelt DuMaines gesamte ursprüngliche Garnison in der unteren Halle«, befahl er gerade einem seiner Hauptmänner. »Wendet nur Gewalt an, wenn sich jemand widersetzt, aber niemand ist über Verdacht erhaben.«

»Ja, Mylord«, erwiderte der Hauptmann und nickte. Er führte seine Patrouille mit einem letzten verächtlichen Blick zu Gaston hinaus und ließ zwei Mann als Wache an den Türen zurück.

»Lebuin, was soll das hier?«, fragte Silas. »Warum habt Ihr uns hierhergebracht?«

»Könnt Ihr das nicht erraten?«, erwiderte Gaston. »Er denkt, einer von uns hätte seine Leute ermordet – ein alter Mann oder sein engster Verbündeter.«

»Siobhan ist meine engste Verbündete«, sagte Sean und wandte sich ihm zu. »Und nun liegt sie fast im Sterben.«

»Lady Siobhan wurde auch angegriffen?«, fragte Silas entsetzt.

»Nicht so schlimm wie Angus oder Sam, aber sie wurde angegriffen und verletzt«, antwortete Sean und sah Gaston noch immer finster an. »Aber sie wird überleben.«

»Wie wurde sie verletzt?« Silas hatte Angus' Leichnam gesehen, als er aus dem Graben heraufgebracht wurde. Allein der Gedanke, dass eine junge Frau dasselbe hätte erleiden können, war erschreckend.

»An der Kehle«, sagte Sean und wandte den Blick dem Gelehrten zu. »Zwei gezackte Risse im Fleisch, genau hier.« Er deutete auf eine Stelle an seiner Kehle, die unmittelbar über der dicksten Ader lag. »Ein gewöhnlicher Mörder hätte ihr einfach die Kehle durchgeschnitten.«

»Welchen Grund hätte jemand von uns, das Mädchen zu töten?«, wollte Gaston wissen. »Oder Euren verdammten Hauptmann?«

»Siobhan hasst Euch, Gaston, und das wisst Ihr«, antwortete Sean ihm kalt. »Vielleicht wollte Angus sie verteidigen.«

»Also habe ich ihm mit den Zähnen die Kehle herausgerissen?«, fragte Gaston recht einleuchtend. Silas hätte es dulden müssen, wenn auch er befragt worden wäre. »Ich habe seinen blutleeren Leichnam die Treppe hinuntergeschleift und in den Graben geworfen? Der Mann ist mindestens zwölf Pfund schwerer als ich.« Er schaute zu Silas hinüber. »Oder hat Meister Silas ihn für mich getragen?«

»Wissen wir, dass Angus von einem Menschen getötet wurde?«, fragte Silas. »Ich habe seine Wunden selbst gesehen. Ich hätte sie einem Tier zugeordnet, und soweit ich gehört habe, war es bei dem anderen Mann genauso.«

»Kein Tier hätte die Schlossmauer erklimmen können«, erklärte Sean. »Kein Tier hätte meine Schwester angreifen können.«

»Was sagt Siobhan?«, fragte Silas.

»Siobhan erinnert sich nicht«, antwortete er, aber die Lüge blitzte in seinen Augen auf. »Sie muss geschlafen haben.«

»Es sei denn, sie hat es selbst getan«, gab Gaston zu bedenken. Sean wandte sich mit gezogenem Schwert zu ihm um, noch bevor er zu Ende gesprochen hatte, aber der andere Mann wich nicht zurück. »Ihr habt recht, Sean. Das Mädchen hasst mich. Aber mit Euch war sie gestern Abend auch nicht allzu glücklich.« Er schaute einen Moment zu Silas, als wäre er sich nicht sicher, ob er in seiner Gegenwart fortfahren sollte. »Sagtet Ihr nicht, Eure Pläne für ihre Zukunft hätten ihr nicht gefallen?«

»Also seid Ihr ein zu großer Schwächling, um Angus ermordet zu haben, aber meine Schwester soll es getan haben?«, erwiderte Sean verbittert.

»Sie hätte ihre Hunde auf ihn hetzen können«, antwortete Gaston. »Sie hat ihren Anspruch auf DuMaines Zwinger recht deutlich gemacht.«

Hunde, dachte Silas, und seine Gedanken wanderten einen Moment. Er hatte letzte Nacht einen Hund gesehen, die goldfarbene Dogge, die nicht zum Rudel zu gehören schien. Aber das war Wahnsinn.

»Aber warum, Gaston?«, fragte Sean gerade. »Warum sollte Siobhan Angus töten wollen?«

»Wer weiß?«, erwiderte Gaston. »Warum hat sie gestern Abend in der Halle eines der Mädchen unserer Soldaten angegriffen? Sie hatte sich vollkommen betrunken, und zwar mit Eurem Freund Sam, könnte ich hinzufügen.«

»Siobhan hat eine andere Frau angegriffen?«, fragte Silas ungläubig.

»Angegriffen ist übertrieben, soweit ich gehört habe«, sagte Sean schroff.

»Aber sie war nicht sie selbst, das haben Eure eigenen Leute gesagt«, beharrte Gaston. »Vielleicht dachte sie, wenn einer Eurer besten Männer auf mysteriöse Weise umkäme, würdet Ihr Eure Pläne für dieses Schloss aufgeben. Ist es nicht das, was sie will?«

»Ihr seid verrückt«, antwortete Sean, aber Silas glaubte einen ganz vagen Hauch von Zweifel in seiner Stimme zu hören, als er das sagte. »Siobhan sorgt sich um jeden Einzelnen unserer Leute ebenso sehr wie um sich selbst. Sie hätte niemals etwas getan, das ihnen schaden könnte.«

»Vielleicht nicht wissentlich«, erwiderte Gaston. »Aber so betrunken, zornig und verängstigt, wie sie gestern Abend war?«

»Warum sollte Siobhan verängstigt sein?«, fragte Silas.

»Wer weiß, welche Streiche ihr Frauengeist ihr gespielt hat?«, fuhr Gaston fort und ignorierte ihn. »Vielleicht hat sie sich diese Male an der Kehle selbst beigebracht. Vielleicht wollte sie sich aus Reue töten.«

»Nein!«, brüllte Sean, dessen Geduld am Ende war. Er drängte Gaston gegen die Wand und hielt sein Schwert unter dessen Kinn. »Meine Schwester ist nicht verrückt.« Gaston öffnete wie zum Widerspruch den Mund, schien es sich dann aber anders zu überlegen. »Sie würde eher sterben, als zuzulassen, dass einer unserer Leute getötet würde, besonders Sam nicht. Sie wurde von jemand anderem angegriffen.« Er beugte sich näher heran, und seine Klinge hinterließ einen winzigen Schnitt in Gastons Kehle, bemerkenswert nahe bei der Stelle, an der Siobhan verwundet worden war. »Jedermann, der es wagt, etwas anderes zu sagen, wird sich wünschen, ohne Zunge geboren worden zu sein.«

»Dann tötet mich«, antwortete Gaston. »Und erklärt dem Baron von Callard, wieso Eure Schwester eine Heilige ist.«

Silas war sich einen Moment sicher, dass der Brigantenführer den Mann beim Wort nähme. Aber schließlich wich er zurück. »Durchtrennt seine Fesseln«, befahl er dem nächststehenden der Wächter und steckte sein Schwert in die Scheide zurück. »Lasst ihn frei.«

»Ja, Mylord«, sagte der Mann und folgte dem Befehl.

»Aber passt auf ihn auf«, fuhr Sean fort. »Wenn er erneut versucht, Lügen zu verbreiten, verhaftet ihn und bringt ihn zu mir.«

»Ja, Mylord«, sagte ein zweiter Wächter, der zu Hilfe kam. »Er wird sich ruhig verhalten.« Er fixierte Gaston mit finsterem Blick. »Vielleicht hängt Euer Leben davon ab.« Er packte ihn nicht allzu sanft an einem Arm, während sein Kamerad den anderen ergriff und sie ihn rasch aus der Tür drängten.

»Was ist mit mir, Lebuin?«, fragte Silas, als sie fort waren. »Soll ich auch freigelassen werden?«

Sean antwortete für einen Moment nicht. »Ihr habt Tristan DuMaine gemocht, oder?«, fragte er schließlich.

»Ja«, antwortete Silas. »Ich hielt ihn für einen ehrenwerten Herrn.«

Sean lächelte bitter und schüttelte den Kopf. »Und meine Gnade bedeutet vermutlich nichts.«

»Ihr gewährt Eure Gnade nur vorübergehend.« Die blauen Augen des Rebellenritters weiteten sich. »Oder etwa nicht?«

»Ihr denkt, ich will Euch töten?« Sean schien ehrlich schockiert zu sein.

»Was sollt Ihr sonst tun, Sir?« Er fand, dass der wilde, junge Rebell in diesem Moment wirklich sehr jung wirkte. »Wenn Ihr mich freilasst, glaubt Ihr, dass ich Eure Geheimnisse dann wahren werde?«

»Meine Geheimnisse?«, echote er. Er lächelte erneut. »Vielleicht nicht. Aber werdet Ihr nicht Siobhans Geheimnisse wahren?« Silas' Erschrecken musste sich auf seinem Gesicht gezeigt haben, weil Sean lachte. »Sie ist sehr schön, nicht wahr, Silas?«

»Außerordentlich«, stimmte ihm der Gelehrte zu.

»Wenn man sich vorstellt, was sie hätte werden können …« Seine Stimme verhallte, und sein Lächeln verblasste zu einer ausdruckslosen Maske. »Silas, wisst Ihr etwas über das, was letzte Nacht in ihrem Zimmer geschehen ist?«, fragte er. »Wisst Ihr, was meine Leute ermordet hat?«

Silas dachte einen Moment lang erneut an den Hund, den er gesehen hatte. Er war sich fast sicher, dass er ihn in all den Monaten, seit er auf dem Schloss arbeitete, nie zuvor gesehen hatte. Aber ein Hund allein konnte wohl kaum so viel Unheil angerichtet haben. »Nein, Sean«, antwortete er. »Ich weiß es wirklich nicht.«

Sean beobachtete ihn noch einen langen Moment über und nickte dann. »Ja«, sagte er und wandte sich ab. »Ihr seid frei.«

10

Siobhan fühlte sich nach etwas Schlaf viel besser, aber ihr Geist war noch immer aufgewühlt. Sie beobachtete, wie Clare und Emma mit Clares Puppen spielten, während sie die Nacht im Geiste noch einmal Revue passieren ließ … Tristan in diesem Zimmer, lebendig, aber als Monster. Tristan im Stall, ihr Dämonenliebster in ihren Armen. Er hatte Angus und Sam getötet. Er musste es getan haben. Er hatte geschworen, jeden zu töten, den Sean liebte. Aber nicht sie. *Sag ihm, dass du mir gehörst.*

Sie öffnete das Kästchen mit den Briefen, die sie vor der Belagerung des Schlosses gesammelt hatte, Tristans Briefe, die seinen Kurieren auf der Straße gestohlen worden waren. Sie hatte seine Schrift monatelang geübt, bis sie eine perfekte Fälschung zustande brachte. Aber sie hatte niemals wirklich darauf geachtet, was er schrieb.

»Lieber Onkel«, begann ein langes Sendschreiben von ihm an einen unbedeutenden Baron in Frankreich.

Ich bedauere auch, dass Ihr Euch nicht in der Lage seht, mir zu helfen, wie ich gehofft hatte. Ich glaube, Ihr wisst, dass ich Euch nicht nur aus einer Laune heraus behelligen würde. Aber da Ihr mir Rat anstatt Silber habt zukommen lassen, erlaubt mir, Euch zu antworten.

Die Handlungsweise, die Ihr vorschlagt, wäre vielleicht förderlich für mich, wenn ich die Absicht hätte, nur so lange wie nötig hierzubleiben, um diese Festung fertigzustellen und die Gemarkung zu sichern. Ich beabsichtige jedoch, DuMaine zu meinem Zuhause zu machen, mich meines Daseins zu erfreuen und meine Tochter inmitten dieser Bauern aufzuziehen. Daher zögere ich, die Last meiner Schulden auf ihre Schultern zu verteilen, besonders wo nun die Rebellen so aktiv und so viele meiner Truppen im Krieg sind. Obwohl Ihr zweifellos recht habt mit Eurer Aussage, dass ihre Armut zumindest teilweise ihrer Unterstützung ebenjener Rebellen zuzuschreiben ist, glaube ich, dass es meinen letztendlichen Interessen dienlicher ist, wenn ich in dieser Angelegenheit Gnade walten lasse, als wenn ich sie entweder auspeitschen lasse oder Steuern erhebe. Da ich die Verwaltung Eurer Ländereien beobachtet habe, weiß ich, dass Ihr mir nicht zustimmen und mich als Narr ansehen werdet – Ihr braucht Euch nicht die Mühe zu machen, mir zu antworten, um mir das mitzuteilen.

Kurz gesagt, Mylord, danke ich Euch für Euren Rat. Sollte sich Eure Situation ändern und solltet Ihr es Euch noch einmal überlegen wollen, mir ein Darlehen zu gewähren, wäre ich höchst dankbar und schwöre, dass Ihr rasche Rückzahlung erwarten könnt, mit welchen Zinsen auch immer Ihr für angemessen erachtet.

Euer gehorsamer Diener und Verwandter,

Tristan DuMaine

Als sie mit diesem Brief zum ersten Mal konfrontiert wurde, hatte Sean ihn laut vorgelesen und Tristan wie den schlimmsten verzogenen, wehleidigen Stutzer klingen lassen. »Er hat zweifellos sein Erbe verspielt und will sich nun an unseren Leuten schadlos halten, um den Verlust wieder auszugleichen«, hatte ihr Bruder gehöhnt, und Siobhan hatte ihm zugestimmt. Aber nun, wo sie den Mann selbst kannte, sah sie es vollkommen anders. Sie hörte im Geiste seine Worte und konnte sich gut die Überwindung vorstellen, die es ihn gekostet hatte, Geld von einem Mann zu erbitten, den er offensichtlich nicht respektierte. Und dass er dies nicht nur ein Mal getan hatte, sondern den Tadel des alten Mannes in Kauf genommen hatte, um seine Bitte zu wiederholen, war ein Beleg für … Ja, wofür? Für seine Entschlossenheit, dieses Schloss fertigzustellen, sicher, aber auch dafür, dem gemeinen Volk der Gemarkung Steuern ersparen zu wollen, die zu zahlen sie kaum in der Lage gewesen wären. Den Leuten, die ihm, nach ihrer und Seans Meinung, so gleichgültig waren. Silas von Massum hatte ihr erzählt, Tristan habe das Schloss aus seiner eigenen Geldbörse bezahlt und sich in den Ruin gestürzt, um die Felder neu bestellen zu lassen, nachdem sie verbrannt waren. Damals hatte sie den alten Gelehrten einen Lügner genannt, aber alles schien darauf hinzudeuten, dass er nicht gelogen hatte. Sean sprach von seinem Verbündeten, dem Baron von Callard, als einem normannischen Lehnsherrn, der sich um seine Leute kümmerte. Könnte Tristan dasselbe gewesen sein? Und wenn er es war, was waren dann seine Mörder?

Der Gedanke wurde von einem Klopfen an der Tür verscheucht. »Mylady?«, fragte Silas von draußen. »Darf ich hereinkommen?«

»Natürlich.« Ihre Wache entriegelte die Tür, und er trat ein. »Tatsächlich habe ich gerade an Euch gedacht.«

»An mich?« Er betrachtete sie offensichtlich besorgt. »Ich war sehr beunruhigt, als ich hörte, dass Ihr angegriffen wurdet.« Er setzte sich auf eine mit einem Teppich bedeckte Truhe in der Nähe ihres Stuhls. »Euer Bruder sagte mir, dass Ihr Euch heute Morgen nicht an Euren Angreifer erinnern konntet. Ist Eure Erinnerung inzwischen zurückgekehrt?«

Sean hatte wohl lügen müssen, aber es zu hören, ließ sie noch immer erschaudern. »Nein«, antwortete sie. »Ich erinnere mich jetzt nicht mehr daran als bei meinem Aufwachen.«

Silas lächelte schwach und mit fragendem Blick, als erkannte er diese Antwort als die Ausflucht, die sie war, und als würde die Wahrheit gerne erraten. »Gott sei Dank war es nicht schlimmer«, sagte er.

»Ja«, nickte sie. Michael hatte gesagt, Angus' Kehle sei herausgerissen worden wie von einem Wolf ... Das hatte Tristan getan. »Master Silas, Ihr seid ein gelehrter Mann«, sagte sie. »Ihr besitzt viele Bücher.«

»Ja, natürlich.«

»Habt Ihr auch Bücher über Dämonen?«

Dies hatte er, von allem, was sie ihn hätte fragen können, am wenigsten erwartet. Er schaute zu Clare und Emma, die aber in ihr Spiel vertieft zu sein schienen. »Dämonen, Mylady?« Er war erschrocken über ihre Blässe, aber sie schien bei klarem Verstand zu sein – oder war es zumindest vorher. »Braucht Ihr solch ein Buch?«

»Aus reiner Neugier«, antwortete sie. »Warum glaubt Ihr, dass eine Frau nicht über solche Dinge nachdenken sollte?«

»Tatsächlich glaube ich, dass niemand das tun sollte«, gab

er zu. »Ich glaube, dass viel zu viel Böses auf dieser Welt der Unwissenden abergläubischem Unsinn zugeschrieben wird.«

»Also glaubt Ihr nicht, dass ein Dämon existieren könnte?« Sie klang erneut nur neugierig, aber es konnte kein so müßiges Interesse sein, da in der Nacht Männer ermordet worden waren.

»Ich bin eher geneigt zu glauben, dass Männer böse werden«, antwortete er.

»Oder eine Frau?«, erwiderte sie mit schwachem Lächeln.

»Ja«, sagte er. »Oder eine Frau.« Konnte Gaston recht haben?, fragte er sich. Er hielt ihr Geständnis, seine Steinmetze ermordet oder deren Mord zumindest befohlen zu haben, eher für Prahlerei. Konnte sie die Hunde auf die Männer ihres Bruders gehetzt haben, um ihn dazu zu drängen, seine Suche aufzugeben? Wenn er sie jetzt betrachtete, so zart und blass, konnte er das kaum glauben. Sie war wie ein Engel. Aber sie war auch eine Soldatin.

»Also besitzt Ihr kein solches Buch?«, fragte sie. Er betrachtete sie auf so seltsame Art, dass sie ihn nicht hätte fragen mögen, was er gerade dachte.

»Doch.« Selbst wenn sie jene Männer getötet hätte, dachte er, wie könnte sie sich selbst verletzt haben? Die Wunden an ihrer Kehle wirkten erschreckend. Sie nur zu sehen, ließ ihn sich elend fühlen. »Was hat Euch verletzt, Mylady?«, fragte er und sprach so sanft wie zu einem verängstigten Kind. »War es ein Dämon?«

»Wie Sean schon sagte, ich erinnere mich nicht«, erwiderte sie. Sie konnte sein Mitgefühl und die Freundlichkeit in seinen Augen nicht ertragen. Wenn sie es zuließe, wäre es möglich, dass sie in Tränen ausbräche und ihm alles erzählen würde, was geschehen war. Sie dachte einen Moment lang darüber nach. Er war ein gelehrter Mann. Er war ein Freund Tristans. Vielleicht könnte er ihr helfen.

Aber nein. Sean vertraute ihm nicht, also konnte sie es auch nicht tun. »Ein Dämon scheint eine plausible Erklärung zu sein«, fuhr sie in bewusst leichtem Tonfall fort. »Aber vielleicht haltet Ihr mich für einfältig, wenn ich das sage.«

»Nein«, versprach er und erwiderte ihr Lächeln. »Ich werde das Buch für Euch heraussuchen.«

»Danke, Meister Silas.« Sie erhob sich zu rasch, und ihre Beine gaben unter ihr nach.

»Mylady!«, schrie Emma auf und eilte herbei, um sie mit Silas aufzufangen.

»Es geht mir gut«, versicherte sie und fühlte sich töricht. »Nur ein wenig benommen.« Sie ergriff Silas' Arm, während er und das Mädchen sie zum Bett zurückführten. »Das Buch, Silas.« Clare beobachtete sie erneut, und der Ausdruck in ihren Augen ließ Siobhan erschaudern. »Ihr werdet es nicht vergessen?«

»Nein, Mylady«, antwortete Silas und tätschelte ihren Arm. »Ich verspreche, es nicht zu vergessen.«

Eine Stunde vor Sonnenuntergang schickte Silas einen von Lebuins Männern mit einem Buch zum Turm und spazierte auf den Hof hinaus. »Also glaubt Ihr nicht, dass ein Dämon existieren könnte?«, hatte Siobhan ihn gefragt. Gewiss eine seltsame Frage. Und als er sie nach dem Grund fragte, hatte sie achselzuckend gesagt: »Ein Dämon scheint eine plausible Erklärung zu sein.«

Im Hof tummelten sich schon den ganzen Tag zahllose Briganten, doch keiner von ihnen schien eine klare Vorstellung von dem zu haben, was sie tun sollten. Er hatte gehört, dass die Hauptleute von DuMaines früheren Truppen zur Befragung festgenommen worden waren. Es würde zweifellos bald noch mehr Enthauptungen geben, wenn der für die Morde verantwortliche Übeltäter nicht gefunden wurde. Gaston hatte vermutet, dass Siobhan ihre Hunde auf die toten Männer gehetzt hatte, aber Silas glaubte nicht, dass die Zwinger sie interessierten. Sie verhielt sich den Tieren gegenüber freundlich, wenn sie in ihre Nähe kamen, aber sie suchte sie selten auf. Und hätte ein Rudel Hunde, das einen Menschen tötete, nicht unter den Wachen Alarm ausgelöst? Nein, hier war irgendeine andere Macht am Werk. »Ein Dämon scheint eine plausible Erklärung zu sein«, hatte sie gesagt. Plausibel für wen? Warum sollte sie an so etwas denken?

Einer der Hunde, den Gaston als tödliche Waffe bezeichnet hätte, wälzte sich mit einem Ausdruck der Begeisterung im von der Sonne beschienenen Gras, was Silas trotz seiner Sorgen lächeln ließ. DuMaine hatte seine Tiere gemocht. Tatsächlich hatte er ebenso großes Interesse an der Gestaltung der Ställe und Zwinger gezeigt wie an seinem eigenen Quartier. Das war einer der Gründe dafür, warum Silas ihn von ihrer ersten Begegnung an so sehr gemocht hatte. Nach Meinung des Gelehrten konnte niemand wirklich grausam sein, der dumme Tiere mit solcher Bedachtsamkeit behandelte, ganz gleich welchen Ruf er hatte.

Ein weiterer Hund kam die Treppe herab, die in die Zwinger führte, und schnüffelte in der Luft. Üblicherweise durchstreifte das gesamte Rudel bis zum Einbruch der Dunkelheit den Hof, aber heute sah er nur diese beiden. Vielleicht konnten auch sie die Anspannung in der Luft spüren. Dennoch war es seltsam. Der zweite Hund hockte sich, während Silas hinsah, ins Gras, erledigte sein Geschäft und trottete wieder zu den Zwingern zurück.

»Meister Silas?« Seine rechte Hand kam mit der Geldkassette und einer Schriftrolle unter dem Arm auf ihn zu. »Einige der Steinmetze sind erneut befragt worden«, berichtete er, als er ihn erreichte. »Was sollen wir tun?«

»Einfach ehrlich antworten«, erwiderte Silas. Er lächelte dem jungen Mann, wie er hoffte, ermutigend zu. Der erste Hund, den er gesehen hatte, erhob sich und lief auch zu den Zwingern zurück. Versteckten sie sich? »Wir haben nichts zu verbergen.« Seine Gedanken schweiften erneut zu dem Hund, den er in der Nacht zuvor gesehen hatte. Er dachte daran, wie er seinen Blick erwidert hatte, ihm sozusagen wie ein Mensch begegnet war. »Geht und sagt den Männern, sie sollen ihre Arbeit für heute beenden«, befahl er. »Ich bin bald zurück.«

Die Zwinger waren dunkel und kühl, ein angenehmer Ort, der nach Stroh und Erde statt nach Unrat roch. DuMaines Hundepfleger waren sehr strikt mit der Aufgabe betraut worden, die Zwinger sauber zu halten, und Lady Siobhan hatte dies beibehalten und darauf bestanden, dass die Streu hier genauso oft gewechselt wurde wie die Binsen in der Halle. Einige wenige Briganten mit eigenen Jagd- oder Kampfhunden behielten sie noch immer aus Gewohnheit bei sich, aber die meisten Hunde hatten sich dem Schlossrudel angeschlossen, sodass sie sich in fast platonischem Frieden, dem ihre Herren nur ungern nachstreben würden, mit den reineren Rassen vermischten. Zu dieser Tageszeit waren sie normalerweise alle wach und draußen. Aber heute schliefen sie in behaglichem Kreis um eine Zentralfigur versammelt, um einen Mann, der in ihrer Mitte schlief. Silas schlich näher heran, denn er traute seinen Augen in dem trüben Licht nicht. Er musste sich gewiss irren …

»Mylord?«, sagte er leise, wagte es kaum auszusprechen. Der Mann war Tristan DuMaine. Seine Kleidung war die ärmliche Kleidung eines Bauern, und sein Gesicht war von einem Bart bewachsen, aber er war es unverkennbar. Er schlief auf einem Behelfsbett aus Stroh, und sein Lieblingsjagdhund lag selig neben ihm ausgestreckt und hatte den Kopf auf Tristans Brust gelegt. Alle Tiere schienen ihm nahe sein zu wollen, sogar die Hunde der Briganten, als wüssten sie, dass ihr wahrer Herr zurückgekehrt war. Silas war, während er erschüttert hinsah, unermesslich froh, seinen Freund lebend zu sehen. Aber aus einem unbestimmten Grund, den er nicht hätte benennen können, ließ ihn sein Anblick auch frösteln.

»Lord Tristan«, sagte er etwas lauter, während er näher herantrat. Der Hund hob seinen Kopf von Tristans Brust und zwinkerte ihm zu, wobei er heftig mit dem Schwanz wedelte. »Tristan …« Er beugte sich mit hämmerndem Herzen herab und berührte die Schulter des jungen Mannes.

Tristan öffnete ruckartig die grün leuchtenden Augen, und Silas wich entsetzt zurück. Tristan setzte sich auf und packte ihn am Handgelenk, und seine dämonischen Augen zeigten kein Zeichen von Wiedererkennen. Er verzog mit einem tierischen Knurren die Lippen und zeigte dabei lange, weiße Reißzähne. »I-Ihr«, stotterte Silas, zu schockiert, um sich zu wehren. »Ihr wart es …«

Tristan hielt den Gelehrten mit eisernem Griff fest. Er rang nach Klarheit und darum, durch den trüben Schleier hindurchzusehen, der seine Welt bei Tageslicht war. »Silas …« Die Angst in den Augen seines Freundes wirkte beinahe komisch – er musste wie der personifizierte Schrecken wirken. »Ihr könnt nicht…« Selbst seine Stimme war verschwommen, und er sprach viel zu laut, um sich über den Herzschlag des lebenden Mannes hinweg, der für ihn wie Donner klang, verständlich zu machen. Plötzlich fiel ihm ein, dass er sich in der Nacht zuvor nicht genährt hatte. Silas war in Gefahr, auch wenn er sein Freund war. »Ihr dürft mich nicht ohne Vorwarnung ansprechen, Silas, zumindest nicht bei Tageslicht«, sagte er und sprach bewusst leiser. »Ich bin…« Er lächelte verbittert. »Ich bin nicht mehr ich selbst.«

»Das sehe ich.« Silas lächelte ebenfalls, und sein Herzschlag verlangsamte sich ein wenig. Seine schlimmsten Ängste waren trotz Tristans grässlicher Erscheinung gewichen, sobald er gesprochen hatte. Auch wenn er ein Monster war, so war er noch immer DuMaine. »Willkommen zu Hause, Mylord.«

Tristan lächelte aufrichtig. »Ich danke Euch.« Er ließ Silas' Handgelenk los und fühlte sich recht töricht. Er war noch immer benommen, und auch der Hunger war noch da. Aber dadurch, dass er Silas so ruhig erlebte, fühlte auch er sich ruhiger. Der Mann hatte Angst, aber er war nicht hysterisch. Er kannte Tristan noch immer als den Menschen, der er gewesen war, als den Menschen, der er im Herzen noch immer war, und das war für ihn ein größerer Trost, als er jemals für möglich gehalten hätte. Er war letztendlich doch nicht ganz so allein. Er streckte die Hand aus und lächelte, als der Gelehrte sie ergriff. »Ich bin froh, Euch zu sehen, Silas.«

II

Siobhan erwachte erneut, dieses Mal aus einem Albtraum. »Mylady?«, fragte Emma. »Geht es Euch gut?«

»Ja.« Ihr Mund fühlte sich trocken an, und ihre Haut war noch immer klamm vor Angst. »Es geht mir gut.«

»Meister Silas hat Euch ein Buch geschickt«, sagte das Mädchen und reichte ihr einen verwitterten, in Leder gebundenen Band, der fast so groß war wie eine Tischoberfläche. »Michael hat es heraufgebracht.«

»Wunderbar«, erwiderte sie und öffnete es sofort.

Nach wenigen Seiten der dort verzeichneten Schrecken glaubte sie, nie wieder friedlich schlafen zu können. Ihr Latein war nicht das beste, und der Text war in der üblichen Umgangssprache eines Soldaten der Zeit geschrieben, als Rom noch regierte und die Sprache noch auf den Straßen gesprochen wurde, nicht in der formellen Ausdrucksweise zeitgenössischer Briefe und religiöser Texte, die sie zu lesen gewohnt war. Aber auch wenn sie nur die Hälfte von dem verstand, was dort geschrieben stand, genügte es, um ihr Haar zu Berge stehen zu lassen. Männliche und weibliche Dämonen, Feuer speiende Wurmgötter der irischen Heiden – wenn man dem Verfasser glauben konnte, war er schon allen schuppigen, mit Reißzähnen bewehrten Bestien begegnet, die die Hölle jemals hervorgebracht hatte. Aber bisher glich keine davon auch nur entfernt Tristan DuMaine.

Sie stand nun langsam aus dem Bett auf und trat zum Fenster. In ihrem Traum hatte sie an derselben Stelle gestanden, aber im alten Druidenturm, und den Sonnenuntergang betrachtet. Sie konnte sich an keine besondere Einzelheit erinnern, die sie hätte ängstigen sollen, nur an die Worte, die jemand hinter ihr gesagt hatte. »Der Wolf hat uns gefunden …« Sie hatte die Stimme nicht erkannt, und nun sagten ihr die Worte nichts. Aber das Gefühl von Furcht, das sie in ihrem Traum empfunden hatte, war geblieben.

»Michael hat uns auch noch mehr zu essen gebracht«, sagte Emma. »Die Wache wollte mich ihn nicht einmal sehen lassen.«

»Das tut mir leid, Emma.« Das arme Mädchen hatte nichts falsch gemacht, und es war grausam, dass sie bestraft wurde. Aber Siobhan konnte dagegen nichts tun. Sie nahm ihr Buch mit zum Tisch, um weiterzulesen, und bald hörte sie das Bett hinter sich knarren. Während Emma schnarchte, war Siobhan erneut in die Geschichte des römischen Soldaten vertieft.

Die Schatten waren lang geworden, und im Raum war es schon so dunkel, dass sie daran dachte, eine Kerze anzuzünden, als sie zufällig auf das stieß, was sie gesucht hatte. »Eine traurige, seltsame Geschichte«, so oder so ähnlich begann der Soldat.

Wir trafen in einer Stadt ein, in der gerade eine Hexe gesteinigt werden sollte. Sie war eine wunderschöne, junge Frau, und unser Hauptmann forderte, über die Beweise gegen sie informiert zu werden.

»Sie ist die Gefährtin eines Teufels«, belehrten die Stadtväter uns. »Ihr toter Ehemann ist zu ihr gekommen.«

Sie zeigten uns Male am Hals des Geschöpfs, die zu beweisen schienen, dass der tote Mann sich an ihrem Blut genährt hatte, und als der Hauptmann sie befragte, schwor sie auch, dass es so sei. »Sie hat ihn heraufbeschworen«, sagte der Priester, der sie verurteilt hatte. »Sie hat Magie benutzt, um ihn in einen Dämon zu verwandeln.« »Nicht ich«, weinte die Frau, aber niemand in der Stadt glaubte ihr. Da der Hauptmann keine Hoffnung sah, mehr aufzudecken, ohne einen Aufstand zu riskieren, erlaubte er ihnen fortzufahren, und die Frau wurde zu Tode gesteinigt.

In der Nacht, in der wir auf dem Anger lagerten, hörten wir von der Kirche her einen Aufruhr – eine Rauferei, so wie es klang. Ein Trupp von uns begab sich auf Erkundung und erblickte etwas, was ich kaum beschreiben kann. Der Dämonen-Ehemann der Hexe war auf der Suche nach ihr zurückgekehrt und nahm nun Rache an der Stadt. Er hatte die Gestalt eines gewöhnlichen Menschen, aber seine Augen glühten wie Kohlen in einem Feuer, und in seinem Mund waren die Zähne eines Löwen zu sehen. Der Priester forderte, dass er im Namen Gottes weichen solle, und der Dämon war einen Moment abgelenkt. Aber als der Priester das Kreuz fallen ließ, das er trug, sprang der Dämon ihn an und riss ihm die Kehle heraus.

Wir griffen das Ungetüm an, aber unsere Schwerter waren so gut wie nutzlos. Wir fügten ihm einhundert Wunden zu, aber keine schadete ihm, da sie alle im Handumdrehen heilten, und ich roch Schwefel in seinem Blut. Schließlich erhob ich, da mein Schwert gebrochen war, verzweifelt einen Holzpfahl gegen ihn und trieb ihn unmittelbar durch sein Herz. Er stürzte mit dem Heulen von eintausend Wölfen und stand nie wieder auf. Einer meiner Kameraden schlug ihm den Kopf von den Schultern, und der Leichnam löste sich in Gallenflüssigkeit auf.

Diese Geschichte hatte ich seit damals nur einem gelehrten Mönch der Berge des Ostens erzählt. Er sagte mir, dass dieses Wesen etwas sei, was seine Leute »Vampir« nennen, weder ein Lebender noch ein Toter, sondern für immer dazu verflucht, in der Welt der Nacht zu wandern. Er wusste nicht, wie ein solches Monster entstand, aber ich bezweifle seine Worte nicht.

»Vampir«, sagte Siobhan leise und berührte das Wort auf der Seite. Tristan war irgendwie zu einem solchen Geschöpf geworden, zu einem Vampir. Sie dachte an sein Lachen, als sie versuchte, ihn mit ihrem Schwert zu verletzen, und daran, wie sein Fleisch sich mit einem Zischen wie Blut auf einer Flamme geheilt hatte. »Du kannst mich nicht töten«, hatte er sie verspottet. »Aber ich kann töten, wen auch immer ich will.«

»Niemand stirbt heute Nacht mehr«, hatte sie von ihm gefordert, und er hatte eingewilligt. »Wie du willst«, hatte er versprochen. Aber er hatte Sam dennoch getötet. Sie erinnerte sich gegen ihren Willen an sein Gesicht, als er sie küsste, an die Süße seiner Berührung. Er hatte sie verzaubert, aber nicht nur mit Dämonenmagie. Sie hatte ihn gewollt, hatte sich vom ersten Moment ihrer Begegnung an nach ihm gesehnt, vom ersten Moment an, als er sie berührt hatte. »Ich werde aus der Hölle selbst zurückkehren, um dich zu bestrafen«, hatte er bei ihrer Hochzeit geschworen, und das hatte er getan, genauso wie er es versprochen hatte. »Ich werde dich töten, Liebste.«

»Nein«, sagte sie jetzt, sprach in die sich verdichtende Dunkelheit der Nacht hinein. »Ich werde dich vorher töten.« Der Gedanke allein trieb ihr die Tränen in die Augen, aber sie wollte sie nicht zulassen. Tristan war ein Monster, ein Vampir. Ein Holzpfahl konnte ihn vernichten.

Sie erwog einen Moment, nach Sean zu schicken und ihm zu zeigen, was sie gefunden hatte, aber sie entschloss sich rasch dagegen. Er würde mir ohnehin nicht glauben, dachte sie, als sie sich an die arme Frau in der Geschichte erinnerte, die als Hexe gesteinigt worden war. Hatte sie ihren Ehemann geliebt? Hatte sie ihn in seiner Dämonengestalt gefürchtet?

»Es ist unwichtig«, sagte sie laut. »Er ist böse. Er muss vernichtet werden.«

»Mylady?«, fragte Emma und gähnte, während sie sich im Bett aufsetzte.

»Wo ist mein Schwert?« Siobhan trat zu der Stelle, wo sie es zurückgelassen hatte, fand aber nur die Kleidung, die sie in der Nacht zuvor getragen hatte. »Wo ist es?« Sie öffnete ihre Truhe, und dort fand sie das Kurzschwert, das sie als Mädchen in der Klippe gefunden hatte.

»Mylady, was ist los?«, fragte Emma und erhob sich.

»Nichts«, versicherte sie. »Es hat sich nichts geändert.« Ein Schwert allein wäre ihr kaum von Nutzen, dachte sie. Sie brauchte auch einen Pfahl. »Emma, ich friere.«

»Ihr friert?«, fragte das Mädchen bestürzt. Es war mitten im Sommer. Der Raum war drückend heiß.

»Ja«, sagte Siobhan. »Geh nach unten und hole mir Feuerholz – viel Anmachholz. Der Kamin ist alt. Es lässt sich vielleicht nicht so leicht entzünden.« Clare setzte sich auch auf und beobachtete sie mit grünen Augen, die Tristans so ähnlich waren und deren Blick sie erschaudern ließ.

»Nimm Clare mit«, befahl sie. »Beeil dich – ich friere bis auf die Knochen.«

»Mylady, das werden sie nicht zulassen«, protestierte das Mädchen. »Die Wachen …«

»He da«, rief Siobhan und hämmerte gegen die Tür. »Öffnet sofort.« Die Tür schwang nur einen Spalt weit auf, und einer von Seans vertrautesten und am wenigsten brauchbaren Briganten spähte herein. »Wo ist mein Bruder?«, wollte sie wissen.

»Unten, Mylady«, antwortete er. »Er sagte, Ihr sollt hierbleiben.«

»Tatsächlich?«, fragte sie insgeheim erfreut. Wenn sie hinausgelangen wollte, wäre dieser Junge kaum ein Hindernis. »Hat er auch gesagt, ich soll erfrieren?«

»Nein, Mylady, natürlich nicht«, antwortete er offensichtlich verwirrt. »Aber …«

»Dieses Mädchen wird mir etwas Holz holen«, unterbrach sie ihn, nahm Emma am Handgelenk und zog sie zur Tür. »Sie wird das Kind mitnehmen, um es zum Abtritt auf der Mauer zu führen.«

»Der Hauptmann hat gesagt …«

»Der Hauptmann hat den Tag nicht mit einem quengeligen Kind eingesperrt verbracht«, unterbrach Siobhan ihn erneut. »Was hat sie verbrochen, dass sie überhaupt eingesperrt sein muss?« Clare war neben sie getreten und schaute bei diesen Worten auf, während sie leicht die Stirn runzelte. »Bringt sie doch selbst zur Mauer, wenn Ihr Sean so sehr fürchtet.«

»Ich?«, stammelte er erschrocken. »Nein, Mylady, das könnte ich nicht.«

»Dann lasst Emma es tun.« Das Mädchen drückte verschwörerisch ihre Hand. »Beeil dich«, befahl sie und schob sie durch die Tür.

»Ich will nicht gehen«, sagte Clare und blickte noch finsterer. »Ich will bei dir bleiben.«

»Und das sollst du auch«, versprach Siobhan. Sie würde ihr Versprechen halten. Sie würde dieses Kind beschützen, als wäre es ihr eigenes. »Aber im Moment musst du mit Emma gehen.«

»Kommt, Mylady«, sagte Emma und streckte die Hand aus. »Wir werden bald zurück sein.« Das Kind gehorchte mit einem letzten langen, fragenden Blick und nahm die Hand des Kindermädchens.

»Trödle nicht, Emma«, sagte Siobhan. »Und bleib nicht lange fort.« Sie zwinkerte ihr hinter dem Rücken der Wache zu. »Ich werde genau hier sein.«

Orlando beobachtete, wie Simon sein Pferd sattelte. »Ich sollte vermutlich keinen Atem darauf verschwenden, Einspruch zu erheben«, sagte der kleine Zauberer ironisch.

»Du kannst es tun, wenn du willst«, erwiderte Simon grinsend. »Aber du kannst mich nicht aufhalten.« Malachi schnaubte, als wollte er unbedingt loslaufen, und Simon kraulte ihn unter dem Kinn. »Es dauert nicht mehr lange. Die Hauptstraße ist nicht weit.«

»Was habt Ihr Lady Isabel in Eurem Brief mitgeteilt?«, fragte Orlando.

»Natürlich alles.« Er schwang sich in den Sattel. »Wenn etwas passiert, möchte ich, dass sie weiß, was aus uns geworden ist.« Er wendete das Pferd. »Sobald ich jemanden finde, der nach Süden will und vertrauenswürdig aussieht, übergebe ich ihm den Brief und reite zurück.«

»Wie Ihr wollt«, erwiderte der Zauberer und nickte. Tristan, ihr neuer Waffenbruder, war in der Nacht zuvor nicht zurückgekehrt. Der Himmel allein wusste, welches Unheil er in seinem Schloss vorgefunden hatte. »Ihr habt ihr doch hoffentlich Grüße von mir ausgerichtet?«

Simon lächelte erneut. »Natürlich.« In Wahrheit zögerte er, seinen kleinen Gefährten allein zu lassen, besonders da Kivar ihnen höchstwahrscheinlich auf den Fersen war. Aber Orlando hatte darauf beharrt, Tristan nicht ganz ohne Anleitung zurückzulassen, ob der neue Vampir nun Hilfe wollte oder nicht. »Ich werde nicht lange fort sein«, wiederholte er und schnalzte seinem Pferd zu. Schließlich ritt er mit einem letzten Winken davon.

Silas betrat die belebte Halle, während ihm die goldfarbene Dogge dichtauf folgte. Die wahnsinnige Geschäftigkeit des Tages hatte in keiner Weise zugelassen, die Schlossbewohner über die Art des Bösen aufzuklären, das sie verfolgte, hatte auch nur wenig dazu beigetragen, ihre Ängste zu beschwichtigen. Die sogenannten Schlosswachen waren kaum einen Monat zuvor räuberische Briganten gewesen. Ihre Disziplin war nicht einmal annähernd vollkommen, und sie waren zornig. »Was sollen wir denn tun, Hauptmann?«, fragte einer von ihnen Sean gerade, als Silas und sein Gefährte hereinkamen. »Abwarten, wer auch immer oder was auch immer es ist, das uns alle nacheinander töten will?«

»Niemand geht allein irgendwohin«, antwortete Sean.

»Niemand soll sich ohne einen kompletten Trupp aus diesem Turm hinaus oder von den Mauern herabwagen.«

Die Diskussion machte es Silas und Tristan lächerlich leicht, unbemerkt durch die Halle und auf der anderen Seite wieder hinauszugehen.

Am Fuß der Treppe trafen sie Emma, die Clare an der Hand führte. »Seid gegrüßt, Mistress«, sagte Silas und lächelte ihr zu.

»Meister«, erwiderte sie nickend. Clare drängte sich, offensichtlich aus Angst vor dem Hund, an sie. »Ist schon gut, Liebes«, besänftigte das Kindermädchen sie. »Er scheint recht zahm zu sein.«

»Recht zahm«, stimmte Silas ihr zu. »Ich denke, das kann ich Euch versichern, Lady Clare. Das Tier wird Euch niemals etwas antun.«

Das Kind trat näher heran und hielt eine Hand vor sich ausgestreckt, wie Siobhan es ihr gezeigt hatte. »Er ist hübsch«, traute sie sich zu sagen.

»Prachtvoll«, sagte Silas, lächelte Emma zu und bemühte sich, nicht den Atem anzuhalten. Der Hund stupste gegen Clares Hand, und sie keuchte, zog sich aber nicht zurück.

»Er mag mich«, sagte sie lächelnd.

»Das ist gewiss richtig«, bestätigte Emma.

»Ich bin mir da auch ganz sicher«, sagte Silas. Der Gelehrte bekam zum ersten Mal, seit er ihn heute Morgen gefunden hatte, ein gewisses Gespür für die Qual, die sein junger Freund erleiden musste. Er liebte sein Kind über alles auf der Welt. Wie schrecklich musste es sein, ihr so nahe zu sein und sie nicht berühren oder beschützen zu dürfen.

»Hallo, Hundchen«, sagte Clare sanft und streckte die Hand aus, um ganz sacht das goldfarbene Fell am Hals des

Tieres zu streicheln. »Hallo.« Sie trat einen Schritt näher, während sich Tristan auf die Fersen hockte. »So weich.« Sie kniete sich neben ihn, presste ihre Wange an seinen Hals und atmete tief ein. »Er riecht wie Papa.«

»Das glaube ich kaum«, erwiderte Emma lachend. »Kommt, Mylady. Wir sollten uns beeilen, erinnert Ihr Euch?«

»Wo wollt Ihr beide denn hin, Mistress?«, fragte Silas, um den Moment so weit wie möglich dauern zu lassen.

»Nicht weit«, antwortete Emma. »Meine kleine Lady war den ganzen Tag eingeschlossen.«

»Verstehe.« Silas erinnerte sich plötzlich. Lebuin hatte das Kind mit Siobhan eingeschlossen. Aber wenn Tristan wirklich tun wollte, was er gesagt hatte, wäre der letzte Ort, wo sie gerade jetzt sein sollte, der Turm. In der Geborgenheit des Hundezwingers hatte Tristan ihm erklärt, wie er zu dem Vampir geworden war, der er nun war, und Silas hatte ihm alles erzählt, was während seiner Abwesenheit geschehen war, darunter auch, dass Sean Lebuin darauf bestanden hatte, das Schloss fertigzustellen, und ein Bündnis mit diesem mysteriösen Baron von Callard eingegangen war. »Lebuin hält kluge Reden und kann manchmal gerissen sein, aber er scheint kein Talent zur Planung zu besitzen«, hatte er erklärt. »Siobhan ist die Strategin.«

»Unsinn«, hatte Tristan lachend gehöhnt und seinen Hund zwischen den Ohren gekrault.

»Ist es nicht, Mylord«, hatte Silas ihn gewarnt. »Sie erzählte mir selbst, dass sie es war, die den Mord an meinen Steinmetzen arrangiert hat – sie hat sich dessen geradezu gerühmt. Die Bauern hier verlassen sich darauf, dass sie sie beschützt, nicht auf Sean.« Tristans zornige Miene war schrecklich anzusehen gewesen. »Ich zweifle im Vertrauen gesagt nicht daran, dass sie es auch war, die sie überredet hat, Euch zu verraten.«

»Meine liebste Ehefrau.« Als er ihn bei diesen Worten lächeln sah, hätte Silas ihn sehr wohl einen Dämon nennen können. Und nun war er gekommen, um Rache zu nehmen. »Emma, wollt Ihr mir einen Gefallen tun?«, fragte er schließlich.

»Natürlich, Meister.« Sie legte eine Hand auf Clares blonden Kopf, machte aber keinerlei Anstalten, sie von dem Hund fortzuziehen.

»Ich habe in meinem Zimmer im Gutshaus einige Papiere liegen lassen«, improvisierte er. »Aber ich will die Nacht hier in der Halle verbringen …«

»Ja, Meister, das müsst Ihr auch«, sagte sie rasch. »Es ist nicht sicher …« Sie brach ab und blickte zu dem Kind. »Ich werde Euch Eure Papiere holen.«

»Ich danke Euch, Mistress.« Er zermarterte sich einen Moment das Hirn. »Sie sind … sie sind natürlich auf meinem Schreibtisch. Ein Bündel Schriftrollen – bringt einfach mit, was immer Ihr findet.«

»Das werde ich.« Sie streckte eine Hand aus. Clare nahm sie widerwillig und erhob sich. »Wo kann ich Euch finden?«

»Ich warte in der Halle.« Der Hund, der sein Herr war, schnupperte ein letztes Mal am Ohr des Kindes, sodass es kicherte. »Ich danke Euch, Emma.«

»Schon gut, Meister Silas.« Sie nahm mit einem letzten Lächeln die Hand der Kleinen. »Kommt, Mylady.«

Silas sah ihnen nach, wie sie durch den Torbogen verschwanden, der zur Halle führte. Als er sich umwandte, stand Tristan als Mensch neben ihm. »Um Gottes willen«, murmelte er mit angehaltenem Atem.

»Verzeiht mir, Silas.« Tristan legte eine zitternde Hand auf die Schulter des älteren Mannes und beruhigte sich damit ebenso wie diesen. »Ich danke Euch … ich denke, nun schaffe ich es allein.«

»Seid Ihr sicher?«, fragte Silas und blickte verdrossen die gewundene Treppe hinauf und hinab. »Es werden Wachen da sein …«

Tristan lächelte. »Keine Sorge«, versprach er. »Geht und wartet in der Halle auf Emma.«

* * *

Sobald Emma und die Kleine fort waren, verriegelte Siobhan die Tür von innen und befestigte die Fensterläden vor dem einzigen Fenster des Raumes. Sie legte ihr Kleid ab, zog ihre Hose, die Stiefel und die Bluse an und nahm das Haar im Nacken zusammen.

Jemand kam die Halle herauf und murmelte leise. Sie steckte das Schwert unter die Tagesdecke des Bettes. »Ja, gleich«, rief sie, als jemand an die Tür pochte. »Wer ist da?«

»Ich bin es, Mylady«, antwortete die raue Stimme eines der Dienstboten. »Joseph. Ich bringe Euer Holz.«

Sie entriegelte die Tür und öffnete sie. »Bring es herein«, sagte sie und nickte dem Wächter erneut zu. »Leg es einfach am Kamin ab.«

Der Diener betrachtete ihre Kleidung fragend. »Soll ich das Feuer für Euch entfachen?«

»Nein«, sagte sie und schüttelte den Kopf. »Ich … ich habe mich wärmer angezogen. Ich friere nicht mehr.«

Er hielt sie bestimmt für verrückt. »Wie Ihr wollt, Mylady«, sagte er mit einem kaum unterdrückten Seufzen und eilte mit seinem Arm voll Holz wieder zur Tür.

»Lasst das Holz hier!«, befahl sie. »Ich könnte es später brauchen – die Nächte sind kalt.« Mitten im Sommer, fügte sie lautlos hinzu und fühlte sich wie eine vollkommene Närrin.

Er sah sie nur einen Moment mit einem halben Lächeln an, als dächte er, sie habe einen Scherz gemacht. »Natürlich«, sagte er schließlich. Er legte das Holz am Kamin ab, wobei sein Blick unverwandt auf ihrem Gesicht ruhte. »Schlaft gut, Mylady.«

»Danke«, erwiderte sie. »Ich werde es versuchen.« Sie lächelte ihm, als er ging, so freundlich wie möglich zu und verriegelte wieder die Tür hinter ihm.

Keines der Holzstücke war genau das, was sie als Pfahl gebrauchen konnte – die Scheite waren zu dick, und das Anmachholz war zu schmal. Sie nahm das passendste Stück zur Hand, gab vor, einen imaginären Feind anzugreifen, und versuchte sich vorzustellen, wie sie es in das Herz eines Dämonenvampirs trieb. In Tristans Herz, korrigierte sie sich und erschauderte bei dem Gedanken vor Entsetzen. »Gott schütze mich«, sagte sie leise. »Gib mir die Kraft, es zu tun, denn ich schwöre, ich kann es nicht.«

Viele Schritte kamen nun den Gang herauf – konnten Emma und Clare schon so bald zurück sein? Sie steckte den Pfahl hinten in ihren Gürtel, so wie sie vielleicht einen Dolch verborgen hätte, und wandte sich der Tür zu.

Sie hörte die Wache draußen kurz und scharf etwas rufen und vernahm dann einen dumpfen Aufschlag vor der Tür, der sie in ihrem Rahmen erschütterte. »Owen?«, rief sie nach der Wache. »Joseph? Seid Ihr das?«

Sie hörte einen langen Moment über nichts und dann das Geräusch von etwas Schwerem, das die Tür hinabglitt. Sie hörte, wie der äußere Riegel zurückgeschoben wurde. »Wer ist da?«, wollte sie wissen, und ihr Herz pochte inzwischen so hart, dass es schmerzte. Der Türknauf wurde gedreht, aber der schwere Eisenriegel war noch geschlossen. »Tristan?« Ich werde wiederkommen, hatte er versprochen. Du brauchst mich nicht zu suchen.

Warte!, wollte sie aufschreien. Ich bin noch nicht bereit! Sie sollte ihn vernichten. Er hatte zwei ihrer Leute getötet, hatte Sam getötet, nachdem er ihr versprochen hatte, es nicht zu tun. Tatsächlich hatte er den jungen Owen genau in diesem Moment getötet. Wenn sie ihn nicht aufhalten, den Pfahl durch sein Herz treiben und ihm den Kopf von den Schultern schlagen könnte, würde er auch Sean und alle anderen, die ihr lieb waren, töten.

Aber er war ihr Ehemann. Es hatte als Spaß begonnen, aus Hohn gegenüber ihrem Feind, aber die Schwüre, die sie geleistet hatten, waren nun Wahrheit geworden. Wie konnte sie den Mann töten, den sie in der Nacht zuvor kennengelernt hatte? Er hatte sie verzaubert, trotz allem, was sie getan und gewollt hatte. Sie wollte ihn, wollte ihn berühren, wollte ihm gehören, genau wie er es auch wollte. Sie war eine schwache und törichte Frau, genauso, wie sie es immer befürchtet hatte. »Geh«, befahl sie in kindischer Abwehr. »Ich werde dich nicht hereinlassen.« Der Knauf drehte sich erneut, und die Tür klapperte in ihrem Rahmen. »Ich sagte, geh!« Bitte, Tristan, flehte sie in Gedanken. Bitte, zwing mich nicht, dich zu töten.

Eine dünne, graue Rauchranke kräuselte sich von dem Spalt unter der Tür aufwärts. Sie wich zurück und beobachtete, wie der Rauch aufstieg und sich verdichtete. Ein sanfter, erfreulicher Duft erfüllte den Raum, wie frisch gemähtes, vom Tau benetztes Heu in der Dämmerung. Sie griff hinter sich zum Bett, ihre Finger suchten das unter der Tagesdecke verborgene Schwert, aber sie war ungeschickt und abgelenkt und von dem sich windenden und sich verdichtenden Rauch wie hypnotisiert. Und dann war das Schwert innerhalb weniger benommener Momente vergessen, als ihr Dämonenliebster vor ihr stand.

»Du kannst mich nicht vertreiben, Siobhan«, sagte er und trat näher, sein schönes Gesicht vor Zorn verzerrt. »Dies ist mein Schloss.« Sie machte eine Bewegung, als wollte sie davonlaufen, aber er packte sie an den Schultern. »Du bist meine Frau.«

»Wie kann ein Toter eine Frau haben?«, höhnte sie und verspottete ihn wie immer, aber dieses Mal schüttelte er sie, sodass sie aufschrie.

»Sag mir die Wahrheit«, drängte er, nicht mit dem verführerischen Dämonensäuseln, das sie in der Nacht zuvor so vollständig verzaubert hatte, sondern mit der rauen, tiefen Stimme eines rechtschaffenen Menschen, der betrogen wurde. »Sag mir, dass du die Männer getötet hast, die dieses Schloss erbauten, arglose Arbeiter, die weder dir noch sonst jemandem jemals ein Leid zugefügt haben.«

»Was?« Er hatte ihr in der Nacht zuvor zugelächelt, sie geneckt, sie geliebt – warum war er jetzt so zornig? »Nein«, sagte sie und schüttelte den Kopf. »Das habe ich nicht getan ... wirklich nicht. Ich dachte nicht ...«

»Warum überrascht mich das nicht?«, fragte er und verspottete sie so erneut.

»Das war vor Monaten«, protestierte sie. »Ich sagte Sam,

es sei für uns leichter, dich zu veranlassen, nach Frankreich zurückzugehen, wenn dein Schloss nicht fertiggestellt werden könne, und er …« Ihre Stimme erstarb, während sie zu ihm hochsah. »Du hast ihn getötet.«

Die Anklage in ihren Augen war mehr, als Tristan ertragen konnte – wie konnte sie es wagen, ihn zu beschuldigen? Wer, in Gottes Namen, war Sam? »Du hast befohlen, jene Männer zu töten«, sagte er erschüttert.

»Ich habe niemals etwas befohlen«, beharrte sie. »Ich habe nicht die Macht, Befehle zu erteilen – siehst du nicht, wo ich jetzt bin? Eine Gefangene!« Sie konnte nicht denken, nicht, wenn er sie so ansah. Emma und Clare konnten jeden Moment zurückkehren. Sie musste rasch handeln. Aber was sollte sie tun? »Ich habe zwar nicht um jene Männer getrauert, aber ich habe sie auch nicht getötet. Ich hätte es getan, aber … Tristan, warum bist du überrascht? Du wusstest, was ich war. Ich habe dir nie etwas vorgemacht …«

»Ja, Lady, ich wusste es«, sagte er mit bitterem Lachen. »Ich wusste es vom ersten Moment an, als ich dich sah, du widernatürliches kleines Biest, wie du Pfeile auf meine Männer abgeschossen hast.« Ein völlig anderer Zorn als das Verlangen nach Rache, das er auf seinem Weg nach Hause empfunden hatte, machte ihn benommen. »Ich hätte dich töten sollen …«

»Du hast es versucht, aber du hast mich verfehlt«, erwiderte sie.

»Dann hast du ein unschuldiges Kind als Geisel genommen«, fuhr er fort, und seine Stimme klang vor Abscheu erstickt. »Sage mir, Siobhan – erinnert sich Clare daran, dass du ihr die Kehle durchschneiden wolltest?«

»Ich hätte es niemals getan«, sagte sie verärgert und sagte

damit, ohne nachzudenken, die Wahrheit. »Ich habe zu Gott gebetet, dass du es nicht darauf ankommen lassen würdest …«

»Als hätte ich das Leben meines Kindes riskiert …«

»Wie sollte ich das wissen?«, fragte sie. »Ich kannte dich nicht! Du warst ein Fremder, der Normanne, der die Leute meines Vaters versklavte – du hattest gerade den besten Freund meines Bruders getötet …«

»Der gerade mich zu töten versucht hatte, wenn ich mich recht erinnere«, erwiderte er sarkastisch.

»Du wolltest Sean töten, und ich konnte nicht …« Ein schmerzlicher Kloß stieg ihr in die Kehle. Er war aus all dem Kummer, den sie so lange zurückgehalten hatte, dass sie kaum noch darüber nachdachte. Sie wusste kaum, was sie nun sagte oder auch dachte. Die Worte drangen einfach hervor. »Ich konnte nicht zulassen, dass du ihn töten würdest, Tristan. Ich kann nicht … er ist alles, was ich noch habe, und er liebt mich.« Tränen blendeten sie. Als er sie an den Schultern hielt, verschwamm seine Brust vor ihren Augen, und hätte er sie nicht festgehalten, wäre sie vielleicht zu Boden gesunken. »Sie haben Papa wie einen Hund getötet, haben ihm direkt vor unserem Haus den Kopf abgeschlagen, während Mama und ich zusahen«, sagte sie und schluckte wie das schwache Mädchen, das sie sich geschworen hatte, niemals wieder zu sein. »Normannische Soldaten … wir waren Adlige. Der König hatte Papa zum Ritter geschlagen. Sean war ein Ritter …« Das Gesicht ihres Vampir-Ehemannes hatte sich verändert. Sie sah Mitgefühl in seinen warmen, grünen Augen, und Schmerz packte ihr Herz wie eine unerbittliche Faust. »Sie haben meine Mutter vergewaltigt, Tristan, sie alle, immer wieder, weil sie eine Frau war, und sie konnte sich nicht einmal wehren. Ich konnte mich nicht wehren …« Sie dachte an das Schwert, das sie in jener schrecklichen Nacht gefunden und nun hinter sich versteckt hatte. »Ich habe sie gesehen«, erklärte sie ihm und erzitterte bis ins Mark ihrer Knochen. »Ich lief davon …« Sie beugte den Kopf und weinte, während er sie an sich zog.

»Schhh«, murmelte er und drückte sie an sich. Er erkannte seine eigene Stimme kaum wieder, konnte kaum glauben, dass der Mann, der sie tröstete, er selbst war. Er hatte so etwas außer bei Clare, seinem eigenen, perfekten, unschuldigen Kind noch niemals in seinem Leben getan. Siobhan war nichts davon – sie war nicht perfekt, sie war nicht unschuldig, und sie war eine erwachsene Frau, die gewiss alt und stark genug war, jede Last zu tragen. Aber sie gehörte ihm, genau wie Clare, und er konnte es nicht ertragen, ihren Schmerz mit anzusehen. »Natürlich bist du davongelaufen.« Er küsste ihr Haar. »Sonst hätten sie dich auch ermordet, oder Schlimmeres.«

»Ja«, räumte sie durch einen Schluckauf hindurch ein und krallte sich an seinem Gewand fest. Sie wollte sich nur weiterhin an ihn schmiegen und sich von ihm trösten lassen. Er war so stark, stärker als jeder andere Mann, den sie jemals gekannt hatte, und sie fühlte sich bei ihm geborgen. Er hatte sie noch einen Moment zuvor töten wollen, aber der Anblick ihrer Tränen hatte ihn erweicht – was für ein Wahnsinn war das?

»Weine nicht«, sagte er schroff, und es klang wie das Grollen eines Löwen. Er konnte sie im Geiste davonlaufen sehen, ein verängstigtes Kind, das vor den Männern um sein Leben lief, die ihre Familie niedergemetzelt und ihr Heim zerstört hatten. Es war kaum verwunderlich, dass sie alle Normannen, einschließlich ihn selbst, hasste. »Es ist vorbei«, versprach er.

Nein, dachte sie. Ist es nicht. Nicht annähernd. Aber als sie zu ihm aufblickte, konnte sie es nicht sagen. Sie wollte ihm auch den Rest erzählen – dass sie in jener Nacht einen Mann getötet hatte, ihre erste Tötung überhaupt, und dass das Gesicht des toten Mannes seitdem in jeder Nacht ihre Träume heimsuchte. Sie wollte ihm sagen, dass sie wusste, was er war, dass sie mehr Angst vor ihm hatte als jemals vor irgendetwas anderem in ihrem Leben. Sie wollte es nicht sagen, um ihn zu verletzen, sondern damit er sie tröstete, damit er versprach, dass er ihr niemals wehtun werde und dass sie keine Angst mehr haben müsse. Aber als sie seinem Blick begegnete, konnte sie die Worte nicht hervorbringen. »Tristan«, flüsterte sie todtraurig. Er verzog den Mund zu einem halben Lächeln, und sie küsste ihn, denn sie konnte nicht anders.

Er presste sie enger an sich, und im Handumdrehen flammte erneut Leidenschaft zwischen ihnen auf. Sie schlang die Arme um seinen Hals und presste ihre Brüste an seine Brust, während sie sich nach ihm ausstreckte und ihm verzweifelt noch näher sein wollte. Er hob sie hoch, und sie schlang ihre Beine um seine Hüften. »Ich sollte dich töten«, murmelte er und unterbrach den Kuss kaum einen Moment, bevor er sie erneut küsste. »Meine Liebste …«

»Mein Liebster«, echote sie und sog an seinem Mund. »Ich liebe …«

»Tristan!« Silas kam offensichtlich außer Atem herein. »Beeilt Euch … Lebuin!«

»Siobhan!«, rief Seans Stimme, während er, von anderen

gefolgt, mit schweren Schritten den Gang heraufkam. »Gütiger Himmel… Owen? Owen!« Dann liefen sie los.

Tristan schob Siobhan hinter sich, hielt ihr Handgelenk fest und wandte sich gerade in dem Moment der Tür zu, als Lebuin hereinplatzte.

»Siobhan!«, rief er, aber der Name erstarb auf seinen Lippen, und sein Kinn sank entsetzt herab. Sein Gesicht wurde bleich, und seine Augen weiteten sich.

»Hat Eure Schwester Euch nicht gesagt, dass ich kommen würde?«, fragte Tristan lächelnd, und die Angst des Briganten war genau das, was er sich immer gewünscht hatte. Er hielt Siobhan noch immer am Handgelenk fest, während er mit entblößten Reißzähnen angriffsbereit voranging.

Eine Feuerklinge durchdrang seine Haut so unerwartet, dass er keuchte. Als er hinabblickte, sah er für einen Moment eine Schwertspitze aus seiner Brust ragen, bevor sie wieder zurückgezogen wurde, und ein Schmerz wie derjenige, den er bei seinem Tod empfunden hatte, schien ihn zu zerreißen. Er wandte sich entsetzt um und sah Siobhan ihr Schwert halten. Tränen strömten ihr Gesicht herab, während sie erneut zustieß und auf seine Kehle zielte, als wollte sie ihn enthaupten. Er sprang zurück und schlug die Klinge beiseite, aber erst nachdem sie bereits seine Haut durchtrennt hatte, sodass Blut aus seiner Kehle drang. Er griff nach ihr und entwand ihr das Schwert, aber die Wunden, die sie geschlagen hatte, heilten nicht. Er wurde schwächer. »Nein!«, protestierte er und berührte ihre Wange, und ihre Lippen zitterten, als sie hinter sich griff und einen Holzpfahl hervorzog.

»Töte ihn!«, befahl Sean und eilte voran. Tristan wandte sich um und stieß ihn beiseite wie ein Kind. Dann sprang er mit einem an alle Übrigen gerichteten Schrei aufs Fenster zu und riss die Läden aus dem Rahmen.

»Tristan!«, schrie Siobhan und eilte in dem Moment vorwärts, als er sprang. Ihre Hände schlossen sich um leere Luft, während Silas sie von hinten packte. »Nein!« Der Vampir stürzte durch die Dunkelheit, und sein weißes Gewand wirkte geisterhaft, als es sich im Mondlicht kräuselte, bis er schließlich im Gestrüpp am Fuß der Schlucht aufschlug. »Oh, mein Gott …« Sie wandte sich um und riss sich von Silas los. Sean griff nach ihr, aber sie nahm das Schwert an sich, das noch immer rot von Tristans Blut war. »Bleib hier!« Sie drängte sich an ihm und seinen Leuten vorbei und lief zur Treppe.

»Mylady!«, rief Michael, als sie durch die Halle eilte. »Eine Nachricht …!« Aber sie hörte ihn kaum und lief hinaus.

»Tristan!« Halb glitt sie das steile, sandige Ufer hinab. Dies war der Ort ihrer ersten Tötung, der Ort, an dem sie ihr Schwert gefunden hatte. Aber sie konnte an nichts anderes denken, als Tristan zu finden. Es kümmerte sie nicht einmal, was sie tun würde, wenn sie ihn gefunden hätte, oder was er ihr höchstwahrscheinlich antun würde. »Tristan!« Einige der Dornenhecken waren niedergedrückt, und als sie unter dem Dickicht hindurchkroch, konnte sie Blut auf dem Boden spüren. Aber der Vampir war fort.

* * *

Tristan schwamm in Hundegestalt durch den Burggraben und kämpfte darum, den Kopf über Wasser zu halten. Die Knochen, die er sich bei seinem Sturz gebrochen hatte, waren sofort geheilt, aber die Wunden, die Siobhan ihm zugefügt hatte, bluteten und brannten immer noch. Er fühlte sich mit jedem Moment schwächer. Siobhan … wie hatte sie ihn jetzt verraten, sich von seinem Kuss abwenden und im nächsten Augenblick zu seiner Mörderin werden können? Der Gedanke ließ ihn sich noch schlechter fühlen, so schwach und elend, dass er kaum das Ufer erklimmen konnte, als er es schließlich erreichte. Er taumelte in den Schutz des Waldes und brach im Gebüsch zusammen. Warum heilten die Wunden nicht? Anscheinend hatte sich sogar die Hölle selbst gegen ihn gewandt.

Er verwandelte sich allein durch Willenskraft wieder in einen Menschen und zwang sich aufzustehen. Er pfiff nach Daimon und hoffte entgegen aller Wahrscheinlichkeit, dass das Pferd nicht entdeckt worden oder davongelaufen wäre, nachdem er es so lange allein gelassen hatte. Kurz darauf erschien ein großer, weißer Schatten zwischen den Bäumen, und er weinte fast vor Erleichterung. »Komm«, sagte er, und Daimon trat näher und wartete geduldig, während er in den Sattel kletterte, wobei er vor Schmerzen Sterne sah. »Guter Junge«, murmelte er und tätschelte dem Pferd den Hals. Er schlang die Zügel um seine Faust, ließ sich vornübersinken und vertraute darauf, dass Daimon seinen Weg in ihren Unterschlupf zurückfinden würde.

Als Orlando Hufschläge hörte, nahm er an, Simon sei zurückgekehrt. Er verließ den Unterschlupf, um ihm eine Standpauke zu halten, die die Vögel aus ihren Nestern treiben würde. Aber das Pferd war weiß, und der Reiter schien kaum aufrecht sitzen zu können. »Tristan!« Er eilte so schnell voran, wie ihn seine Beine tragen wollten, und erreichte das Pferd in dem Moment, als es stehen blieb. »Was, um alles in der Welt …?«

Tristan hatte den Eindruck, dass es ihm allmählich besser ging. Er schien nicht mehr zu bluten. Aber der brennende Schmerz war zu Kälte geworden, als erfröre er von innen heraus. »Seid gegrüßt, Zauberer«, murmelte er und fiel bewusstlos zu Boden.

12

Simon kehrte unmittelbar vor der Dämmerung zurück und war darauf gefasst, dass Orlando auf ihn gewartet hatte und ihn dafür schelten würde. Als der Zauberer das nicht tat, wusste er, dass etwas nicht stimmte.

»Was ist mit ihm passiert?«, fragte er, als er den Unterschlupf betrat und Tristan auf dem Boden liegen sah.

»Jetzt taucht Ihr also auf«, erwiderte Orlando sarkastisch, blickte aber kaum auf, während er sein Gepäck durchsuchte. »Ich musste ihn an den Füßen hier hereinziehen. Wäre er nicht in so schlechter Verfassung gewesen, wäre ihm das gewiss höchst unangenehm gewesen.«

»Warum konnte er nicht allein laufen?« Simon kauerte sich neben die Bettstatt. Orlando hatte Tristan das Gewand abgestreift und seine Wunden versorgt, aber sie waren noch immer verfärbt und offen. Hätte Simon es nicht besser gewusst, hätte er geschworen, er wäre tot. »Was konnte das einem Vampir antun?«

»Meines Wissens nichts«, antwortete Orlando. Er drängte Simon beiseite und begann, die Wunde in Tristans Bauch zu nähen. »Ein Pfahl hätte ihn vernichtet. Eine Wunde von einer Klinge hätte heilen sollen.«

»Aber diese Wunden tun es nicht.« Nach über zehn Jahren der Gewissheit, nicht wirklich verletzt werden zu können, empfand Simon dies als recht beunruhigend.

»Tatsächlich sind sie im Heilen begriffen«, räumte Orlando ein. »Die Wunde an seiner Kehle war weitaus schlimmer, als ich sie zunächst untersuchte – offensichtlich hat jemand versucht, ihm den Kopf abzuschlagen.«

»Jemand, der wusste, was er war?«, fragte Simon. »Jemand, der wusste, wie man einen Vampir vernichtet?«

»Ich weiß es nicht, und Tristan hat nichts gesagt«, antwortete der Zauberer. »Er war gerade noch bei Bewusstsein, als er hierher zurückkam, aber er sprach nur noch sehr wenig.« Er vollendete die Naht und lehnte sich zurück. »Wir werden ihm weitere Fragen stellen, wenn er aufwacht.«

»Wenn er aufwacht«, bemerkte Simon mürrisch.

»Verhaltet Euch nicht wie ein Ire«, schalt sein kleiner Gefährte mit schwachem Lächeln. »Er wird aufwachen. Bei Einbruch der Nacht wird er wiederhergestellt sein.« Er strich sich über seinen Bart und runzelte nachdenklich die Stirn. »Aber ich frage mich, wie er verletzt worden ist.«

»Ja«, stimmte Simon ihm mit eigenem sardonischem Lächeln zu. »Ich auch.« Er warf Orlando den Sack mit Essen zu, den er ihm mitgebracht hatte, und schloss und verriegelte dann die Tür.

»Wo wart Ihr also?«, fragte der Zauberer. »Hattet Ihr Schwierigkeiten, einen Boten zu finden?«

»Überhaupt nicht«, antwortete Simon und setzte sich mit ausgestreckten Beinen auf den Boden. »Ich fand einen reisenden Musikanten, sobald ich zur Hauptstraße gelangte. Er hatte es recht eilig, diese Gegend zu verlassen, und der Gedanke, einem Herzog und seiner Herzogin in Charmot zu dienen, passte ihm recht gut.«

»Warum hatte er es denn so eilig?«, fragte Orlando und vermutete den Kern der Sache sofort.

»Er hatte einen Tag und eine Nacht ungefähr zwei Tagesritte von hier beim Baron von Callard verbracht«, antwortete Simon. »Und anscheinend gefiel ihm der Empfang dort nicht.«

»Der Baron ist kein Musikliebhaber?«, fragte Orlando mit hochgezogener Augenbraue.

»Ich habe ihm dieselbe Frage gestellt.« Die Sonne ging auf. Er konnte spüren, wie das Bedürfnis nach Ruhe einsetzte, das stets mit dem Tageslicht bei ihm aufkam. »Er sagte, der Baron habe ihn recht gut bezahlt und ihn gebeten zu bleiben. Aber andere Angelegenheiten in seinem Hause waren zu … welches Wort gebrauchte er noch? Ungeklärt.«

Orlando öffnete den Krug mit Met, den Simon mitgebracht hatte, und schnupperte lächelnd daran. »Tatsächlich?«

»Ich versuchte ihn dazu zu bringen, mir mehr zu erzählen, aber das wollte er nicht. Also habe ich meine eigenen Untersuchungen angestellt.« Tristan murmelte im Schlaf etwas – ein gutes Zeichen, wie Simon vermutete.

»Ihr habt den Baron aufgesucht?«, fragte Orlando überrascht.

»Das brauchte ich nicht«, antwortete Simon. »Wenn die Anzahl geflohener Bauern, die mir auf der Straße begegneten, ein Hinweis sind, werden seine Ländereien verwaist sein, bevor der Monat um ist. Sie sagen, eine seltsame Seuche hätte den Baron und seinen Haushalt heimgesucht – eine Krankheit, die das Blut in den Adern eines Menschen vertrocknen lässt.«

»Und was lässt sie das glauben?«, fragte Orlando.

»Die Tatsache, dass alle, die daran sterben, ohne jegliches Blut in den Adern aufgefunden werden«, antwortete Simon. »Ich habe mit einer alten Frau gesprochen, die Köchin im

Haus des Barons gewesen ist. Sie war so verängstigt, dass sie kaum ein Wort herausbrachte.«

Orlando schluckte einen großen Bissen Brot hinunter. »Aber Ihr habt sie dazu gebracht.«

Simon lächelte. »Ein wenig. Sie sagte, es sei keine Krankheit gewesen, die Callards Leute getötet hätte, sondern eine große Schlange.« Orlando hörte auf zu kauen und nickte. »Sie sagte, sie hätte die Male gesehen – zwei runde Einschnitte in der Kehle.«

»Ein Vampir«, sagte Orlando. »Könnte sich Tristan so weit vorgewagt haben?«

»Das könnte er, aber ich bezweifle, dass er es getan hat«, sagte Simon. »Sein Ziel befindet sich hier, erinnerst du dich? Außerdem …« Alle Anzeichen guter Stimmung wichen aus seinem Gesicht. »Einige der Tötungen geschahen bei Tageslicht.«

Das Gesicht des Zauberers wurde kreidebleich. »Seid Ihr Euch sicher?«

»Nur allzu sicher.« Er hatte sich an die Wand zurückgelehnt, aber nun setzte er sich wieder auf und bemühte sich, wach zu bleiben, bis seine Geschichte erzählt war. »Mehrere der Leute, die ich befragt habe, sprachen von Männern, die entführt wurden, während sie auf den Feldern arbeiteten oder im Wald jagten, und die morgens lebendig und am Abend tot waren.«

Orlando legte sein Brot beiseite, denn er hatte keinen Hunger mehr. »Lucan Kivar.«

»Wir wissen, dass er Tristan gefolgt ist.« Kivar hatte die Nacht, in der er Simon zu einem Vampir gemacht hatte, überlebt, indem er die Körper Toter übernahm, sodass es ihm mehr oder weniger freistand, bei Tage oder bei Nacht zu wandern. Aber er musste sich offensichtlich noch immer vom Blut Lebender nähren, um die Illusion aufrechtzuerhalten. Simon hatte ihn mit einem verwunschenen Pfahl, den er in den Katakomben unter Schloss Charmot, dem Heim von Simons Liebster Isabel, gefunden hatte, aus seiner letzten sterblichen Gestalt vertrieben. Aber sein Geist war entkommen. »Vielleicht ist er geflohen, als wir Tristan fanden.«

»Er hat keinen Grund, uns zu fürchten«, sagte Orlando frei heraus. Er erhob sich und überprüfte das Türschloss, als fürchtete er, etwas Übles könne jeden Moment einbrechen. »Wenn Kivar diesen Baron von Callard bedrängt, hat er einen Grund dafür.« Er blickte mit besorgter Miene auf Tristan hinab. »Ich fürchte, wir werden es nur allzu bald erfahren.«

Siobhan und ein Trupp Wachsoldaten der Briganten hatten bis zum Tagesanbruch jeden Zentimeter des Burggrabens um den Turmhügel abgesucht, und weitere Trupps hatten das Schloss durchsucht. Aber Tristan war nirgendwo zu finden.

Siobhan kehrte erschöpft und schmutzig in den Turm zurück, und ihre Kleidung war von Gestrüpp zerrissen und schmutzverkrustet. Nur Sean befand sich in der Halle, saß auf dem Podest und starrte wie in Trance ins Nichts. »Hast du den Leichnam gefunden?«, fragte er und wandte sich ihr zu, als sie hereinkam.

»Nein.« Sie nahm den Becher entgegen, den Cilla ihr anbot, und trank.

»Wie ist das möglich?« Ihr Bruder klang, als ob jeder Funke Leben aus ihm gewichen und nur eine leere Hülle zurückgeblieben wäre. »Du hast ihn stürzen sehen. Niemand könnte einen Sturz aus solcher Höhe überleben.« Seine Miene wurde zornig. »Jemand hat den Leichnam versteckt …«

»Sean, halt«, unterbrach sie ihn. »Niemand hätte ihn vor mir erreichen können, selbst wenn jemand zugesehen hätte. Es gab keinen Leichnam.« *Ich habe es dir gesagt!*, wollte sie ihn anschreien. Und sie hätte es vielleicht auch getan, wenn sie nicht so müde gewesen wäre.

Stattdessen trat sie zu ihm, legte einen Arm um seine Schultern und küsste ihn auf die Stirn. Er lehnte seinen Kopf für einen Moment an ihren und drückte sie an sich, während er wiederholte: »Wie ist das möglich?«

»Warte hier«, sagte sie und löste sich von ihm. »Ich werde es dir zeigen.« Silas war ebenso wenig zu sehen wie Gaston, wie sie plötzlich bemerkte. »Ich habe oben ein Buch.«

»Ein Buch?«, echote er mit einem Lachen, das leicht wahnsinnig klang.

»Warte einfach.«

Ihr Zimmer im oberen Stockwerk war unverändert, seit sie es verlassen hatte. Der Fensterladen, den Tristan aufgerissen hatte, hing mit dem oberen Scharnier lose an einem Nagel. Tristans Blut befleckte den Teppich an der Stelle, wo sie ihn mit ihrem Schwert durchbohrt hatte. »Verzeih mir«, flüsterte sie und wandte den Blick gewaltsam ab. Das Buch lag noch immer auf dem Tisch, und die Seite mit der Geschichte des Vampirs war nach wie vor aufgeschlagen.

Seans Latein war nur wenig besser als ihr eigenes, aber er las die Geschichte rasch und riss die Augen vor Entsetzen immer weiter auf. »Siehst du?«, sagte sie, als er anscheinend zu Ende gelesen hatte. »Tristan ist ein Vampir.«

Er schaute zu ihr hoch. »Hast du ihn heraufbeschworen?«. fragte er sie. »Hast du ihn aus dem Grab gerufen?«

»Ob ich ihn gerufen habe … bist du verrückt?« Alles stand auf den Seiten beschrieben: die Beschaffenheit des Dämons, der sein Feind geworden war, die einzige Möglichkeit, ihn zu vernichten – und alles, was ihr Dummkopf von Bruder sah, war, dass eine Frau ihn heraufbeschworen haben sollte. »Nein, Sean, ich habe Tristan nicht aus dem Grab heraufbeschworen.« Sie erschauderte jäh bei der Erinnerung. »Es sei denn, es geschah bei unserer Hochzeit. Er schwor, er würde zurückkehren, um mich zu bestrafen, erinnerst du dich? Sogar aus der Hölle selbst.«

»Ja, ich erinnere mich«, sagte Sean und erhob sich. »Ich hätte ihn geknebelt, aber nein, du musstest ihn quälen.«

Die Ungerechtigkeit dieser Beschuldigung war beinahe mehr, als sie ertragen konnte. »Ja, Bruder, ich wollte ihn quälen. Doch du wolltest zuerst, dass ich ihn heirate.«

Aller geballte Zorn wich augenblicklich von ihm. »Ja«, räumte er mit bitterem Lächeln ein. »Das wollte ich.«

»Es geht nicht darum, wie er zu diesem Vampir geworden ist«, fuhr sie geduldig fort. »Es geht darum, wie wir uns gegen ihn verteidigen können.«

Er schaute zu ihr hoch, und eine merkwürdige Form von Bewunderung erschien in seinen Augen. »Du wolltest ihn töten«, sagte er ungläubig. »Gestern Abend im Turm … du hast versucht, ihm den Kopf abzuschlagen.«

»Ja.« Der Gedanke ließ sie sich selbst jetzt noch elend fühlen. Aber welche Wahl hatte sie gehabt? Welche Wahl würde sie haben, wenn er zurückkehrte?

»Verzeih mir«, sagte Sean und griff nach ihrer Hand. »Ich dachte … du kannst dir nicht vorstellen, was ich dachte.«

»Ich muss es mir nicht vorstellen«, erwiderte sie knapp. »Ich weiß es.« Und es ist wahr, dachte sie, sagte es aber nicht. Ich liebe ihn. Wärst du nicht hereingekommen, hätte ich es ihm gesagt. Ihr Bruder küsste ihre Hand, und sie lächelte, während ihr Tränen in die Augen stiegen. Sie hatte jahrelang für Seans Anerkennung gelebt, aber nun bedeutete sie ihr überhaupt nichts mehr.

»Sean.« Michael kam herein und wirkte genauso erschöpft, wie sie sich fühlte. »Es stimmt – die Nachricht der Wachen war korrekt. Unsere Kundschafter haben sie bestätigt.«

»Nachricht?«, fragte sie verwirrt.

»Von unseren Wachen auf der Straße traf eine Nachricht ein, gerade als dein Mann fliegen lernte«, erklärte Sean mit einer Spur seines alten Humors. »Der Gesandte des Königs und sein Gefolge sind nur noch weniger als einen Tag entfernt. Der Baron von Callard ist bei ihnen.«

»Callard hat uns hintergangen?«, fragte sie. »Wo ist Gaston?«

»Gaston befindet sich in seinen Räumen«, antwortete er. »Und nein, wir haben keinen Grund zu der Annahme, dass der Baron uns hintergangen hat. Vielleicht hat er den Gesandten des Königs unterwegs getroffen.«

»Tristan hat keinen neuen Brief vom König bekommen«, erklärte sie, während ihre Gedanken trotz ihres Zustands rasten. »Warum sollte er einfach jemanden schicken …?«

»Das ist nicht so schwer zu erraten«, sagte Sean. »DuMaine war – ist – der Cousin des Königs. Vielleicht wollte er, dass jemand, dem er vertraute, seine neue Frau selbst sähe.«

»Vielleicht.« Sean wollte glauben, dass sein Plan noch immer funktionieren könnte, dass noch immer alles gut würde.

Wenn er befürchtete, dass sein großer Verbündeter, der Baron, ihn im Stich gelassen hätte, könnte er vollkommen verzweifeln, und wo wäre sie dann? »Was glauben die Kundschafter, wann wird die Gesellschaft hier eintreffen?«, fragte sie Michael.

»Spätestens bei Einbruch der Nacht«, antwortete Michael. »Vielleicht auch schon am Mittag.«

»Wunderbar«, grollte sie. So viel dazu, dass irgendwem hier eine Verschnaufpause gewährt würde. »Also gut.« Sie nahm all ihre Kraft und ihren Verstand zusammen und weigerte sich, auch nur einen Moment bei den Konsequenzen zu verweilen, die es nach sich zöge, wenn ihre Pläne scheiterten. »Michael, wo ist Emma?«

»Mit Lady Clare im Gutshaus«, sagte er offensichtlich verwirrt.

Clare, dachte sie, und ihre Entschlossenheit drohte zu bröckeln. Armes Kind … was sollte aus ihr werden? Sie hatte gesagt, sie habe ihren Vater gesehen. Wusste sie nicht, was er war? Nicht jetzt, schalt sie sich. Du darfst jetzt nicht innehalten und darüber nachdenken. »Bittet sie, in mein Zimmer zu kommen und mir zu helfen«, sagte sie laut. »Und auch Cilla. Ich werde ein Bad nehmen, und jemand wird etwas mit meinem Haar tun müssen. Dieses Gewand, das ich zu meiner Hochzeit getragen habe, ist grässlich. Ich werde etwas anderes finden müssen.« Was für eine Verdrehtheit hat dich veranlasst, dieses Gewand zu tragen?, verspottete Tristans Stimme sie aus ihrer Erinnerung.

»Was hast du gerade gesagt?«, fragte Sean.

»Ich soll den Baron bezaubern, oder?« Er wirkte so überrascht und erfreut, dass sie ihn beinahe ausgelacht hätte. »Ich glaube kaum, dass ich das in dieser Kleidung tun kann.«

»Aber was ist mit DuMaine?«, fragte Michael, begegnete ihrem Blick und war offensichtlich ebenso im Zweifel wie sie.

»Tristan ist nie bei Tageslicht aufgetaucht«, antwortete sie. »Vielleicht kann er es nicht.« Sie atmete ein weiteres Mal tief durch und betete lautlos um Kraft. Bitte, Gott, bring mich einfach durch diesen und den nächsten Augenblick. »Wir können im Moment jedenfalls nichts tun.«

»Wir werden uns um ihn kümmern«, versprach Sean und umarmte sie.

»Ja«, antwortete sie und zwang sich zu einem Lächeln. Ihr Bruder meinte es gut. Er verdiente ihre Loyalität genauso, wie er sie schon ihr ganzes Leben lang verdient hatte. Warum wollte sie ihm dann verzweifelt ins Gesicht schlagen? »Wir werden uns um ihn kümmern.« Sie zog sich zurück, sah zu ihm hoch und zwang sich, ihn so zu sehen, wie sie ihn immer gesehen hatte, als den Helden, der jeden Feind bezwingen konnte und sie immer beschützen würde. Es war schwer, aber nicht unmöglich, und ihr Lächeln wurde aufrichtiger. »Das haben wir auch früher schon getan.«

Siobhan betrachtete erneut ihr Spiegelbild. »Ihr seht wunderschön aus, Mylady«, sagte Emma, die hinter ihr stand.

»Wirklich?« In Wahrheit konnte sie kaum glauben, dass die Frau vor ihr wirklich sie selbst war. Ihr dichtes, schwarzes Haar war vollkommen glatt gekämmt, zur angemessenen Frisur einer verheirateten Frau zurückgenommen und mit einem goldenen Diadem über einem hauchdünnen Schleier aus feinstem Leinen gekrönt worden. Über einem weißen, seidenen Unterkleid, dessen zarte Spitze aus dem Leibchen hervorsah, trug sie ein Gewand aus blauem Brokat von der Farbe ihrer Augen, und die Spitze an den Ärmeln war so lang, dass sie gewiss darüber stolpern würde, wenn sie die Treppe hinunterging. An den Füßen trug sie zarte, kleine Schuhe, die sich sicherlich auflösen würden, wenn sie in eine Pfütze träte. Ihre Haut war so weiß geschrubbt wie Marmor, aber ihre Wangen waren vor Aufregung gerötet, und ihre Augen strahlten. »Es stimmt«, entschied sie. Aber sie war nicht sie selbst.

»Ihr seht wie eine Prinzessin aus«, sagte Clare, die vom Bett aus zusah. Der Teppich mit den Blutflecken ihres Vaters war hinausgebracht und fortgeworfen worden, bevor sie das Zimmer betreten durfte, und sie schien nichts von dem zu wissen, was in der Nacht zuvor geschehen war. »Mein Papa wird sich freuen.«

Siobhan wandte sich um und sah sie an, aber bevor sie antworten konnte, öffnete sich die Tür und Silas trat ein. Seine Augen weiteten sich vor Schreck, als er sie sah. »Du meine Güte«, sagte er, presste eine Hand auf die Brust und lächelte einen Moment, obwohl die Sorge niemals aus seinen Augen wich.

»Euer Herz ist bei mir sicher«, versprach sie und erwiderte sein Lächeln. »Danke, dass Ihr gekommen seid, Meister Silas.«

»Ich war mir nicht bewusst, dass ich eine Wahl hatte.« Er schaute zu Emma und blinzelte, und das Kindermädchen lachte nervös, bevor sie den Blick abwandte. »Euer Bruder sagte, es sei dringend.«

»Recht dringend, fürchte ich.« Sie trat zu Clare und streichelte deren zarte Wange, womit sie das traurige, schwache Lächeln heraufbeschwor, das das Äußerste war, worauf sie bei ihr hoffen konnte. »Würdest du bitte mit Emma gehen? Ich muss allein mit dem Meister sprechen.«

»Ja.« Sie kniete sich aufs Bett und breitete die Arme aus, und Siobhan umschlang sie und vergrub ihr Gesicht für einen Moment in dem goldenen Haar. »Ihr braucht Euch nicht so viele Sorgen zu machen, Mylady«, sagte Clare leise, sodass nur sie es hören konnte. »Papa wird bald hier sein.«

Siobhans Herz raste in ihrer Brust, aber sie lächelte, als sie die Kleine losließ, und sagte: »Daran zweifle ich nicht.«

»Ich muss sagen, es ist schwer vorstellbar«, bemerkte Silas, als Emma und das Kind fort waren. Siobhan zog eine Augenbraue hoch. »Dass sie Euch so mag, Mylady«, erklärte er. »Und Ihr sie.«

»Jedermann muss Lady Clare mögen«, antwortete sie schlicht. »Sie ist ein wunderschönes, gutmütiges kleines Mädchen.« Sie hörte bewusst auf, die Hände zu ringen, und trat zum Fenster. »Warum sie mich mag, weiß ich allerdings nicht.«

»Weil Ihr sie mögt.« Er blätterte das Buch durch, das noch immer geöffnet auf dem Tisch lag. »Ihr Vater war auch nicht der fröhlichste Mensch, falls Ihr Euch erinnert, aber sie liebte ihn sehr.«

»Liebt ihn, Silas«, korrigierte sie ihn und wandte sich wieder zu ihm um. »Sie liebt ihn sehr.«

Er lächelte, aber seine Augen wirkten skeptisch. »Ja«, stimmte er ihr zu. »Tristan lebt noch.« Er sah sie erneut von oben bis unten an, als könnte er seinen Augen nicht recht trauen. »Was nicht Euer Verdienst ist.«

»Ich wollte ihn töten«, räumte sie ein. »Ich dachte … bei Gott, Silas, ich weiß nicht mehr, was ich denke, oder auch nur, was ich fühle.«

Bevor er antworten oder sie die Nerven verlieren konnte,

erzählte sie ihm in allen Einzelheiten von Tristans Rückkehr. Sie musste jemandem vertrauen. Sie war nicht klug genug, um das Chaos, zu dem ihr Leben geworden war, allein zu bewältigen. Sean würde sie niemals verstehen – das hatte er bereits bewiesen. Emma war lieb, aber sie war ein argloses Dienstmädchen mit noch weniger Erfahrung in solchen Angelegenheiten, als Siobhan selbst sie besaß. Michael hätte alles in seiner Macht Stehende getan, um ihr zu helfen, aber seine wahre Loyalität würde stets Sean gelten, und das konnte sie ihm kaum vorwerfen. Hätte sie nicht den Verstand verloren, gälte das für sie genauso. Silas, weise, freundlich und edel, war ihre einzige Hoffnung. »Es war Euer Buch, durch das ich herausfand, was Tristan ist«, schloss sie. »Es berichtet von einem Dämon, der ein Vampir genannt wird…«

»Es berichtet auch über Drachen in Schottland«, erinnerte er sie sanft.

»Und wenn Tristan mir mit Feueratem begegnete, würde ich auch glauben, dass er einer wäre«, konterte sie und erwiderte sein Lächeln. Es einfach nur ausgesprochen zu haben, war, als wäre ihr eine Last von der Brust genommen worden. »Aber das ist er nicht. Er ist ein Vampir.«

Er stand so lange einfach nur da und sah sie an, dass sie sich allmählich töricht fühlte. Dann nickte er. »Ja«, sagte er mit mattem Seufzen. »Ich glaube, das ist er.« Er bot ihr seine Hand an, und sie nahm sie, und der schlichte Trost dieser Geste trieb ihr die Tränen in die Augen. »Letzte Nacht wolltet Ihr ihn töten«, sagte er und strich ihr das Haar aus dem Gesicht, während sein Blick den ihren suchte. »Was wollt Ihr jetzt tun?«

»Ich weiß es nicht«, gab sie zu. Sie konnte das Schwert

spüren, das unter ihrem Gewand an ihr Bein gebunden war und das sie so leicht erreichen konnte, aber der Gedanke daran, es erneut zu benutzen, ließ sie sich elend fühlen. »Alles hängt von diesem Mann ab, den der König gesandt hat, und von diesem Baron Seans, und vor allem … vor allem von Tristan selbst.« Sie drückte seine Hand, bevor sie sie losließ. »Er hat letzte Nacht genau hier in diesem Raum versucht, Sean zu töten, und hielt dabei meine Hand, genau wie Ihr es jetzt tut, als müsste ich es zulassen.« Sie wandte sich von ihm ab und schritt auf und ab, wobei ihr die Röcke um die Beine wogten. Wie konnte sich irgendjemand in solch einem Aufzug bewegen?, dachte sie. »Aber das kann ich nicht, Silas.«

»Natürlich könnt Ihr es nicht.« Sie wandte sich ihm wieder zu, und er umfasste sanft ihren Arm. »Als mich Euer Bruder zu Euch schickte, dachte ich, Ihr wolltet mich zum Tode verurteilen«, sagte er. »Da der Abgesandte des Königs kommt und ich die Wahrheit über Tristans Tod kenne, schien es nur logisch.«

»Sean dachte dasselbe«, räumte sie ein. »Ich habe ihn überzeugt, mich mit Euch sprechen zu lassen, um entscheiden zu können, was das Beste wäre.« Allein der Gedanke daran war schrecklich, das war ihr klar. »Er ist kein schlechter Mensch, Silas. Ihr müsst verstehen …«

»Ich verstehe ja, Mylady«, unterbrach er sie sanft.

»Aber ich schwöre, ich werde nicht zulassen, dass er Euch ein Leid antut«, schloss sie. »Ich fürchte, ich bin keine gute Brigantin mehr, Silas. Ich wünsche niemandem mehr Böses.«

»Möge das für immer so bleiben«, erwiderte er lächelnd. »Inzwischen werde ich Euch dasselbe Versprechen geben.« Er hob ihre Hand an seine Lippen. »Ich werde Euch auch kein Leid zufügen. Was auch immer Ihr entscheidet, was auch immer Ihr diesen Männern sagt, die kommen, ich werde nicht mit Euch streiten.« Er nahm ihre Hände in seine und betrachtete sie erneut von oben bis unten. »Nun lasst mich Euch die Umgangsformen beibringen, die zu Eurem Gewand passen.«

Als Tristan in der Dunkelheit des Unterschlupfs erwachte, fühlte er sich wieder mehr wie er selbst. Er setzte sich mühsam auf und bekämpfte die übliche Benommenheit, die er bei Tageslicht empfand. Er spürte keine wirkliche Qual, nur die Art allgemeinen Schmerz, an den er sich von den Morgen nach Schlachten als sterblicher Mensch nur allzu gut erinnerte. Er blickte auf seine Brust hinab und fand die Wunde, die Siobhan ihm zugefügt hatte, fast verheilt vor. Saubere schwarze Stiche, wie ein Wundarzt sie machen würde, verliefen kreuz und quer über der Stelle, wo die Wunde gewesen war, aber die Haut darunter war kaum vernarbt. Er berührte seine Kehle und merkte, dass auch sie verheilt war.

Simon schlief auf der anderen Seite des Raumes auf der weichen Bettstatt eines Reisenden. Tristan rieb sich seinen wunden Nacken und verzog das Gesicht. Sein Vampirbruder war weitaus besser auf das Leben eines Dämons vorbereitet als er selbst. Nicht nur reiste er mit einem Zauberer, sondern er hatte offensichtlich auch ausgezeichnete Vorkehrungen getroffen.

Wie als Antwort auf seinen Gedanken öffnete sich die Tür, sodass Tristan vor dem Licht zurückzuckte. Orlando kam herein und schloss sie rasch wieder hinter sich. »Gut«, sagte er und stellte einen Korb mit Wäsche ab. »Ihr seid wach.«

»Es scheint so.« Tristan beobachtete nachdenklich, wie

sich der kleine Zauberer hinsetzte, um Strümpfe zu sortieren. »Habt Ihr mich zusammengeflickt?«

»Besser ich als Simon«, antwortete dieser. »Seid Ihr also geheilt?«

»Ich denke schon.« Er nahm den Dolch aus seinem Stiefel, durchschnitt die Fäden und zuckte zusammen, als er sie einzeln herauszog. »Ich dachte nicht, dass ich so verletzt werden könnte.«

»Ich auch nicht.« Orlando legte stirnrunzelnd die Wäsche beiseite, trat zu ihm und nahm ihm den Dolch ab. »Ich weiß mehr über Vampire, als ich Euch erzählen wollte«, sagte er und zog die Fäden sanfter und effizienter. »Aber ich habe nie von einer Waffe erzählen hören, die für so lange Zeit so viel Schaden anrichten kann. Wie ist es geschehen?«

»Siobhan«, antwortete Tristan. Er dachte mit einem schlimmeren Schmerz an das Gesicht seiner Liebsten, die ihn weinend und verzweifelt angriff, als ihm das Ziehen der Fäden verursachte. Seine Liebste … das war sie, wie er erkannte, sein wilder, verwegener Dämon von Frau, mehr als jede andere sanfte oder fügsame Frau es jemals hätte sein können. Aber sie hatte versucht, ihn zu töten. Sie hatte dabei geweint, aber sie hatte es dennoch getan.

»Eine Frau hat das getan?«, fragte Orlando und stutzte. »Wie ist das möglich?«

»Warum fragt Ihr mich?«, erwiderte Tristan. »Ihr seid derjenige, der so viel über Vampire zu wissen behauptet. Ich bin nur zufällig einer.«

Simon murmelte im Schlaf und rollte sich herum, als störten sie ihn, und der Zauberer lächelte ihm voll offensichtlicher Zuneigung zu. »Welche Art Waffe hat sie benutzt?«, fragte er leiser.

»Ein Schwert«, antwortete Tristan. Tatsächlich hätte er es vorgezogen, überhaupt nicht darüber zu sprechen, weder mit Orlando noch mit sonst jemandem, aber er hatte vermutlich keine Wahl. »Ein kleines, breites Schwert, kleiner als jedes andere, das ich bisher gesehen habe.« Er war überrascht darüber, wie deutlich er sich an die Waffe erinnerte. »Das Metall war von matt silberner Farbe, nicht glänzend wie Stahl, aber die Klinge war scharf.«

»Offensichtlich.« Der Zwerg, der konzentriert die Stirn runzelte, trat zu seinem Gepäck, durchsuchte es und förderte eine Schriftrolle zutage. Er öffnete sie, betrachtete, was dort geschrieben stand, und murmelte etwas vor sich hin, das zu leise war, als dass Tristan es hätte verstehen können.

»Sagt Eure Schriftrolle etwas von einem solchen Schwert?«, fragte der Vampir.

»Vielleicht.« Er zeigte ihm die Schriftrolle. Auf ihr war keine Schrift, sondern eine Zeichnung zu sehen. Der größte Teil der Seite wurde von einer groben Landkarte Britanniens bedeckt. Aber oben befand sich die Abbildung eines Kelchs, zweifellos der Kelch, den er und Simon suchten. Darunter war ein Kreuz zu sehen, das anscheinend aus einem hölzernen Pfahl und einem Schwert gebildet wurde, das dem von Siobhan sehr ähnlich sah.

»Ein Pfahl«, sagte Tristan, als er sich erinnerte. »Sie hatte auch einen Pfahl, den sie an ihrem Gürtel verbarg. Sie traf mich, stieß auf meine Kehle ein, und dann zog sie den Pfahl hervor.«

»Allmächtiger«, murmelte Orlando. »Wer auch immer diese Frau ist, Tristan, sie weiß, was Ihr seid. Und sie weiß, wie sie Euch töten kann.« Er deutete auf die Zeichnung. »Ist das das Schwert?«

»Das könnte schon sein«, antwortete er stirnrunzelnd. »Diese Frau, wie Ihr sie nennt, ist meine Ehefrau, die Tochter eines Einheimischen, eines Briganten. Was sollte sie über Vampire wissen?«

»Ehefrau?«, echote Orlando erschreckt. »Euer Kind hat eine Mutter?«

»Jedes Kind hat eine Mutter, Zauberer«, antwortete Tristan mit verzerrtem Lächeln. »Aber nein, Siobhan ist nicht Clares Mutter.« Als er dies sagte, verspürte er einen weiteren seltsam traurigen Schmerz. »Sie ist die Ehefrau, die mir von den Briganten aufgezwungen wurde.« Er hörte Daimon draußen aufgeregt wiehern. »Es ist eine recht lange Geschichte«, sagte er und erhob sich. »Habt Ihr das Pferd versteckt?«

»Sehe ich so aus, als hätte ich das Pferd verstecken können?«, sagte Orlando und richtete sich, so klein er war, zu seiner vollen Größe auf. »Tatsächlich wollte mich das Tier kaum in Eure Nähe lassen.« Er ging zur Tür voraus und streckte eine Hand hinter sich aus, als wollte er den Vampir warnen, dem Licht fernzubleiben. »Simon kam nach Euch zurück. Vielleicht hat er es getan.« Wie zur Antwort schloss sich ein zweites Pferd dem Protest an.

»Wacht auf, Bruder«, sagte Tristan und stieß Simon mit dem Stiefel unsanft an.

»Vorsicht«, warnte Orlando. »Er erwacht nicht immer so friedlich wie Ihr.« Wie um das zu bestätigen, setzte sich Simon knurrend und mit glühenden Augen auf. »Beruhigt Euch«, sagte der Zauberer. »Draußen ist jemand.«

»Er stiehlt unsere Pferde«, sagte Tristan, die Augen vor Zorn verengt.

»Bastard«, sagte Simon, der sich anscheinend rasch erholte. Er erhob sich von seinem Lager. »Wer ist es?«

Orlando öffnete die Tür einen winzigen Spalt weit und spähte hinaus. »Einer von Tristans Briganten«, sagte er leise. »Er muss sich mit seinem Geschäft auskennen. Er hat bereits beide Pferde zusammengebunden, und keines scheint sonderlich beunruhigt zu sein.« Er trat zurück und schloss die Tür so leise wie möglich wieder. »Anscheinend kommt er hierher.«

Tristan lächelte dem anderen Vampir bitter zu. »Gut für ihn.«

»Wartet«, befahl Orlando. »Lasst ihn uns befragen, bevor Ihr ihn tötet.« Er bedeutete ihnen zurückzutreten, bevor er die einzige Kerze ausblies, und Simon zog sich sofort in die Schatten zurück. Kurz darauf tat Tristan es ihm gleich.

Orlando trat hinter die Tür, als sie gerade geöffnet wurde. Der Mann, der hereinkam, war in der Tat einer von Sean Lebuins Briganten. Tristan hatte ihn mit Emma, Clares Kindermädchen, im Schloss gesehen, ein großer, sehr beliebter Mann mit einer angenehmen, sanften Art, die im Widerspruch zu seinem Beruf stand. Er bewegte sich vorsichtig, mit gezogenem Schwert, als hätte er bemerkt, dass der verborgene Unterschlupf kürzlich geöffnet worden war. »Wer ist da?«, fragte er in die Dunkelheit hinein.

»Ein Reisender«, antwortete Orlando und trat ins Licht.

Die Haltung des jungen Mannes änderte sich sofort. »Seid gegrüßt, kleiner Meister«, sagte er und ließ sein Schwert sinken. »Was führt Euch hierher?«

»Ich reise mit meinem Herrn, dem Herzog von Lyan«, sagte Orlando. »Wir sind auf der Suche nach Tristan, Lord DuMaine.«

Bei diesen Worten spannte sich der Brigant wieder an, aber es war zu spät. Simon sprang aus den Schatten wie der

Wolf, der er gewesen war, als Tristan ihn das erste Mal gesehen hatte, und packte den Mann bei den Schultern, während Orlando die Tür hinter ihm zuschlug. Der Brigant ließ sein Schwert sofort fallen, verhielt sich aber herausfordernd. »DuMaine ist tot«, antwortete er und begegnete Simons Blick.

»Nicht ganz.« Während Orlando die Kerze anzündete, trat Tristan ins Licht.

»Herr Jesus …« Der Brigant bekreuzigte sich, und sein Gesicht wurde kalkweiß. »Ich dachte, dass sie bestimmt verrückt wäre, dass sie Sean irgendwie überzeugt hätte, aber … wir haben den Burggraben stundenlang nach Euch abgesucht …« Simon lockerte seinen Griff, und er sank auf die Knie. »Gott rette uns.«

»Das tut er vielleicht noch«, sagte Simon, der offensichtlich ein Lächeln unterdrückte. Tristan persönlich fand, dass sein Vampirbruder einen eher verdrehten Sinn für Humor hatte. »Wie heißt Ihr, mein Herr?«

»Michael«, antwortete ihm der Brigant, aber sein Blick wich nicht von Tristans Gesicht. »Was wollt Ihr?«

Tristan dachte über die Frage nach. Er könnte diesen Mann töten, seiner Racheliste eine weitere Tötung hinzufügen, aber das schien der Mühe kaum wert. »Informationen«, antwortete er. »Ihr gehört zu Seans Leuten, nicht wahr?« Michael schwieg, aber der plötzliche Widerstand in seinen Augen genügte als Antwort. »Ich will genau wissen, was Euer Hauptmann plant, bis ins kleinste Detail.«

»Niemals«, sagte Michael. »Ich kann nicht.«

»Niemals ist eine sehr lange Zeit, Michael«, erwiderte Simon und lächelte ernst. »Und Ihr könnt tun, was immer Ihr tun müsst.« Seine Stimme hatte sich verändert, wie Tristan erkannte, war zu dem hypnotischen Grollen geworden, das er in der Nacht, in der er Siobhan verführt hatte, auch aus seiner eigenen Kehle hatte dringen hören. »Warum seid Ihr hierhergekommen?«

»Der Schatz«, antwortete der Brigant, die Augen in Trance geweitet. »Der Schatz in den Gängen.« Er deutete auf einen Stapel zerbrochener Kisten und schmutziger Lumpen in einer Ecke des Unterschlupfs. »Der Abgesandte des Königs kommt, und Lord Tristan ist ein Monster. Er fürchtet, mit Siobhan fliehen zu müssen.« Er runzelte die Stirn. »Aber sie wird nicht gehen. Das weiß er.«

»Welcher Schatz?«, drängte Simon und wurde augenblicklich wachsamer. Auch Orlando hatte sich angespannt. »Welche Gänge?«

»Der Schatz, den wir gestohlen haben«, antwortete Michael. »Wir haben ihn in den Gängen versteckt, die wir fanden, als wir den Unterschlupf gruben. Siobhan weiß das nicht.« Er runzelte erneut die Stirn, als störte ihn das. »Sean wollte nicht, dass sie sie sieht. Er sagte, ihre Mutter habe sie mit Aberglauben verdorben, habe sie dazu gebracht, die alten Geschichten zu glauben.«

»Zeigt ihn mir«, befahl Simon. »Zeigt mir den Weg zu den Gängen.«

Der Blick des Briganten schweifte erneut zu Tristan, und seine Miene wurde traurig. »Siobhan hat um Euch geweint, DuMaine«, sagte er. »Vom ersten Tag an, seit sie glaubte, Ihr wärt tot. Ich habe sie selbst gehört, als ich vor der Tür zu Eurem Zimmer stand. Sie lag in Eurem Bett und schluchzte so, wie ich es noch nie von ihr gehört hatte – es brach mir das Herz.«

»Die Gänge«, drängte Orlando.

»Lasst ihn sprechen«, befahl Tristan, den irgendwelche Gänge nicht im Geringsten interessierten.

»Sie weint auch jetzt um Euch, genau an diesem Tag«, fuhr Michael fort.

»Warum hat sie mich dann zu töten versucht?«, wollte Tristan wissen.

»Warum habt Ihr sie zu töten versucht?«, konterte der Brigant. »Sie denkt, Ihr wollt uns alle vernichten, weil Ihr eine Art Dämon seid. Sie hat etwas in einem Buch gelesen.«

»Natürlich«, murmelte Orlando.

»Ihr sagtet, der Abgesandte des Königs käme«, bemerkte Tristan, und seine Gedanken rasten und durchbrachen die Erstarrung, die ihn niederdrückte. Die Sonne musste wohl bereits untergehen. »Wann?«

»Auch jetzt«, antwortete Michael. »Ich muss mich beeilen, muss den Schatz bergen und mich auf die Flucht vorbereiten.« Er schaute zu dem Stapel Gerümpel zurück. »Sean glaubt, die Gänge könnten ganz bis zum Schloss führen, aber es ist ein Labyrinth.«

»Räumt dieses Gerümpel fort«, befahl Orlando, aber Simon handelte bereits. Er schob die zerbrochenen Kisten aus dem Weg und legte so eine Falltür im Boden frei. »Habt Ihr die nicht gesehen?«, wollte der Zauberer von Tristan wissen.

»Ich habe nicht hingeschaut.« Er trat einen Schritt auf Michael zu. »Will Sean fliehen, bevor der Abgesandte des Königs eintrifft?«

»Nein«, antwortete der Brigant. »Er setzt noch immer ebenso viel Vertrauen in Callard wie zuvor. Aber wenn Callard versagt, will er bereit sein. Es geht ihm nur darum, Siobhan zu retten.«

»Zumindest glaubt Ihr das«, sagte Tristan verbittert.

»Nein, Mylord«, erwiderte Michael. »Ich schwöre, dass es die Wahrheit ist. Siobhan wollte, dass die Normannen vertrieben werden. Sean hat das alles für sie getan.«

Simon öffnete die Falltür und spähte hinein. »Da sind Gänge«, sagte er, ließ sich durch die Öffnung hinunter und stand dann schultertief im Boden. »Reicht mir ein Licht.«

»Und warum sollte Sean das tun?«, fragte Tristan Michael. Er wollte nicht seine Vampirkräfte der Überredung benutzen, aber der junge Mann antwortete dennoch.

»Sie ist seine Schwester, seine Verwandte«, erklärte er. »Er liebt sie mehr als alles andere auf der Welt. Er wollte Rache für seinen Vater und seine Mutter, und er bekam sie, als der alte Baron starb und er ihm das Herz herausschnitt. Alles Weitere geschah für die Männer, die sich ihm angeschlossen hatten, Geächtete, die die Normannen hassten, und für Siobhan.«

Simon tauchte wieder aus der Öffnung auf. »Es ist genauso wie die Katakomben auf Charmot«, sagte er zu Orlando. »Es gibt sogar Wandgemälde. Es waren Druiden hier.«

»Druiden, ja«, stimmte Michael ihm zu. »Sean sagte, die Ahnenreihe seiner Mutter gehe auf die Druiden zurück.«

»Die Ahnenreihe der Mutter«, wiederholte Orlando und begegnete Simons betroffenem Blick.

»Noch ein Zugang«, sagte Simon.

»Vielleicht«, stimmte Orlando ihm zu.

»Ihr sagt, diese Gänge führten ganz bis zum Schloss«, bemerkte Tristan ungeduldig, wobei ihn ihre Meinung kaum kümmerte. Er hatte noch immer nur wenig Interesse an der Suche seines Vampirbruders, aber er brauchte dessen Hilfe für seine eigene Suche. Vielleicht würden diese Gänge ihn weiterbringen.

»Das hat Sean vermutet«, antwortete Michael. »Aber wir hatten nie die Zeit, es herauszufinden.«

»Sagt mir alles, was Ihr über den Abgesandten des Königs und diesen Callard wisst.« Er sah Simon an. »Ich denke, es ist an der Zeit, dass ich mit der Hilfe seiner Gnaden des Herzogs nach Hause gehe.«

13

Siobhan stand oben auf dem Turm und beobachtete, wie die Reiter und Soldaten auf dem Waldweg stetig näher kamen. Sie hatten immer gewusst, dass Tristans königlicher Cousin eine angemessene Abordnung entsenden würde, um sich nach ihm zu erkundigen. Aber niemand hätte das Kontingent erwarten können, das sie nun sah. Es waren mindestens sechzig Mann zu Pferde und doppelt so viele zu Fuß.

»Herr Jesus«, murmelte Sean neben ihr. »Warum sollte Heinrich so viele Leute entsenden?«

»Vielleicht hat er es nicht getan«, antwortete sie. »Vielleicht gehören einige von ihnen zu deinem Freund Callard.«

»Da bin ich mir sicher«, sagte er, aber er klang absolut nicht sicher. Tatsächlich war ihr Bruder zusehends nervöser geworden, während der Tag voranschritt. Nun wo er sich dem Ende zuneigte und die Streitmacht, die sie gefürchtet hatten, so nahe war, hätte er durchaus von den Zinnen springen können, wenn hinter ihm jemand in die Hände geklatscht hätte.

»Hauptmann!«, rief ein Soldat und trat durch den Torbogen. »Die Kundschafter sind zurückgekehrt.«

»Michael?«, fragte Sean und wandte sich ihm zu. »Ist er bei ihnen?«

»Nein, Hauptmann«, sagte der Soldat und schaute zu

Siobhan. Michaels Verschwinden war einer der Gründe, warum Sean so aufgewühlt war. Er war vor einigen Stunden aufgebrochen, um die Straße auszukundschaften, oder zumindest hatte Sean ihr das gesagt. Etwas in seinem Gesicht hatte sie jedoch vermuten lassen, dass er log. Aber das war Wahnsinn. Sean würde sie nicht anlügen, nicht jetzt.

»Was gibt es Neues?«, fragte sie den Mann laut.

»Nur Schlechtes, Mylady«, gab er zu. »Einer der Männer stieß ungefähr eine Meile entfernt auf die Fußsoldaten, und wir wissen jetzt, warum so viele Normannen kommen. Sie gehören alle zu DuMaine.«

Sean fluchte leise, und sie war geneigt, es ihm gleichzutun. »Seid Ihr sicher?«, fragte sie stattdessen.

»Ja, Mylady«, antwortete er. »Die meisten der Ritter reiten unter DuMaines Banner – die Streitmacht, die in den Krieg des Königs nach Frankreich gezogen ist.« Er wirkte ebenso elend, wie sie sich fühlte. Sean wandte sich vollkommen ab und schüttelte den Kopf. »Seine Bastard-Majestät hat sie nach Hause geschickt.«

»Das war es dann«, sagte Sean, dessen Tonfall vollkommen matt klang. »Wir sind erledigt.«

»Nein.« Sie ergriff seinen Arm und zwang ihn, sie anzusehen. »Warum sollten wir erledigt sein? Was hat sich geändert?«

»DuMaines Ritter kennen uns, oder hast du das vergessen?«, fragte er mit bitterem Auflachen. »Sie werden wissen, dass wir das Schloss gewaltsam eingenommen haben und dass er dich niemals freiwillig geheiratet hätte.«

»Woher sollen sie das wissen?«, fragte sie. »Sie waren fort. Vielleicht hat er mich gefangen genommen. Vielleicht habe ich …« Ihre Stimme brach einen Moment ab, aber sie zwang sich weiterzusprechen. »Vielleicht hat er sich in mich verliebt.«

»So sehr, dass er mich verschont hat?«, fragte Sean. »Nein, Liebes. Du bist eine Schönheit, aber das könnte keine Frau vollbringen.«

»Das weißt du nicht«, beharrte sie, obwohl ihr gebrochenes Herz bereits wusste, dass er recht hatte. Denn das war genau der Ursprung ihrer Verzweiflung. »Und selbst wenn du damit recht hast, was können wir sonst tun? Unser Handlungsspielraum ist festgelegt. Wir können jetzt nicht mehr fliehen.«

»Wir könnten uns zur Wehr setzen«, sagte er. »Das Schloss ist fertig. Es könnte einer Belagerung standhalten.«

»Wie lange?«, fragte sie und schüttelte den Kopf. »Du hast es selbst gesagt – die Nahrungsvorräte sind fast verbraucht. Und selbst wenn dem nicht so wäre, selbst wenn wir gut bevorratet wären, wie könnten wir einem königlichen Angriff standhalten?« Sie hatte den ganzen Tag an die verlogene Farce ihrer Hochzeit denken müssen. Nun dachte sie erneut daran – und an Tristans Fluch. *Ich werde dich töten, Liebste,* hatte er versprochen. *Dann solltest du am besten herkommen und es tun, Liebster,* dachte sie nun als Antwort und unterdrückte ein wahnsinniges Lachen. *Sonst wird dir der Henker vielleicht zuvorkommen.* »Du solltest gehen«, sagte sie laut. »Jetzt, bevor sie eintreffen – geh mit den Leuten, von denen du glaubst, dass sie erkannt werden könnten, durchs Südtor davon ...«

»Bist du verrückt?«, unterbrach er sie bestürzt. »Ich werde hier nicht weggehen und dich den Normannen allein gegenübertreten lassen.«

»Nicht einmal, um uns beide zu retten?« Sie nahm seine

Hände und zwang sich, nicht zu zittern und für sich und Sean und alle Leute ihres Vaters stark genug zu sein. »Wenn du fort bist, kann ich ihnen vielleicht glaubhaft machen, dass ich DuMaine aus freien Stücken geheiratet habe. Silas hat versprochen, meine Geschichte zu bezeugen, wie auch immer sie aussehen mag, und er ist am königlichen Hof wohlbekannt und sehr beliebt. Tristans Ritter kennen ihn auch.«

»Nein«, erwiderte er kopfschüttelnd. »Ich will das nicht hören …«

»Du musst es dir anhören.« Sie hatte keine Zeit mehr zu streiten oder seine Gefühle zu schonen. Die Nacht brach herein, und Tristans Freunde waren zurückgekehrt. Der Himmel allein wusste, was vor der Dämmerung geschehen würde. »Deine Pläne sind beinahe gescheitert, Sean, aber wenn du mir vertraust, kann ich ihnen noch immer zur Verwirklichung verhelfen. Silas kann mir besser helfen als du, und das weißt du. Und wenn dein Freund der Baron aufrichtig ist, wird auch er mir helfen. Und selbst wenn er es nicht ist …« Der Ausdruck der Qual in den Augen ihres Bruders ließ sie innehalten, bevor er sich noch schlechter fühlen würde, weil sie seinen großartigen Verbündeten verleumdete. »Ich bin nur eine Frau, Sean«, fuhr sie lächelnd fort. »Die Ritter kennen dich als ihren Feind, aber mich werden sie nur als Beute ansehen. Es wird ihnen niemals in den Sinn kommen, dass ich heimlich Verrat gegen ihren Herrn geplant haben könnte – sie werden schlimmstenfalls glauben, dass ich deine Schachfigur bin. Wenn ich vorgebe, die törichte Närrin zu sein, die sie in mir sehen, kann ich bei ihnen Mitleid anstatt Zorn erregen.«

»Du könntest eine solche Rolle niemals spielen, Siobhan«, protestierte er. »Das liegt dir nicht.«

»Ich kann alles tun, was ich will.« Sie spürte, dass er nachgab, und der einfühlsame Teil in ihr war froh darüber. Aber tief in ihrem Herzen schmerzte sie der Gedanke, dass er sie verlassen könnte, auch wenn sie es selbst von ihm forderte. *Tristan würde mich nicht verlassen,* dachte sie, obwohl sie den Gedanken gemieden hatte. *Nicht wenn er mich liebt. Er hat die Verdammung in Kauf genommen, um bei Clare zu bleiben.* Aber ihr Bruder war nicht Tristan. »Das hast du mich gelehrt, erinnerst du dich?« Sie umschloss mit ihren Händen sein Gesicht und fühlte sich viel zu alt, um seine kleine Schwester zu sein. »Ich werde sie glauben machen, dass ich bin, was sie sehen«, schloss sie. »Bin ich nicht wirklich hübsch?«

»Du bist wunderschön.« Er drückte ihre Hand an seine Wange und küsste sie. »Callard wird dich beschützen, bis ich zurückkehren kann.«

»Ich werde mich selbst beschützen.« Sie ließ sich von ihm umarmen und drückte ihn fest. Wie soll er jemals zurückkehren, dachte sie und hielt sich mit aller Kraft an ihm fest. Selbst wenn sie tat, wessen sie sich rühmte – was dann? Wollte sie auf ewig die Witwe des Normannen spielen? Sehr unwahrscheinlich, da ihr Ehemann eigentlich lebte und ein der Rache verschworener – tatsächlich ihrer Tötung verschworener – Vampir war. Sie trat zurück und schaute wie zum letzten Mal zu ihrem Bruder hoch. »Du brauchst keine Angst um mich zu haben«, mahnte sie ihn lächelnd. Zumindest wäre Sean sicher.

»Ich werde zu dir zurückkehren, zu euch allen«, versprach er und küsste sie auf beide Wangen. »Unsere Suche ist noch nicht beendet.«

Tristan stand im Schutz der Bäume und sah die Karawane vorüberziehen. Daimons Zügel lagen in seiner Hand, und Simon und Orlando ritten neben ihm. Heinrich hatte seine Ritter wieder nach Hause geschickt. Der französische Feldzug war anscheinend vorüber. Er beobachtete mit seltsam verworrenen Gefühlen die Männer, die er in die Schlacht geführt hatte. Sie waren seine verschworenen Gefolgsleute, die meisten von ihnen seine Freunde. Er kannte jeden Einzelnen beim Namen, von Sir William auf seiner schneeweißen Stute bis zum Fußsoldaten Remus, der ins Gras neben der Straße gepinkelt hatte und nun lief, um die anderen wieder einzuholen. Sie würden ihn genauso wiedererkennen, sich freuen, ihn zu sehen, und ihm gerne wieder dienen. Aber er fühlte sich von ihnen durch mehr als nur die Schatten des Waldes abgetrennt. Ein Schleier hatte sich zwischen ihn und diese lebendigen Männer, die er gern hatte, gesenkt. Er war nicht mehr der Mann, der sie befehligt hatte. Er war ein Vampir.

Simon beugte sich von seinem Pferd herab und legte ihm eine Hand auf die Schulter. »Tristan?«, fragte sein Bruder des verfluchten Blutes sanft. »Seid Ihr sicher?«

Tristan nickte mit fest zusammengebissenem Kiefer. Seine Handlungsweise stand fest. Er konnte jetzt nicht mehr davon abweichen. Er schwang sich mühelos in den Sattel und ritt im Trab auf die Straße hinaus.

»Mylord!« Sir William sah ihn zuerst, und ein Lächeln reiner Erleichterung breitete sich auf seinem Gesicht aus. »Ihr lebt!« Er sprang von seinem Pferd, kniete sich vor Tristan hin, erhob sich dann wieder und ergriff seine Hand. »Gott sei gepriesen!«

»Amen«, antwortete Tristan mit schwächerem Lächeln, und das Wort brannte auf seiner Zunge.

»Wo ist Heinrichs Gesandter?«, fragte ein anderer Ritter, Sir Andrew, und schaute zur Karawane zurück. »Und wo ist dieser verdammte Baron?«

»Der Baron von Callard sagte, er habe von Eurer Ermordung gehört«, erklärte Sir William. »Er begegnete uns mit eigenen Truppen, die zu Eurem Schloss wollten.« Sein Gesicht verzog sich wie aus Scham. »Vergebt uns, dass wir ihm geglaubt haben, Mylord.«

Tristan stieg von seinem Pferd, um ihn zu umarmen. »Ich vergebe Euch nichts, denn Ihr habt nichts falsch gemacht«, versprach er. »Es stimmt, dass ich das Opfer eines Verrats war.« Simon und Orlando traten aus dem Wald. »Aber der Herzog kam mir zu Hilfe.«

»Der Herzog?«, echote Sir Andrew. Er beugte ebenfalls eilig das Knie vor Simon. »Euer Gnaden ...«

»Simon, der Herzog von Lyan«, erklärte Tristan. »Und dies ist sein Zauberer Orlando.« Die Karawane hatte angehalten, während Rufe die Neuigkeit verbreiteten, und eine Menschenmenge versammelte sich um sie. »Seine Heilkünste haben mir das Leben gerettet.«

»Aber wie wurdet Ihr angegriffen, Mylord?«, fragte Andrew. »Wo ist der Schurke jetzt?«

»Ich weiß es nicht«, antwortete Tristan. »Aber wir werden es bald herausfinden.« Ein Mann in einem einfachen braunen Gewand galoppierte auf sie zu, gefolgt von einem Ritter in Rüstung. Es war der Gesandte, den er als einen der Günstlinge des Königs erkannte, ein sauertöpfischer junger Gelehrter namens Nicholas, der die Liebe des Königs zu Geschichte und Zahlen teilte. Der Ritter war ein Fremder ... aber nein. Als er abstieg und sein Visier hochklappte, hätte Tristan schwören können, ihn schon früher gesehen zu haben.

»Mylord DuMaine?«, fragte er ungläubig. »Könnt Ihr es wirklich sein?« Er war jung, nicht älter als Tristan selbst, und er sah fast ebenso gut aus wie Simon. Seine Züge waren so regelmäßig wie auf einem Gemälde. Seine Rüstung war wunderschön gearbeitet – in Italien gefertigt, dachte Tristan flüchtig, während er sein Gesicht betrachtete. Aber wo hatte er diesen Mann schon einmal gesehen?

»Ich bin Tristan DuMaine«, antwortete er. »Aber wer seid Ihr?«

»Dies ist der Baron von Callard«, antwortete Nicholas, der noch immer auf seinem Pferd saß. »Er war es, der uns das Gerücht von Eurem Tod mitteilte, Mylord – wenn Ihr tatsächlich der Mann seid, der Ihr zu sein behauptet.«

Das war der Baron?, dachte Tristan und hörte kaum mehr zu. Dieser sympathisch wirkende junge Bursche war das Ungetüm, das Gastons Diener so in Angst versetzt hatte? Das war der Mann, der seine Wache, seine Herrin und einen Kutscher in derselben Nacht getötet hatte? Es schien kaum möglich. Simon hatte ihm erzählt, was er von den Bauern auf der Straße gehört hatte, und sie hatten zugestimmt, dass auf den Ländereien des Barons gewiss ein Dämon hause. Aber das konnte nicht dieser Mann sein.

»Natürlich ist er das, Dummkopf«, schalt Sir Andrew. »Ihr habt ihn selbst einhundert Mal gesehen. Ihr müsst ihn doch wiedererkennen.«

»Ich hatte das Pech, erfahren zu müssen, dass ich meinen Augen und meiner Erinnerung nicht immer trauen kann«, erwiderte der Gelehrte. »Der König hat mich auf die Suche nach nur einem Mann geschickt, einem Mann, den er als Freund und Verwandten liebt. Warum habt Ihr den Brief Eures Königs ignoriert, Mylord, wenn Ihr wirklich sein Cousin seid?«

»Weil ich im letzten Monat beinahe tödlich verletzt wurde«, antwortete Tristan und wandte den Blick gewaltsam vom Gesicht des Barons ab. »Während der König in diesem Wald ausritt, wurde ich von Briganten angegriffen …«

»Lebuin!«, rief Sir William aufgebracht. »Der Bastard!«

»Genau der«, bestätigte Tristan. »Oder zumindest glaube ich es – in Wahrheit habe ich meine Angreifer nie gesehen. Ich wurde als vermeintlich tot zurückgelassen und nahm tagelang nichts wahr. Als ich wieder erwachte, waren Simon und Orlando bei mir und haben mich gesund gepflegt.«

»Möge der Himmel Euch segnen, Mylords«, sagte Callard und verneigte sich vor Simon und Orlando. Aber Tristan hätte schwören können, ihn mit einem bösartigen Glanz in den Augen lächeln gesehen zu haben, bevor er sein Gesicht verbarg.

»In der Tat«, sagte er. Er blickte zu Simon hinüber und sah, dass dieser den Baron ebenfalls beobachtete, wobei der Ausdruck in seinen Augen nicht zu deuten war. »Aber was hat Euch dazu bewegt hierherzukommen, Baron?«

»Meine Ländereien liegen nahe bei Euren, Mylord«, sagte Callard leichthin. »Ich hörte Gerüchte darüber, dass Ihr verschwunden wärt.« Sein Ausdruck wirkte erneut düster, aber seine weiten, blauen Augen tanzten heiter. »Und noch andere Dinge.«

»Zweifellos«, sagte Simon und sprach zum ersten Mal. »Ich hörte, dass Ihr eigene Schwierigkeiten habt, Mylord.«

»Natürlich«, sagte Nicholas und lächelte über den beschwingten Rhythmus in Simons Stimme. »Lyan liegt in Irland.«

»Welche Schwierigkeiten?«, fragte Sir William neugierig und blickte zu Callard.

»Der Herzog muss von der vermeintlichen Krankheit gehört haben, die einige meiner Bauern befallen hat«, antwortete Callard. Das Lachen war aus seinen Augen gewichen und durch Traurigkeit ersetzt worden. Konnte sich Gastons Diener geirrt haben? Konnte der Baron unschuldig sein? »Aber der wahre Übeltäter wurde gefunden, ein von Dämonen besessener Mörder – zumindest schien es dem Priester so. Er wurde gehängt, und die Todesfälle haben aufgehört.« Er wandte sich wieder Christian zu. »Vielleicht hat dieser Wahnsinnige auch Euch angegriffen, Mylord.«

»Vielleicht«, sagte Tristan, der neugieriger war denn je. Simon glaubte anscheinend, es bestünde eine Verbindung zwischen dem, was auch immer die Ländereien des Barons angegriffen hatte, und seinem eigenen großen Feind Kivar. Aber Tristan sorgte sich eher um den Pakt, den dieser Mann offensichtlich mit Lebuin geschmiedet hatte. »Doch ich bezweifle es. Welche anderen Gerüchte habt Ihr über mich gehört, Callard?«

Der junge Baron lächelte und blieb von Tristans Tonfall offenbar unberührt. »Es könnte Tollheit sein, Mylord«, sagte er. »Aber ich hörte, Ihr wärt verheiratet.«

Tristan erwiderte sein Lächeln. »Ist Heiraten nicht immer eine Tollheit?« Er wandte sich Nicholas zu. »Nun, mein Herr? Seid Ihr überzeugt davon, dass ich der Mann bin, der zu sein ich behaupte?«

»Ja, Mylord.« Der Gelehrte stieg von seinem Pferd und verbeugte sich tief und elegant. »Ich hoffe, Ihr werdet mir vergeben.«

»Oh, das wage ich zu behaupten«, erwiderte Simon grinsend. »Wenn Ihr ihn zum Schloss begleitet.«

Siobhan wartete auf der breiten Steintreppe des Gutshauses, während sich der Hof mit Normannen füllte, und jeder kleinste Rest Willen, den sie aufbringen konnte, war darauf konzentriert still zu stehen. Ich bin kein kleines Mädchen mehr, sagte sie sich streng, während ihr Herz so heftig schlug, dass sie glaubte, jedermann um sie herum müsste es hören. Ich bin eine Frau, eine Kriegerin, eine Brigantin. Ich werde keine Angst haben.

Clare stand neben ihr und hüpfte vor Aufregung. »Er kommt«, vertraute sie ihr an und schob ihre Hand in Siobhans Hand.

Bevor sie antworten konnte, trabte ein kleiner, brauner Zelter an die Spitze des Zuges, und ein kleiner, brauner Gesandter stieg ab. »Und wer seid Ihr, Mylady?«, fragte er und verbeugte sich vor ihr.

»Das sollte ich besser Euch fragen, mein Herr«, erwiderte sie und hörte überrascht, dass ihre Stimme fest klang. »Ihr reitet unter dem Banner unseres unumschränkten Königs, aber ich kenne Euer Gesicht nicht.«

»Ich bin Meister Nicholas«, antwortete er mit schmalem Lächeln, das ihr verriet, dass sie das Richtige gesagt hatte. Hinter ihr hörte sie Silas ein erleichtertes Seufzen ausstoßen. »Ich komme im Auftrag Seiner Majestät des Königs.«

»Dann seid Ihr willkommen, Meister Nicholas«, erwiderte sie und nickte so anmutig, wie Silas es sie gelehrt hatte. »Ich bin Siobhan, Lady DuMaine.«

Seine Augen weiteten sich einen Moment, aber sein Lächeln wankte nicht. »Dann spracht Ihr die Wahrheit, Mylord«, sagte er und blickte zu einem anderen Ritter zurück, der noch auf seinem Pferd saß. »Der Baron von Callard berichtete uns, er habe von Eurer Heirat gehört.«

»Tatsächlich?« Der Ritter hob sein Visier an und zeigte ein angenehmes Gesicht. »Das passt vermutlich.« Sie zwang sich, für einen Moment zu lächeln, so gut sie konnte. »Ich habe viel von ihm gehört.«

Der Baron lächelte ebenfalls, schwang sich von seinem Pferd und verbeugte sich kunstvoll vor ihr. »Dann bin ich gesegnet, Mylady«, sagte er und trat näher. »Einer solchen Schönheit bekannt zu sein, ist in der Tat eine Gunst.«

»Ich habe nie behauptet, dass Ihr mir bekannt wärt, Sir«, antwortete sie und streckte ihm ihre Hand hin. »Ich hörte nur Gerede.« Er nahm ihre Hand und küsste sie, und ein seltsam unangenehmes Zittern durchlief sie, aber sie wollte es sich nicht anmerken lassen. Wenn Sean in Bezug auf diesen Mann recht hatte, konnte er ihre letzte Hoffnung sein. »Ich muss mir noch meine eigene Meinung bilden.«

Inzwischen war der ganze Zug eingetroffen, und die Tore wurden wieder geschlossen und verriegelt, ein Geräusch, das sie erzittern ließ. »Keine Sorge, Mylady«, sagte Callard und ließ sie los, und seine großen, blauen Augen blickten hinter seinem mühelosen Lächeln ernst. »Ich denke, Ihr werdet eine gute Meinung von mir bekommen.«

»Seid vorsichtig, Baron.« Die Stimme erklang von einer vermummten Gestalt unmittelbar am Tor. »Man muss sich die Gunst der Lady hart erarbeiten und einen schrecklichen Preis dafür bezahlen.«

Tristan hatte entsetzt zugesehen, wie Siobhan Heinrichs Gesandten begrüßte, und traute seinen Augen kaum. Sein bösartiger kleiner Dämon hatte sich in eine elegante Lady verwandelt, bei der jedes Detail perfekt saß, vom Schleier, der die wilde Masse ihres schwarzen Haars bedeckte, bis zum Saum ihres Gewandes, das zu ihren Augen passte. Selbst ihr

Auftreten war perfekt, so kalt und herablassend wie das jeder hochgeborenen Dame bei Hofe. Sie hatte Callard bereits als ihren Retter auserkoren und tändelte schamlos mit ihm herum, und offensichtlich war es bereits um den armen Mann geschehen. »Vertraut mir«, schloss er und schob seine Kapuze zurück. »Ich kenne sie gut.«

Siobhan hätte Angst verspüren sollen. In Wahrheit hätte kein Schicksal schlimmer sein können, als dass ihr Vampir-Ehemann mit einer königlichen normannischen Streitmacht im Rücken erschien, die ihm helfen sollte, seine Rache zu üben. Aber sobald sie seine Stimme hörte, jubilierte das Herz in ihrer Brust. »Er lebt!« Sie musste unwillkürlich lächeln, als er sein Gesicht enthüllte, nicht der geheuchelte, bezaubernde Gesichtsausdruck, den sie mit Silas vor dem Spiegel geübt hatte, sondern ihr eigenes, freudiges Lächeln. »Tristan!« Sie vergaß alles, lief zu ihm, löste dabei ihren Schleier und schleuderte die Schuhe von den Füßen.

Sie hielt unmittelbar vor ihm an, während er von seinem Pferd stieg, war aber durch den Zorn in seinen Augen wie erstarrt, mit dem er auf sie herabblickte. Als sie sich das letzte Mal begegnet waren, hatte sie ihn zu vernichten versucht. Er hatte versucht, sie zu trösten, hatte ihr geschworen, sie zu beschützen, und sie hatte es ihm gedankt, indem sie versucht hatte, ihm die Kehle durchzuschneiden. Wie konnte sie von ihm erwarten, sie nicht zu hassen? »Mylord«, flüsterte sie und streckte die Hand aus, um sein Gesicht zu berühren. »Ihr seid zurückgekehrt.«

Tristan erschauderte bei ihrer Berührung, und sein Zorn löste sich angesichts der Hoffnung in ihren Augen auf. Er blickte zu ihr herab und spürte seine Vernunft schwinden.

Sie wollte ihn, trotz allem. Sie hieß ihn, den Vampir, den Normannen und den Feind willkommen. »Ja«, sagte er und nickte, wobei sich das Wort einen Moment in seiner Kehle verfing. »Das bin ich.«

Sie lächelte. »Gott sei Dank«, sagte sie und lachte, als er sie in die Arme schloss.

»Tristan, es tut mir so leid.« Er küsste sie, noch bevor sie zu Ende gesprochen hatte, presste seinen Mund auf ihren, und sie schlang die Arme um seinen Hals und bemerkte niemanden mehr um sich herum außer ihm. Er hob sie hoch, und sie lachte, schwach vor Leidenschaft und Erleichterung. »Ich wollte dich nicht verletzen.« Sie küsste sein Kinn, seine Nase, seine Wange vor Glück und Liebe, wie sie sie nie zuvor empfunden hatte. »Ich hatte solche Angst ...«

»Still, Liebste.« Er küsste sie innig, trunken vom Geschmack ihrer Zunge. Er wollte ihre Erklärung nicht hören, wollte nicht denken. Er wollte nur in ihrem Willkommen, in der Wärme ihrer Umarmung schwelgen. Was alles andere betraf, so könnten sie die Mauern des Schmerzes, die die Welt zwischen ihnen errichtet hatte, noch früh genug betrachten. Für den Moment würde er sie ignorieren. »Simon«, sagte er und wandte sich seinem Vampirbruder zu, der noch immer hinter ihnen wartete. »Wollt Ihr dafür sorgen, dass mein Schloss sicher ist?«

»Oh, ja«, antwortete Simon grinsend. »Ich sehe, dass Ihr Euch um dringendere Angelegenheiten zu kümmern habt.«

»In der Tat.« Er blickte auf seine geliebte Brigantin hinab, die sich noch immer an seine Brust schmiegte und sich an ihn klammerte, als suchte sie Schutz vor einem befürchteten Sturm. »Meine Liebste«, wiederholte er und küsste ihr Ohr. »Meine süße Siobhan ...« Er hob sie in seine Arme, und sie küsste ihn mit einer Hand an seiner Wange, während er sie ins Gutshaus trug.

»Oje«, sagte Meister Nicholas lachend und presste eine Hand auf seine Brust, als das glückliche Paar an ihm vorüberging. »Ich würde sagen, Lord DuMaine ist in der Tat ziemlich verheiratet.«

»Ja, fürwahr«, stimmte der Baron ihm zu, aber sein charmantes Lächeln wurde durch den Ausdruck reiner Berechnung in seinen Augen Lügen gestraft. »Sie passen wirklich gut zusammen.«

14

Die Diener beobachteten bestürzt, wie Tristan, ihr tot geglaubter Herr, seine Frau durch die Halle trug. Ein Hausmädchen schrie entsetzt auf und wurde ohnmächtig. Aber der Vampir selbst merkte es kaum. Sollten Andrew und Sebastian erklären, wo er gewesen war. Sollte Simon das Schloss sichern, zumindest für diese wenigen Stunden – Simon war ein Herzog und ein Kreuzritter. Ihm würde das sicher gelingen. Zumindest für die kurze Zeit, die Tristan mit Siobhan verbringen würde. Er hielt im Bogengang an, um sie erneut zu küssen, eroberte ihren Mund mit seinem.

Nur eine andere Seele konnte ihn ablenken. »Papa!«, rief Clare vom Eingang her und lief ihnen nach. »Papa, warte!«

»Clare«, sagte Siobhan und löste ihren Kuss. »Armes Kind … Tristan, warte …«

Noch bevor die Worte verklungen waren, ließ er sie herunter und kniete sich hin, um sein Kind aufzufangen. »Papa«, weinte sie, während sie auf ihn zulief.

»Still, Liebes, alles ist gut«, versprach er, während er sie umarmte. »Bitte weine nicht.«

»Mylord Tristan«, sagte Silas, der sich mit rätselhaftem Lächeln zu ihnen gesellte. »Willkommen zu Hause.«

Siobhan beobachtete, wie ihr Vampir-Ehemann sein Kind küsste, wobei ihr Herz vor Liebe, die sie nicht zu zeigen wagte, wehtat. Er wollte vorgeben, dass sie tatsächlich seine

Frau war. Er hatte es seine Ritter glauben lassen. Als sie das letzte Mal zusammen in dieser Halle standen, hatte sie ihn gezwungen, sie zum Schein zu heiraten, wobei sie beide einander mit den schlimmsten Flüchen belegt hatten, die ihnen einfielen, Flüche, die wahr geworden waren. Und nun tat er so, als liebte er sie.

»Ja, Mylord«, sagte sie und streichelte sein Haar, während er mit Clare in den Armen neben ihr kniete. »Wir haben Euch vermisst.« Er blickte fragend zu ihr hoch. Ja, Liebster, wollte sie ihm so gerne sagen. Es ist wahr. Aber sie konnte es nicht. Sie hatten Publikum. Sie musste ihre Rolle spielen. Was würde seine wahre Frau zu ihm sagen, wenn ein solches Geschöpf real sein könnte? »Wo warst du die ganze Zeit über?«

Er nahm ihre Hand in seine. »Ich war schwer verletzt, Mylady.« Als er das letzte Mal mit ihr zusammen gewesen war, hatte sie versucht, ihn mit einem Schwert zu töten, von dem Orlando glaubte, dass es verhext war. Der kleine Zauberer hatte gesagt, sie müsse wissen, was er war und wie er vernichtet werden konnte. »Tatsächlich bin ich auch jetzt noch nicht ganz genesen.« Was dachte sie wohl? Er bezweifelte nicht, dass sie ihn begehrte. Sie war vielleicht eine Teufelin und eine Brigantin, aber sie hätte ihre Gefühle niemals so gut verbergen können, hätte niemals das Verlangen, das er in ihrem Kuss geschmeckt hatte, vortäuschen können. Aber wollte sie ihn fast ebenso sehr tot sehen? Er dachte an ihr Geständnis vom Vorabend, an den herzzerreißenden Schmerz, den er in ihren Augen gesehen hatte, als sie ihm vom Tod ihres Vaters erzählt hatte. Solcher Schmerz konnte jeden Krieger in die Arme des Bösen treiben. Und seine Liebste war eine Kriegerin. »Aber Simon hat mich recht gut geheilt«, schloss er. Er hauchte einen Kuss auf ihre Handfläche, bevor er sich erhob. »Gut genug jedenfalls, um nach Hause zu kommen.«

»Ich habe es Euch gesagt«, sagte Clare glücklich und hängte sich an Siobhans freie Hand. »Ich sagte Euch, dass Papa nicht tot ist.«

»Und ich habe dir geglaubt.« Sie blickte lächelnd und mit wahrer Zuneigung zu seinem Kind hinab, und sein Herz krampfte sich vor Verlangen zusammen. Er erlaubte sich einen Moment die Vorstellung, dass dieses Spiel real wäre, dass er wieder ein richtiger Mann wäre und sie seine richtige Frau. Er hatte in seinem früheren Leben gewusst, dass er würde heiraten müssen, aber er hätte niemals gedacht, dass er lieben könnte. Liebe war etwas für Knappen und Poeten, halb mädchenhafte Wesen, die nichts anderes zu tun hatten. Er hätte sich niemals erträumt, dass es irgendwo auf der Welt Siobhan gäbe. Sie verfluchte ihn, bekämpfte ihn, forderte ihn bei jeder Wendung heraus. Ihre Schönheit war eine Last für sie, und sie gebrauchte ihre weiblichen Listen nur im Scherz. Aber sie bezauberte ihn, wie keine Lady von hoher Geburt es jemals gekonnt hätte.

»Siobhan«, fragte er, seine Stimme vor Empfindungen schroff, die er ihr nicht zu zeigen wagte. »Wo ist dein Bruder?«

Müssen wir so schnell darüber sprechen?, dachte sie und begegnete seinem Blick. Konnten sie nicht noch ein wenig länger heucheln? »Er ist fort, Mylord«, antwortete sie wahrheitsgemäß.

Er streichelte mit dem Handrücken ihr Kinn und suchte in ihren Augen nach einer Lüge. »Das ist gut«, sagte er schließlich. »Ich werde ihn nicht vermissen.« Er wandte sich von ihr ab, hob Clare hoch und küsste sie. »Und du, Mylady, solltest im Bett sein.« Das kleine Mädchen wand eine Locke seines Haars um ihre kleine Faust und runzelte widerstrebend die Stirn. »Ich komme noch und gebe dir einen Kuss, bevor ich schlafen gehe.«

»Wirst du jetzt bleiben, Papa?«, fragte sie. »Werde ich dich morgen früh sehen?«

Simons Worte kamen ihm wieder in den Sinn. *Wollt Ihr Euer Kind in die Dunkelheit führen?*, hatte er gefragt. *Wollt Ihr als Dämon den Schlossherrn spielen?* »Du wirst mich morgen früh nicht sehen, nur in der Nacht«, antwortete er und drückte sie an sich. »Aber ich werde immer noch hier sein.« Er übergab sie Silas. »Bringt Sir Sebastian, Master Nicholas und den Herzog von Lyan morgen früh zum Turm«, befahl er dem Gelehrten ruhig. Siobhan sah zu, war offensichtlich neugierig, aber schweigsam und zog nur fragend eine Augenbraue hoch. »Wir haben viel zu besprechen.« Die Halle füllte sich mit Rittern und Soldaten, und die Dienstboten servierten die Abendmahlzeit. Der Baron von Callard stand noch immer tief in eine Unterhaltung versunken bei Meister Nicholas. Aber während Tristan sie beobachtete, sah Callard zu ihm hoch und lächelte, und der Vampir hatte erneut das Gefühl, das sie sich schon früher begegnet waren. Er schaute zu Simon, seinem Vampirbruder, der mit Andrew und Sebastian sprach wie jeder andere Ritter, der eine Geschichte von fernen Ländern zu erzählen hatte.

»Mylord, seid Ihr erschöpft?« Siobhan legte eine Hand auf seinen Arm. »Wollt Euch zur Ruhe begeben?« Sie wusste, dass er nicht hungrig war, wenigstens nicht nach Essen, dachte er. Sie wusste, dass er ein Vampir war.

»Ja, Brigantin.« Er legte eine Hand auf ihre Wange, und sie lächelte, und das Verlangen in ihren Augen war unmöglich misszuverstehen oder zu übersehen. Als er sie so betrachtete, konnte er an nichts anderes mehr denken. Er beugte sich herab und küsste sie zärtlich. »Das will ich.«

Sie hob gerade ihr Kinn an, um seinen Kuss erneut zu empfangen, als er zurückweichen wollte, sodass sich seine Lippe an ihren Zähnen verfing. »Dann komm.« Sie spürte seine Arme um sich, die kraftvolle Umschlingung, nach der sie sich ihr ganzes Leben lang gesehnt und die sie nie zuvor erlebt hatte. Er war vielleicht ein Dämon, aber sie gehörte ihm, genau wie er es versprochen hatte, zumindest für heute Nacht. »Tristan«, flüsterte sie und presste ihre Wange an seine.

»Komm«, echote er, und es drang als tiefes Brummen aus seiner Kehle. Er nahm ihre Hand und führte Siobhan zur Treppe.

Gaston näherte sich seinem Herrn, als sich der Gesandte des Königs ein Stück von den anderen entfernte. »Ich schwöre, Mylord, es war nicht mein Fehler«, sagte er leise, als sinnlose Bitte um Gnade nur für die Ohren des Barons bestimmt. Callard beobachtete mit seinem wunderschönen Lächeln, das das Blut gefrieren ließ, wie DuMaine und Siobhan die Halle verließen. »Lebuin hat mir geschworen, der Mann sei tot.«

»Beruhigt Euch, Gaston.« Der Baron wandte ihm noch immer lächelnd den Blick zu und betrachtete ihn, als hätte er seinen treuesten Sklaven noch niemals zuvor gesehen. Dann blickte er zu dem fremden Ritter hinüber, der DuMaine vermutlich geheilt hatte, dieser Simon von Lyan, und lächelte noch breiter. »Alles ist gut«, versprach er. Der Blick in seinen

Augen erinnerte Gaston an das, was sein verängstigter Diener ihm erzählt hatte. *Der Baron ist verrückt geworden.* »In der Tat, Gaston«, fuhr er fort und legte eine Hand auf dessen Schulter, sodass er zusammenzuckte. »Die Dinge haben sich weitaus besser entwickelt, als wir uns es jemals hätten erträumen können.«

Siobhan zog Tristan an sich, sobald sich die Schlafzimmertür hinter ihnen geschlossen hatte. Denk nicht nach, sagte sie sich erneut und umschlang mit den Händen seinen Nacken, während sie ihn in ihren Kuss hinabzog. Er kam ihrer Aufforderung mit schiefem Lächeln nach und liebkoste ihre Lippen mit seiner Zunge, bevor er sie hineintauchte.

Sie erhob sich auf Zehenspitzen, um ihn zu erreichen, und seufzte, als sie seine Arme um sich spürte. Neulich im Stall war sie verzückt gewesen und hatte keine Kraft gehabt, ihm zu widerstehen. Nun war sie bei vollem Verstand und wollte ihm nicht widerstehen. »Warum hast du mich nicht beschuldigt?«, fragte sie ihn, während sie in seine warmen, grünen Augen hinaufblickte. Wie konnte sie ihn jemals als kalt empfunden haben? »Warum hast du deinen Rittern und den Übrigen nicht gesagt, was ich bin?«

»Das habe ich.« Er strich ihr das Haar aus dem Gesicht. »Du bist meine Frau.« Dieses Mal war sein Kuss härter, während er seinen Daumen an ihr Kinn presste und ihren Mund zwang, sich seinem zu öffnen. Ihre Beine gaben unter ihr nach, und sie wankte gegen ihn und krallte sich an seinem Hemd fest. Er war noch immer wie ein Brigant gekleidet und roch nach Wald, der warme, köstlich männliche Geruch, den sie auf eine Weise kannte und liebte, die tiefer war als Gedanken. Aber seine Berührung war gebieterisch, die besitzergreifende Berührung eines Adligen. Kein Brigant, gleichgültig wie gut aussehend oder ungestüm er gewesen wäre, hätte es jemals wagen dürfen, sie so zu berühren. Sie ließ ihre Hände über seine Schultern und Arme gleiten, während er sie küsste und festhielt und seine Muskeln sich unter ihrer Liebkosung anspannten. Aber sie konnte nicht einmal in diesem Moment vergessen, was er war. Als ihre Hände unter sein Gewand glitten, um seinen Rücken zu streicheln, spürte sie, dass seine Haut kalt war.

»Vampir«, flüsterte sie, während er sie hochhob. Die Frau in dem Buch war als Hexe gesteinigt worden, als ihr toter Ehemann aus seinem Grab zu ihr zurückkam. »Habe ich dich heraufbeschworen?«

»Ja«, antwortete Tristan lächelnd. Sie blickte so liebevoll zu ihm auf, dass er in ihren blauen Augen zu ertrinken glaubte. Aber letzte Nacht hatte sie ihn mit ihrem Schwert angegriffen, mit der Klinge eines Dämonentöters. »Erinnerst du dich nicht?« Sogar jetzt, da sie hilflos in seinen Armen lag, konnte er das Schwert spüren, das unter ihren Röcken an ihr Bein gebunden war. Wollte sie ihn erneut angreifen? Warum sollte er glauben, sie würde es nicht tun? Er küsste sie und schob die Frage beiseite, während er sie zum Bett trug.

»Ich habe mich nach dir gesehnt«, sagte sie. »Ich wusste, dass es falsch war, aber ich träumte davon, dass du zurückkommen würdest.« Sie berührte sein Gesicht, als er sich über sie beugte, zog die Form seines Mundes nach. »Niemand hat mich jemals zuvor begehrt.«

»Nein, Brigantin«, sagte er und lachte über ihre Unschuld. »Ich schwöre, dass das nicht stimmt.« Dies war das Bett, auf das sie ihn hatte fesseln lassen. Die durchschnittenen und gerissenen Fesseln, die ihn gehalten hatten, hingen noch immer an den Bettpfosten. »Aber ich gebe zu, mir gefällt die Vorstellung, dass du es geglaubt hast.« Er hielt ihre Hand an seine Wange und küsste ihr zartes Handgelenk. Sie hatte ihm in jener Nacht gesagt, sie sei Jungfrau, und er hatte sie ausgelacht, über ihre naive, wenig damenhafte Verführung erzürnt und erregt. Aber sie war die Tochter eines Adligen. Hätte ihr Vater noch gelebt, wäre sie behutsam in einem Gutshaus auf diesen Ländereien aufgezogen worden, wäre eine gute Partie und eine höchst geeignete Braut für ihn gewesen. Als er nun zu ihr hinabblickte, während sie zu ihm aufsah, argloses, furchtloses Sehnen in ihren Augen, versuchte er, sich die Lady vorzustellen, die sie geworden wäre, aber es war unmöglich. Sie konnte niemand anderer sein als sie selbst, und so sehr er es auch versuchte, konnte er nicht umhin, sie dafür zu lieben. »Im Vertrauen, Siobhan, ich bin ein Narr«, sagte er mit verzerrtem Lächeln, während er sich näher über sie beugte, um sie zu küssen.

»Ja, Mylord.« Sie nährte sich an seinem Mund und genoss das Gewicht, mit dem er sie aufs Bett hinabdrückte. »Und außerdem niederträchtig.« Er küsste ihre Kinnlinie, und sie legte den Kopf seufzend zurück und bot ihm ihre Kehle dar. Er küsste ihren Puls, und sie spürte die kalte Bedrohung seiner Reißzähne an ihrer Haut. Aber er biss nicht zu. Er richtete sich wieder auf, küsste rasch ihren Mund, wich zurück und erhob sich vom Bett.

»Leider«, sagte er und lächelte, während er ihre Hand hielt und ihre Finger mit seinen verschränkte. »Ich kann dir nicht trauen.« Er zerriss das seidene Band, das die Bettvorhänge auf einer Seite zurückhielt, schlang es um ihr Handgelenk und fesselte nun sie an den Bettpfosten.

»Nein!«, protestierte sie sofort beunruhigt. »Das wirst du nicht tun!«

»Wie willst du mich daran hindern?« Er fing ihr anderes Handgelenk mit müheloser Leichtigkeit ein, als sie die Hand zurückzog, um ihn zu schlagen. »Ich bin nach Hause gekommen, um mich zu rächen, erinnerst du dich?« Er fesselte sie mit dem Band der anderen Seite an den zweiten Bettpfosten, musste sich über sie beugen, um das zu tun, und ignorierte ihre Gegenwehr.

»Tristan, bitte …« Er sah Zorn in ihren Augen, aber auch Angst. Er hatte sie in der Vergangenheit ebenso sehr verletzt wie sie ihn, und sie wusste, dass er ein Dämon war. Sie hatte allen Grund, Angst zu haben.

»Nein, meine Liebe.« Er hielt ihre Hüften mit beiden Händen fest und drückte durch ihr Gewand einen Kuss auf ihren Bauch. »Vertrau mir.« Er streichelte ihre Rundungen, schmiegte sich an ihre Weichheit, an die Mulde ihrer Hüften und tiefer. Ihr warmer, süßer Duft ließ ihn sich trunken fühlen und steigerte sein Verlangen nach ihr. »Ich werde dir nicht wehtun, das verspreche ich.« Er hob ihren Rock langsam an, bis die Klinge offenbar wurde, die an ihren Oberschenkel gebunden war. »Aber ich kann dich auch nicht freilassen, damit du mich wieder verletzt.« Er presste den Kuss eines leidenschaftlichen Geliebten auf die Innenseite ihres Knies, deren Haut so weich wie Samt war, während er die Klinge zog und ein seltsamer Schauder ihn durchfuhr und in ihrem Seufzen widerhallte. Er warf die Waffe beiseite, nahm ihr auch die Scheide ab, löste das Leder, um ihre Haut darunter zu berühren.

»Tristan«, protestierte sie, wand sich unter seinen Händen und war sich nicht mehr sicher, ob sie ihre Fesseln hasste oder genoss. Sie hasste es, sich hilflos zu fühlen. Sie brauchte Kontrolle, den Trost ihres Verstandes und ihres Schwertes. Aber dieser Dämon flüsterte: »Vertrau mir«, und ihre Seele sehnte sich danach zu gehorchen. Er versprach, ihr nicht wehzutun, und ihr Herz sehnte sich danach, ihm trotz all dem, was sie wusste, zu glauben. Sie schloss die Augen und spürte die kühle Nachtluft auf ihrer Haut, als ihr Geliebter die Seide zerriss, die sie vor ihm verbarg.

»Wunderschön«, flüsterte er. Dieses Mal küsste er ihren bloßen Bauch, und fließendes Verlangen durchströmte sie brennend heiß und süß. »So wunderschön.« Sein Bartschatten fühlte sich an ihrer Haut rau an, aber seine Stimme und seine Berührung waren so zärtlich, dass sie glaubte, sie müsste weinen. Seine Zunge zuckte in ihren Nabel. Seine Zähne knabberten an dessen Rand, und sie wimmerte und zog an den Bändern, die sie festhielten. Sie wollte ihn halten, ihn berühren. Seine Hände kneteten die Wölbung ihrer Hüften, hoben sie hoch, während sein Kuss ihr Geschlecht fand, und sie schrie in wortlosem Verlangen.

»Ich will dich sehen«, bat sie ihn und zitterte am ganzen Leibe. »Ganz … Tristan, bitte.« Aber er war unerbittlich, seine Zunge tauchte in sie ein und machte sie verrückt. Er zog den innersten Kern ihres Verlangens sanft durch seine Zähne, und sie schrie in seliger Qual erneut auf, wobei sie alle Scham verlor. »Du Bastard, komm in mich«, verfluchte sie ihn, als er zärtlich an ihrer Haut saugte und eine Woge des Verlangens heiß in ihr aufbrach und sie quälend der Erleichterung näherbrachte. »Jetzt … ich brauche dich jetzt.«

Er löste sich stöhnend von ihr und riss seine Kleider nur unwesentlich vorsichtiger von sich, als er Siobhans heruntergerissen hatte. »Schweig«, befahl er ihr rau vor Zärtlichkeit und Verlangen. »Weißt du, wie sehr ich dich will?« Er schob sich über sie, nahm das Gesicht seiner wunderschönen Brigantin in beide Händen. »Willst du mich in den Wahnsinn treiben?«

»Ja«, antwortete sie und lächelte triumphierend. »Immer, in jedem Moment.« Ihre Hüften wölbten sich unter ihm, und ihr heißes, kleines Geschlecht streifte seinen Schwanz und entflammte seine Haut wie ein Brandeisen. »Liebe mich, Tristan.«

»Lieber Gott, ja …« Er küsste sie kaum einen Moment lang und erdrückte sie fast unter sich, während er in sie eindrang.

Sie keuchte und fühlte sich endlich vollständig. »Mein Liebster …« Selbst gefesselt fühlte sie sich bei ihm sicher, wand ihre Handgelenke aber in den Bändern, um freizukommen. Er war hier, ihr Geliebter. Er gehörte ihr. Sie schlang die Beine um ihn, wölbte sich seinem Stoß entgegen, und Erlösung durchdrang sie, ließ die Welt verschwinden. Ihr Griff wurde schwächer, während sie erschauderte, und er küsste sie und brachte sie in die Welt zurück, brachte sie in seine Arme zurück. Sie kam erneut zum Höhepunkt, während seine Zunge die ihre bekämpfte, stöhnte in seinen Mund und spürte, wie er sich in sie ergoss.

»Siobhan«, murmelte er und küsste ihre Wange, und sie wimmerte als Antwort, ein wortloses Flehen, während sich ihre Tränen auf seine Lippen ergossen. Er griff aufwärts und zerriss die Bänder, die ihre Handgelenke hielten, und sie schlang ihre Arme um ihn und drängte sich näher an ihn, bemüht, nicht zu kämpfen oder zu fliehen. »Meine süße Siobhan.« Er zog ihre Hände an seine Brust und rollte sich auf die Seite, und sie schmiegte sich warm und weich an ihn. Ich liebe dich, dachte er, aber er konnte es ihr nicht einmal jetzt sagen.

Er dachte erneut an ihre Tränen in der Nacht zuvor, an das Entsetzen und die Verletztheit, die er in ihren Augen gesehen hatte. »Du bist sicher, kleine Brigantin«, schwor er ihr und drückte einen Kuss auf ihr Haar. Er würde Rache an ihrem Bruder nehmen, würde sein Schloss sichern. Aber er würde sie dort zurücklassen. Er würde mit Simon und Orlando auf deren Suche gehen, die Last seines Fluches auf sich nehmen. Aber Siobhan hätte das Schloss und die Ländereien, die dem Blut nach ihr gehörten. »Ich werde dir Sicherheit geben.« Sie murmelte noch etwas, das er nicht verstehen konnte, und er lächelte mit blutigen Tränen in den Augen. Er streichelte ihr Haar und presste sie an sich, bis sie einschlief.

Er fand Simon und die Übrigen, genau wie er es angeordnet hatte, beim letzten Glockenschlag vor der Dämmerung im Sonnenraum vor. »Seid gegrüßt«, sagte sein Vampirbruder und streckte ihm seine Hand entgegen, als er herein kam. Andrew und Sebastian saßen vor dem Feuer und spielten Schach, aber sie trugen noch immer ihre Rüstungen, wie Tristan bemerkte. »Wie geht es unserer Lady?«

»Recht gut«, sagte Tristan schroff, wollte aber nicht mehr sagen. Orlando und Silas saßen zusammen über einem Buch und diskutierten eine Art alchemistischer Gleichung, als würde das Schicksal von Gottes Himmel davon abhängen, aber sie genossen es offensichtlich. Doch Silas trug einen Dolch an seiner Hüfte. »Ich dachte mir schon, dass sie miteinander auskommen würden«, sagte Tristan und nickte den beiden Gelehrten zu.

»Wie Welpen aus einem Wurf«, stimmte Simon ihm grinsend zu. »Ich wünschte, Mylady wäre hier, um sich an ihrer Debatte zu beteiligen. Sie hat bezüglich dieses Themas eine starke Meinung.«

Tristan sah ihn überrascht an. Der andere Vampir hatte von einer wahren Liebe gesprochen, aber mit solcher Traurigkeit, dass er angenommen hatte, die Lady wäre schon lange tot. »Eure Lady ist eine Gelehrte?«

Simon lächelte noch breiter, aber seine Augen wirkten traurig. »Das könnt Ihr Euch wohl nicht vorstellen.« Er schüttelte den Kopf, als wollte er einen Gedanken vertreiben. »Ich habe mit einem Eurer Dienstboten gesprochen«, sagte er und wechselte damit das Thema. »Der junge Mann, den wir gefangen genommen haben, ist ein Verehrer des Kindermädchens Eurer Tochter und ein Gefolgsmann Lebuins. Er erinnert sich bis jetzt nur an das, was wir ihm eingegeben haben.« Er runzelte die Stirn. »Solche Magie hält oft nicht lange vor.«

»Sie muss nicht vorhalten«, versicherte Tristan. In Wahrheit manipulierte er die Gedanken von Menschen ebenso ungern wie Simon, auch wenn es nützlich sein konnte. »Was habt Ihr erfahren?«

»Lebuin und einige seiner Leute haben das Schloss heute am Spätnachmittag verlassen«, sagte er. »Es wird allgemein angenommen, dass er entweder der schlimmste Feigling ist, weil er seine Schwester im Stich lässt, oder dass er zurückkehren wird. Auf jeden Fall schätzt das gemeine Volk ihn nicht mehr so sehr.« Einer seiner Mundwinkel verzog sich. »Anscheinend geschahen innerhalb der Schlossmauern Morde, die Lebuin weder erklären noch bestrafen konnte. Ich habe viele sagen hören, dass Ihr, obwohl sie Euren Zorn fürchten, zumindest jenen Sicherheit bringen werdet, die Ihr Euch zu verschonen entschließt.«

»Ich sollte sie alle hängen«, murrte Tristan und erinnerte sich an sein Entsetzen, als Richard ihm gesagt hatte, die Tore seien mithilfe der Bauern zerstört worden. Armer Richard, der in seiner ersten richtigen Schlacht fiel. »Aber ich werde es nicht tun«, schloss er. Ein allgemeines Gemetzel würde Richard und seine Ritter nicht zurückbringen. Er würde seinen Zorn für die aufsparen, die ihn am meisten verdienten. »Was ist mit den Soldaten?«

»Eure Hauptleute sind noch immer im Kerker gefangen«, antwortete Simon. »Die Übrigen wurden vermutlich in die Wache integriert.«

»Wie viele der Wachen sind Briganten?« Andrew hatte seine Anwesenheit bemerkt und wollte aufstehen, aber Tristan bedeutete ihm, sitzen zu bleiben.

»Woher soll ich das wissen?«, antwortete Simon lachend. »Ich kenne Eure Leute nicht.«

Tristan verstand einen Moment nicht, was er meinte – gewiss konnte doch jeder Narr den Unterschied zwischen einem normannischen Soldaten und einem sächsischen Dieb erkennen. »Sie sehen alle gleich aus«, gab er mit schiefem Lächeln zu. »Also gut – ich werde sie morgen aussortieren. Oder auch nicht.« Lebuin hatte sich die Freundschaft von Tristans Soldaten durch Gnade erworben. Vielleicht könnte Tristan es umgekehrt genauso handhaben. »Wie dem auch sei, wollt Ihr zu meinen Hauptleuten gehen? Sagt ihnen, ich wolle sie hängen sehen, aber Ihr wärt für sie eingetreten und hättet mich gebeten, Gnade walten zu lassen.«

»Was wollt Ihr damit erreichen?«, fragte Simon verwirrt.

»Sie werden mich zumindest noch eine Weile lang zu sehr

fürchten, um mir zu dienen, wie sie es einst taten«, antwortete er. »Aber wenn sie denken, dass Ihr ihnen nun, wo sie sich des Todes und der Schmach sicher sind, das Leben gerettet habt, werden sie Euch dienen, gleichgültig, was geschieht.«

Simon zog eine Augenbraue hoch. »Und Ihr würdet mir diese Aufgabe anvertrauen?«

Tristan blickte zu den beiden Rittern, die am Kamin Schach spielten und die ihm einst so nahe gestanden waren wie Verwandte. Er dachte an seinen richtigen Cousin, den König, der so weit von hier entfernt so sehr von dunklen Staatsmachenschaften beansprucht wurde, dass er nichts von dem Angriff auf Tristan erfahren hatte. »Ich habe keine Wahl«, antwortete er und begegnete dem Blick seines neuen Bruders. »Ihr seid der einzige Freund, den ich habe.«

»Mylord«, sagte Andrew und erhob sich, als könnte er sich nicht länger beherrschen. »Was geht hier vor? Der Stallbursche, der mein Pferd versorgt hat, erzählte mir Geschichten, bei denen mir die Haare zu Berge standen, und Sebastians Diener sagte, er habe dasselbe gehört.«

»Es überrascht mich, dass ihr auf Gerede hört«, sagte Tristan mit schiefem Lächeln, obwohl er insgeheim erfreut war. Sie waren beide so jung, und sie schienen bereit, um seinetwillen den Satan selbst anzugreifen.

»Wir meinen es ernst, Mylord«, sagte Sebastian, als wollte er diesen Punkt betonen.

»Ich weiß, Sir«, antwortete er wieder ernüchtert. »Ich befürchte, es ist wahr. Die Dinge sind hier wirklich schlecht verlaufen, während ihr fort wart, und wir sind nicht mehr sicher.«

»Lebuin«, sagte Andrew und sprach den Namen wie einen Fluch aus.

»Genau der«, antwortete Tristan. »Seine Schwester ist meine Frau, und ich möchte sie behüten. Aber was den Mann selbst betrifft, so wird es keine Gnade geben.«

»Haltet Ihr das für klug, Lord Tristan?«, fragte Orlando in dem Tonfall, der Simon stets unter Kontrolle zu bringen schien und in Tristan den Wunsch erweckte, den kleinen Zauberer hochzuheben und ihn wie eine Ratte zu schütteln.

»Ja, mein Herr«, antwortete Tristan und warf ihm einen Blick zu, der einen Stein zu Staub hätte zermahlen können.

»In diesem Punkt muss ich Tristan recht geben.« Silas nickte. »Wird Lebuin nicht gefunden, wird er zurückkehren.«

»Lasst ihn nur kommen«, sagte Sebastian lachend. »Eure Ritter sind zu Euch zurückgekehrt, Mylord. Wir brauchen gewöhnliche Schurken nicht zu fürchten.«

»Lebuin ist kein gewöhnlicher Schurke«, antwortete Tristan. »Und die Leute, die innerhalb dieser Mauern leben, lieben ihn auch.« Er dachte an Siobhan, die geweint hatte, bevor sie ihn angegriffen hatte. »Ich konnte nicht zulassen, dass du ihn getötet hättest«, hatte sie in Bezug auf Sean gesagt. »Er liebt mich … er ist alles, was ich noch habe.« Nicht mehr, meine Liebe, versprach er im Stillen und wollte sich nicht vorstellen, wie er sie trösten würde, nachdem die Tat vollbracht wäre. »Ich bin immer noch nicht ganz genesen«, sagte er laut. »Ich habe mich dem Herzog in der Hoffnung, meine Gesundheit wiederzuerlangen, zu einem Programm der Enthaltsamkeit und des Gebets angeschlossen.«

»Mylord?«, fragte Andrew und blickte offensichtlich verwirrt zwischen den beiden Vampiren hin und her.

»Ihr werdet mich nicht bei Tageslicht sehen«, erklärte Tristan. Aus genau diesem Grund hatte Simon die Weisheit seiner Rückkehr bezweifelt – er konnte sich nicht vorstellen, dass Tristan Menschen, die ihn so lange und so gut kannten, dazu bringen konnte, eine solche Wagenladung Unsinn zu glauben. Aber dies waren Tristans Ritter, die ihm seit der Kindheit verschworen waren. Sie würden glauben, was immer er ihnen erzählte. »Noch werde ich in Gesellschaft Fleisch essen. Während der Stunden des Tageslichts müsst ihr diesen beiden Männern Bericht erstatten.« Er deutete auf Silas und Orlando.

»Ein Gelehrter und ein Zwerg?«, fragte Sebastian entsetzt. »Ich wollte Euch nicht beleidigen, meine Herren, aber …« Er schaute hilflos zu Tristan, als hoffte er darauf, dass er den Spaß beenden würde.

»Silas hat in diesem Schloss während meiner Abwesenheit nur mit seinem Verstand der Krone weiterhin die Treue gehalten«, sagte Tristan streng. »Und Orlando ist ein Zauberer, dessen Weisheit seine geringe Körpergröße vollkommen ausgleicht.«

»Wenn sie Eure Leute sind, werden wir ihnen dienen, Mylord«, versprach Andrew und sah seinen Freund verächtlich an.

»Ja, Mylord«, bestätigte Sebastian hastig. »Natürlich.«

Orlando beobachtete, wie sich die Ritter Tristans Willen wie gescholtene Welpen beugten, und ein kalter Schauer durchfuhr ihn. Dieser Mann sollte kein Vampir sein. Er dachte an die Vorzeichen, die er seit Tagen bemerkt hatte, an die Vorboten eines großen Schattens, der sich über ihnen bewegte und bereit war zuzuschlagen. Kivar war nahe. Er konnte seine böse Gegenwart spüren. Wäre Tristan sein Gefäß? Dieser Gedanke gefiel ihm nicht. Er mochte den jungen Lord. Er war nicht nur dem Blut nach von Adel. Aber er würde ihre Suche nicht für ihn aufs Spiel setzen, durfte Kivars Rückkehr in Gestalt solcher Macht nicht riskieren. Tristan musste unter Beobachtung bleiben.

»Meine Frau sollte bewacht werden«, sagte Tristan gerade zu seinen Rittern. »Sie ist keine Gefangene. Sie soll nicht belästigt oder geschmäht werden. Aber sie darf das Schloss nicht verlassen.«

»Wir werden dafür sorgen, Mylord«, versprach Sebastian. »Und auch bei Lady Clare.«

»Da bin ich sicher.« Tristan nickte lächelnd. »Und nun geht. Ich möchte mit meinen Heilern und Silas allein sprechen.«

»Wie Ihr wünscht, Mylord«, sagte Andrew offensichtlich enttäuscht.

»Ich werde morgen Abend wieder bei euch sein.« Er reichte allen abwechselnd die Hand. »Und wenn ich geheilt bin, werde ich euch danken.«

»Nicht nötig, Mylord«, sagte Sebastian und lächelte erleichtert.

»Sie dienen Euch gut«, bemerkte Orlando, als sie fort waren. »Ihr müsst ein guter Herr sein.«

»Nicht gut genug«, erwiderte Tristan grimmig und wandte sich ihm wieder zu. »Wie auch immer, hier ist mein Plan.«

15

Es überraschte Siobhan nicht, dass Tristan fort war, als sie am nächsten Morgen erwachte. Aber als sie entdeckte, dass er ihr Schwert mitgenommen hatte, verfluchte sie sich für ihre Torheit. »Dummes Mädchen«, murrte sie und durchsuchte die hübschen Stoffreste, die einmal ihr Gewand gewesen waren, in der Hoffnung, es übersehen zu haben. »Faules Weibsstück … so lange zu schlafen.« In Wahrheit hatte sie an der Seite ihres Dämonen-Ehemannes zusammengerollt besser geschlafen als seit Monaten. Und das allein genügte schon, dass sie sich eine Närrin schalt.

Sie zog ein weiteres geborgtes Gewand an und warf die Überreste desjenigen, das er ruiniert hatte, in den Kleidersack unten im Schrank. Soweit sie wusste, befanden sich ihre Schuhe noch im Hof, wo sie sie von den Füßen geschleudert hatte, und sie vermisste sie tatsächlich nicht. Sie überlegte kurz, ein zweites Paar mit langem, gebogenen Schnabel anzuziehen, bevor sie schließlich ihre eigenen Stiefel anzog und damit das Diktat der Damenmode ignorierte.

Die Halle unten wirkte fast genauso wie immer, nur dass sie heute etwas belebter war. Tristan war natürlich nicht da, aber auch sein Freund der Herzog sowie der Baron von Callard fehlten. Der Abgesandte des Königs saß in ein Buch vertieft in einer Ecke in der Nähe der Treppe. Er schaute auf, als sie vorüberging, und murmelte »Mylady«, bevor er sich wieder seiner Lektüre zuwandte. Die Ritter, die auf dem Podest gerade ihr Frühstück einnahmen, erhoben sich von ihren Plätzen, genauso wie es die Leute ihres Vaters getan hatten, wenn ihre Mutter erschien. Sie brachte ein schwaches Lächeln zustande, bevor sie an ihnen vorüber und durch den Gang eilte. Ja, ihre Mutter war eine Lady und solche Aufmerksamkeiten wert gewesen. Nur daran zu denken, was mit ihr geschehen war.

Sie eilte über den Hof auf die Ställe zu. Sie wollte Sean und die Übrigen rasch finden und einen Handlungsplan schmieden, bevor sie noch verwirrter wurde. Sie traute sich selbst nicht mehr über den Weg, denn in ihrem Kopf schien sich wie bei einer dummen Frau alles nur noch um eine Kombination aus Küssen und Ängsten zu drehen. Aber vielleicht hatte eine im Wald verbrachte Nacht zumindest den Kopf ihres Bruders klar werden lassen.

Tatsächlich besaß sie keine Vorstellung mehr von dem, was sie tun sollte. Da Meister Nicholas und ein großes Kontingent von Rittern hierher zurückgekehrt waren, war ihrer und Seans großer Traum, die Normannen zu vertreiben, gewiss ausgeträumt. Sie konnte die Leute, die ihnen vertraut hatten, nicht unter der Herrschaft eines Vampirs zurücklassen oder Sean der Rache eines Vampirs aussetzen. Aber wie konnte sie Sean und die anderen retten, ohne Tristan zu vernichten? Und jetzt, wo sie ihn liebte – wie konnte sie das tun? Selbst wenn sie davon ausging, dass sie ihr Schwert wiederfinden würde, änderte dies nichts an dem übrigen Durcheinander. »Guten Morgen, Mylady«, rief ein weiterer Ritter freundlich und kam ihr rasch entgegen.

»Guten Morgen«, antwortete sie und bemerkte es kaum. Sie musste mit Tristan reden, durfte sich nicht von ihm betören lassen, sondern musste mit ihm reden. Sie könnte um Seans Leben flehen, ihn vielleicht sogar dazu bringen, ihr seine Absichten mitzuteilen, nun wo er als Herr seines Schlosses zurückgekehrt war. Aber zuerst musste sie Sean finden und sicherstellen, dass er einstweilen nichts Törichtes unternahm.

»Ein schöner Morgen, nicht wahr?«, sagte der Ritter, als er sie erreichte.

»Ja«, bestätigte sie und verbarg ihre Verärgerung hinter einer freundlichen Miene. »Er ist wunderschön.« Sie wollte an ihm vorbeigehen, aber er trat ihr in den Weg.

»Ich bin übrigens Sir Sebastian«, sagte er noch immer lächelnd. Er war ein gut aussehender Bursche mit einem offenen, ehrlichen Gesicht, aber er trug an diesem schönen Sommermorgen seine volle Rüstung und war gut einen Kopf größer als sie. »Ich diene Eurem Mann schon, seit er das erste Mal nach England kam.«

»Tatsächlich?«, bemerkte sie und versuchte sich vorzustellen, was eine wahre Lady zu einer solchen Feststellung sagen würde. »Dann kennt Ihr ihn weitaus länger als ich selbst.«

»In der Tat.« Sein Lächeln verschwand nicht, aber seine blauen Augen blickten, wie sie nun bemerkte, voller Misstrauen. »Wohin geht Ihr, Mylady?«

»An keinen bestimmten Ort«, antwortete sie. »Ich dachte, ich könnte einen Ausritt machen.« Sie schenkte ihm ihr umwerfendstes Lächeln. »Es ist solch ein wunderschöner Morgen.«

»Es tut mir leid, Mylady«, erwiderte er, »aber ich fürchte, das kann ich nicht zulassen.«

»Wie bitte?«, fragte sie und zog eine Augenbraue hoch. »Ihr könnt es nicht zulassen?«

»Es herrscht immer noch recht große Verwirrung«, erklärte er mit einem entschuldigenden Lächeln, das sie nicht im Geringsten täuschen konnte. »Nach all der Aufregung über unsere Rückkehr in derselben Nacht wie Lord Tristan sind nun alle Ritter in der Garnison beschäftigt. Aber vielleicht kann Euch heute Nachmittag jemand begleiten.«

»Sir Sebastian, ich kann mir vorstellen, wie beschäftigt Ihr alle sein müsst«, sagte sie und bemühte sich um einen damenhaften Tonfall. »Aber ich versichere Euch, ich reite jetzt schon geraume Zeit allein und ohne Eskorte aus …«

»Lord Tristan hat strikten Befehl erteilt, dass Ihr jederzeit beschützt werden sollt«, unterbrach er sie erneut. »Nichts ist ihm wichtiger als Eure und Lady Clares Sicherheit.« Seine Stimme nahm einen entschiedenen Ton an. »Und ich versichere Euch, dass es niemanden in diesem Schloss gibt, der das Vertrauen Eures Ehemannes enttäuschen würde.«

Seine Warnung war unmissverständlich. »Wie überaus beruhigend«, sagte sie. Ihre Wangen röteten sich leicht, aber ihr Lächeln blieb unverändert. »Ich werde natürlich warten.« Verdammt sei Tristan – er hätte sie ebenso gut in den Kerker werfen können. »Sagt mir, Sir Sebastian, wisst Ihr zufällig, wo sich mein Ehemann gerade befindet?«

»Tatsächlich … hat er sich in den Kerkern eingerichtet«, räumte er mit ehrlicherem Lächeln ein. »Anscheinend sind er und der Herzog … nun, um ehrlich zu sein, Mylady, sagte er, sie würden beten.«

»Beten?«, echote sie.

»Ja, Mylady«, sagte er und klang auch selbst eher zweifelnd. »Anscheinend ist der Herzog einer Art Kreuzritter-Orden beigetreten, der für Gebet und Meditation sowohl das Tageslicht als auch Gesellschaft aufgibt.«

»Und Tristan hat sich ihm angeschlossen?« Also war Lyan auch ein Vampir, dachte sie schaudernd. Der Dämon in Silas' Buch hielt eine ganze Garnison römischer Soldaten allein in Schach. Wie sollte sie mit zweien auf einmal fertig werden?

»Im Vertrauen, Mylady, ich war ebenso überrascht wie Ihr, als ich das hörte«, gab Sebastian zu. »Wie ich bereits sagte, kenne ich Lord Tristan seit Jahren und nichts …« Seine Stimme verklang, als wäre er sich nicht recht sicher, wie er den Satz beenden sollte.

»Ich weiß genau, was Ihr meint«, sagte sie mit einem Lächeln, das er erwiderte.

»Er sagte, er würde sich uns bei Sonnenuntergang im Gutshaus anschließen«, bemerkte er. Sie ging auf den Turm zu, und er eilte ihr hinterher. »Mylady, wenn Ihr nur warten wollt …«

»Muss ich auf alles warten?«, unterbrach sie ihn und wandte sich ihm auf halbem Weg über die Brücke zu.

»Ich weiß, es erscheint hart«, sagte er. »Tatsächlich weiß ich nicht … Mylady, bitte.« Er nahm sie sanft beim Arm, und sie hätte widerborstig und aufgebracht sein sollen. Aber etwas in seinen Augen berührte sie wider besseres Wissen. Dieser normannische Ritter war ebenso verwirrt und besorgt wie sie selbst. »Lord Tristan mag Euch offensichtlich, und er würde Euer Eindringen höchstwahrscheinlich verzeihen.«

»Er mag mich?«, wiederholte sie lachend.

»Offensichtlich eine Untertreibung.« In Wahrheit hatte sie gedacht, dass er übers Ziel hinausschoss. Tristan begehrte sie, aber sie hätte niemals gedacht, dass man dies als ›mögen‹ beschreiben könnte. »Ihr seid seine wahre Liebe.« Er meinte es ernst, wie sie erkannte. »Aber er hat sorgfältigste Anweisungen dafür gegeben, dass er von niemandem gestört werden dürfe, nicht einmal von seinen treuesten Rittern. Wenn Ihr seine Gebete stört, würde er gewiss uns dafür verantwortlich machen.« Sein Lächeln war charmant genug, um Vögel von den Bäumen zu locken. Wäre sie der Mensch gewesen, der zu sein sie vorgab, wäre sie gewiss geblendet gewesen. »Das wollt Ihr doch nicht, oder?«

»Natürlich nicht.« Sie legte eine Hand über die seine, die auf ihrem Arm ruhte. »Das Letzte, was ich wollte, wäre, dass Ihr oder einer Eurer Ritterbrüder zu Schaden kommt.« *Ich empfinde keine Gnade für Euch,* hallte ihre eigene Stimme tief in ihrem Kopf wider. *Ich werde Euch nicht beim Sterben zusehen.* Vor noch nicht allzu langer Zeit hatte sie fast genau an dieser Stelle gestanden und dabei geholfen, vier der Kameraden dieses Mannes zum Tod durch das Beil zu verurteilen. Es machte sie jetzt benommen, auch nur daran zu denken. Wie hatte sie so schnell so weit kommen können?

Wie als Antwort auf ihre Gedanken öffnete sich das Fallgatter und der Baron von Callard, gefolgt von Gaston, ritt herein. Er wandte sein ansehnliches Gesicht der Sonne zu und lächelte wie aus reiner Freude, während die Hunde sein Pferd umkreisten und bellten. »Ich danke Euch, Mylady«, sagte Sir Sebastian gerade. »Ich bin mir sicher, dass Mylord Euch aufsuchen wird, sobald er wieder hervorkommt.«

»Ja«, antwortete sie, die kaum zuhörte. »Bestimmt wird er das.« Sie konnte das Schloss nicht verlassen, aber Callard konnte es. Wenn sie nicht selbst zu Sean gelangen oder bis Sonnenuntergang mit Tristan reden konnte, würde sie den Tag vielleicht mit ihm verbringen. »Ich danke Euch, Sir.« Sean vertraute diesem Mann, und er schien wirkungsvoller je einen Fuß in beiden Lagern belassen zu können als sie selbst. Vielleicht konnte er ihr nun doch helfen. Sie ging mit einem letzten Lächeln für Sir Sebastian über die Brücke zurück, um dem Baron zum Gutshaus zu folgen.

Tristan schlief friedlich auf einem der Betten, die er im Kerker hatte zusammenstellen lassen, aber Simon rang darum, wach zu bleiben, und beobachtete, wie Orlando Siobhans Schwert genau untersuchte. »Ist das ebenjene Waffe?«, fragte er.

»Sie könnte es sein«, sagte der Zauberer und verglich die kurze Klinge mit dem dicken Heft mit der uralten Zeichnung des Kelchs mit dem darunter befindlichen Kreuz aus Pfahl und Schwert. »Tristan sagte, er habe eine Art Schauder gespürt, als er sie zum ersten Mal berührte. Hier.« Er hielt sie Simon hin. »Versucht es.«

Simon umfasste das Heft vorsichtig. »Nichts«, antwortete er. »Aber ich habe auch nichts Besonderes gespürt, als ich Josephs Pfahl hochnahm.« Er untersuchte auch die Klinge. »Sie sieht alt aus.«

»Sie ist uralt«, sagte Orlando und nickte. »Dessen bin ich mir sicher. Das Metall ist weder Stahl noch Bronze, aber es ist viel zu scharf für Eisen.« Er zog eine weitere Schriftrolle zurate und schüttelte dann den Kopf. »Irgendein Römer könnte sie zur Zeit Julius Cäsars zurückgelassen haben«, sagte er. »Oder sie könnte so alt sein wie Kivar.«

»Was vermutet Ihr, wo sie sie gefunden hat?«, fragte Simon und reichte sie dem Zauberer zurück.

Orlando lächelte. »Das ist die Frage.« Er schwenkte die Waffe versuchsweise, und Simon erwiderte sein Lächeln.

»Sie passt zu Euch«, sagte er. »Sie hat Eure Größe.«

»Nicht ganz«, erwiderte der Zauberer und legte sie beiseite. Er verließ die Zelle und schritt mindestens zum zehnten Mal an diesem Morgen draußen im Gang auf und ab.

»Dies sind die Kerker, Orlando«, erklärte Simon. »Ich bezweifle, dass Ihr irgendwelche Geheimgänge finden werdet, die nach draußen führen.«

»Es ist hier«, beharrte der Zauberer. »Ich kann es spüren.« Er presste seine Hände gegen die festgedrückte Erdmauer. »DuMaines Turm ist neu, aber diese Höhlen sind uralt, so alt wie die Katakomben von Charmot. Sie müssen zu den Höhlen hinausführen, die wir im Wald gefunden haben.«

»In Charmot gibt es auch eine Höhle«, sagte Simon, und die Erinnerung an das Entsetzliche, das er dort erlitten hatte, war in seinem schlaftrunkenen Zustand wie ein Albtraum im Wachen. Lucan Kivar hatte ihn an die Mauer gekettet, während das Sonnenlicht durch eine Öffnung im Dach näher kroch. Nur das Eingreifen seiner Liebsten hatte ihn gerettet. »Vielleicht war sie auch mit den Katakomben verbunden.«

»Das ergibt Sinn«, stimmte Orlando ihm zu. »Die Alten hätten eine verborgene Fluchtmöglichkeit haben wollen.« Seine Miene verfinsterte sich, als erinnerte er sich an etwas, und Simon wollte ihn fragen, was es war. Aber als er den Mund öffnete, drang nur ein Gähnen hervor. »Ihr solltet schlafen«, sagte der Zauberer lächelnd. »Heute Abend werden wir alle viel zu tun haben.«

Siobhan fand den Baron in der Halle des Gutshauses vor. »Mylord«, sagte sie leise und legte ihm eine Hand auf den Arm. »Wollt Ihr Euch mir im Sonnenraum anschließen?«

Er wandte sich mit einem Blick um, der sie von Kopf bis Fuß erfasste, und ein seltsames, forschendes Lächeln umspielte seine Mundwinkel. »Gewiss.« Er nahm ihre Hand und zog sie durch seine Armbeuge, und derselbe Schauder, den sie empfunden hatte, als er sie am Vortag berührt hatte, durchlief sie erneut. »Bitte, geht voraus.«

Es ist, weil Sean uns verheiraten wollte, entschied sie, während sie die belebte Halle durchquerten. Darum verursacht er mir solch ein merkwürdiges Gefühl. Silas hatte sich Meister Nicholas bei seinen Büchern angeschlossen, und er begegnete ihrem Blick, als sie vorübergingen, und runzelte leicht die Stirn. Aber Silas war eher Tristans als ihr Freund, daran gab es keinen Zweifel. Sie brauchte einen eigenen Verbündeten.

Sie schloss die Tür des Sonnenraums hinter ihnen und verriegelte sie. »Nicht«, warnte Callard und griff an ihr vorbei, um den Riegel wieder zu öffnen. »Das Schloss Eures Ehemannes hat Augen, Mylady. Habt Ihr das nicht bemerkt?« Er öffnete die Tür einen Spalt und lächelte ihr zu, bevor er sich vom Eingang entfernte. »Wenn wir uns verstecken wollen, müssen wir das offen tun.«

»Wie Ihr wünscht«, murmelte sie und blickte durch den Spalt, bevor sie ihm zur anderen Seite des Raumes folgte. Er war bei solchen Intrigen offensichtlich weitaus erfahrener als sie. »Verstecken wir uns?«

»Verstecken wir uns nicht?« Sein Lächeln war freundlich, aber sie traute ihm immer noch nicht. Solch ein hübsches Gesicht konnte eine Vielzahl von Sünden verbergen, und sie hatte, trotz allem, was Sean vielleicht dachte, erst sehr wenige Beweise für seine Ehre gesehen. »Wo ist Euer Bruder, Mylady?«

»Warum denkt Ihr, ich wüsste das?«, erwiderte sie leichthin und trat an ihm vorbei, um die Fensterläden zu öffnen.

Er zuckte vor dem Licht leicht zusammen, als schmerzte es in seinen Augen, aber er wich nicht zurück. »Und wenn ich es wüsste, warum sollte ich es Euch sagen?«

»Weil ich ihn noch immer retten kann.« Sie wandte sich um und sah, dass er noch ernster wirkte. »Ist das nicht genau das, was Ihr wollt?«

»Warum sollte ich Euch vertrauen?«, konterte sie. »Ihr habt Euch den Freund meines Bruders genannt, und doch kommt Ihr in Begleitung seines Feindes hierher.«

»Sodass ich wie ein Verräter wirke«, antwortete er, und sein Lächeln kehrte allmählich zurück. »Aber ich bin nur mit DuMaine hereingeritten. Wie sollen wir Euch nennen?«

»Seine Frau«, erwiderte sie, ohne zu zögern. Er konnte sie damit nicht verletzen, dass er behauptete, sie hätte ihren Bruder und ihre Ziele dafür verraten, die Hure ihres Dämons zu sein. Dasselbe dachte sie auch. »Sagt mir, Mylord, was sollte ich stattdessen sein?«

»Das muss noch entschieden werden.« Er trat einen halben Schritt von ihr zurück, als räumte er das Feld. »Ihr solltet mich nicht fürchten, Siobhan.« Er wartete einen Moment, als erwartete er eine Antwort von ihr, aber sie sah ihn nur an und wollte, dass er fortfuhr. »Ich traf Meister Nicholas auf meinem Weg hierher«, sagte er schließlich und setzte sich auf eine Bank. »Als ich erkannte, dass er nichts von Tristan DuMaines Tod wusste, hielt ich es für das Beste, ihn nicht aufzuklären.« Er lächelte.

»Was habt Ihr ihm gesagt?«, fragte sie, ohne sein Lächeln zu erwidern. »Was habt Ihr ihm erzählt, warum Ihr hierher auf dem Weg wärt?«

»Ich sagte ihm, ich hätte Gerüchte über Veränderungen auf Schloss DuMaine gehört, widersprüchliche Gerüchte über Krieg und Heirat«, antwortete er. »Die Frage ist, warum haben wir DuMaine selbst weniger als einen Tagesritt entfernt und in Begleitung eines irischen Herzogs angetroffen?«

Seine Haltung war noch entspannt, aber er sah sie plötzlich sehr durchdringend an. »Ich weiß es nicht«, antwortete sie und zwang sich, den Blick nicht abzuwenden. »Ich nahm genau wie Ihr an, er sei tot.«

»Wirklich?«, fragte er. »Habt Ihr seinen Leichnam gesehen?«

»Ich habe gesehen, dass er fast tot war und von Männern von hier fortgetragen wurde, die nicht zögern würden, ihn auf Befehl meines Bruders zu ermorden«, sagte sie. »Hat Euer Mann Gaston Euch das nicht selbst erzählt?«

»Das hat er«, bestätigte er nickend. »Gaston hat mir vieles erzählt, Mylady.« Er blickte auf den Dolch in seinem Gürtel hinab, und sein hübsches Gesicht wirkte leicht angespannt. »Aber ich entschied mich, einiges davon nicht zu glauben.«

Nichts hätte er sagen können, was sie mehr für ihn eingenommen hätte. »Ihr traut Eurem eigenen Diener nicht?«, fragte sie ihn.

Er lächelte. »Tut Ihr es?« Sie erwiderte das Lächeln schwach, und er schüttelte den Kopf. »Gaston ist nützlich, Siobhan. Aber er besitzt nicht mein Vertrauen.« Er ergriff ihre Hand. »Und ich besitze Eures nicht.«

Ihre Haut kribbelte erneut vor Abscheu. Seine Hand war sauber und warm und perfekt gestaltet. Warum ließ sie sich so ungern von ihm berühren? War sie nun dazu verdammt, sich nur noch nach Dämonen zu sehnen? »Ich verschenke mein Vertrauen nicht so leicht, Mylord«, sagte sie und entzog ihm ihre Hand.

»Nicht einmal Eurem Bruder?«, konterte er. »Hat er Euch nicht gesagt, dass Ihr mir vertrauen könnt?«

»Er hat mir auch gesagt, ich solle DuMaine heiraten«, erklärte sie mit schiefem Lächeln. »Ja, Mylord, Sean glaubt an Eure Freundschaft.« Wenn sie ihm nicht einmal ein klein wenig trauen wollte, warum hatte sie ihn dann hierhergebracht? »Und ich brauche Eure Hilfe.« Sie setzte sich neben ihn auf die Bank und achtete sorgfältig darauf, dass ihre Röcke seine Knie nicht berührten. »Verzeiht mir, dass ich so vorsichtig war.«

»Es gibt nichts zu verzeihen, Siobhan«, versicherte er mit gewinnendem Lächeln. »Ich bewundere Eure Vorsicht und Euren Mut.« Er berührte eine Locke ihres Haars und strich sie von ihrer Wange zurück, ohne ihre Haut zu berühren. »Ihr wurdet häufig verletzt, und das hat Euch stärker gemacht.« Der Blick in seinen Augen änderte sich ein wenig. Sein Lächeln wurde trauriger und realer. »Das haben wir gemeinsam, Ihr und ich.«

»Sean ist in den Wald geflohen, genau wie ich es DuMaine berichtet habe«, antwortete sie. »Aber ich habe ihm gesagt, er solle es tun. Er versprach mir zurückzukehren, aber ich sehe nicht, wie er das tun kann. Ich kann nicht einmal das Schloss verlassen – Tristan hat mich unter Bewachung gestellt. Und ich fürchte, Sean wird mich zu retten versuchen oder …« Sie brach ab, bevor sie »Tristan vernichten« sagen konnte. Sie würde diesem Fremden nicht die Wahrheit über Tristans Wesen sagen, noch nicht. Wenn er ihr nicht glaubte, würde er sie für verrückt halten. Und wenn er ihr glaubte … Sie wollte nicht einmal daran denken, was das bedeuten könnte.

»Ich bezweifle nicht, dass Sean Euch retten will«, antwortete er. »Aber selbst ihm traue ich nicht zu, dass er eine weitere offene Belagerung versuchen würde. Aber vielleicht gibt es einen anderen Weg.« Er erhob sich von der Bank, trat zur Tür hinüber und blickte beiläufig hinaus. »Hat Sean Euch etwas über die Gänge unter dem Schloss erzählt?«

»Was? Nein …« Sie schüttelte verwirrt den Kopf. »Welche Gänge?«

»Er sagte, er erinnere sich, dass seine Mutter, als er ein Junge war, von Katakomben unter dem Hügel sprach, auf dem jetzt DuMaines Turm steht«, antwortete er. »Anscheinend führten sie zu einer Höhle im Wald, einem Ort, den er bereits gefunden hatte.«

»Der Druidenhügel?« Konnte Sean etwas gefunden haben, das mit den uralten Orten zu tun hatte, und ihr nichts davon erzählt haben? Nach seiner belustigten Reaktion auf die Zerstörung des Turms durch Tristan hielt sie es durchaus für möglich. »Meine Mutter sprach davon, dass die Alten in einem Turm auf diesem Hügel lebten, aber ich erinnere mich nicht, dass sie jemals irgendwelche Höhlen darunter erwähnt hätte«, sagte sie laut. »Und ich weiß nichts von einer Höhle, die Sean im Wald gefunden hat.«

»Ich versichere Euch, Mylady, das hat er«, antwortete er. »Bevor ich einwilligte, ihn mit Belagerungsgerät und Truppen zu unterstützen, hatte er die Absicht, die Höhlen als Zugang zum Schloss zu benutzen. Wenn wir den Eingang unter DuMaines Turm fänden, könntet Ihr mit Eurem Ehemann entkommen, ohne dass es jemand merken würde.« Das intensive Leuchten, das sie zuvor in seinen Augen gesehen hatte, war zurückgekehrt, eine Art durchdringender Schein, der sehr im Widerspruch zu seinem üblichen Verhalten stand. »Sean könnte vielleicht sogar mehr Männer hineinführen und das Schloss zurückerobern. Wir könnten Eure Leute immer noch retten, bevor DuMaine seine Rache nimmt.«

»Tristan will den Leuten nichts antun«, sagte sie, ohne nachzudenken.

»Seid Ihr Euch da sicher?«, fragte er sanft. »Nach dem, was ich über ihn gehört habe, ist er kein Mensch, der leicht vergibt.«

Sie antwortete nicht, aber sie musste ihm insgeheim recht geben. Aber er hatte dem Abgesandten des Königs oder seinen eigenen Rittern gegenüber nichts von dem erzählt, was er erlitten hatte. Und er hatte sie verschont, hatte sie geküsst und nicht in Eisen geschlagen. »Ich weiß nichts von diesen Gängen«, sagte sie schließlich. »Aber wir können vielleicht nachsehen.«

»Wir werden vorsichtig sein müssen«, warnte er sie. »Wenn DuMaine Verdacht schöpft …«

»Das wird er nicht«, unterbrach sie ihn. Tristan musste seinen Zufluchtsort, den Kerker, irgendwann verlassen. Sie würde mit ihm reden und versuchen, seine Pläne in Erfahrung zu bringen. Aber wenn es einen geheimen Weg aus dem Schloss gab, würde sie mit allen Leuten, die mit ihr gehen wollten, entkommen. Sie würde Sean irgendwie überreden zu fliehen und ihre Sache endgültig aufzugeben. Aber konnte sie Tristan aufgeben? »Ich danke Euch, Baron«, sagte sie und lächelte ihm zu. »Ich stehe in Eurer Schuld.«

»Mitnichten.« Er verbeugte sich leicht. »Und nun kommt. Wir haben uns lange genug zurückgezogen.«

»Ja.« Würden alle Ritter Tristans sie so genau beobachten wie Sir Sebastian, dann hätte einer von ihnen inzwischen bemerkt, wo sie sich befand. »Sagt mir, Mylord«, bemerkte sie, als sie aufbrachen, und erhob ihre Stimme, damit sie im jenseitigen Gang gehört würde. »Wie lautet Euer Taufname?«

»Mein Taufname?«, wiederholte er mit seltsamem, bellendem Lachen, das sie veranlasste, sich umzuwenden und ihn erneut anzusehen. »Lucan«, sagte er mit demselben traurigen Lächeln wie zuvor, als er davon gesprochen hatte, wie sehr sie beide gelitten hatten. »Ihr könnt mich Lucan nennen.«

»Wie Ihr wünscht.« Dieses Mal zwang sie sich, seinen Arm zu nehmen, bevor er ihn ihr anbot. »Lucan.«

»Siobhan!« Clare kam die Treppe herabgelaufen, und ihre kleinen Schuhe hallten auf den Steinen wider. »Die Wachen wollen mich nicht zu meinem Papa lassen«, sagte sie, und ihr kleines Mädchengesicht war zu einer perfekten Miniatur des zornigen Ausdrucks Tristans verzogen. Sie warf dem Baron einen Blick zu, während Siobhan sich vor sie hinkniete. »Sag ihnen, dass ich mit ihm sprechen muss.«

»Das würde ich ja tun, Liebes, aber sie werden mir nicht zuhören.« Sie lächelte Callard zu, während sie das Kind in die Arme nahm. Er erwiderte das Lächeln schwach, aber seine Augen blickten kalt. Lucan von Callard kümmerten Kinder offensichtlich nicht. »Sie wollten mich auch nicht hineingehen lassen«, sagte Siobhan und küsste Clare auf die Wange. »Sie sind sehr ungezogen.«

»Ja.« Sie erwiderte den Kuss. »Wir werden es Papa erzählen.«

»Ja, das werden wir«, stimmte Siobhan ihr zu. »Komm … du bleibst bei mir.« Sie nickte dem Baron ein letztes Mal zu und trug das Kind davon.

Tristan erwachte bei Sonnenuntergang. Träume hatten ihn heimgesucht, an die er sich kaum erinnern konnte – Bilder seines Schlosses, das wieder in Flammen stand, und Bilder von Siobhan in Gefahr, wobei ihr wunderschönes Gesicht mit Blut und Ruß beschmiert war. »Nein«, murmelte er und wandte sein Gesicht auf dem Kissen um. »Das ist nicht wirklich.«

»Wie bitte?«, fragte Simon, der ihn vom anderen Bett aus bereits hellwach beobachtete, mit seinem gewohnten Humor.

»Nichts.« Er stand auf und trat zur Tür. »Ihr da!«, rief er den Wachen am Ende des Ganges zu. »Holt mir etwas Wasser.«

»Orlando hat sich auf die Suche nach Silas begeben«, sagte Simon, als er zurückkam. »Er will sich durch Eure Kerkerwand graben.«

»Warum?«, fragte Tristan gereizt. Hunger nagte an ihm, lästig und unmöglich zu ignorieren. Er würde bald jagen müssen.

»Er denkt, es gäbe von hier aus einen Weg in die Katakomben«, antwortete sein Vampir-Bruder. Wenn er ähnliche Bedürfnisse verspürte, verbarg er sie gut.

»Das könnte durchaus sein.« Der Wächter trug einen Holzeimer mit Wasser und ein Zinnbecken sowie saubere Handtücher herein, und der Klang seines Herzschlags hallte in den Ohren des Vampirs fast zu verlockend wider, um ihm zu widerstehen. Der Mann stellte seine Last auf dem Tisch ab, und Tristan entließ ihn mit einer Handbewegung. »Wir haben diesen Turm auf den Grundmauern eines uralten Gebäudes erbaut, das die Bauern wie einen Schrein behandelten«, sagte er und füllte das Becken. »Sie machten einen ziemlichen Aufstand, als wir es niederrissen.« Er tauchte sein Gesicht ins Wasser und war bemüht, beim Waschen einen klaren Kopf zu bekommen.

»Mylord!« Sir Andrew kam den Gang herab, um Bericht zu erstatten. »Vergebt mir, dass ich Euch störe«, sagte er und zitterte angesichts Tristans finsterer Miene ein wenig. »Ich hörte, dass Ihr wach wärt.«

»Wer kommt sonst noch, Sir?«, fragte Simon grinsend, während er ebenfalls aufstand. »Sollen wir uns auf eine Prozession vorbereiten?«

»Niemand außer mir, Euer Gnaden«, antwortete der Ritter und erwiderte sein Lächeln. »Obwohl ich glaube, dass Lady Siobhan und Lady Clare Euch schon lange besucht hätten, wenn die Wachen es zugelassen hätten.«

»Siobhan war hier?«, fragte Tristan. »Wo ist sie jetzt?«

»Sie war nicht hier in den Kerkern, Mylord«, antwortete Andrew. »Sebastian hielt sie auf der Brücke auf und erklärte ihr, dass Ihr darum gebeten hättet, nicht gestört zu werden. Es gefiel ihr nicht, aber sie bedrängte ihn auch nicht weiter.«

»Ich werde Orlando suchen«, sagte Simon und schlug ihm leicht auf die Schulter, als er ging.

»Trefft mich später in den Ställen«, wies Tristan ihn an. »Wir werden ausreiten.«

Simon nickte. »Wie Ihr wünscht.«

»Also hat Sebastian mit meiner Frau gesprochen«, sagte Tristan, als sein Vampir-Bruder fort war.

»Heute Morgen«, bestätigte Andrew. »Sie wollte ausreiten, aber er wollte es nicht erlauben. Dann sagte sie, sie wolle mit Euch sprechen, aber er überzeugte sie, es gar nicht erst zu versuchen.«

Die Augen des jungen Ritters blickten besorgt drein. »Was ist los?«, fragte Tristan.

Er schaute den Gang hinab zu den Wachen, als wollte er sichergehen, dass sie nicht belauscht wurden. »Mylord, wir haben die Hauptleute befragt«, sagte er leiser. »Sie erzählten uns … wenn es nicht wahr ist, könnt Ihr Euch kaum vorstellen, was sie sagten.«

»Es ist wahr«, erklärte Tristan. »Lebuin und seine Briganten haben das Schloss eingenommen.«

»Du lieber Himmel.« Andrews Herzschlag beschleunigte sich, und Tristan schloss die Augen und bemühte sich, den Klang zu ignorieren und sich auf das Gespräch zu konzentrieren. »Und Lady Siobhan …«

»Lady Siobhan ist meine Frau«, unterbrach Tristan ihn. »Mehr braucht Ihr nicht zu wissen.«

»Ja, Mylord.« Der junge Ritter senkte den Kopf, um seinen Gesichtsausdruck zu verbergen, während Tristan die Augen öffnete und angemessen nachdenklich gestimmt wirkte, aber offensichtlich nicht überzeugt war.

»Versammelt die Ritter und Hauptleute in der Turmhalle«, sagte Tristan freundlicher. »Schickt alle fort, die Ihr nicht selbst kennt, alle, die nicht zu unserer ursprünglichen Garnison gehörten – schickt sie über die Brücke zum Gutshaus. Ich werde euch dort vor Mitternacht treffen und meinen Plan erklären.«

Andrew lächelte erleichtert. »Ja, Mylord.« Er wollte gehen, hielt aber dann noch einmal inne. »Mylord, was wisst Ihr über diesen Baron von Callard?«

Tristan runzelte die Stirn. »Warum fragt Ihr?«

»Ohne wirklichen Grund, wie ich hoffe.« Andrew war bisher stets sein geradlinigster, ehrlichster Ritter gewesen. Wenn er auswich, stimmte etwas nicht. »Aber als Sebastian Eure Lady daran hinderte, das Schloss zu verlassen oder zu Euch zu kommen, suchte sie den Baron von Callard auf.«

»Sie suchte ihn auf?«, wiederholte Tristan. Eifersucht, die von seinem dämonischen Hunger genährt wurde, flammte in ihm auf. Lebuin hatte von Callard als Siobhans zukünftigem Ehemann gesprochen, wenn er selbst tot sei. Er hatte Callards Mann gesagt, Siobhan sei gegen den Plan. Aber hatte sie ihre Meinung seitdem geändert? »Seid Ihr sicher, dass nicht der Baron sie aufgesucht hat?«

»Er schien nicht allzu ungehalten, sie zu sehen«, räumte Andrew ein. »Aber sie trat zuerst an ihn heran. Sie verbrachten eine gute halbe Stunde allein im Sonnenraum.« Er runzelte die Stirn. »Wenn ich dort gewesen wäre, hätte ich sie unterbrochen oder zumindest einen Diener hingeschickt, um ihre Unterhaltung zu belauschen.«

»Ich bin mir sicher, dass das keine Bedeutung hatte«, sagte Tristan. »Und nun lasst mich allein.« Der junge Ritter nickte und verließ ihn, damit er sich ankleiden und seine Gedanken sortieren konnte. Er legte zum ersten Mal seit Wochen wieder seine eigene Kleidung an, aber es bereitete ihm wenig Vergnügen. Er musste das Schloss verlassen, musste jagen und sich nähren, ohne Aufsehen zu erregen, und dann zurückkehren und seine Garnison glauben machen, er sei noch immer ihr Herr, während er gleichzeitig Simon und Orlando auf ihrer mythischen und, seiner Meinung nach, überwiegend sinnlosen Suche zufriedenstellte.

Aber zuerst musste er sich um Siobhan kümmern.

16

Siobhan saß am Kamin der Turmhalle und lächelte ihrer Stieftochter über das Schachbrett hinweg zu. »Das ist die Königin«, erklärte sie und hielt die Figur hoch. »Sie ist dein mächtigster Soldat, die einzige Figur, die du über so viele Quadrate, wie du willst, in jede Richtung bewegen kannst.«

»Mächtiger als der König?«, fragte Clare.

»Viel mächtiger.« Sie stellte die Königin auf und nahm ihren elfenbeinernen Gefährten hoch. »Der König kann sich in jede Richtung bewegen, jedoch nur ein Feld auf einmal.«

»Aber der König ist derjenige, der gefangen genommen werden muss«, sagte Clare.

»Genau.« Sie stellte den König wieder auf seinen Platz und nahm erneut die Königin zur Hand. »Alle anderen Figuren beschützen den König vor dem Feind. Aber keine so gut wie die Königin.«

»Also liebt sie ihn«, entschied Clare.

»Vermutlich«, räumte Siobhan ein und lächelte über den drolligen Gedankensprung. »Aber vielleicht liebt sie es auch nur zu gewinnen.«

»Verzeihung, Mylady«, sagte der Ritter Sir Sebastian und verbeugte sich, als er sie erreichte.

»Euer Herr hat darum gebeten, seine Soldaten in dieser Halle zu versammeln. Darf ich Euch und Lady Clare ins Gutshaus zurückbegleiten?«

»Ihr habt mit Tristan gesprochen?«, fragte sie sofort wachsam. »Er ist aus seiner Höhle herausgekommen?«

»Er ist wach«, bestätigte der Ritter nickend und errötete leicht.

»Wunderbar.« Sie erhob sich ihrer Röcke ungeachtet mit der Anmut einer Kriegerin vom Kamin. »Komm, Clare.«

»Wartet, Mylady«, protestierte Sebastian.

»Nein, mein Herr. Das werde ich nicht.« Sie nahm Clares Hand und rauschte an ihm vorbei auf die Tür zu.

Tristan betrat genau in dem Moment den Raum, als seine Briganten-Braut an seinem armen Ritter vorbeistolzierte, als wäre er eine Statue, und seine Tochter an der Hand hielt. Diese beiden, die er liebte, schienen so vertraut miteinander. Clare hatte sogar Siobhans Gangart angenommen, lange, burschikose Schritte mit zurückgenommenen Schultern. Statt Seide oder Samt trug sie ein einfaches Wollkleid mit verräterischen Schmutzflecken an den Knien. Sein Engel war auch ein Wildfang geworden. »Schon gut, Sebastian«, rief er, und heftige, eifersüchtige Liebe für die beiden krallte sich wie eine Faust um sein Herz.

»Papa!« Clare riss sich von Siobhan los und lief zu ihrem Vater. Er fing sie wie immer auf, und sie schlang ihre Arme um seinen Hals und küsste seine Wange. Aber bevor er antworten oder ihren Kuss erwidern konnte, schwappte eine Woge des Hungers über ihn hinweg. Der liebliche Duft ihrer Haut und der Klang ihres Herzschlags reizten den Dämon, der ihn besaß.

»Nimm sie!«, befahl er, elend vor Abscheu, während er sie Siobhan in die Arme schob.

Siobhan sah den jähen, goldenen Glanz in seinen grünen Augen, drückte das Kind fest an sich und wich zurück. »Alles ist gut, Kleines«, tröstete sie und wandte Clares Gesicht von dem Vampir fort zu ihrer Schulter. »Dein Papa ist noch krank.« Auch wenn sie ihn nicht geliebt hätte, hätte sie Mitleid für ihren Dämonenliebsten empfunden, als sie den entsetzten Ausdruck auf seinem Gesicht sah. Aber sie hatte auch Angst vor ihm. Wann immer sie ihn zuvor gesehen hatte, hatte er stets den Eindruck erweckt, die Macht in ihm unter Kontrolle zu haben. Nun war es offensichtlich nicht mehr so.

»Bring sie nach oben«, befahl er mit natürlicherer Stimme, während seine Augen wieder einfach grün wurden. »Warte dort in deinem Zimmer auf mich.«

»Nein«, antwortete Siobhan und schüttelte den Kopf. »Ich muss mit dir reden.«

»Ich muss gehen«, sagte er schroff. »Ich werde später mit dir reden, wenn ich zurückkomme …«

»Nimm mich mit …«

»Nein!« Clare hatte sich ihm wieder zugewandt, und ihre ebenfalls grünen Augen waren groß vor Verwirrung. Er lächelte und berührte ihre Wange. »Tu, was ich dir sage, Siobhan. Geh in dein Zimmer und warte auf mich.«

»Ich habe den ganzen Tag auf dich gewartet«, erklärte sie, und die Angst wich rasch dem Zorn. War auch sie ein Kind, das er ins Bett schicken konnte?

»Dann wird eine weitere Stunde kaum einen Unterschied machen.« Er berührte auch ihre Wange, und obwohl sie wusste, dass er eher sterben als die Worte aussprechen würde, sah sie das Flehen in seinen Augen. Seine Hände sind kalt, dachte sie. Sie nahm seine Hand, und die Haut war so kalt wie bei einer lebendig gewordenen Statue. Oder wie bei einem Leichnam, dachte sie unwillkürlich, und ihre Haut kribbelte vor Entsetzen.

»Nur eine Stunde«, wiederholte sie, ihre blauen Augen waren unerbittlich und forschend auf sein Gesicht gerichtet. Sie drückte einen Kuss auf seinen Handballen, was ihn vor ausgehungertem Verlangen erzittern ließ. Wenn sie ihn nicht losließe, würde er sie hier vor Clare und dem Haushalt nehmen und sie wahrscheinlich nebenbei töten. »Also gut. Wir werden warten.«

»Es tut mir leid, Papa«, sagte Clare ernst. »Ich wollte nicht, dass es dir schlecht geht.«

»Es ist nicht deine Schuld, Kleines«, sagte Siobhan, bevor er antworten konnte, »sondern meine. Aber es wird ihm bald wieder gut gehen.« Sie ließ seine Hand los und strich ihm, bevor sie wieder die Treppe hinaufstieg, kurz über die Wange, was ihm wie das Aufbringen eines Brandzeichens vorkam.

Sobald sie die Biegung der Treppe umrundet hatten, legte Clare den Kopf an Siobhans Schulter und weinte in ihren Armen still und zitternd. »Kleines, was ist denn?«, fragte Siobhan und drückte sie noch fester an sich. »Alles ist gut, Liebes. Ich verspreche es.« Sie küsste die Kleine auf die Wange und streichelte ihr Haar.

»Warum seid Ihr und Papa immer noch so ärgerlich?«, fragte sie.

»Das sind wir nicht, Liebes.« Sie trug sie in ihr Schlafzimmer und schloss mit dem Fuß die Tür hinter ihnen.

»Seid Ihr doch«, beharrte sie und kuschelte sich an Siobhan, als diese sich aufs Bett setzte und Clare auf ihrem Schoß hielt. »Ihr seid beide ärgerlich, das merke ich.«

»Nein, Clare, nicht ärgerlich.« Sie küsste sie erneut und wollte sie verzweifelt trösten. Sie war noch nie in ihrem Leben einem Kind nahe gewesen, aber Clare war anders, so ernst und tapfer.

»Siobhan, was ist mit ihm?« Clare schaute mit den Augen ihres Vaters auf. »Er hat sich so kalt angefühlt.«

»Ich weiß.« Sie zog sie wieder an sich, um diesen Augen auszuweichen. »Er ist krank, Süße. Hat er dir das nicht erzählt?«

»Er weint Tränen aus Blut.« Ihre Stimme war kaum lauter als ein Flüstern, als fürchtete sie, die Worte laut auszusprechen. »Ich habe es gesehen. Und als er mich berührte …« Sie berührte ihre Wange. »Er hat sich eiskalt angefühlt.«

»Ich denke, er hat eine merkwürdige Art von Fieber.« Er hat geweint?, dachte sie, und Kummer und Schuldgefühle wüteten in ihrem Herzen. »Aber es geht ihm mit jedem Tag besser.«

»Sagt ihm, dass Ihr nicht mehr böse auf ihn seid.« Das Kind lehnte sich zurück, um sie wieder anzusehen. »Sagt ihm, dass Euch leidtut, was Sean Lebuin getan hat. Dann wird es ihm wieder besser gehen.«

»Clare …« Sie legte eine Hand an ihre Wange.

»Das wird es«, beharrte sie. »Ihr müsst es tun, Siobhan. Wenn es ihm nicht bald wieder besser geht, wird er fortgehen.« Ihr engelsgleicher Mund zitterte, wahrend neue Tränen ihre Wangen hinabliefen.

»Nein, Clare«, sagte Siobhan. »Hör mir zu. Gleichgültig, was sonst geschehen mag, dein Vater würde dich niemals verlassen.« So abscheulich der Gedanke auch sein mochte, könnte sie vielleicht irgendwie den Mut finden, Tristan zu vernichten, um ihre Leute zu retten. Aber sie würde nicht zulassen, dass sein Kind das Vertrauen in ihn verlor, nicht wenn er es so liebte. »Erinnerst du dich an den Abend, als ich mit Sean hierherkam? Erinnerst du dich, wie ich das Messer an deine Kehle hielt und drohte, dich zu verletzen?«

»Ja.« Eine neue Art Entsetzen dämmerte bei dem Gedanken in den Augen der Kleinen.

»Damals kannte er mich nicht, und er glaubte, ich würde es tun.« All das Vertrauen, das sich zwischen ihnen aufgebaut hatte, könnte sich im Handumdrehen auflösen, während sie sprach, aber sie konnte nicht aufhören. »Er hat alles aufgegeben – sein Schloss, seine Leute, seine Aufgabe, sogar sein eigenes Leben –, um mich aufzuhalten. Er wollte nicht zulassen, dass du verletzt würdest, nicht um alles in der Welt. Erinnerst du dich?«

»Ja.« Sie schien ruhiger zu werden. »Aber Ihr hättet mich nicht verletzt, oder, Siobhan?«

»Nein, Liebes, das würde ich niemals tun.« Sie lächelte und wischte eine Träne von Clares Wange. »Dein Papa und ich sind vielleicht böse aufeinander, aber wir lieben dich beide sehr. Was auch immer sonst geschehen mag, wir werden dich immer beschützen.«

Clare kuschelte sich als Antwort erneut eng an sie, während ihr kleiner Arm um Siobhans Taille lag. Siobhan dachte nicht zum ersten Mal an die Mutter des Kindes. Wie mochte sie gewesen sein? Was konnte ihr geschehen sein? Trauerten Clare und Tristan um sie? »Ich liebe Euch auch«, murmelte Clare, umfasste das Ende von Siobhans Zopf und hielt es an ihre Wange.

Sie hielt das Kind fest, bis sie es vom Schlaf in ihren Armen schwer werden spürte. Dann legte sie die Kleine sanft ins Bett und versuchte zu entscheiden, was sie als Nächstes tun sollte.

Tristan hatte ihr gesagt, sie solle auf ihn warten. Aber wo konnte er hingegangen sein? Sie trat zur Tür, blickte hinaus und sah zwei Wachen im Gang herumlungern, nicht in Alarmbereitschaft, aber dennoch wachsam. Sie lächelte ihnen schwach zu und schloss die Tür wieder. »Gottverdammt«, murrte sie und biss sich auf die Lippen. Sollte sie den Rest ihres Lebens in diesem Turm eingesperrt auf das Verhängnis warten?

Sie schaute aus dem Fenster in Richtung Wald. Tristan hatte gesagt, er wolle ausreiten. Hatte der Herzog ihn begleitet? Sie strich mit der Hand über die Steine, die den Fensterrahmen einfassten, und zog die verfugten Spalten nach. Seit der Nacht, in der sie die Klippe erklommen hatte, um ihrem ersten normannischen Soldaten zu entkommen, hatte sie Höhen gehasst. Aber die Mauer war neu, und die Spalten waren tief. Sie zog sich mit unterdrücktem Seufzen um.

Tristan beobachtete, wie sich der Hirsch mühsam erhob und in den Wald davonstob. »Wir sollten Kühe halten«, murrte er.

Simon sah ihn für einen Moment entgeistert an und lächelte dann. »Das wäre vielleicht leichter.« Er wischte sich mit dem Handrücken über den Mund. »Ihr denkt wenig über das Blut nach, das wir nehmen, oder, Bruder?«

»Was gibt es darüber nachzudenken?« Das Tierblut war nicht vollkommen zufriedenstellend, aber es hatte seinem Hunger die Schärfe genommen.

»Wie nähren uns an Leben«, erklärte Simon, während sie durch den Wald gingen.

»Welcher Mensch tut das nicht?«, konterte er. »Wenn ich noch so wäre, wie ich einmal war, hätte ich den Hirsch getötet und ihn meinem Haushalt verfüttert. So wie ich jetzt bin, habe ich mich genährt und ihn wieder freigelassen. Ich nenne das Gnade.« Sie hatten die Pferde erreicht, die in einem Gestrüpp angepflockt waren, und er löste Daimons Zügel. »Der Hirsch würde mir wahrscheinlich zustimmen.«

»Aber nicht aller Eurer Beute wird diese Gnade zuteil.« Simons Pferd, Malachi, warf den Kopf auf und schnaubte, da er in der Gegenwart eines Dämons, der nicht sein Herr war, wie immer unruhig wurde. »Bedauert Ihr die Menschen nicht, die Ihr getötet habt?«

»Einige davon schon.« Er streichelte Daimons Hals, während er nachdachte. »Ich bedauere auch einige der Menschen, die ich als Soldat getötet habe. Wart Ihr nicht auch einst Soldat?«

»Ja«, räumte Simon ein. »Aber das war etwas ganz anderes.«

»Ja, das war es.« Er schwang sich in den Sattel. »Da hattet Ihr eine Wahl. Ihr musstet jene Menschen nicht töten, um überleben zu können. Ihr hättet Ihr Beschützer sein können.« Der plötzlich reumütige Blick seines irischen Bruders brachte ihn zum Lächeln. »Satanszeichen, Simon. Ihr könnt nicht für jedes Übel auf der Welt die Verantwortung übernehmen.«

»Nein, nicht für jedes.« Er stieg ebenfalls auf. »Nur für meine eigenen.«

»Seid ein wenig nachsichtiger mit Euch«, riet Tristan. »Ihr habt genug Buße getan.«

»Nicht annähernd«, erwiderte er. »Ihr, zum Beispiel. Ich bin schuld an Eurem Tod.«

»Ich vergebe Euch«, sagte Tristan. »Also, einer weniger.«

»Kein großer Fortschritt«, murrte Simon, aber er lächelte. »Reitet Ihr zum Schloss zurück?«

»Ihr nicht?« Daimon trottete im Kreis und wollte loslaufen.

»Nur um Orlando abzuholen«, antwortete Simon. »Er lässt Silas graben, aber er will die Katakomben währenddessen von der anderen Seite aus erkunden. Wir kommen in den Wald zurück.« Malachi scheute seitwärts, aber er führte ihn mühelos wieder zurück. »Ich könnte Euch vermutlich nicht davon überzeugen, mir zu helfen.«

»Ich wünschte fast, ich könnte es«, sagte Tristan mit schiefem Lächeln. »Aber ich habe immer noch meine eigene Suche.«

»Rache«, sagte Simon kopfschüttelnd.

»Nein.« Sein Freund blickte überrascht auf. »Wenn Lebuin geflohen ist, werde ich ihn nicht jagen. Aber ich muss mich versichern, dass mein Schloss sicher ist – dass meine Tochter und Siobhan sicher sind.«

»Ich dachte, Siobhan wäre der Feind«, sagte Simon sanft und zog eine Augenbraue hoch.

»Das ist meine andere Aufgabe«, gab Tristan zu. »Ich muss herausfinden, ob sie es ist.« Er dachte erneut an das, was Andrew gesagt hatte, dass Siobhan Zeit im privaten Gespräch mit Callard verbracht hatte. »Ich habe noch viel zu tun, Bruder«, sagte er. »Aber wenn ich fertig bin, werde ich mein Wort halten.« Er nahm die Zügel. »Wir werden Euren Kelch finden.«

Gaston stand im Gutshaus am Fenster der Gemächer seines Herrn und beobachtete, wie Tristan DuMaine und sein Freund, der irische Herzog, durch die Tore hinausritten. »Ich kann nicht glauben, dass er lebt«, sagte er erneut und schüttelte den Kopf. »Ich habe ihn gesehen, Mylord. Kein Mensch hätte solche Prügel überleben können.«

»Und doch hat er sie anscheinend überlebt.« Callard ruhte

behaglich vor dem Kamin, und das leinene Taschentuch einer Lady baumelte von seiner Hand. Gaston hatte ihn selten in so guter Stimmung erlebt.

»Es scheint so«, stimmte er ihm zu. »Und Lady Siobhan lief zu ihm, als wäre er ihre lange verlorene Liebe.«

»Vielleicht ist er das.« Der Baron blickte ins Feuer, und das seltsame neue Lächeln, das er angenommen hatte, umspielte leicht seine Mundwinkel. »Sie weiß, was er ist«, sann er laut nach. »Die Male an ihrer Kehle … er hat sich an ihr genährt.«

»Mylord?«, fragte Gaston verwirrt.

»Und doch läuft sie zu ihm.« Er hob das Taschentuch an sein Gesicht und atmete tief ein. »Sie hat mein Blut, Gaston.«

»Mylord«, begann Gaston erneut, und seine Kopfhaut begann zu kribbeln. »Eure Worte ergeben keinen Sinn.«

»Nein?« Er schaute auf und begegnete sanft seinem Blick. »Tatsächlich, Gaston, fällt es mir immer schwerer, mich daran zu erinnern, wer ich bin.« Er wand das Taschentuch um seine Finger und verzog nachdenklich die Stirn. »Ich bin körperlich und geistig stärker, aber ich beginne mich zu verlieren. Euer Baron … ich vergesse, wo er endet und wo ich anfange.«

Er ist verrückt, dachte Gaston und fühlte sich elend. »Ihr seid der Baron, Mylord.«

»Natürlich bin ich das.« Er runzelte die Stirn. »Merlins Blut … hier. Es muss einen Grund dafür geben. Es ist natürlich zu verwässert – das Mädchen ist in Wahrheit nichts. Die andere ist der Schlüssel. Ihr Blut ist rein.« Er blickte erneut auf, als erwartete er, dass Gaston jemand anderes wäre. »Und Simon.« Er lächelte, das Lächeln eines Engels. »Mein Simon.«

»Mylord, was geht Euch durch den Kopf?«, drang Gaston in ihn. »Warum sagt Ihr solche Dinge? Erklärt mir Euren Plan, und ich werde alles tun, was Ihr wollt.«

Der Baron erhob sich aus seinem Sessel. »Enttäusche ich dich, Gaston?«

»Niemals, Mylord.« Er sank vor ihm auf die Knie. »Bin ich nicht loyal?«

»Doch.« Er lächelte. »Es hat den Anschein, dass du es bist.«

»Es hat nicht nur den Anschein, Mylord. Ich schwöre es.« Er griff nach der Hand seines Herrn und küsste sie. »Ich bitte Euch, mir eine Aufgabe zu übertragen.«

Callard strich mit einer väterlichen Geste über sein Haar. »Es gibt etwas, das du für mich tun kannst«, sagte er. »Etwas, das mich wieder stärken wird.«

»Ja«, sagte Gaston, von der Liebe verzückt, die er in den Augen seines Herrn reflektiert sah. »Alles.«

Der Baron kniete sich ebenfalls hin, um ihm in die Augen zu sehen, nahm sein Gesicht in beide Hände, lächelte sein wunderschönes Lächeln und küsste ihn sanft auf beide Wangen. Dann sank sein Kopf zurück, er entblößte die Lippen und offenbarte lange, gebogene, weiße Zähne. »Herr«, flüsterte Gaston entsetzt und vor Angst erstarrt. Dann schlossen sich die Zähne hart um seine Kehle. Er wehrte sich kaum, während sein Lebensblut aus ihm wich und sein Körper kalt wurde. Aber gerade, als er zu sterben schien, gerade, als sich sein Herzschlag extrem verlangsamte, spürte er, wie der Baron ihn aus seiner Umarmung entließ. Eine große, schwarze Wolke stieg um sie beide auf wie Blut, das in Wasser tropft, und hüllte sie ein. Gaston öffnete den Mund zum Schrei, und die Wolke drang jäh in ihn und füllte ihn aus. Sein Bewusstsein rang wie mit einem Dämon, wurde geschlagen und gerissen, bis er nicht mehr wusste, wer er war. Ich sterbe, dachte er. Ich bin verdammt … dann kalte, schwarze Stille.

Lucan Kivar öffnete die Augen und erhob sich in seiner neuen Gestalt. Die Welt war wieder hell und deutlich und sein Zweck klar und stark. Der Geist, der sein Gefolgsmann Gaston gewesen war, war nur noch ein Schatten. Er blickte auf den toten Körper des Barons hinab, das Gefäß, das ihn an diesen Ort gebracht hatte. Er war stark und sein Wille und seine Bosheit waren für einen Sterblichen außergewöhnlich gewesen. Gaston hingegen war schwach gewesen. Sein Leben sollte nicht lange währen. »Bald«, murmelte er und wandte sich dem Spiegel zu, um sein neues Gesicht kennenzulernen, wobei sein Geist die Erinnerungen dieses Körpers betrachtete, wie ein Gelehrter ein Buch durchblättert. Er sah das Bild Siobhans, dieses Kind vom Blut seines Sohnes Merlin, das keinen Dämon fürchtete, und er lächelte. »Bald werde ich ein anderer sein.«

Siobhan glitt langsam wie eine Spinne die raue Steinmauer hinab und betete währenddessen das Gebet einer Brigantin. »Denk an mich in der Hölle, mein Gott«, flüsterte sie und streckte sich nach der nächsten Fußstütze. »Du weißt, dass ich mein Bestes getan habe.«

Der Turm war die jüngste Errungenschaft normannischer Verteidigung, kein einfaches Quadrat, sondern eine Art untersetztes Kreuz mit einem tiefen, geschlitzten Spalt in jeder Ecke, von wo aus Bogenschützen auf jedermann hinabschießen konnten, der gelenkig oder töricht genug war zu versuchen, den Turmhügel zu erklettern. Sie arbeitete sich zur nächstgelegenen dieser Ecken vor in der Hoffnung, sich vor den Wachen darunter verbergen zu können. Sie konnte ihre Stimmen hören, da sie in dem Gewölbe um die Ecke standen, aber unmittelbar unter ihr befanden sich die Zwinger. Wenn sie es bis dorthin schaffte, erlangte sie vielleicht Zutritt zum Turm und zu den dahinterliegenden Kerkern – zu Tristans Schlupfwinkel.

Auf halber Höhe traf ihr Stiefel auf eine tiefere, breitere Spalte, die zu groß war, um ihren Fuß zu halten, und sie wäre beinahe ausgerutscht und gestürzt. »Verdammter Mist«, murmelte sie atemlos und mit pochendem Herzen. Sie widerstand dem Drang hinabzublicken, ertastete sich mit dem Fuß weiterhin ihren Weg und klammerte sich mit den Händen noch fester. Die Öffnung, die zu breit für eine Schießscharte war, befand sich genau in der Ecke des Turms. Sie umrundete sie, stieg langsam abwärts und streckte nun eine Hand aus, um den Rand zu befühlen – es war ein Eingang. Sie trat auf den Sims hinaus und fand die hölzerne Tür, deren Eisenknauf seitwärts in einer Nische verborgen war. Zu ihrer Überraschung ließ er sich leicht drehen, und die Tür öffnete sich vor ihr.

Sie kauerte sich hin, glitt hindurch und fand sich auf einer Galerie oberhalb der Turmhalle wieder. Tristans Ritter und Soldaten versammelten sich dort gerade – sie sah Sir Sebastian am Kamin sitzen und ihr Schachspiel betrachten. Eine schmale Tür am Ende der Galerie öffnete sich auf eine enge Wendeltreppe, und sie glitt hinab und bemühte sich, kein Geräusch zu verursachen. Aber die Tür am Fuß der Treppe öffnete sich, wahrscheinlich hinter einem der Wandteppiche, direkt in die Halle. Sie konnte unmittelbar dahinter Stimmen hören, die zu nahe waren, um unbemerkt an ihnen vorbeizugelangen, wenn sie hindurchginge. »Lord Tristan ist mit dem Herzog ausgeritten«, sagte ein Mann gerade. »Aber er sagte Sir Andrew, dass er zurückkommen und uns seinen Plan enthüllen werde.«

Siobhan kaute auf ihrer Unterlippe. Sie könnte in relativer Sicherheit warten und lauschen – sie würde Tristans Plan sehr gerne hören. Aber jetzt, solange Tristan und sein Freund draußen waren, bestand vielleicht ihre einzige Chance, die Kerker zu erkunden. Sie unterdrückte einen Fluch und betrat die Treppe erneut.

Zumindest war ihr restlicher Abstieg in den Turm hinab einfach – eine Eisenleiter führte von der Tür fast bis zum Boden. Sie ließ sich die letzten wenigen Fuß ins darunter befindliche Gras fallen, während sie einen Seufzer der Erleichterung ausstieß. Die große Wolfshündin, die sie an ihrem ersten Morgen im Schloss vor den Hunden der Briganten gerettet hatte, trat heran, schnüffelte neugierig an ihr und stieß ihre Hand an, um gestreichelt zu werden. »Du bist ein hübsches Tier, Mylady«, murmelte sie und kraulte die Hündin zwischen den Ohren. »Wo ist dein Herr hingegangen?«

Der Junge, der die Zwinger in Ordnung hielt, war einer ihrer persönlichen Lieblinge, und das schon, seit Sean das Schloss erobert hatte. Er erhob sich überrascht, als sie hereinkam, aber er grinste, als sie einen Finger auf die Lippen legte. Sie winkte ihn näher heran und legte eine Hand auf seine Schulter. »Wie komme ich zu den Kerkern?«

»Vorsicht, Mylady«, antwortete er in fast ebenso leisem Flüsterton. »Der Baumeister beschäftigt hier einen Trupp Erdarbeiter.«

»Erdarbeiter?« Callard hatte von Gängen unter dem Schloss gesprochen, Gänge, von denen Sean wusste, die er ihr gegenüber aber nie erwähnt hatte. Konnten Silas oder Tristan auch davon wissen? »Wonach graben sie?«

»Das weiß ich nicht«, erwiderte der Junge achselzuckend. »Es war die Idee des Kleinen, des Hofnarren des Herzogs.«

Sie hatte den Zwerg am Tag zuvor kaum bemerkt, so fest entschlossen war sie, Tristan zu sprechen, aber sie erinnerte sich dennoch an ihn, ein bärtiger, kleiner Mann in kunterbunter Kleidung. »Der Hofnarr sagt, sie sollen die Kerker umgraben, und Silas gehorcht ihm?«

»Sie sind alle verrückt.« Der Junge nickte. »Sie befinden sich am anderen Ende, fern von der Tür, die ich Euch zeigen werde. Aber Ihr müsst vorsichtig sein.«

Sie lächelte. »Das werde ich.«

Die Tür war kaum mehr als eine Luke, die dazu gedacht war, Abfall sowohl aus dem Kerker als auch aus den Zwingern in den Graben um den Turmhügel zu befördern, und so niedrig, dass sie auf Händen und Knien hindurchkriechen musste. Als sie erst hineingelangt war, kauerte sie sich zusammen, kroch durch die Dunkelheit und lauschte angespannt. Am anderen Ende des Kerkers grub tatsächlich eine Gruppe Männer ein Loch in den Boden. Silas stand über ihnen, das Kinn in der Hand, als wäre er tief in Gedanken versunken. Aber von dem Zwerg war nichts zu sehen. Unmittelbar der Stelle gegenüber, wo sie in den Schatten kauerte, sah sie eine geöffnete Zelle mit großen Betten und einigen Stühlen darin – Tristans unterirdisches Gemach. Sie beobachtete die Erdarbeiter lange, um sicherzugehen, dass sie in ihre Aufgabe vertieft waren, und lief dann durch den von Fackeln beleuchteten Gang.

Einige Schriftrollen waren auf einer Truhe ausgebreitet – eine Landkarte und einige andere, die mit Kauderwelsch in einer Schrift bedeckt waren, die sie nicht entziffern konnte. Beide Betten waren ordentlich gemacht, und Tristans Bauernkleidung lag gefaltet am Fußende des einen Bettes. Sie blickte erneut zu der Gruppe, die nur wenige Fuß entfernt arbeitete, hob die Papiere hoch und öffnete die Truhe.

Darin befand sich weitere Kleidung, die nach Tristan roch. Sie lächelte unwillkürlich und nahm sie heraus. Darunter lag das Abrechnungsbuch des Schlosses. Sie hatte es Sean viele Male begutachten sehen. Sie öffnete es und sah neue Berechnungen, die in Tristans Handschrift geschrieben waren – die Anzahl seiner Leute, die aus dem Krieg zurückgekehrt waren, sowie eine Liste der Vorräte, die der König geschickt hatte. Der Vampir wollte tatsächlich wieder der Herr seines Gutshauses sein.

»Ihr müsst Lady Siobhan sein.« Sie wandte sich um und sah den Zwerg hinter sich stehen. »Ich muss zugeben, ich habe Euer Gesicht gestern nicht sehr deutlich gesehen.«

»Ich habe Euch auch nicht gesehen.« Sie konnte vermutlich fliehen, aber was hätte das für einen Sinn? »Aber ja, ich bin Siobhan.« Sie schloss das Buch, machte aber keinerlei Anstalten, es fortzulegen. »Seid Ihr der Hofnarr des Herzogs?«

Er lächelte. »Ich fürchte, ich erheitere ihn nicht sehr gut. Nein, Lady.« Er trat mit entspannter Haltung näher. »Ich bin ein Zauberer. Mein Name ist Orlando.«

»Seid gegrüßt, Orlando.« Er betrachtete sie, und sein Blick verweilte auffällig lange auf ihrer Kehle.

»Seid wahrhaftig gegrüßt.« Er streckte ihr seine Hand entgegen, und sie nahm sie. »Ich denke, wir müssen über vieles reden.«

»Tatsächlich?« Sie legte das Buch wieder in die Truhe,

durchsuchte sie weiter und zog ihr Schwert hervor, das Tristan mitgenommen hatte. »Wie kommt Ihr darauf?«

»Weil Ihr wisst, dass Euer Ehemann ein Vampir ist«, antwortete er. »Und Ihr habt ihn mit diesem Schwert zu töten versucht.«

»Was geht Euch das an?« Sie steckte das Schwert in ihren Gürtel. »Ihr sprecht von Vampiren, als wüsstet Ihr etwas darüber. Ich weiß nur sehr wenig.«

»Ihr wisst mehr als jede andere Frau, der ich in diesem Britannien begegnet bin«, antwortete er. »Wie kommt das, Mylady?«

»Ich habe einen Engländer geheiratet«, erwiderte sie. Unter dem Schwert lag der hölzerne Pfahl, der alt und trocken wie Knochen aus einem Grab war. »Und er hat eine Diebin geheiratet.« Sie nahm auch den Pfahl heraus und steckte ihn neben das Schwert.

»Wollt Ihr ihn noch immer töten?« Er fragte, als wäre er nur neugierig und als bedeutete ihre Antwort ihm sehr wenig.

»Nein«, antwortete sie. »Es sei denn, ich muss es tun.«

Er lächelte zu ihrer Überraschung. »Gut«, sagte er und nickte. »Wenn es so weit kommt, wünsche ich Euch alles Gute, Siobhan.«

Sie runzelte verwirrt die Stirn. »Danke …« Sie beobachtete ihn immer noch und versuchte, sein Lächeln zu interpretieren, während sie sich zurückzog und zur Tür eilte.

Orlando beobachtete, wie das Mädchen still und anmutig wie eine Katze in den dunklen Schatten verschwand. »Viel Glück, kleine Kriegerin«, murmelte er. »Mögen die Götter Euch beschützen.« Er griff in die Tasche, die seinem Herzen am nächsten lag, und nahm die rubinfarbene Flasche hervor, die er dort aufbewahrte.

»Mein Freund, hier ist nichts«, rief Silas ihm zu und klang müde und ungeduldig, hatte aber nicht bemerkt, dass das Mädchen überhaupt da gewesen war. »Wenn es in diesem Hügel Höhlen gibt, dann ist ihr Ursprung nicht hier.«

Orlando drückte einen Kuss auf die Flasche, und das Glas fühlte sich an seinen Lippen wie Eis an. »Sie ist stark, Liebste«, flüsterte er in dem Bewusstsein, dass die als Dunst darin schlafende Vampirin ihn nicht hören konnte, aber er musste es ihr dennoch erzählen. »Falls Kivar diesen Tristan einnehmen sollte, glaube ich, dass sie ihn vernichten kann.« Simon mochte seinen Vampirbruder. Er würde nicht verstehen, aber Simon war eben auf vielerlei Arten noch immer kaum mehr als ein Kind. »Du wirst frei sein, meine Liebste.« Er steckte die Flasche wieder in seine Tasche und schloss sich dem Gelehrten an.

Tristan stand mit dem Rücken zum Kamin vor seinen versammelten Leuten, eine vertraute Haltung, die ihm hätte gefallen sollen. Das war es immerhin, was er gewollt hatte, die Rache, die er im Austausch für seine Seele bekommen hatte, als er ein Dämon wurde. Aber als er zu ihnen blickte, zu seinen sterblichen Freunden und Kameraden, fühlte er sich leer und betrübt.

»Warum habt Ihr es uns nicht gleich gesagt, Mylord?«, fragte Sir Andrew. »Warum haben wir diese Schurken nicht vernichtet, als wir gestern ankamen?«

»Weil viele in diesem Schloss keine Schurken sind«, antwortete er. Er hatte ihnen fast die ganze Wahrheit erzählt, wie Lebuin und seine Briganten das Schloss eingenommen und ihre Freunde getötet hatten, wie er selbst mit Siobhan verheiratet und dann fortgebracht worden war, um in Schande allein zu sterben. »Und der wahre Schurke ist geflohen.«

»Lebuin«, sagte Andrew und nickte, sprach das Wort wie einen Fluch aus.

»Aber was ist mit der Lady, Mylord?«, fragte Sir Sebastian.

»Die Lady ist im Grunde ihres Herzens edel«, antwortete einer der kürzlich geretteten Hauptleute, bevor Tristan antworten konnte. »Sie war es, die für das Leben des jungen Richard flehte, und sie hat ihn selbst gepflegt und alles in ihrer Macht Stehende getan, um ihn zu retten. Sie hat sich für das gemeine Volk eingesetzt und mit ihrem Bruder und seinen Leuten auch viele Male für unsere Soldaten gekämpft. Ihr habt recht damit, sie zu verschonen, Lord DuMaine.« Er fühlte anscheinend zu viele Augen auf sich ruhen und errötete. »Zumindest glaube ich das.«

»Ich auch«, sagte Tristan. Silas stand mit über der Brust verschränkten Armen an der Rückseite der Halle und nickte, als Tristan in seine Richtung blickte. Er hatte dem Gelehrten seinen Plan erklärt, bevor er in die Halle gekommen war. Die Rede dieses Soldaten ließ vermuten, dass es funktionieren konnte. »Lady Siobhan unterstand seit dem Tod ihres Vaters der Gnade ihres Bruders. Sie hatte keine andere Wahl, als ihm zu folgen. Aber nun ist sie meine Frau, und ich werde sie beschützen, wenn ich kann.« Er glaubte einen Moment lang, ein leises Geräusch von oben zu hören, wie von einem Vogel in den Dachsparren, und er schaute auf. Aber er sah nichts. »Lebuin scheint seine Schwester sehr zu mögen«, fuhr er fort. »Er ist vielleicht ein Feigling, aber ich kann nicht glauben, dass er sie vollkommen im Stich lassen wird.« Andrew lächelte, denn er verstand bereits, und Tristan erwiderte das Lächeln. »Er wird zurückkehren, um sie zu retten, besonders, wenn er denkt, ich wäre noch schwach«, schloss er. »Und wenn er das tut, haben wir ihn.«

Das restliche Treffen ging mit Befehlen, Einteilung der Wachen und neuen Treueschwüren von den übergelaufenen Hauptleuten schnell vorüber. Aber dann, als sich die Männer zerstreuten, sah Tristan auf der Galerie über ihnen Bewegung. »Verdammt«, murmelte er und packte Silas am Arm. »Sagt Simon und Orlando, dass ich sie vor der Dämmerung sehen will.« Er lief auf die verborgene Treppe zu, ohne eine Antwort des Gelehrten abzuwarten.

Er öffnete oben die Tür, blickte hinab und erwartete, einen Briganten zu sehen, der die Eisenleiter zum Boden hinabstieg, aber da war niemand. Er schnupperte in die Luft, und seine Vampirsinne nahmen einen Herzschlag wahr.

Siobhan klammerte sich wie erstarrt an die Steine über ihm, und ihr Herz hämmerte vor Zorn über das, was sie gehört hatte, und vor Angst davor, entdeckt zu werden. Köder … er wollte sie als Köder benutzen.

Über ihm, erkannte Tristan jäh. Der Spion befand sich über ihm. Er hielt sich mit der linken Hand am Türrahmen fest, griff mit der rechten Hand nach oben und erwischte einen bestiefelten Fuß. Er riss hart daran, wollte den Briganten unten im Felsengraben zu Tode stürzen. Dann hörte er sie schreien. »Siobhan!« Er ließ den Türrahmen los und setzte ihr nach, wobei er beinahe selbst die Balance verlor, als er ihr Handgelenk zu fassen bekam. »Herr Jesus!« Der Name brannte in seinem Mund, aber er spürte es kaum.

Siobhan keuchte, als er sie aus der Leere in seine Arme riss. »Bist du verrückt geworden?«, fragte er und drückte sie an sich, und sie ließ es einen Moment schwach vor Erleichterung zu. »Herr Jesus«, wiederholte er und küsste ihr Haar.

»Lass mich los.« Sie hatte das Gefühl, weinen zu müssen, aber ihre Stimme klang tonlos und kalt. »Lass mich jetzt los.«

Tristan zog sich ein Stück zurück und umfasste ihre Schultern. Sie sah ausdruckslos zu ihm hoch, und ihre wunderschönen blauen Augen waren wie Eis. »Nein«, antwortete er, und sein Herz wand sich vor Schmerz, als er sich ihrem Tonfall anpasste. »Keine Chance.« Er packte sie erneut am Handgelenk, ging in Richtung Treppe und zog sie hinter sich her.

17

Er zerrte sie die Treppe hinauf und an den Wachen vorbei, die sie entsetzt ansahen, als sie vorübergingen. »Bist du verrückt?«, wiederholte er, als er sie in ihr Schlafzimmer stieß und die Tür hinter ihnen zuwarf. »Du hättest getötet werden können – ich hätte dich töten können …«

»Und warum nicht?«, erwiderte sie. »Du hast seit dem ersten Abend, an dem wir uns begegnet sind, versprochen, mich zu töten, erinnerst du dich? Warum hast du mich nicht fallen lassen?« Sie hatte die ganze Zeit, selbst als sie ihn gehasst hatte, geglaubt, Tristan verstünde sie und wüsste, dass sie mehr als nur irgendeine Beute war, die geschützt werden musste, oder eine Last, die getragen werden musste. Aber er war genauso wie alle anderen, genauso wie der erste Mann, den sie getötet hatte, genauso wie Sean. »Aber du kannst es nicht, noch nicht«, fuhr sie verbittert fort und wandte sich ihm zu. »Du brauchst mich noch als Köder.«

»Was?« Er hörte kaum, was sie sagte. Er fühlte sich noch immer elend, wenn er daran dachte, was wenige Augenblicke zuvor hätte geschehen können. Er hätte sie in den Tod schleudern, sie für immer verlieren können. »Was hast du …?«

»Ich habe dich gehört, Tristan!« Sie zitterte noch immer, weil sie dem Tod nur um Haaresbreite entronnen war. Sie konnte noch immer das Brüllen des Windes in ihren Ohren hören, als sie fiel. »Ich hörte dich zu deinen Leuten sagen, dass Sean meinetwegen zurückkomme und dass du mich benutzen würdest, um ihn zu erwischen.«

»Was hätte ich ihnen denn sagen sollen, Siobhan?«, fragte er. »Dass du mich verzaubert hast? Dass es mich nicht mehr kümmert, welche Rolle du bei meiner Vernichtung gespielt hast? Dass die Leben der Ritter, die du und dein Bruder genommen habt, mir im Vergleich zu dir nichts bedeuten? Sie haben mich gestern gesehen. Sie haben mich mit dem einzigen Wunsch in mein Schloss kommen sehen, dich in meine Arme zu nehmen.«

»Sie würden es verstehen. Sie kennen dich.« Sie fühlte sich, als würde ihr Herz absterben, während sie sich an die Worte erinnerte, die er in der Nacht ihrer ersten Begegnung gesprochen hatte. »Du bist ein Soldat. Du kannst verdammt noch mal alles, wenn es sein muss.«

Er nahm sie bei den Schultern und drückte sie fest gegen die Wand. »Dummkopf«, fauchte er, sein Gesicht nun nur noch Zentimeter von ihrem entfernt, so nahe, dass sie die Dämonenzähne in seinem Mund und das Feuer in seinen Augen sehen konnte. »Kannst du das glauben? Kannst du noch immer eine solche Närrin sein?« Tränen traten ihr in die Augen und trübten ihre Sicht, aber sie sah, wie seine Miene weicher wurde. »Siobhan ...« Er nahm ihr Gesicht in seine Händen. »Nein ...« Er küsste ihre Tränen fort, seine Stimme war das sanfte Knurren eines Löwen. »Meine Liebste ...« Er küsste ihren Mund. »Ich liebe dich.«

»Lügner.« Sie erstarrte in seinem Griff, wollte ihn verzweifelt wegstoßen, wollte ihm nicht glauben. Er streifte mit den Lippen ihre Wange, und ein kaum unterdrücktes Seufzen stieg in ihre Kehle, ein Laut vollkommener Sehnsucht. »Du lügst.«

»Das tue ich nicht.« Sie wollte den Blick von ihm abwenden, aber er wollte es nicht zulassen und hielt sie am Kinn fest. »Warum sollte ich lügen? Wenn ich wirklich wollte, dass du stirbst, könnte ich dich dann nicht töten und das wäre es?«

»Nein.« Sie zog ihr Schwert, während sie sich von ihm losriss, und legte die Spitze an seine Kehle. »Ich werde es nicht zulassen.« Mit ihrer freien Hand nahm sie den Pfahl aus ihrem Gürtel und hielt ihn über sein Herz. »Ich werde nicht zulassen, dass du mich vernichtest.«

Er lächelte und schüttelte den Kopf. Das Schicksal hatte ihm wirklich sein Gegenstück zugeteilt. »Wie könnte ich dich nicht lieben?« Er ergriff den Pfahl ebenfalls und hielt dessen Spitze noch näher an seine Brust. »Töte mich, Siobhan«, befahl er. »Wenn du mir nicht glauben kannst, dann treib den Pfahl in mein Herz und schneide mir mit dem Schwert den Kopf ab. Ich werde nicht versuchen, dich aufzuhalten.«

»Du denkst, ich könnte es nicht«, sagte sie zitternd. »Du denkst, ich sei schwach …«

»Niemals, meine Liebste«, versicherte er ihr. »Wie könntest du schwach sein, wenn du mich vom ersten Moment unserer Begegnung an vollkommen beherrscht hast?« Ihr Atem stockte vor ungeweinten Tränen, und sein Herz sehnte sich nach ihr. Aber er wusste, dass sie die Wahl selbst treffen musste. »Aber wenn du mich tötest, musst du dich meinen Rittern allein stellen. Wie wirst du erklären, was mit mir geschehen ist?« Ihre Unterlippe zitterte, ihre Wimpern wirkten dunkel und waren vor Tränen nass. »Wenn du ihnen sagst, dass ich ein Vampir bin, wird Silas die Geschichte bestätigen. Denkst du, ihr beide zusammen könnt es sie glauben machen?«

»Ich werde davonlaufen«, beharrte sie. »Ich werde fliehen.«

»Das könntest du«, sagte er. In Wahrheit hatte er keine Ahnung, was sie als Nächstes tun würde. Er bezweifelte nicht, dass sie ihn vernichten konnte. Gerade jetzt brannte die Klinge an seiner Kehle, und ihre seltsame Magie ließ ihn sich schwach fühlen. Aber er konnte sie nicht bestechen, konnte ihr nicht sagen, dass er ihr die Herrschaft über die Ländereien anvertrauen wollte, die ihr Vater verloren hatte. Als der Narr, der er war, wollte er, dass sie ihn allein um seinetwillen verschonte. »Also tu es.« Er packte sie am Handgelenk und zog das Schwert näher auf seine Kehle zu, sodass die Spitze seine Haut durchbohrte. »Töte mich und sei frei.«

Tränen rannen ihre Wangen hinab. »Ich kann nicht frei sein«, gestand sie ein und ließ ihre Waffen fallen. »Nicht von dir.« Sie berührte sein Gesicht und sah ihm tief in die Augen, bevor sie gegen ihn sank und ihre Wange an seine Kehle presste. »Gott helfe mir, ich liebe dich.«

Er drückte sie schwach vor Erleichterung an sich. »Siobhan …« Er wandte ihr Gesicht zu sich und küsste sie, verschlang ihren Mund. Sie seufzte ergeben. Seine Brigantin lag endlich weich und nachgiebig in seinen Armen.

Sie strich mit den Händen über seine Arme, trat zurück, um seine Handgelenke zu ergreifen, und zog ihn zum Bett, während ihr Mund noch immer seinen streifte. »Sag es mir noch einmal«, flehte sie und streckte die Hände nach ihm aus, während sie sich aufs Bett setzte. »Sag mir, dass du mich liebst.«

»Ich liebe dich«, versicherte er ihr. Er beugte sich über sie, küsste sie und drückte sie aufs Bett hinunter. »Ich liebe dich ich liebe dich ich liebe dich.« Die schiere Preisgabe dessen machte ihn benommen – er liebte niemanden. Zu lieben bedeutete, schwach zu sein. Aber sie brauchte ihn. Er sah es in ihren Augen, als sie nun zu ihm aufblickte. Sie brauchte die Worte, um ihm zu glauben, um sich sicher zu fühlen. »Ich liebe dich«, flüsterte er und strich ihr das Haar aus der Stirn. Ihre Lippen teilten sich seufzend, ihre saphirblauen Augen waren sanft vor Verlangen, und er küsste sie, konnte nicht widerstehen.

Er liebte sie sehr langsam und verweilte bei jeder Berührung, bis sie sich unter ihm aufbäumte und seinen Namen hinausschrie. Er brachte sie immer wieder zum Höhepunkt, drückte sie fest an sich und reizte sie dann bis zum Wahnsinn. Erst als er alle Anspannung aus ihrem kostbaren Körper weichen spürte, suchte er auch selbst Erleichterung, stieß tief in ihre Wärme, um sich vollkommen mit ihr zu verbinden. »Tristan«, murmelte sie, als er schließlich niedersank, sie unter seinem Gewicht erdrückte und sie schützend in die Arme nahm. »Bitte verlass mich nicht.«

»Schhh«, flüsterte er erschöpft und küsste ihre Wange. Die Dämmerung brach nun rasch herein, er konnte sie spüren.

»Nimm mich mit dir, bitte«, flehte sie. Sie hatte sich noch nie in ihrem Leben so sicher, so geliebt gefühlt. Sie konnte das nicht aufgeben. »Ich möchte bei dir sein.«

»Du weißt nicht, was du da erbittest, Liebste.« Er hielt sie noch immer fest, drehte sich auf den Rücken und hielt sie an seiner Brust. »Ich möchte auch bei dir sein, jeden Moment.« Er hob ihre Hand an seine Lippen und küsste ihre Handfläche. »Aber ich bin ein Dämon, kein Mensch.«

»Erzähl es mir.« Sie schmiegte sich eng an seine Schulter, ihre Hand in seiner. »Wie ist es geschehen? Warst du schon immer ein Vampir?«

»Natürlich nicht.« Er küsste sie auf den Scheitel, war zu erschöpft und erleichtert, um sich noch zu verstellen. »Sean und seine Leute hätten mich fast getötet, genau so, wie du es gesehen hast.« Sie wandte ihr Gesicht einen Moment zu seiner Brust, und er lächelte, als er ihre heißen Tränen auf seiner Haut spürte. »Aber bevor ich starb, fand mich Simon von Lyan.«

»Und er ist ein Vampir«, sagte sie und rang darum, ihre Stimme wiederzufinden.

»Ja, aber nicht freiwillig.« Er zog seine Finger durch ihr Haar. »Er hat die beiden Männer getötet, die Sean geschickt hatte, um sich meines Leichnams zu entledigen.«

»Bruce und Callum«, murmelte sie.

»Er hat sie in der Gestalt eines Wolfs angegriffen und ihr Blut getrunken«, fuhr er fort. »Als er sah, dass ich noch lebte, wollte er nur meine Qual beenden. Aber als er sich an mir nährte, biss ich ihn. Ich trank sein Dämonenblut, und das machte mich auch zum Vampir.«

»Um Himmels willen«, sagte sie leise und stellte es sich im Geiste vor. Sie hätte entsetzt sein sollen, hätte sich nicht nur von diesem Sakrileg, sondern auch von dem Bild ihres derart mit dem gut aussehenden Herzog verschlungenen Liebsten abgestoßen fühlen sollen, aber so war es nicht. Sie war vielleicht erschrocken, aber nicht entsetzt. »Also nährst du dich jetzt auch an lebendigem Blut«, sagte sie. »Du hast Angus und die anderen getötet ...«

»Nein«, unterbrach er sie. »Eine dieser Tötungen geschah nicht durch mich. In der Nacht, in der ich dir geschworen habe, dass niemand mehr sterben würde, habe ich mein Versprechen gehalten.« Sie küsste als Antwort in stummem Dank seine Schulter. »Und ich kann mich nähren, ohne meine Beute zu töten.« Er berührte die noch immer heilende Wunde an ihrer Kehle, und sie lächelte. »Aber ich kann den Namen unseres Herrn nicht ohne Qual aussprechen oder ein Kreuz berühren.« Er zog mit den Fingerspitzen den Umriss ihres Mundes nach. »Ich kann mich nicht der Sonne aussetzen, da deren leiseste Berührung mich verbrennen würde. Bei Tageslicht bin ich nur ein Dämon und muss schlafen. Ich könnte jedes Wesen, das mich weckt, töten, ohne mir dessen jemals bewusst zu sein.« Er streichelte ihre seidige Wange. »Darum kannst du nur bei Dunkelheit bei mir sein.«

»Und vorhin, mit Clare?«, fragte sie sanft. »Warum konntest du sie nicht halten?«

Sie dachte einen Moment, er würde ihr die Antwort verweigern. »Ich hatte mich mehr als einen vollen Tag lang nicht mehr genährt«, sagte er schließlich. »Ich hörte ihr Herz und roch ihr Blut …« Seine Stimme erstarb, als er sein Gesicht in ihrem Haar vergrub.

Sie küsste seine Kehle. »Ich verstehe.« Die Wunde, die sie ihm mit ihrem Schwert hatte zufügen müssen, war noch immer nicht verheilt, und sie berührte den dortigen Blutfleck mit ihrem Mund, schmeckte ihn mit ihrer Zunge. Ein Frösteln wie Eis in Feuer durchzuckte sie. Alles, was er ihr erzählt hatte, sollte in ihr den Wunsch erwecken, sich von ihm abzuwenden. Aber tatsächlich liebte sie ihn in dem Wissen all dessen, was er war, nur umso mehr, obwohl er ihr die Wahrheit gesagt hatte. Er vertraute ihr. Er liebte sie als der Dämon, der er war, und das bedeutete ihr alles. Aber da war noch etwas, eine weitere Barriere zwischen ihnen. »Tristan«, fragte sie in seinen Armen geborgen. »Was ist mit Sean?«

Er atmete erneut ihren Duft ein und schloss die Augen. Gleichgültig wie sehr sie ihn liebte, wäre ihr Herz stets im

Zwiespalt. Es gäbe immer ihren Bruder. »Du hast mich einmal gefragt, warum ich dich und deine Leute nicht in Ruhe lassen könnte«, sagte er. »Genau das beabsichtige ich nun.« Sie setzte sich auf und sah ihn erschüttert an, und er lächelte. »Ich werde dir die Aufgabe übertragen, als Lady an meiner statt dieses Schloss zu führen.« Er wickelte eine Locke ihres Haars um einen Finger. »Du wirst den Platz deines Vaters einnehmen und deine Leute beschützen, genau so, wie du es immer gewollt hast, während die mir gewährte königliche Gunst und meine Ritter deinen Anspruch schützen werden.« Sie öffnete den Mund zu einer Antwort, aber er schüttelte den Kopf. »Jedoch nicht Sean.« Er setzte sich ebenfalls auf und legte eine Hand sanft auf ihren Mund, um ihren Protest zu stoppen. »Verlang nicht von mir, ihm zu vergeben.« Er dachte erneut an seine Ritter, an den Ausdruck hilflosen Vorwurfs in ihren Augen, während sie ihn, ihren Herrn, beobachteten, als er ihnen beim Sterben zusah. »Ich liebe dich von ganzem Herzen, Siobhan. Aber das kann ich nicht.«

Sie verschränkte ihre Finger mit seinen und nahm seine Hand fort. »Ich weiß.« Sie drückte einen Kuss in seine Handfläche. Er konnte ihr vergeben, weil sie eine Frau war und weil er sie liebte. Er konnte vorgeben, dass sie sich verändert hatte oder nie seine Feindin gewesen war, und das ärgerte sie. Aber sie liebte ihn, wie er war, und sie verstand. »Aber was wäre, wenn er niemals zurückkäme?«

»Er wird zurückkommen«, antwortete er. »Das weißt du ebenso sicher wie ich. Er wird den richtigen Moment abwarten, aber er wird zurückkehren. Er wird versuchen, sein Schloss wieder einzunehmen.« Er berührte ihre Wange. »Und du, meine Liebste, wirst es zulassen.«

Nein, dachte sie, aber sie sagte es nicht, wohl wissend, dass sie es ihn niemals glauben machen konnte. Stattdessen lächelte sie durch einen frischen Tränenschleier hindurch. »Also soll ich trotz allem ein Köder sein.«

»Er muss bestraft werden, Siobhan …«

»Du meinst, getötet werden …«

»Ich hoffe nicht.« Sie sah zu ihm auf, und Anklage stand in ihren Augen. »Vielleicht doch«, räumte er ein. »Wahrscheinlich.« Sie schüttelte den Kopf und wandte den Blick ab, aber er sah ihre Tränen dennoch. Er verlangte zu viel von ihr, das wusste er. Aber er hatte keine Wahl. »Siobhan, wer ist der Baron von Callard?«, fragte er sanft und meinte: Wer ist er für dich?

»Woher soll ich das wissen?«, antwortete sie leichthin und zwang sich zu einem Lächeln. »Hast du ihn nicht mit hierhergebracht?« Aber sie konnte seinem Blick nicht begegnen, konnte ihn nicht mehr anlügen. »Er war Seans Verbündeter, Tristan«, antwortete sie. »Zumindest gab er vor, es zu sein.« Sie legte eine Hand an der Stelle auf seine Brust, wo sein Herzschlag hätte sein sollen. »Sean ist mein Bruder, Tristan.« Schließlich sah sie ihm in die Augen. »Aber du bist mein Ehemann.«

Als er ihr zum ersten Mal begegnet war, hatte er jedem ihrer Worte misstraut und keinen Zweifel daran, dass sie die geborene Lügnerin war. Aber jetzt hatte er, trotz seines besseren Urteilsvermögens, keine andere Wahl, als ihr zu glauben. Er küsste sie auf die Stirn und schloss die Augen. »Ich muss gehen«, sagte er schließlich und ließ die Angelegenheit damit auf sich beruhen. »Es dämmert schon fast.« Der Schmerz in ihren Augen ließ ihn lächeln, und er zog sie wieder an sich. »Ich kann nicht zulassen, dass du das Schloss verlässt. Nicht bis Sean gefangen ist.«

»Aber dann wirst du mir vertrauen.« Sie schlang die Arme um seine Taille und schluckte das Schluchzen hinunter, das in ihrer Kehle aufzusteigen drohte. »Wenn Sean tot ist, wirst du mich verlassen.«

»Hoffentlich nicht lange.« Er wandte ihr Gesicht zu sich um. »Wirst du wollen, dass ich zurückkehre?«

Der Schmerz in ihren Augen war auch ohne ihre Worte Beweis genug. »Wie kannst du mich das fragen?« Er küsste sie, und sie klammerte sich mit neuerlicher Leidenschaft an ihn.

Als er fort war, stellte sich Siobhan ans Fenster und beobachtete, wie die ersten Streifen der Dämmerung am Himmel aufzogen. Sie war müde, aber sie würde nicht schlafen. Sie musste irgendwie diesen Geheimgang finden, der aus dem Schloss herausführte. »Verzeih mir, Liebster«, flüsterte sie an die Schatten gewandt. »Aber ich muss ihn fortschicken.«

Nachdem Tristan Siobhan verlassen hatte, kniete er sich unmittelbar vor der Dämmerung neben das Bett seiner Tochter und streichelte ihr goldenes Haar. »Papa«, murmelte sie und lächelte gähnend.

Er küsste sie auf die Stirn. »Erinnerst du dich noch daran, als ich nach Schottland ging?«, fragte er sie. »Du warst ein ganz kleines Mädchen.«

»Ich erinnere mich.« Sie berührte seine Wange. »Du musstest in den Krieg ziehen.«

»Ja.« Er lächelte seinem kostbaren kleinen Mädchen zu. »Aber ich kam wieder nach Hause, erinnerst du dich?«

»Ich erinnere mich.« Ihre Augen blickten ernst, zu ernst für solch ein Engelsgesicht. »Ich möchte nicht, dass du gehst.«

»Ich möchte es auch nicht.« Er öffnete seine Arme, und

sie setzte sich auf und erwiderte seine Umarmung. »Aber immer wenn ich gehe, werde ich wieder zu dir zurückkommen, das verspreche ich.« Er drückte sie an sich und küsste sie. »Glaubst du mir das?«

»Ja, Papa.« Ihr kleiner Herzschlag pochte stark zwischen ihnen, was nun eher ein Trost als eine Qual für ihn war. Er war ein schrecklicher Vater, aber sie war stark genug, um zu überleben. »Gehst du jetzt?«

»Nein«, versprach er. »Nicht jetzt.« Er zog sich zurück und küsste sie auf die Wange. »Ich sehe dich morgen Abend.«

Siobhan kehrte unmittelbar nach der Dämmerung ins Gutshaus zurück und fand dort ein Chaos vor. »Was ist los?«, fragte sie, als sie ein weinendes Dienstmädchen zu fassen bekam, das die Treppe herunterkam. »Was ist geschehen?«

»Der Baron, Mylady«, sagte das Mädchen, und ihre Augen waren vor Entsetzen geweitet. »Das Monster hat ihn getötet.«

»Nein …« Sie lief die Treppe hinauf. »Das kann nicht sein.« Tristan hatte sie nur Minuten vor Sonnenaufgang verlassen. Wie konnte er zum Gutshaus zurückgekehrt sein und Callard ermordet haben? Aber andererseits war er hungrig gewesen, als er sie das erste Mal verließ, so hungrig, dass sein eigenes, geliebtes Kind in Gefahr gewesen war. Wer ist der Baron von Callard?, hatte er sie gefragt, und sie hatte vorgegeben, es kümmere sie nicht.

Gaston stand über dem verhüllten Leichnam seines Herrn und blickte ausdruckslos auf ihn hinab. »Was ist geschehen?«, fragte sie ihn.

Er schaute mit einem seltsamen Leuchten in den Augen auf. »Seht selbst.« Er zog das Leichentuch zurück, und sie musste eine Hand an ihr Gesicht führen, um sich nicht zu übergeben. Das Gesicht des Barons war von der Verwesung bereits angeschwollen, und der Gestank war unerträglich. Aber dennoch waren die Male an seiner Kehle unübersehbar. »Reicht das?«, fragte Gaston und zog eine Augenbraue hoch.

Sie nickte und wandte sich ab, während er den Leichnam wieder zudeckte. »Heiliger Jesus«, murmelte sie, und ihre Beine gaben unter ihr nach. »Wie konnte es so weit kommen?«

»Wisst Ihr das nicht, Mylady?«, fragte er. »Ist dies nicht Euer Werk?«

»Mein Werk?« Sie wandte sich ihm entsetzt wieder zu. Gaston hatte Sean davon überzeugt, dass sie Angus mit einem Hund getötet hätte. »Könnt Ihr noch immer glauben, diese Morde wären mein Werk?«

»Warum nicht?« Er klang seltsam, nicht wie er selbst, aber dieser neue Tonfall war keine Verbesserung. »Vielleicht ist Euer Wesen noch etwas bösartiger als das eines Hundes.«

Bevor sie antworten konnte, betrat Meister Nicholas den Raum, dicht gefolgt von Silas. »Mylady, kommt fort von hier«, befahl er und legte einen Arm um ihre Schultern.

»Ja, Lady Siobhan, unbedingt«, stimmte der Gesandte des Königs zu, der sich ein Taschentuch vors Gesicht hielt. »Ich habe das Gefolge des Barons befragt.« Er sah Gaston erbost an. »Anscheinend waren sie bereits zu Hause von einer Seuche befallen.«

»Eine Seuche?«, wiederholte sie. Er weiß es, dachte sie und schaute noch immer zu Gaston. Er weiß irgendwie, dass Tristan ein Vampir ist.

»So scheint es«, sagte Silas mit leiser und gleichförmiger Stimme. »Und nun kommt fort von hier. Alles wird gut.«

»Bringt sofort diesen Leichnam weg«, befahl Meister Nicholas Gaston. »Alle, die dem Baron gedient haben, werden mit Euch gehen.«

»Natürlich, wie Ihr wünscht«, antwortete Gaston und verbeugte sich. Er schaute zu Siobhan. »Wir sollten alle beten, dass es helfen wird.«

»Jetzt, Mylady«, sagte Silas schärfer. »Bitte.«

»Ja.« Sie begegnete Gastons Blick. »Euer Verlust tut mir leid, Gaston. Möget Ihr zu Hause mehr Glück finden.« Seine Mundwinkel kräuselten sich zu einem vertrauten, aber seltsamen Lächeln, das jemand anderem zu gehören schien. »Ihr wisst wohl, wie sehr ich Euch vermissen werde.«

»Ja, Mylady«, antwortete er. »Das weiß ich.«

»Kommt«, befahl Silas und führte sie hinaus.

Auf der Treppe nahm sie seinen Arm. »Ihr müsst mir helfen, Silas«, sagte sie, und ihre Gedanken rasten. Michael durchquerte die Halle, und als er sie sah, umarmte er sie eilig.

»Geht es dir gut?«, fragte er.

»Ja, es geht mir gut«, versicherte sie und war für seine Umarmung dankbar. Seit Tristan zurückgekehrt war, wirkte Michael kühler als zuvor, schien nicht mehr er selbst zu sein. »Callard ist tot.«

»Ich weiß«, bestätigte er und nickte.

»Weißt du, dass ich ihn nicht getötet habe?« Sie schaute zurück, um Silas in diese Frage mit einzubeziehen.

»Natürlich«, sagte Silas und nickte.

»Ja, das weiß ich«, stimmte Michael ihm zu. »Siobhan, es tut mir so leid …«

»Schon gut«, unterbrach sie ihn und milderte ihre Worte, indem sie seine Wange berührte. »Aber du musst mir die

Wahrheit sagen. Hat Sean dir nichts von Gängen unter diesem Schloss erzählt?«

Er zögerte nur einen winzigen Moment. »Doch, Liebes«, antwortete er. »Er sagte, deine Mutter habe ihm eine Druidengeschichte von einer Schlacht auf diesem Land erzählt, von Gängen, die gegraben wurden, um einen Schatz zu verbergen, der zur Flucht benutzt wurde.« Er schaute zu Silas. »Wir fanden unter einer der Zufluchtsstätten im Wald Gänge mit seltsamen, auf die Mauern gemalten Bildern. Er glaubte, sie führten vielleicht zum Schloss, aber er fürchtete sich, dir davon zu erzählen. Er dachte, du könntest vielleicht Angst davor haben und dich weigern, sie zu benutzen.«

»Er hatte wahrscheinlich recht«, räumte sie ein. »Silas, was weiß Tristan davon?«

»Ich weiß es nicht …«

»Ich weiß, dass Ihr gegraben habt«, unterbrach sie ihn. »Ich habe Euch gesehen. Ich habe mit Lyans Zauberer gesprochen, mit Orlando.«

»Und was hat er Euch erzählt?«, fragte er.

»Nichts«, gab sie zu. »Aber er ist ein Fremder. Ihr seid mein Freund.«

Kurz darauf nickte er. »Sie haben den Eingang im Wald auch gefunden.« Er schaute einen Moment zu Michael. »Orlando dachte, es gäbe hier im Schloss unter dem Turmhügel vielleicht noch einen Eingang.«

»Der Druidenhügel«, sagte sie und wandte den Blick ab. Sie konnte ihn im Geiste so sehen, wie er gewesen war, von Wald umgeben. Erinnerungen, die jemand anderem zu gehören schienen, flammten in ihrem Geist auf, ein anderes Dorf, das brannte, nicht ihr eigenes.

»Aber dort ist nichts, Mylady«, fuhr der Gelehrte fort.

»Wir haben in den Kerkern und in den Zwingern gegraben – der Turmhügel ist massiv.«

»Nein.« Ihre Hand irrte zur Tasche ihres Gewandes und dem Schwert, das sie an ihrem Bein verborgen hatte. In der Nacht, in der sie es gefunden hatte, war die Erde darum herum unter ihrer Hand zerbröckelt. »Ich muss nicht graben.« Sie schaute zu Silas hoch. »Bleibt hier. Wenn jemand nach mir fragt, sagt ihnen, ich sei von Kummer überwältigt zum Turm zurück und in mein Zimmer gegangen.« Sie ergriff Michaels Hand. »Komm mit mir.«

»Siobhan, wartet«, sagte Silas und ergriff ihren Arm. »Wenn wir Freunde sind …«

»Ihr seid auch Tristans Freund«, unterbrach sie ihn. »Ich bitte Euch nicht, ihn zu hintergehen.« Sie nahm seine Hände in ihre. »Noch werde ich es tun, das schwöre ich. Was auch immer geschieht, wohin auch immer ich gehen mag, ich werde zurückkommen.« Sie lächelte. »Ich werde nicht zulassen, dass Euer Schloss wieder Schaden nimmt.«

»Wartet auf Tristan«, drängte er sie. »Wartet bis heute Abend und sagt ihm, was Ihr vorhabt …«

»Ich kann nicht.« Sie nahm sein Gesicht in beide Hände und küsste ihn auf die Wange. »Alles wird gut. Ich verspreche es.«

Sie überquerte rasch den Hof und bemühte sich, nicht zu laufen. Michael folgte ihr. Rund um sie herum beluden die Dienstboten des Barons mit verzweifelten Mienen ihre Wagen, aber sie sah sie kaum. Sie war im Geiste wieder ein Kind, das vor langer Zeit durch einen kleinen Wald um sein Leben lief.

Sie lief und glitt halb den Felsenhang hinab in den Graben

und fing Michael auf, als er beinahe stürzte. »Das ist Wahnsinn«, murrte er und richtete sich wieder auf.

»Ja«, gab sie zu. »Aber es ist unsere einzige Hoffnung.« Sie umrundete den Hügel und blickte zur Sonne hinauf, die im Osten allmählich aufging. »Das Haus meines Vaters ist dort gewesen«, sagte sie und deutete in eine Richtung. »Also bin ich von dieser Seite gekommen ...« Die Dornensträucher waren noch immer da und versperrten ihr den Weg. »Das ist es.« Sie zuckte Michael gegenüber entschuldigend mit den Achseln, legte sich auf den Bauch und kroch voran.

»Das kannst du nicht ernst meinen ...« Er tat es ihr gleich und kam fluchend wieder hervor.

Sie richtete sich an der Felsklippe auf. »Das hier ist mit Sicherheit die Stelle.« Ihr Magen rebellierte vor erinnerter Angst. Sie konnte fast die Stimme des Normannen hinter sich hören. *Ich werde dich erwischen, Kleine*! Aber dieser Mann war tot, und sie war eine erwachsene Frau. Sie ließ eine Hand über die Wand gleiten, während Michael sich neben ihr aufrichtete. »Heb mich hoch.«

Er blickte die kahle Klippe hinauf, auf der hoch über ihnen der Turm aufragte. »Ich soll dich hochheben?«

»Nur ein kleines Stück«, versprach sie. Sie wusste aus einem unbestimmten Grund genau, wo der Eingang zu finden war, so als hätte sie es schon immer gewusst. Michael beugte sich kopfschüttelnd herab, stemmte eine Schulter unter ihr Hinterteil und schob sie die Wand hinauf.

Damals als Kind war sie weit genug auf festen Fels geklettert, um außer Reichweite ihres Verfolgers zu sein. Aber dieses Mal öffnete sich die Klippe gleich vor ihr. Ihre Hände durchbrachen die bröckelnde Erde so rasch, dass sie fast hindurchgestürzt wäre.

»Gottverdammt«, keuchte Michael.

»Ja«, antwortete sie und kroch durch die Öffnung.

Der Gang neigte sich scharf abwärts, wurde aber fast augenblicklich hoch genug, sodass sie darin stehen konnte. Das Morgenlicht strahlte von der Halle herab und beleuchtete eine schmale Höhle, deren Wände mit Figuren bemalt waren. »Komm herein«, rief sie zu Michael zurück.

Als er sie erreichte, fluchte er noch ruchloser. »Was ist das für ein Ort?«

»Ich weiß es nicht.« Der Boden war mit Unrat bedeckt, der sie ahnungsvoll erschaudern ließ. »Hast du einen Flintstein und Zunder?«, fragte sie und nahm eine staubige Fackel von der Wand. Er schlug Funken in den Zunder und entzündete die Fackel, und sie fand ihre Ängste bestätigt. Der Unrat bestand aus den Skelettknochen von Menschen, die schon lange tot waren.

»Meinst du, dieser Weg führt zum Wald?«, fragte Michael, während er ihr tiefer in die Höhle hinein folgte.

»Ja, ich weiß es.« Sie wusste genau, wohin sie gehen musste. Eine gewaltige, erstickende Traurigkeit befiel sie, als hätte sie diese Toten gekannt, als hätte sie unter ihnen gelebt. Ihre Mutter hatte gesagt, sie stammten von Merlin ab, obwohl Sean dem widersprochen hatte. Aber Sean hatte sich nur allzu häufig geirrt. Am Tag nach Tristans Rückkehr hatte sie davon geträumt, im Druidenturm zu leben. *Der Wolf hat uns gefunden,* hatte eine Stimme gesagt, und sie hatte Angst empfunden.

Ein Stück weiter den Gang hinab fanden sie weitere Skelette, und ein großer Abschnitt der Höhle schien eingestürzt zu sein. Aber der schmale Gang führte weiter. »Bring die anderen hierher«, sagte sie laut. »Alle unsere Leute, einen nach dem anderen, damit man uns nicht bemerkt – wir sind Briganten, wir können es schaffen. Ich werde im Gutshaus meine Rolle spielen. Und dann komm und hole mich, wenn es so weit ist.«

»Und was dann?«, fragte er, wobei er noch immer entsetzt die Knochen betrachtete, mit denen der Boden übersät war.

»Ich muss Sean finden«, antwortete sie. »Und du musst mir dabei helfen, ihn davon zu überzeugen, dass er nach Frankreich oder Schottland gehen muss …«

»Das wird er nicht tun«, unterbrach er sie. »Du weißt, dass er die Leute deines Vaters nicht im Stich lassen wird.«

»Ich werde die Leute meines Vaters beschützen.« Sie begegnete seinem plötzlich entsetzten Blick unbewegt. »Ich komme zurück, Michael, ich will bei Tristan bleiben.«

»Bei Tristan bleiben? Siobhan, bist du verrückt?«, wollte er wissen. »Du hast selbst gesagt, dass er ein Dämon ist …«

»Und er liebt mich«, erwiderte sie. »Und ich liebe ihn. Ich kann ihn nicht verraten, und ich kann ihn nicht verlassen.« Sie legte eine Hand auf seinen Arm und blickte ihn flehentlich an. »Aber ich kann auch nicht zulassen, dass er Sean tötet. Also muss Sean fortgehen.«

Der Tag schritt langsam voran. Siobhan saß mit Meister Nicholas und Silas im Sonnenraum, eine Handarbeit auf dem Schoß, hörte ihrem Gespräch aber kaum zu. Es war seltsam, dachte sie und bemühte sich, ihren Geist etwas Ungefährlicherem zuzuwenden als dem Plan, ihren Bruder zu finden, oder dessen Folgen – in Wahrheit fühlte sie sich elend, wann immer sie sich vorzustellen versuchte, was sie Sean sagen würde. Sie hatte nach dem Tod ihrer Mutter jahrelang keine Spindel mehr angerührt, hatte aber während der vergangenen Tage entdeckt, dass sie es noch immer konnte. Wenn sie den Faden drehte, konnte sie sich beinahe vorstellen, dass ihre Mutter neben ihr stand, dass ihr Leben so gewesen wäre, wie es eigentlich gedacht war, und sie die Lady wäre, die sie nun vorgab zu sein. Sie empfand es als seltsam entspannend.

»Was kann das sein?«, beklagte sich Meister Nicholas, als von den Wachen an der Mauer Rufe erklangen. Der Abgesandte des Königs war offensichtlich noch immer vom Tod des Barons erschüttert. Er war so nervös wie eine Katze.

»Hoffentlich nichts Schlimmes«, erwiderte Siobhan lächelnd, während sie sich erhob. »Ich werde nachsehen.«

»Seid Ihr sicher, Mylady?«, gab Silas zu bedenken und erhob sich ebenfalls.

»Natürlich.« Sie nickte ihnen allen anmutig zu und zwang sich, langsam zur Tür zu gehen.

Als sie den Hof überquerte und die Treppe zur Mauer erklomm, beschleunigte sie ihren Schritt mit pochendem Herzen. Was jetzt? Diese Frage kursierte in ihrem Geist. Lieber Gott, was jetzt?

Die in Kapuzenumhänge gehüllten Reiter warteten auf der anderen Seite des Grabens. »Sie sind gerade erst eingetroffen«, sagte Sir Sebastian, der neben ihr stand. »Seid gegrüßt!«, rief er. »Wer seid Ihr?«

Der größere der Reiter zog seine Kapuze ab und offenbarte einen mit einem Dämonenhorn gekrönten schwarzen Helm. »Brautus von Charmot!«, antwortete er. Der zweite Reiter zog ebenfalls die Kapuze zurück – eine Frau mit auffallend rotem Haar. »Und dies ist die Herzogin von Lyan.«

18

Meister Nicholas lief Gefahr, über seine schlaue Zunge zu stolpern, so eifrig war er bemüht, der Herzogin zu schmeicheln. »Euer Gnaden, Ihr ehrt dieses Haus«, sagte er und drängte sie zu einem Sessel. »Aber ich fürchte um Eure Sicherheit. Die Seuche, vor der die Wachen Euch und Euren Gefolgsmann an den Toren gewarnt haben, ist kein Spaß.«

»Ich fürchte keine Seuche, Meister«, antwortete die Herzogin. Sie schaute über seine Schulter zu Siobhan und lächelte, als teilten sie ein Geheimnis. »Es heißt, sie befiele nur die Sündigen, richtig?«

»Ja, Euer Gnaden«, stimmte er mit einem Lachen zu, das eher gezwungen klang. »So heißt es in der Tat.« Er wandte sich wieder an Siobhan. »Lord Tristan sollte hier sein, Mylady«, sagte er mit einer Spur Tadel in der Stimme. »Er darf gewiss gestört werden …«

»Nein, Meister«, unterbrach ihn die Herzogin. »Lord Tristan und mein Ehemann gehören demselben Orden an, und ich versichere Euch, er darf nicht gestört werden.« Sie war wunderschön, das zarteste, weiblichste Wesen, das Siobhan jemals in ihrem Leben erblickt hatte. Neben diesem Traumbild war ihre eigene Verkleidung ein Witz. »Aber wenn Ihr mir meinen Diener Orlando holen würdet, wäre ich Euch äußerst verbunden.«

»Ich, Mylady?«, fragte Meister Nicholas überrascht.

»Ja, bitte.« Sie lächelte Siobhan erneut zu. »Ich möchte mit Lady Siobhan allein sprechen.« Sie behielt ihr anmutiges Lächeln bei, während er sich verbeugte und »Natürlich« murmelte. Aber sobald er fort war, erhob sie sich und schloss die Tür hinter ihm.

»Geht es ihnen gut?«, fragte sie und wandte sich wieder an Siobhan. »Eurem Tristan und Simon – geht es ihnen gut?«

»Ja«, antwortete Siobhan, noch immer verblüfft über die Veränderung. »Sie ... es geht ihnen vermutlich gut.«

»Und Kivar?«, fragte sie. »Ist er erschienen?«

»Ich ... ich glaube nicht.« Alles an dieser seltsamen Frau, angefangen von ihrem perfekt frisierten roten Haar bis zu den Spitzen ihrer edel gepunzten kleinen Stiefel, ließ Siobhan sich wie ein Maultier im Geschirr eines Zelters fühlen. Und doch war sie hier und sprach mit ihr, als wären sie schon lange Freundinnen. »Ich weiß nicht, wer das ist«, räumte sie ein.

»Ihr wisst nicht ...?« Die Herzogin sank auf einen Stuhl, als hätten ihre Beine unter ihr nachgegeben. »Aber habt Ihr nicht ...? Lady Siobhan, wie seid Ihr zu den Malen an Eurer Kehle gekommen?«

»Tristan hat mich gebissen«, gestand sie. »Ich weiß, dass er ein Vampir ist.« Sie setzte sich ebenfalls hin. »Und Euer Ehemann vermutlich auch, obwohl er es mir nie erzählt hat. Tatsächlich glaube ich nicht, dass ich überhaupt je mit ihm gesprochen habe.« Zu spät erinnerte sie sich an Silas' Lektionen. »Euer Gnaden«, fügte sie hinzu.

»Bitte, um Himmels willen«, erwiderte die andere Frau lachend und offensichtlich erleichtert. »Wir haben die gleichen Probleme, Mylady. Nennt mich Isabel.«

»Isabel«, wiederholte sie und erwiderte das Lächeln. »Ich

bin einfach Siobhan.« Sie merkte, dass sie diese Herzogin wider Willen mochte, und eine seltsame Art von Sehnsucht ergriff sie. Sie hatte noch nie in ihrem Leben eine Freundin gehabt, und Isabel hatte recht – sie hatten einige der gleichen Probleme. Wie wunderschön es gewesen wäre, mit allen ihren Sorgen herauszuplatzen, sie zu vergleichen und zu hören, was dieses kluge, hübsche Wesen an ihrer Stelle tun würde. Aber das war natürlich unmöglich. »Um Eure Frage zu beantworten, Isabel, denke ich, dass es unseren beiden Dämonen gut geht«, sagte sie stattdessen. »Sind sie irgendwie in Gefahr?«

Sie sah einen flüchtigen Moment einen verhaltenen Ausdruck in den haselnussbraunen Augen der Frau aufblitzen, aber ihr Lächeln verschwand nicht. »Ich hoffe es nicht«, sagte sie lachend. »Aber ihre Lage ist recht bedenklich, meint Ihr nicht?«

»Vermutlich«, räumte Siobhan ein. »Obwohl ich sagen muss, dass ich mir größere Sorgen um uns andere mache.«

Das hübsche Lächeln verblasste zu einem gleichermaßen hübschen Ausdruck der Sorge. »Meint Ihr das ernst?«, fragte sie.

Bevor Siobhan antworten konnte, öffnete sich die Tür, und Orlando kam eilig herein. »Mylady«, fragte er, »was tut Ihr hier?« Er umarmte Isabel, als wäre er ihr Vater und nicht ihr Diener. »Was ist in Euch gefahren?«

»Ich habe natürlich meinen Ehemann vermisst«, sagte Isabel leichthin, aber es lag auch unmissverständliche Schärfe in ihrem Tonfall. Sie befreite sich aus seiner Umarmung. »Wir sind erst sehr frisch verheiratet«, erklärte sie Siobhan über seinen Kopf hinweg.

»Er sieht sehr gut aus«, sagte Siobhan, die einzige Erwiderung, die ihr einfiel. »Ich werde Euch verlassen, damit Ihr mit Orlando allein sprechen könnt.« Sie vollführte einen Hofknicks und zog sich zurück. Sie war zwar neugierig, aber zu sehr in ihre eigenen Pläne vertieft, um mehr herausfinden zu wollen.

Als sie fort war, verriegelte Orlando die Tür hinter ihr. »Mylady«, fragte er Isabel, »warum seid Ihr wirklich gekommen?«

»Ihr lernt nie dazu, nicht wahr, Orlando?«, sagte sie und ließ ihrem Zorn freien Lauf. »Dieses arme Mädchen … niemand von euch hat ihr irgendetwas erzählt.« Sie öffnete die Tasche, die kein Dienstbote hatte berühren dürfen, und nahm das Bündel Schriftrollen heraus, das sich darin befand. »Narren, ihr alle«, schimpfte sie, während sie sie auf dem Tisch ausbreitete.

»Dieses arme Mädchen, wie Ihr sie nennt, ist eine Brigantin und eine Diebin, die bei mehr als einer Gelegenheit versucht hat, ihren Ehemann zu ermorden«, erklärte Orlando. »Ihr hättet nicht kommen sollen, Isabel. Ihr habt keine Ahnung …«

»Ich weiß mehr, als Ihr denkt«, unterbrach sie ihn. Ihr Ausdruck wurde etwas milder, und sie griff nach seiner Hand. »Wenn Simon erwacht, werde ich es Euch beiden zeigen.«

»Aber warum …«

»Orlando, bitte.« Sie ließ ihn los, und ihre haselnussbraunen Augen blickten betrübt drein. »Bitte, lasst mich einfach warten.«

Siobhan verließ die Halle, in der die Dienstboten gerade die Tische fürs Abendessen deckten. Der lange Nachmittag war fast vorüber. Bald würde es dunkel sein.

Michael kam auf sie zu. »Es ist vollbracht«, sagte er leise, als er sie erreichte. »Alle befinden sich in den Höhlen.«

»Hat man dich bemerkt?«, fragte sie. Silas spielte am Kamin mit Meister Nicholas Schach, aber sein Blick ruhte auf ihr.

»Ich denke nicht«, antwortete Michael. »Der alte Jack hat diesem Ritter Sebastian erklärt, du hättest befohlen, zur besseren Entwässerung das Gestrüpp aus einem Abschnitt des Grabens zu entfernen. Einige der Bauern befolgen diesen Befehl noch immer. Und die Soldaten sind einfach in der Öffnung verschwunden.«

»Gut gemacht«, sagte sie lächelnd. Nun würde jeden Moment die Sonne untergehen, und Tristan könnte auftauchen. Wenn sie nur noch ein wenig länger wartete, würde sie ihn wiedersehen, bevor sie floh. Aber wenn sie ihn sah, würde sie vielleicht gar nicht gehen.

»Siobhan!« Clare kam die Treppe herab. »Ich habe lange geschlafen«, verkündete sie und lächelte Michael zu, während sich Siobhan herabbeugte, um sie zu begrüßen. »So kann ich lange mit Papa aufbleiben.«

»Ich denke, das solltest du tun«, stimmte Siobhan ihr zu und drückte sie fest an sich.

»Trödle nicht«, warnte Michael und zog sanft an Clares Zopf, bevor er ging.

Sie setzte sich auf die Stufe zum Podest und nahm das Kind auf ihren Schoß. »Ich bin froh, dass der Mann fort ist«, sagte Clare und nahm ihre Hand.

»Wer? Michael?«, fragte Siobhan überrascht.

»Nein, Michael ist lieb.« Sie zog die Linien in der Hand ihrer Stiefmutter nach. »Der andere. Gaston.« Sie schaute nicht auf, runzelte aber die Stirn. »Er ist sehr, sehr böse.«

»Denkst du das?« Sie gab der Kleinen einen Kuss auf den Scheitel. Sie hatte stets behaupten hören, dass Kinder solche Dinge klarer sähen als Erwachsene. »Ich glaube es auch.« Sie drehte das Gesicht des Kindes zu sich. »Weißt du, dass ich dich sehr liebe?«

»Ja.« Sie wirkte so ernst, dass Siobhan unwillkürlich lächeln musste. Clare würde eines Tages gewiss eine Gelehrte.

»Ich werde mein Versprechen immer halten«, sagte sie laut. »Gleichgültig, was geschehen mag oder wohin ich vielleicht gehe, werde ich stets zurückkommen, um auf dich aufzupassen, genau wie ich es deinem Papa versprochen habe. Und wenn du alt und kräftig genug bist, werde ich dir das Kämpfen beibringen. Glaubst du mir das?«

Sie nickte. »Ich werde dein Schwert bekommen.«

»Ja«, versprach sie und küsste sie auf die Wange. »Du wirst mein Schwert bekommen.«

Die Tür zur Halle wurde aufgestoßen. »Wo ist sie?«, wollte der Herzog wissen und trat ein.

»Oben, Euer Gnaden«, sagte Siobhan und erhob sich. »Im Sonnenraum.« Er war vielleicht ein Vampir, aber der Ausdruck in seinen Augen und sein Lächeln, als sie ihm den Weg zu seiner Frau zeigte, ließen ihn wirklich sehr menschlich erscheinen.

»Ich danke Euch, Mylady«, sagte er und lief zur Treppe. Tristan folgte ihm langsamer. Er hielt inne, um Clare auf seine Schultern zu heben. »Sehen wir uns diese Herzogin einmal an«, sagte er und zwinkerte Siobhan zu. Bevor sie antworten konnte, hatte er schon ihre Hand genommen und führte sie zur Treppe.

Die fragliche Herzogin wurde gerade von ihrem Dämonenherzog besinnungslos geküsst. »Ich sagte dir, du solltest in Charmot in Sicherheit bleiben«, schalt er zwischen den Küssen, wobei er ihr Gesicht mit beiden Händen bedeckte. »Ich sagte dir, du solltest nicht kommen.«

»Ich musste kommen«, antwortete Isabel, und kristallene Tränen schimmerten auf ihren Wangen. Sie berührte Simons Gesicht, als wollte sie sich versichern, dass er auch echt war. »Ich musste dich sehen.« Sie verschränkte ihre Hände hinter seinem Nacken und reckte sich, um ihn erneut auf den Mund zu küssen. »Engel«, murmelte sie, als er sie eng an sich drückte.

Siobhan, die sie beobachtete, spürte Tränen in ihren Augen brennen. Isabel schien so viel mehr davon zu verstehen, was ihr Liebster war, als Siobhan es bei Tristan verstand, und doch waren sie noch immer getrennt. Sie erlitten noch immer Qualen.

Tristan räusperte sich, und sein Vampirbruder schaute auf. »Sollen wir Euch allein lassen?«, fragte er ihn lächelnd.

»Nein«, erwiderte Orlando rasch.

»Nein«, stimmte Simon ihm zu, aber er klang weitaus weniger bestimmt. Er zog den Umriss des von Küssen wunden Mundes seiner Liebsten nach. »Später«, versprach er flüsternd.

Isabel lächelte. »Immer.«

»Wir haben viel zu besprechen«, fuhr Orlando fort und warf Siobhan einen auffordernden Blick zu.

Siobhan nahm Tristans Hände in ihre. »Ich möchte bleiben«, sagte sie und begegnete seinem Blick. Lass mich bei dir bleiben, flehte sie im Geiste lautlos. Lass mich alles wissen, und nichts anderes wird mehr zählen.

»Verzeih mir, Brigantin«, antwortete er, sein liebevollstes Kosewort. »Aber warte bitte auf mich.«

Sie nahm ihm Clare aus den Armen und lächelte. »Geh und suche Meister Silas«, sagte sie zu dem Kind und küsste es auf die Wange, bevor sie es herunterließ. Dann wandte sie sich wieder Tristan zu. Sie erhob sich wortlos auf die Zehenspitzen, um ihn zu küssen, und schlang ihre Arme um seinen Hals. Dann streifte sie ein letztes Mal seinen Mundwinkel, bevor sie ihn losließ.

»Orlando berichtete mir, dass dieses Mädchen Euch zu töten versucht hat, Mylord«, sagte Isabel, als Siobhan fort war. »Ich muss sagen, ich kann das kaum glauben.«

»Ich fürchte, es ist wahr, Euer Gnaden«, antwortete Tristan lächelnd. Simons Lady war zweifellos eine Schönheit mit einer kessen Art, und die Intelligenz einer Gelehrten war deutlich in ihren Augen erkennbar. Aber neben Siobhan schien sie ihm fast puppenhaft, zu zart, um wirklich lebendig zu sein. »Aber ich nehme es ihr nicht übel.«

»Nein?«, konterte sie. »Warum ist sie dann nicht hier?«

»Isabel denkt, wir täten Siobhan unrecht damit, ihr nicht alles zu erzählen, was wir über Eure Suche wissen«, erklärte Orlando Simon.

»Das glaube ich in der Tat«, sagte die Herzogin. »Man kann es Lord Tristan vermutlich verzeihen. Er wurde gerade erst neu erschaffen. Aber nach dem, was in Charmot geschehen ist, solltet Ihr beide es besser wissen.« Tristan lächelte innerlich, als er sah, dass sowohl der Vampir als auch der Zauberer durch ihren Zorn getadelt wirkten wie Kinder. »Denkt nur, wie viel Qual vielleicht vermieden worden wäre, wenn Ihr mir nur die Wahrheit erzählt hättet.«

»Das hier ist etwas völlig anderes, Liebste«, erwiderte Simon und nahm ihre Hand. »Ich sagte dir schon, dass Siobhan Teil der Rebellenmacht war, die Tristans Schloss eingenommen hat. Und da ist noch etwas.« Er führte sie zu einem Stuhl. »Sie besitzt das Schwert aus der Zeichnung des Kelchs.«

»Siobhan hat es?«, fragte Isabel mit großen Augen. »Bist du sicher?«

»Sie hatte es«, korrigierte Tristan. »Ich habe es ihr abgenommen …« Er hielt inne, als er Orlandos Gesicht sah. »Was ist los?«

»Sie hat es sich zurückgeholt«, sagte der Zauberer. »Letzte Nacht, während Ihr beide auf der Jagd wart. Sie kam in die Kerker und durchsuchte Eure Sachen, bis sie es fand. Sie hat auch den Pfahl mitgenommen.«

»Und Ihr habt sie gesehen?«, fragte Simon bestürzt. »Ihr habt sie nicht aufgehalten?«

Orlando schaute zu Tristan. »Ich konnte es nicht.«

»Aber Ihr seid sicher, dass es dasselbe Schwert ist?«, unterbrach Isabel sie. »Ihr wisst, dass es dasjenige aus der Zeichnung ist?«

»Siobhan hat Tristan damit angegriffen«, erklärte Simon und legte eine Hand auf ihre Schulter, ungeachtet des Blickes, den er den Zauberer mit dem anderen Vampir wechseln sah. »Tatsächlich hat sie ihn fast vernichtet.«

»Seine Wunden sind stundenlang nicht verheilt«, stimmte Orlando ihm zu. »Hätte er nicht einen Zufluchtsort erreichen können, wäre der Sonnenaufgang sein Tod gewesen. Denkt Ihr immer noch, wir sollten Siobhan vertrauen?«

»Mehr denn je«, antwortete sie. »Wir brauchen sie.« Sie griff nach ihren Schriftrollen. »Wenn ich fertig bin, werdet Ihr mir vermutlich zustimmen.«

»Du hast etwas gefunden«, sagte Simon. Er grinste. »Also bist du doch nicht nur gekommen, um mich zu sehen.«

»Nicht nur«, räumte sie ein und erwiderte sein Lächeln

einen Moment lang, bevor sie zu Orlando blickte. »Vor vier Tagen fand ich in den Katakomben in Charmot kaum verborgen einige weitere Texte.« Sie öffnete eine Schriftrolle auf dem Tisch. »Erinnert Ihr Euch an die Malereien an den Wänden?«

»Das ist unmöglich«, beharrte Orlando. »Wir haben sie genau geprüft. Da war kein Text …«

»Kein gemalter Text, nein, der war da nicht«, stimmte sie ihm zu. »Er war in den Stein gemeißelt.« Sie zeigte ihnen ein fast schwarzes Pergament, das mit weißen Schriftzügen einer Art bedeckt war, wie Tristan sie noch nie gesehen hatte. »Ich habe das Pergament über den Stein gelegt und mit einem Stück Holzkohle darüber gerieben«, erklärte sie. »Und ich habe viel entdeckt.« Sie griff nach der Hand ihres Ehemannes. »Orlando hat dich angelogen, Simon«, sagte sie. »Von Anfang an.«

»Nein«, beharrte der Zauberer, aber Tristan bemerkte, dass er blass geworden war. »Ich habe nicht …«

»Ihr habt Simon gesagt, Ihr wärt ein Diener des von Kivar ermordeten Kalifen«, unterbrach sie ihn.

»Nein«, erwiderte Orlando kopfschüttelnd. »Er hat das vielleicht geglaubt, aber ich habe niemals …«

»Ihr sagtet ihm, der Kelch würde ihn retten«, unterbrach sie ihn erneut. »Und dass er, wenn er ihn fände, wieder sterblich werden könnte.«

»Und das stimmt auch«, beharrte der Zauberer.

»Tatsächlich?«, konterte sie. Alle Anmut war von ihr gewichen, und als Tristan den Zorn in ihren Augen sah, dachte er, sie und Siobhan wären letztendlich doch nicht so verschieden. »Hört Euch das an«, sagte sie und las von der Schriftrolle ab.

»Und so wurde Lucan Kivar aus dem Reich der Götter und der Sterblichen verbannt und sein verfluchter Körper in die Nacht geschleudert, um quer über den Himmel zu brennen, bis er in einem fernen Land über den Bergen zur Ruhe kam. Alle seine Kinder wurden vernichtet, bis auf die beiden Söhne, die von einer Sterblichen geboren wurden, bevor er den Kelch berührte. Der jüngere dieser Söhne war Merlin, sterblich, aber mit der Liebe und der Schönheit der Götter gesegnet. Er war es, der seine sterbliche Verwandtschaft durch die Eiswüsten führte, damit sie sich über die Inseln ausbreiten konnten, die sie fanden, und sie die alte Art lehren konnte, um sie zu gegebener Zeit wiederum an deren Kinder weiterzugeben. Es heißt, er sei schließlich in Irland, der fernsten dieser Inseln, gestorben.«

Sie sah den Zauberer erneut an, als wollte sie ihm dazu Gelegenheit geben zu sprechen, aber er schwieg. Sie fuhr fort.

»Der ältere war Orlando. Körperlich missgestaltet und in der Entwicklung gehemmt, besaß er die Weisheit der Götter und Unsterblichkeit. Von seinem Vater weitgehend verabscheut, war er es, der Kivar verriet, um die Verwandtschaft seiner Mutter zu retten. Von seinem Bruder und allen Sterblichen für sein Opfer geliebt, wollte er sich ihnen noch immer nicht auf ihrer Reise anschließen. Er schwor, die Berge zu überqueren und die Bleibe des Verfluchten zu suchen, um eine Möglichkeit zu finden, ihn für immer zu vernichten.«

»Und das habe ich getan«, sagte Orlando schließlich. »Ich habe ihn gesucht und eine Möglichkeit gefunden, ihn zu vernichten.«

»Ja, aber zu welchem Preis?«, fragte Isabel. »Ich war entsetzt, als ich die Geschichte las, aber ich glaubte allmählich, es sei unwichtig, da ich schon immer gewusst hatte, dass Ihr eine Macht jenseits jeglicher sterblicher Zauberer besitzt. Tatsächlich fühlte ich mich in dem Wissen besser, dass Simon Euch zu seinem Schutz bei sich hatte.« Sie öffnete eine weitere Schriftrolle. »Und dann fand ich das.«

»Wartet – wollt Ihr damit sagen, diese Geschichte sei wahr?«, fragte Tristan. »Dass alles, was Ihr gerade vorgelesen habt, wirklich geschehen ist?«

»Ihr seid ein Vampir, Bruder«, sagte Simon tonlos und gleichmütig. »Könnt Ihr es nicht glauben?« Er berührte Isabels Wange. »Was steht dort geschrieben?«

»Die wahre Macht des Kelchs, von dem Orlando so sehr möchte, dass du ihn findest.« Sie las von dem Pergament ab. »Der Kelch wurde im Reich der Götter verborgen, damit er vor allen bis auf jene sicher ist, die seine Geheimnisse kennen und ihn einst in der Tafelrunde gehalten haben. Nur der Kelch kann Kivar vernichten, und nur ein Wesen sterblichen Blutes kann ihn handhaben.« Sie schaute auf. »Ich verstehe das so, dass es kein Vampir sein darf, aber vielleicht irre ich mich auch«, sagte sie bissig, bevor sie weiterlas. »Sollte ein Krieger adliger Herkunft und sterblichen Blutes die Macht des Kelches gegen Kivar führen, würde er vernichtet, und all seine Dämonenbrut müsste in seiner Flamme sterben.« Sie schaute erneut auf. »Seine Dämonenbrut«, wiederholte sie. »Simon, Tristan. Wenn Ihr diesen Kelch findet, Orlando, und ihn gegen Lucan Kivar verwendet, werden sie sterben.«

»Nein«, beharrte Orlando. »Ich schwöre, dass es nicht so ist. Zumindest ... glaube ich das nicht.« Er schritt unruhig im Raum auf und ab. »Es gab so vieles zu erinnern, so vieles ... Ich habe versucht, alles aufzuschreiben, aber es sind viele Bruchstücke verloren gegangen.« Er lächelte Simon verbittert zu. »Möget Ihr den Fluch der Unsterblichkeit niemals wirklich kennenlernen.«

»Wollt Ihr damit also sagen, dass diese Schriften, die die Herzogin fand, alle Lügen zum Inhalt haben?«, fragte Tristan.

»Nein, sie entsprechen der Wahrheit«, gab der Zauberer zu. »Die wichtigste Wahrheit, die wir hatten – darum lehrte Merlin seine Kinder, sie zu bewahren. Aber es ist nicht die ganze Wahrheit.« Er schaute erneut zu Simon und dann zurück zu Tristan. »Ich kann es nicht ertragen«, murmelte er. »Es war eine so lange Zeit, und ich habe so vieles vergessen, ohne jemals zu erkennen, dass ich es vergaß. Erst als ich die Zeichnung des Kelchs fand, erkannte ich, wie viel ich verloren hatte.« Er wandte sich wieder den Übrigen zu. »Isabel, Ihr habt keine Erwähnung Josephs oder seines Pfahls gefunden, oder?«, fragte er. »Und doch wissen wir, dass der Pfahl Kivar aus seiner sterblichen Gestalt in seine wahre, unsterbliche Gestalt getrieben hat, wenn auch nur für einen Moment. Hätte Simon das Schwert besessen, hätte er ihn damals vielleicht sogar töten können.«

»Wartet«, sagte Tristan. »Jetzt bin ich verwirrt.« Sein pragmatischer Kriegergeist hatte diese Geschichte immer wieder geprüft und eine Möglichkeit zu finden versucht zu glauben, dass dieser Zwerg vor ihm unsterblich und der Nachkomme irgendeines üblen Halbgottes war. »Der Kelch ist etwas Positives, weil er diesen Kivar vernichtet, richtig? Warum sollte

Kivar ihn dann haben wollen? Man sollte meinen, er sollte sich so weit wie möglich davon entfernen wollen.«

»Er muss ihn nicht vernichten«, erklärte Orlando. »Das ist etwas, das Merlin aus Angst, dass Kivar es finden könnte, niemals in eine Wand gemeißelt hätte. Kivar hat auch viele Dinge vergessen, wahrscheinlich noch mehr als ich. Jedes Mal, wenn er seine Gestalt verändert, verliert er einen Teil von sich selbst. Alles, woran er sich erinnert, ist, dass der Kelch ihm Macht verlieh, bevor er verflucht wurde, dass nicht einmal die Götter ihn angreifen konnten, als er ihn besaß.«

»Er sagte, er könne ihn heilen.« Simon blickte ins Feuer. »Er sagte mir, Ihr würdet Euch irren, dass der Kelch keine Rettung, sondern Heilung bedeute.«

»Und das glaubt er auch«, sagte Orlando. »Und vielleicht ist es für ihn auch so. Wenn er erneut aus dem Kelch trinken würde, könnte der Fluch, der ihn in die Dunkelheit verbannt hat, vielleicht gebrochen werden.«

»Damit er alle Macht eines Vampirs ohne dessen Schwächen besäße«, sagte Tristan.

»Viel mehr als das«, erwiderte Orlando. »Er könnte sich erneuern, so wie er glaubt, dass er bereits hätte erneuert werden sollen. Er wäre ein allmächtiger Gott.« Er schaute zu Isabel zurück. »Da Ihr unmittelbar seine Bekanntschaft gemacht habt, Mylady, könnt Ihr da sagen, dass wir nicht tun sollten, was auch immer wir tun müssen, um ihn aufzuhalten?«

»Aber was genau ist das?«, konterte sie. »Was müssen wir tun? Alles, was wir zu wissen glauben, könnte falsch sein. War das nicht die Bedeutung Eurer Worte? Und alles, was Ihr sagt, könnte eine Lüge sein.«

»Sind wir sicher, dass Kivar noch lebt?«, fragte Tristan, während Simon einen Arm um seine Liebste legte.

»Leider ja«, antwortete Simon. »Sein Geist ist mir entkommen, als ich ihm das letzte Mal begegnet bin. Und es gibt Beweise dafür, dass er Euch gefolgt ist. Die Stimme, die Ihr, wie Ihr sagtet, auf Eurem Rückweg hierher gehört habt – das war fast sicher Kivar. Und Ihr sagtet, Ihr hättet von seiner Halle geträumt, von seiner Ankündigung, zu Euch zu kommen.«

»Ja.« Plötzlich kehrte der Traum, den sein Geist beinahe vergessen hatte, mit erschreckender Deutlichkeit zu ihm zurück – die goldene Halle und die große, hagere Gestalt in dem goldenen Gewand, die sich in jemand anderen verwandelte, in einen kleineren, gedrungeneren Mann mit einem ansprechenden, offenen Gesicht. Ein Gesicht, das er irgendwo schon einmal gesehen hatte. »Verdammt«, murrte er. »Callard.« Er stürmte in den Gang hinaus und die Treppe hinab in die Halle. »Siobhan!« Andrew kam mit besorgter Miene auf ihn zu, und er packte seinen Arm. »Wo ist Mylady?«, fragte er drängend.

»In ihrem Zimmer vermutlich«, antwortete der Ritter. »Sie war vom Tod des Barons sehr erschüttert.«

»Der Tod des Barons?«, wiederholte Tristan. »Was …?«

»Verzeiht, Mylord«, sagte Andrew rasch. »Ich vergaß, dass Ihr es noch nicht gehört haben könnt. Der Baron wurde heute Morgen in seinen Räumen tot aufgefunden. Einige seiner Dienstboten gestanden Meister Nicholas, dass sie in seinem Haus eine Seuche hatten, bevor sie hierherkamen, aber tatsächlich sah das nach keiner Krankheit aus, die ich je gesehen habe, denn seine Kehle war herausgerissen.«

Simon war ihm gefolgt. »Habt Ihr dem Baron die Kehle herausgerissen?«, fragte Tristan ihn.

»Nein«, antwortete er mit bitterem Lächeln.

»Mylord?«, fragte Andrew schwach und offensichtlich schockiert.

»Findet meine Tochter«, befahl Tristan. »Bringt sie zum Priester in die Kapelle – bleibt in der Nähe des Kreuzes und umgebt sie mit Rittern. Sollte jemand anderer als der Herzog oder ich in ihre Nähe zu kommen versuchen, dann schneidet ihm den Kopf ab.« Er dachte an Simons Worte darüber, wie Kivar seine Gestalt verändert hatte, um Isabel zu narren. »Und wenn der Herzog oder ich selbst kommen, dann befragt auch uns strikt«, schloss er. »Lasst euch den Namen von Clares Mutter nennen.«

»Wie lautete der Name von Clares Mutter?«, fragte Simon, während sie die Halle verließen.

»Alisande.« Er lief los, sobald er den Hof erreichte. »Ihr Name war Alisande.«

Er rannte über die Brücke zum Turm und die Wendeltreppe hinauf. »Siobhan!« Er stieß die Tür zu ihrem Zimmer auf, aber es war leer. »Siobhan!«

»Bitte, Mylord.« Emma stand hinter ihm und rang die Hände. »Sie sind fort.«

Er musste sich beherrschen, um sie nicht zu packen. »Wer ist fort?«, fragte er.

»Lady Siobhan und die anderen«, antwortete sie. »Alle diejenigen, die Lebuin dienten. Sie sind entkommen.«

»Oh, nein«, murmelte Simon und schüttelte den Kopf.

»Wie, Emma?«, fragte Tristan und legte seine Hände auf ihre Schultern, sprach aber in ruhigem Tonfall. »Wie sind sie entkommen?«

»Durch irgendeinen Gang, Mylord«, antwortete sie. »Michael wollte es mir nicht sagen, aber ich habe ihn dazu gezwungen. Ich bat ihn, nicht zu gehen.«

»Wo ist dieser Gang, Mädchen«, fragte Simon. »Weißt du das?«

»Hier«, sagte sie und sah ihm in die Augen. »Unter dem Druidenhügel.«

19

Siobhan hob ihre Fackel an, als sie eine weitere scharfe Biegung des Ganges passierten. »Siobhan?« Michael berührte ihren Arm. »Hast du das gehört?«

Sie lauschte. Aus dem vor ihnen liegenden Gang erklangen Stimmen. »DuMaine«, sagte einer der Männer elend. »Wir sind tot.«

»Niemand ist tot«, fauchte sie. Keine der Stimmen gehörte Tristan, da war sie sich sicher. Aber zumindest eine Stimme war ihr vertraut. »Sean …« Sie lächelte, gerade als ihr Bruder mit einer Fackel in der Hand aus der Dunkelheit drang. »Sean!« Sie übergab ihre Fackel Michael und lief in Seans Arme.

»Da ist sie.« Sean lachte, hob sie hoch und wirbelte sie herum. »Siehst du, Gaston? Ich habe dir gesagt, dass sie die Gänge finden würde.«

Der Mann, von dem sie geglaubt hatte, sie wäre ihn losgeworden, trat ebenfalls aus den Schatten hervor. »Also habt Ihr sie gefunden«, stimmte er lächelnd zu.

»Gaston fand mich und erzählte mir, was mit dem Baron geschehen ist«, erklärte Sean. »Mein armes Lämmchen …« Er drückte sie wieder fest an sich und küsste sie aufs Haar. »Gott sei Dank bist du entkommen.«

»Sean, hör mir zu«, beharrte sie und riss sich los. »Ich muss zurückkehren.«

»Bist du verrückt?«, fragte er lachend. »Nicht dieses Mal, Siobhan. Ich werde zurückkommen und mich um DuMaine kümmern, wenn ich weiß, dass du in Sicherheit bist.«

»Ich bin bei DuMaine sicher«, sagte sie. »Aber du und die Männer seid es nicht. Er will sich noch immer an dir rächen. Ich habe versucht, ihn davon zu überzeugen, dass du fort bist, aber er hat mir nicht geglaubt.« Er sah sie erneut an, als wären ihr Hörner gewachsen und als wollte sie die Schwarze Messe lesen. »Aber ich kann ihn nicht verlassen. Wenn du gehst, kann ich ihn daran hindern, dir zu folgen, das weiß ich, aber selbst wenn ich es nicht könnte ...« Gaston schien laut loslachen zu wollen. »Bitte, Sean«, sagte sie, ergriff das Gewand ihres Bruders und versuchte, Gaston zu ignorieren. »Bitte, lass mich einfach gehen.«

»Was habe ich Euch gesagt, Lebuin?«, triumphierte Gaston. »Der Dämon hat sie verhext.«

»Seid still!«, befahl sie, zog ihr Schwert und sprang auf ihn zu.

»Siobhan, halt!«, rief Sean und fing sie ab, während Gaston mit vor Schreck aufgerissenen Augen zurücksprang.

»Hör nicht auf ihn, Sean«, sagte sie und rang darum, sich von ihrem Bruder zu befreien. »Der Mann ist Gift – sogar Callard selbst hat ihm nicht vertraut!«

»Es ist vielleicht zu spät für sie, Sean«, sagte Gaston, eine Spur wahrer Angst war in seiner Stimme. »Sie ist vielleicht schon selbst ein Dämon.«

»Macht Euch nicht lächerlich«, herrschte Sean ihn an. »Siobhan, sei still ...«

»Siehst du es nicht?«, fragte sie ihn. »Er versucht, dich gegen mich aufzuhetzen ...«

»Und was wäre, wenn er es täte?«, fragte Sean und packte

sie hart an den Schultern. »Du bist meine Schwester, erinnerst du dich?« Sie hörte auf, sich zu wehren, während er sie zwang, ihn anzusehen. »Niemand kann mich gegen dich oder dich gegen mich aufhetzen.« Er legte beide Hände an ihr Gesicht. »Ist es nicht so?«

Er meint Tristan, dachte sie, und ihr Herz wand sich vor Qual. Selbst wenn er es nicht weiß, meint er ihn. »Ja«, antwortete sie, kaum lauter als ein Flüstern.

»Dann komm mit mir, Siobhan«, sagte er. »Ich gehe nicht ohne dich.«

»Ja.« Sie blickte über seine Schulter zu Gaston. »Ich werde mit dir kommen.«

Michael blieb ohne Fackel als Nachhut zurück, sodass er als Einziger sah, wie Gaston stehenblieb, um sich umzusehen. »Natürlich«, murmelte der Höfling mit einem seltsamen Leuchten in den Augen. »Wie konnte ich das vergessen? Dieser Weg ist bereits versperrt.« Er trat auf den Schädel eines der Skelette und zermalmte ihn unter seinem Stiefel. »Aber sei's drum. Es gibt noch einen weiteren.« Er schaute zurück, sah, dass Michael ihn beobachtete, und lächelte. Schließlich wandte er sich wortlos ab, um den Übrigen zu folgen.

Siobhan stand in dem vom Mondlicht beleuchteten Hain und beobachtete, wie die Männer die Reste des gestohlenen Schatzes ihres Bruders aus dem Geheimversteck in den Höhlen auf Pferde luden. »Das ist ein Fehler«, sagte sie leise zu Michael, der neben ihr stand. »Ihr solltet gehen, ihr alle, jetzt.« Sie stellte sich vor, wie Tristan entdecken würde, dass sie fort war. Er würde denken, sie hätte ihn verraten und alle ihre Liebesworte wären nur Lügen gewesen. »Herr Jesus«, flüsterte sie und hob eine Hand an ihre Augen.

»Ja, meine Liebe«, antwortete Michael grimmig. »Wir sollten verschwinden, und du solltest diesen Verrückten zurücklassen.« Gaston stand nun inmitten des Kreises der Bäume und blickte mit seinem seltsamen kleinen Lächeln zum Mond hinauf. »Der Tod seines Herrn hat ihm endgültig den Verstand geraubt.«

»Sean«, sagte sie und trat zu ihrem Bruder. »Wofür brauchen wir das jetzt? Wir sollten aufbrechen.«

»Ich werde Gold brauchen, um Söldner anzuheuern«, antwortete er, als glaubte er, auch sie sei nicht mehr recht bei Verstand. »Wir werden doppelt so viele Truppen brauchen, um das Schloss ein zweites Mal einzunehmen. DuMaine wird vorbereitet sein.«

»Sean …« Bevor sie diesen Wahnsinn kommentieren konnte, ließ ein seltsamer Laut sie beide sich umwenden. Gaston hatte zu singen begonnen, eine Art tonloser Sprechgesang in einer Sprache, die sie nicht verstand. »Was, im Namen der Hölle …?«

Seine Stimme wurde lauter und erfüllte den Hain, und alle hielten bei dem inne, was sie gerade taten, um ihn wie gebannt zu beobachten. »Gaston, hört auf«, sagte sie und trat vor. »Sean, mach, dass er aufhört.« Ein seltsames, milchiges Licht stieg in einem Kreis um sie herum in Säulen vom Boden auf – eine Säule vor jedem Baum. »Ihr Bastard, was tut Ihr?« Er schaute zu ihr zurück und lächelte, führte aber seinen Gesang fort. Sie taumelte, als der Boden unter ihren Füßen zu beben begann. »Sean!« Sie wandte sich um und sah ihren Bruder sie mit weit aufgerissenen Augen ansehen, aber die Übrigen lächelten oder zeigten ausdruckslose Mienen.

»Was ist los?«, fragte Sean, als sollte sie es wissen. In jeder

Lichtsäule brach der Boden auf, und ein dichteres, grüneres Licht in der Gestalt eines Menschen schoss daraus hervor. »Herr Jesus!«

»Zieh dein Schwert!«, rief sie ihm zu, während sie dasselbe tat, und er gehorchte, als wäre er aus einer Trance erwacht. Die Männer gingen wie im Traum auf die Lichter zu. »Halt sie auf!« Sie streckte die Hand aus und bekam Michaels Arm zu fassen, aber er schleuderte sie heftig genug von sich, dass sie zu Boden fiel. »Michael, halt!« Sie schleuderte ihren Dolch auf ihn und traf ihn durch den Oberschenkel, und er stürzte und schrie vor Schmerz. »Was tut Ihr?«

Er sah sie an, als erwachte er aus einem Albtraum. »Bei Gott, ich weiß es nicht.« Die Übrigen hatten die sich windenden Lichter erreicht und traten mit gezogenen Schwertern und Dolchen hinein. Ein jeder veränderte sich unter einer Art Lichtblitz, wurde größer und hielt ein kurzes, breites Schwert, das dem von Siobhan ähnelte, in Händen.

»Seht unser Heer, Kinder!«, rief Gaston lachend, aber die Stimme war nicht mehr Gastons Stimme. »Nun werden wir unser Schloss einnehmen.«

Wie als Antwort galoppierten drei große Pferde in den Kreis. »Siobhan!«, schrie Tristan und schlug zu, als einer der Geisterkrieger angriff. »Zurück!« Er schlug dem Mann den Kopf von den Schultern, aber er richtete sich im Handumdrehen wieder auf, setzte sich seinen Kopf auf die Schultern und war wieder der Geisterkrieger.

»Tristan, Vorsicht!«, schrie sie, als der Mann erneut angriff und ihren Liebsten von seinem Pferd stieß.

»Nehmt die Frau!«, rief Gaston und lachte freudig, während er auf Isabels Pferd deutete. »Bringt sie zu mir!«

»Nein!«, schrie Siobhan, unsicher, wen sie zuerst angreifen sollte. »Sean, kämpfe mit ihnen!«

»Das können wir nicht!«, rief er zurück. »Es sind unsere Leute!«

»Wir müssen es tun!« Sie versenkte ihr Schwert im Rücken einer der ein halbes Dutzend zählenden Kreaturen, die Tristan angriffen, und dieses Mal blieb sie liegen, als sie stürzte, war ein Sterblicher, der sich vor Schmerzen wand. »Wir können sie verletzen, aber Tristan kann es nicht!«

»Gut!«, sagte Sean, der sich mit seinem Schwert in der Hand noch immer zurückhielt.

»Dummkopf!« Weitere Geister erhoben sich aus den Rissen in der Erde, ätherisch, aber mit Schwertern bewaffnet. Simon versuchte sich seinen Weg zu Isabel freizukämpfen, aber die Geister schwärmten über ihn hinweg wie Heuschrecken und zerrten ihn von seinem Pferd. »Sean, bitte!«

»Oh, verdammt«, fluchte er und tauchte in die Menge um Isabels Pferd ein.

Tristan sah Lebuin auf Isabel zugehen. Er zog mit einem Fluch seinen Dolch und wollte ihn in die Kehle des Briganten schleudern. Aber dann erkannte er, dass Lebuin sie retten wollte.

»Tristan!« Siobhan versuchte ihn noch immer zu erreichen und kämpfte, als wäre sie selbst ein Dämon. Einer der Geister wollte an ihr vorbeistürzen, und sie duckte sich und stieß ihm ihre Schulter hart in die Brust, um ihn zu Boden zu reißen, bevor sie ihm ihr Schwert durch den Oberschenkel trieb. Tristan sah hinter ihr einen der Geister Orlando von seinem Pferd holen und bewusstlos zu Boden stoßen.

»Seid vorsichtig!«, wollte er rufen, aber eine Klinge wurde über seine Kehle gezogen, bevor er die Worte äußern konnte. Dasselbe eiskalte Feuer, das er empfunden hatte, als Siobhan ihn mit ihrem verwunschenen Schwert angegriffen hatte, überflutete ihn auch jetzt, während Blut aus der Wunde drang. Er richtete sich taumelnd auf den Knien auf, und weitere Geister schwärmten über ihn hinweg und stachen von allen Seiten auf ihn ein.

»Nein!«, schrie Siobhan, als sie ihn stürzen sah. Der Mann, den sie getroffen hatte, war im Herzen ein Mensch. Ihr Stoß hatte ihn wieder zu sich gebracht, und er umklammerte seine klaffende Wunde. Aber jeden Moment drangen weitere Geister aus den Rissen in der Erde, mehr als sie in einem Jahr hätte niedermetzeln können. Simons Pferd bäumte sich auf, wieherte und schlug mit den Vorderhufen auf einen Berg grünlicher Körper ein, die sich wie Schlangen zu seinen Füßen wanden.

»Simon!«, hörte Siobhan Isabel schluchzen. Sean versuchte sie immer noch zu erreichen, aber die Geister drängten ihn zurück, und sein Schwert war nicht verwunschen. Sie zerrten Isabel zu Gaston, der mit gezogenem Dolch wartete. Er erwiderte Siobhans Blick mit einem bösen Lächeln, packte Isabel am Arm und zog ihr die Klinge übers Handgelenk, sodass Blut auf den Boden tropfte. Die Geister schienen augenblicklich stärker, fester zu werden, und der milchige Schein auf der Lichtung wurde fast so hell wie Tageslicht.

»Nein!«, schrie Siobhan und lief voran. Sie zog mit ihrer freien Hand, ohne nachzudenken, den Pfahl aus ihrem Gürtel. Gaston wandte sich genau in dem Moment um, in dem sie ihn erreichte, und sie trieb den Pfahl mit aller Kraft in sein Herz.

»Gutes Mädchen«, keuchte er lachend, als sie das Schwert erhob. »Nun gib mir den Rest.«

»Mit Vergnügen«, knurrte sie und schlug ihm den Kopf ab.

Der Leichnam stürzte rückwärts, und der Kopf rollte davon. Isabel schrie, als sich eine Wolke dichten, schwarzen Nebels aus dem abgetrennten Hals ergoss und sich um Siobhan sammelte.

Tristan trieb seine Hand durch die schwammige Brust des Geistes, der sich am weitesten über ihn beugte, umklammerte das, was sich wie das Herz anfühlte, und riss es mit der Faust heraus. Als die Kreatur schrie und rückwärtstaumelte, sah er, dass Siobhan von einer schwarzen Wolke umgeben war. »Nein«, brüllte er und rappelte sich hoch.

»Nein!«, rief auch Sean und lief vorwärts. Siobhan konnte ihn kaum sehen, konnte kaum atmen. Der Nebel war in ihrer Nase und in ihrem Mund, wand sich in ihr und erstickte sie. Sie stolperte und ließ ihr Schwert fallen.

Plötzlich packte Sean sie und schob sie beiseite. Der Nebel ließ sie im Handumdrehen los und brauste stattdessen in ihn. Seine Augen wurden groß, aber er stieß keinen Laut aus.

»Sean?« Sie berührte seinen Arm. »Sean, lieber Gott, bist du in Ordnung?«

»Genug!«, rief er, und die Geister begannen zu verblassen. Das Licht schwand aus dem Hain, und die Risse in der Erde schlossen sich.

»Es ist gut«, sagte Siobhan und sank neben Isabel, die noch immer blutend am Boden lag, auf die Knie. »Jetzt wird alles gut.« Das grüne Licht versickerte im Boden und verschwand, sodass die leicht benommenen Männer wieder wie zuvor aussahen.

»Bringt das Mädchen her«, befahl Sean. »Und bindet den Zauberer auf sein Pferd.« Tristan und Simon lagen beide ausgestreckt auf dem Rücken, und der Boden um sie herum war blutdurchtränkt.

»Sean, wir müssen ihnen helfen.« Sie eilte an Tristans Seite, und der blickte mit umwölkten Augen zu ihr hoch. »Tristan …« Sie legte eine Hand an seine Wange, während sich ihre Kehle vor Tränen zuschnürte. »Du bist ein Dämon«, erinnerte sie ihn. »Du kannst nicht sterben.«

»Sean …« Seine Kehle hatte einen Schnitt erlitten, und seine Stimme drang als würgendes Knurren hervor. »Nicht Sean …«

»Was?« Sie wandte sich um und sah ihren Bruder mit seinem Schwert über ihr stehen.

»Ich hätte dich verschont.« Seine Stimme klang kalt, die Stimme eines Fremden. »Du hättest nicht sterben müssen.«

Sie sprang auf ihr Schwert zu, und er versenkte sein Schwert in ihren Bauch. »Sean«, flüsterte sie und stürzte zu Boden. Das kann nicht geschehen, dachte sie, während ihr Körper kalt wurde. Das kann nicht real sein. Er hob Isabel an einem Arm hoch und warf sie sich über die Schulter. »Sean, bitte …« Schmerz breitete sich von ihrem Bauch aus wie eiskaltes Feuer und ließ sie sich elend fühlen. Sie spie ihr eigenes Blut aus, während Sean auf sein Pferd stieg und Isabel vor sich auf den Sattel warf, die selbst schlaff wie ein Leichnam war.

Nicht tot, dachte Tristan und rang mit all seinem Willen darum, sich bewegen zu können. Noch nicht tot. Wäre er Simon gewesen, hätte er vermutlich aufgehört, über die Konsequenzen dessen nachzudenken, was er vorhatte – die Schichten von Himmel und Hölle zu sichten. Aber er hatte keine Zeit für sich selbst. Siobhan war neben ihm zusammengebrochen und hustete Blut, und er griff nach ihr und schloss seine Faust um ihren Arm.

»Kämpfe«, befahl er. Seine Stimme klang nun klarer. Er heilte allmählich. Aber nicht schnell genug, nicht wenn sie nicht um ihr Leben kämpfte. »Kämpfe, Siobhan.«

Sie presste ihre Wange gegen seinen Arm und wünschte, er würde sie halten, würde sie wärmen. »So kalt«, flüsterte sie und schmeckte Blut.

Er rollte sich auf die Seite, und der Schmerz in seinem Bauch ließ ihn sich elend fühlen. Aber sein Körper gehorchte ihm jetzt. Er konnte sich bewegen. »Kämpfe, Brigantin«, befahl er erneut und setzte sich mühsam auf. Er rollte sie auf den Rücken und nahm sie in die Arme.

»Ja«, murmelte sie und klammerte sich an ihn. Der Schmerz hatte inzwischen nachgelassen, aber die Kälte war entsetzlich. »So gut …« Seine Arme um sie herum waren warm … wie konnte ein Vampir Wärme spenden? »Sterbe«, erkannte sie. »Ich sterbe, Tristan.«

»Nein, das tust du nicht.« Er wandte ihr Gesicht zu sich und zwang sie, ihn anzusehen. »Du wirst mich nicht verlassen«, versicherte er und lächelte ihr zu. »Ich werde dich nicht gehen lassen.« Er hob ihr Handgelenk an seinen Mund und versenkte seine Zähne in ihre Ader. Sie schrie auf und wehrte sich gegen den Schmerz. Aber er hielt sie fest und nährte sich, bis ihr Herzschlag nur noch ein Flattern war, während seine Kraft mit dem Blut zurückkehrte. »Nun ist es an der Zeit zu kämpfen, Brigantin«, sagte er, und seine Stimme klang vor Liebe rau, während er ihre Wange berührte. »Es ist an der Zeit zu leben.« Er brachte sich mit seinem Dolch einen Schnitt über seinem Herzen bei, zog sie an sich und presste ihren Mund auf die Wunde. Sie stieß eine Art jammernden Protests aus und versuchte, ihn von sich zu stoßen, ihr Gesicht abzuwenden. Dann spürte er, wie sie das

Blut kostete. Ihre Zähne versanken in seinem Fleisch, und Kraft schoss ruckartig durch ihn hindurch, wie er es noch nie zuvor erlebt hatte, und machte ihn schwindelig vor Liebe. Mein, dachte er und drückte sie an sich. Für immer …

Schließlich hob sie den Kopf, und die schreckliche Macht pulsierte durch sie hindurch und ließ sie sich trunken fühlen. Tristan blickte zu ihr hinab und lächelte, während Blutstränen rot auf seinen Wangen glitzerten. »Mein Liebster«, sagte sie und berührte eine karmesinrote Spur. »Du hast mir immer versichert, dass du mich am Ende töten würdest.«

»Ja.« Er küsste sie sanft auf den Mund, und sie schlang die Arme um ihn, legte sie um seinen Hals, während sie an seiner Schulter weinte. Er drückte seine wunderschöne Vampirliebste mit aller Kraft an sich. »Nun habe ich es getan.«

Epilog

Silas erhob seinen Weinbecher. »Auf Eure Hochzeit«, sagte er und lächelte Tristan und Siobhan zu. »Endlich darf ich Euch Glück wünschen.«

»Und ein langes Leben?«, fügte Tristan hinzu und zog eine Augenbraue hoch.

»Auch das«, antwortete der Gelehrte lachend.

Siobhan schlang ihre Arme um die Taille ihres Ehemannes und schmiegte sich an seine Seite. »Wirklich ein sehr langes Leben.« Sie hatte um Sean geweint und hatte noch immer Angst vor dem, was geschehen würde, wenn sie ihren Bruder wieder einholten, und sie wusste, dass das geschehen musste. Aber sie hatte keine Träne um ihre Sterblichkeit vergossen. Tristan war der wahre Gefährte ihres Herzens, der einzige Mann, der sie jemals als genau die Brigantin erkannt hatte, die sie war, und der sie dennoch liebte. In dem Augenblick, in dem ihr Körper starb, hatte sie in seine Augen gesehen und gewusst, dass er immer bei ihr sein und sie stets beschützen würde. Der Ritter des Teufels gehörte ihr.

Tristan küsste ihr Haar. »Sebastian und Andrew können das Schloss führen, bis wir zurückkehren«, sagte er zu Silas, während er sie an sich drückte und seinen Arm um ihre Schultern legte. »Meister Nicholas wird ihnen helfen, ob sie wollen oder nicht. Aber Silas, werdet Ihr auf meine Tochter aufpassen?«

»Emma wird Euch helfen«, fügte Siobhan hinzu. »Clare scheint zu verstehen, dass wir fortgehen müssen …« Sie verstummte einen Moment, als sie an die genauen Worte des kleinen Mädchens dachte. »Dass wir in den Krieg ziehen müssen«, schloss sie. Vor nicht einmal zwei Tagen hatte sie verzweifelt ihren Bruder retten wollen. Nun musste sie tatsächlich gegen ihn in den Krieg ziehen. »Aber sie wird Euch beide brauchen, denn Ihr müsst ihr versichern, dass wir zurückkommen.«

»Und das werden wir auch tun«, versprach Silas. »Brecht Ihr heute Nacht auf?«

»Wir müssen«, antwortete Tristan. »Lebuin …« Er zögerte, bevor er sich korrigierte. »Lucan Kivar hat bereits einen Tag Vorsprung. Wir werden aufbrechen, sobald Simon bereit ist.«

»Ist er immer noch verletzt?«, fragte Silas besorgt. Sowohl Tristan als auch Simon waren schwer verletzt worden, als Siobhan die Wachen in die Wälder zurückgeführt hatte, um sie zu suchen, tödlich verletzt, hätte Silas gesagt, wenn er nicht gewusst hätte, dass sie Vampire waren. Tristan schien nach einem Tag Ruhe weitgehend geheilt, aber er wies noch immer eine dunkelrötliche Narbe auf seiner Wange auf.

»Körperlich geht es ihm einigermaßen«, sagte Tristan. »Aber er fürchtet um seine Seele.« Tatsächlich hatte Simon darauf bestanden, zur Schlosskapelle zu gehen, sobald die Sonne unterging, um trotz der Schmerzen, die ihm das gewiss verursacht haben musste, um Hilfe und Anleitung zu bitten.

»Er fürchtet um seine Frau«, korrigierte Siobhan ihn. »Er denkt, es wäre seine Schuld, dass sie entführt wurde.«

»Er denkt, alles wäre seine Schuld.« Er brachte sie dazu,

den Blick zu heben, und sah mit einer grimmigen Entschlossenheit zu ihr hinab, die sie nun als die Liebe erkannte, die sie war. »Aber die Schuld liegt allein bei Kivar«, schloss er, und seine grünen Augen wurden von der Erinnerung an den Hain heimgesucht. »Und wir werden dafür sorgen, dass er dafür bezahlt.«

»Ja«, versprach sie ihm und berührte seine Wange. »Das werden wir.«

»Ich werde Euch verlassen, Mylord«, sagte Silas. »Ihr wollt sicherlich noch einige Zeit allein sein, bevor Ihr geht.«

»Danke, Silas«, sagte Siobhan und verließ Tristan einen Moment, um den Gelehrten zu umarmen. »Ich weiß, wir verlangen zu viel von Eurer Freundschaft.«

»Überhaupt nicht«, versicherte er und erwiderte ihre Umarmung. »Ich sehe Euch beide unten.«

Tristan zog sie wieder an sich, sobald er fort war. »Du musst nicht mit uns gehen«, sagte er weich und streichelte ihr übers Haar. »Du könntest hierbleiben und das Schloss führen.« Sie zog sich zurück, um ihn mit einer hochgezogenen Augenbraue anzusehen. »Du wärst in Sicherheit.«

»Das wäre ich nicht.« Sie presste ihre Wange an seine Brust. »Ich bin nur bei dir sicher.« Sie lächelte. »Bist du so sehr darauf erpicht, mich loszuwerden?«

»Ja«, sagte er und schlang seine Arme um sie. »Ich kann deinen Anblick nicht mehr ertragen, merkst du das nicht? Darum habe ich so sehr darum gekämpft, dich zu behalten.«

»Und als die Närrin, die ich bin, habe ich so sehr darum gekämpft zu entkommen.« In der Nacht zuvor hatte er ihr, obwohl er noch immer verletzt war, beigebracht, wie man jagte, und hatte sie mit Blut aus seinem Handgelenk genährt, bis der schreckliche Hunger ihrer ersten Nacht als Vampir nachließ. »Ich bin bestimmt den Kummer nicht wert, den ich dir gemacht habe. Wieso hast du mich nicht aufgegeben?«

»Im Vertrauen, meine Liebste, ich habe es versucht.« Er drehte ihr Gesicht zu sich, lächelte und fühlte sich recht benommen. Sie war zuvor wunderschön gewesen, aber als Vampirin schien sie vor Schönheit fast unwirklich. »Aber du hast mich verzaubert.« Er küsste sie sanft. »Meine kleine Dämonin.«

»Fürwahr«, stimmte sie ihm lächelnd zu. »Ich wollte dich nicht verlassen … ich wollte letzte Nacht zurückkehren.« Sie befreite sich langsam aus seinen Armen und hielt seine Hand. »Ich wollte nur, dass Sean fortginge und sicher wäre. Dich wollte ich niemals wieder verlassen.«

»Und das wirst du auch nicht.« Er hob ihre Hand an seine Lippen und erinnerte sich ihrer Ehegelübde. Sein Fluch war nun ihr Segen, an seine Liebe gebundene Ewigkeit. Nichts könnte sie jetzt mehr trennen, dessen war er sich zumindest sicher. »Wir werden deinen Bruder finden«, versprach er. »Und wir werden ihn retten, wenn es möglich ist.«

»Glaubst du, er lebt?« Ihre Finger schlossen sich wie Trost suchend fester um seine.

»Ich habe ihn nicht sterben sehen.« Simon und er hatten im Lauf des Tages, während sie schlief, miteinander gesprochen, da sie beide nun in ihrer Suche vereint waren, als wären sie wirklich Brüder. »Simon sagte, Kivar hätte in der Vergangenheit stets Menschen in Besitz genommen, die bereits tot waren, zumindest glaubt er das. Aber ohne Orlando …« Seine Stimme erstarb.

»Orlando lebte, als Sean ihn entführte«, sagte sie. »Und Isabel auch.«

»Simon glaubt, dass Kivar damit warten wird, Isabel zu

töten, bis er einen Weg zum Kelch findet, und dass er ihr Blut braucht, um die Tür zu öffnen.« Er zog sie wieder dicht an sich und erschauderte, als er sich vorstellte, welche Qual sein Bruder empfinden musste.

»Dann müssen wir sie zuerst finden.« Sie stellte sich auf die Zehenspitzen, um ihn zu küssen, als wollte sie ihn daran erinnern, dass sie da war, dass sie ihm sicher war. »Kivar hat vielleicht Seans Körper, und seine Geister haben vielleicht dessen Leute, aber sie gehören auch immer noch mir. Ich weiß, dass ich sie aufspüren kann.« Sie trat fort, während sie seine Wange streichelte. »Aber du musst mir von diesem Kelch erzählen, den wir suchen.«

»Das werde ich«, versprach er. »Du wirst alles erfahren.« Er ergriff ihre Hand. »Aber die wichtigste Wahrheit kennst du bereits.« Sie lächelte, als wüsste sie, was er sagen würde. »Kelch hin oder her, wir sind eins.«

»Für immer«, antwortete sie.

Er küsste sie erneut und presste sie an sich, während die Leidenschaft, die sie von ihrer ersten Begegnung her kannten, wie eine Flamme zwischen ihnen aufloderte. »Für immer.«

Danksagungen

Mein unendlicher Dank gilt Timothy Seldes, einem netten Mann und wirklich hervorragenden Agenten, und Lauren McKenna, einer brillanten Herausgeberin und Freundin. Ich würde die beiden auch dann lieben, wenn ich ihnen beruflich nicht so außerordentlich zu Dank verpflichtet wäre. Mehr Dank, als ich jemals ausdrücken könnte, gebührt meiner Familie (die Addisons und Sorensons auf ewig inbegriffen) – kein Schriftsteller hat jemals bessere, beständigere Unterstützung erfahren.

Und schließlich Dank an Michael Hemlepp, den besten Anwalt der Geschichte.

Demnächst erscheint der mitreißende Roman
von Lucy Blue

Lucy Blue: Geliebte des Zwielichts

Roxanna stieg nackt aus dem eiskalten See und wandte ihr Gesicht dem Mondlicht zu. Das Hochland türmte sich rund um sie auf wie der Ural ihres Geburtslandes, und sie erlaubte sich einen Moment, sich vorzustellen, sie wäre wieder dort, wieder zu Hause, eine sterbliche Prinzessin, die ein Leben im Licht vor sich hätte, die niemals von solch einem verfluchten Wesen wie einem Vampir gehört hätte. Sie würde ihrem Volk Frieden bringen und ihren goldenen Palast mit Kinderlachen erfüllen, Kinder als Erben eines Landes des Wohlstands für alle. Sie dachte an Gareth, und ein Schluchzen stieg in ihrer Kehle auf. Wenn sie ihm damals begegnet wäre, wenn er vor Kivar zu ihr gekommen wäre, hätte sie ihm ihre Seele geschenkt, hätte ihn ihr ganzes sterbliches Leben lang geliebt.

»Roxanna.« Sie öffnete die Augen und sah ihn am Ufer stehen, als hätte ihr Wunsch den sterblichen Ritter heraufbeschworen, dem ihr Herz gehörte. Er trug nun wie seine

Hochland-Verwandten einen aus Wolle gewebten Kilt, und die Quetschungen und Schnitte in seinem Gesicht, um die sie sich gekümmert hatte, waren geheilt und verblasst. Sein hellbraunes Haar leuchtete im Mondlicht golden, und seine blauen Augen brachen ihr Herz vor Sehnsucht. Dies war es, was sein Schicksal für ihn bestimmt hatte, ein Prinz aus eigenem Recht zu sein. Er sollte sich nicht nach ihr sehnen, sollte sie überhaupt nicht kennen. Sie war eine Dämonin, ein Monster, zu einer Ewigkeit des Alleinseins verflucht. »Warum hast du mich verlassen?«, fragte er und trat näher. Sie wich am sandigen Ufer einen Schritt zurück.

»Deine Verwandten waren gekommen«, antwortete sie. »Du brauchtest mich nicht mehr.«

»Du weißt, dass das nicht stimmt.« Er betrachtete sie ungläubig von oben bis unten, als hätte er gerade erst erkannt, dass sie nackt war. »Mein Gott, du musst frieren!« Er trat näher und nahm seinen Umhang ab.

»Bleib zurück!« Sie beugte sich herab und hob das raue Wollgewand auf, das sie abgelegt hatte. »Du darfst nicht an mich denken, Gareth.« Sie hielt es vor sich, um ihre Nacktheit zu bedecken, und bemühte sich, nicht zu hören, wie sein Herz schneller schlug. Er hielt sie für einen Engel, seine Retterin, ein sterbliches Mädchen. »Geh zum Schloss deines Großvaters zurück und vergiss mich.«

»Oh, um Himmels willen …« Er verlor die Geduld und streckte eine Hand nach ihr aus, aber sie lief vor ihm fort, floh in den Wald und ließ das Gewand hinter sich fallen. »Roxanna!«

Sie hätte ihm eigentlich mühelos davonlaufen sollen, aber sie konnte hören, wie er ihr durch die Bäume näher kam. Sie hätte sich in eine Katze verwandeln und verschwinden, diese

Berge verlassen und Kivar folgen sollen. Allein die Tatsache, dass sie bleiben wollte, war Beweis genug dafür, dass sie es nicht tun konnte. »Halt!«, befahl er und bekam ihr Handgelenk zu fassen, bevor sie sich stattdessen zur Flucht entscheiden konnte, und riss sie zurück, damit sie ihn ansah.

»Lass mich los!« Sie wand sich in seinem Griff, als wäre sie die hilflose Frau, die sie zu sein schien.

»Das werde ich nicht tun.« Er runzelte beunruhigt, nicht verärgert die Stirn. »Um Gottes willen, Mädchen«, murmelte er und hielt sie mit einer Hand fest, während er mit der anderen den Umhang um ihre Schultern legte. »Wahnsinn ist eine Sache, aber das hier ist lächerlich.« Nun neckte er sie, seine blauen Augen zwinkerten vor Übermut, und ihr Herz krampfte sich wie eine Faust zusammen. Er war genau das Gegenteil von ihr – heiter, während sie schwermütig war, strahlend, während sie düster war. Gut, während sie böse war. Sterblich, während sie untot war.

»Ich bin nicht wahnsinnig.« Sie versuchte, sich aus seinem Griff zu befreien, aber er wollte es nicht zulassen und hielt sie an den Schultern fest.

»Oh, nein, ich vergaß«, sagte er noch immer neckend. »Du bist eine Prinzessin aus einem fernen Land, die unter einem Fluch reist. Und im Oktober nackt durch den Wald läuft.«

»Gareth …«

»Mein Großvater möchte dir danken.« Er ließ sie los, um ihr das Haar von der Wange zurückzustreichen, und sein Lächeln war wie die Sonne, die sie verloren hatte. »Tatsächlich bin ich mir nicht sicher, ob er glauben würde, dass es dich gibt, wären nicht die Stiche, die du meinem Rücken zugefügt hast. Er denkt, du seiest in Wahrheit ein altes Weib und ich würde fantasieren.«

»Vielleicht ist es so.« Sie erwiderte sein Lächeln zaghaft und gegen ihren Willen. Wie konnte sie sich gleichzeitig so glücklich und so elend fühlen?

»Ich tue es noch immer.« Sie spürte, wie ein Teil der Anspannung von ihm wich, und hörte seinen Herzschlag sich wieder verlangsamen. Er strich mit dem Daumen über ihre Unterlippe, die Zärtlichkeit eines Geliebten, und sie erstarrte, denn sie wollte ihn nicht begehren, konnte ihm aber nicht widerstehen. Seine Berührung war für sie wie eine Droge, und alle Wärme und Zärtlichkeit, die Kivar ihr gestohlen hatte, wurde mit diesem wunderschönen Sterblichen zurückgebracht. Aber sie konnte ihn nicht haben. »Mein Onkel würde dich vermutlich auch gerne genau kennenlernen«, fuhr er fort. »Er nimmt es zweifellos übel, dass du mich nicht zum Sterben zurücklässt, wie er es wollte. Du bist hier allein nicht mehr sicher.«

»Ich fürchte deinen Onkel nicht.« Sein Feind lebte noch. Doch er konnte auch noch immer verletzt oder sogar getötet werden. Wenn sie ihn verließe, könnte sie ihn nicht beschützen … aber das war Wahnsinn. Er war ein Mensch, der sich vor anderen Menschen schützen konnte. Sie konnte ihn nur vor sich selbst beschützen.

»Du fürchtest niemanden«, antwortete er belustigt und bewundernd gleichzeitig. »Aber ich fürchte um dich.«

»Das solltest du nicht.« Sie stemmte ihre Hände gegen seine Brust, um ihn auf Armeslänge von sich zu schieben. »Ich kann weitaus besser auf mich aufpassen, als du ahnst.«

»Dann komm und kümmere dich um mich.« Er nahm ihre Hand und hob sie an seine Lippen. »Ich würde dir vielleicht sogar ein Gewand schenken.«

»Hör auf damit!« Wäre sie freundlich zu ihm, würde er

sie niemals gehen lassen. Solange er sie für ein sanftmütiges Mädchen hielt, würde er sie zu beschützen versuchen. »Ich will nicht mit dir gehen«, sagte sie und nahm allen Hochmut zusammen, den ihre Position ihr jemals erlaubt hatte, spielte die Tochter des Kalifen, die einen Sklaven zu ihren Füßen ansprach. »Ich will dich nicht.«

»Ist das so?«, fragte er und zog eine Augenbraue hoch.

»Du warst eine hübsche Abwechslung.« Sie sah im Geiste, wie er sich vor dem Kamin im Cottage über sie beugte, erinnerte sich an seine zarten Küsse auf ihren Lippen. »Aber ich konnte dich wohl kaum zum Sterben oder als Fraß für die Wölfe in den Wäldern zurücklassen ...« Schmerz und Zorn dämmerten in seinen Augen, und sie wandte sich bewusst ab, weigerte sich, ihn anzusehen. »Aber ich wollte gewiss nicht deine Krankenpflegerin spielen.«

»Krankenpflegerin?«, wiederholte er, und die Schärfe in seinem Ton ließ sie innerlich erschaudern. »Ist es das, als was du die letzte Nacht bezeichnest, die wir zusammen verbracht haben? Als Pflege?«

»Als was sonst?«, erwiderte sie lachend.

»Ihr habt eine recht eindeutige Art zu heilen, Mylady«, sagte er sarkastisch. »Nicht dass ich mich beschweren will.«

»Es hat mir stets recht gute Dienste geleistet.« Sie wagte einen Blick zurück über die Schulter, lächelte das tödliche, bittere Lächeln, das Kivar stets so reizvoll fand, erwartete, ihn bis ins Mark erschüttert zu finden, und wappnete sich dagegen. »Du lebst, oder?« Aber er lächelte schon wieder.

»Roxanna, hör auf.« Er berührte ihre Wange. »Sag mir die Wahrheit. Warum läufst du davon? Warum hast du Angst?«

»Du denkst, ich hätte Angst vor dir?«, höhnte sie.

»Ja, Liebste, das denke ich.« Er wurde noch sanfter, wurde

zärtlich, als er den Umriss ihres Kinns mit seiner Berührung nachzog. »Ich weiß nicht, was dich verletzt hat«, sagte er. »Ich weiß nicht, warum du im Schlaf weinst oder dich vor dem Sonnenlicht versteckst oder vorgibst, die Tochter irgendeines heidnischen Kalifen zu sein – ich kenne dich nicht einmal.«

»Nein«, antwortete sie, unbewegt und kalt wie eine Statue. »Du kennst mich nicht.«

»Aber ich weiß, dass ich dir mein Leben schulde.« Sie schloss die Augen, als er näher trat und ihre Schultern umfasste, sich herabbeugte und ihr Haar küsste. »Lass mich dir jetzt helfen.«

»Das kannst du nicht.« Sie legte ihre Handflächen gegen seine Brust, um ihn wieder abzuwehren, aber seine Arme schlossen sich um sie. »Gareth, du kannst mir nicht helfen«, protestierte sie. »Ich habe keine Angst vor dir, ich schwöre es.«

»Lügnerin«, sagte er sanft.

»Es ist wahr.« Tränen brannten erneut in ihren Augen, als er ihre Stirn küsste. »Ich werde dir wehtun, Gareth.«

»Du wirst mich vielleicht in den Wahnsinn treiben«, räumte er ein. »Aber das riskiere ich.«

»Du verstehst nicht.« Noch immer in seinen Armen, öffnete sie die Augen und sah die Male, die ihre Zähne an seiner Kehle hinterlassen hatten, als sie sich von ihm genährt hatte. Sie hatte sich nie vorgestellt, dass er ihr vielleicht einmal wichtig sein könnte, hatte ihn kaum überhaupt als Mann angesehen. »Ich habe dich nicht gerettet, weil ich gut bin. Ich habe dich gerettet, weil ich böse bin.«

»Liebste, das ergibt keinen Sinn.« Er drehte ihr Gesicht zu sich hoch und lächelte ihr zu, so unschuldig und überzeugend. »Wie könntest du böse sein?« Er küsste sie, bevor sie ihm antworten konnte, zuerst sanft und dann härter, als sie an seinem Mund seufzte. Sie wollte den Kopf abwenden und öffnete die Lippen zum Protest, doch seine Zunge drängte sanft hinein, sandte Schauder durch sie hindurch und ließ sie in seiner Umarmung dahinschmelzen. Sein Kuss war süß wie Honig und warm wie Blut, und ihr Verlangen nach ihm war wie ein Fieber, das bis ins Mark ihrer Knochen brannte.

»Gareth«, murmelte sie und flehte ihn um Gnade an, als sein Kuss zu ihrer Wange wanderte und seine Arme sie noch fester an sich drückten.

»Komm mit mir nach Hause.« Er liebkoste sie hinter dem Schleier ihres Haars. Seine Worte klangen an ihrem Ohr sanft, aber nachdrücklich.

»Nein, das werde ich nicht.« Sie weinte Tränen aus Blut, aber seine Augen waren geschlossen. Er konnte es nicht sehen, hatte die Wahrheit nie gesehen. »Gareth, ich kann nicht …«

»Du kannst.« Er schlang seine Arme um sie und legte ihren Kopf an seine Schulter, sodass ihr Gesicht noch immer verborgen war, während er sie zu trösten versuchte. »Was auch immer geschehen ist, was auch immer dich verletzt hat, ich kann dir Sicherheit geben.« Ein ersticktes Schluchzen entrang sich ihrer Kehle, und ihr Herz wand sich vor Kummer. »Heirate mich, Prinzessin.« Die neckende Liebkosung war mehr, als sie ertragen konnte. Sie musste wirklich den Verstand verlieren. Wie konnte sie das geschehen lassen? Wie konnte sie es so weit kommen lassen? »Ich werde dir sogar ein Schloss bauen«, versprach er. »Wunderschöner als dasjenige, das du, wie du sagst, verloren hast.«

»Nein.« Sie konnte nichts mehr vortäuschen, weder

um seinet- noch um ihretwillen. Sie zog sich zurück, um ihn anzusehen, und ließ den Hunger sich, vom Dämonenglanz bernsteinfarben, in ihren Augen zeigen. »Sieh mich an, Gareth.« Er trat einen Schritt zurück, hielt sie aber noch immer in den Armen, und sie knurrte und entblößte ihre Zähne.

»Du …« Erkenntnis dämmerte im Licht seiner blauen Augen, und sein Gesicht wurde bleich. »Ich habe geträumt … ich dachte, es wäre ein Traum …«

»Ein Albtraum«, korrigierte sie ihn. Sie schnappte nach ihm wie ein Tier, und er wich schließlich zurück und ließ sie los. »Willst du eine Dämonin zu deiner Braut nehmen?« Sein Mund bewegte sich, als wollte er antworten, aber es drang kein Laut daraus hervor, und seine Augen blickten noch immer starr vor Entsetzen. Sie streckte eine Hand aus, um seine Wange zu berühren, doch er zuckte zurück und hob die Hand, als wollte er sie schlagen. »Vergiss mich, Gareth.« Ihr Herz schmerzte, als sie sich zurückzog, mit einem Kummer, wie sie ihn niemals wieder zu empfinden geglaubt hatte. »Du darfst nicht mehr an mich denken.«

»Roxanna!«, rief er, als sie den Rand der Lichtung erreichte. Sie wandte sich um und sah ihn an, während Tränen ihre Wangen hinabströmten. Dann verwandelte sie sich in die schwarze Bergkatze und verschwand im Wald.